U0137807

〔宋〕范成大 撰
吴企明 校箋

范成大集校箋

二

上海古籍出版社

石湖居士詩集卷八

伏聞知府秘書欲取小杜桐廬詩語㊀，以見花名堂。成大記東坡送鄭户曹詩云：「蕩蕩清河壖，黄樓我所開。遲君爲坐客，新詩出瓊瑰。樓成君已去，人事固多乖。」此段大類今日。成大行且受代，計梅開堂成，歸舟已下南浦，欲爲坐客不可得。懷不能已，請先爲公賦之

使君來煖東堂席，又見堂前花信息〔一〕。小白猶封竹外枝〔二〕，微黄已點眉間色。
山城十月如春臺，聞有細書天上來。説與横斜應早計〔三〕，不須更待雪花催。

【校記】

㈠「伏聞」句：活字本目録、正文「伏聞」上均有「余」字；董鈔本正文於「伏聞」上有「余」字；叢書堂本目録於「伏聞」上有「成大」兩字，正文無。

【題解】

本詩作於紹興三十年（一一六〇）十月，時在新安掾任上，即將滿秩。題云：「成大行且受代。」詩云：「山城十月如春臺。」「小杜桐廬詩語」，指杜牧夜泊桐廬先寄蘇臺盧郎中：「水檻桐廬館，歸舟繫石根。笛吹孤戍月，犬吠隔溪村。十載違清裁，幽懷未一論。蘇臺菊花節，何處與開樽？」于北山范成大年譜紹興三十年譜文云：「洪守欲以『見花』名堂，有詩。」洪守，指洪适。有詩，即本詩。

【箋注】

〔一〕「使君」二句：洪适於紹興二十九年知新安郡，今年又至菊花開時，故詩云：「又見堂前花信息。」

〔二〕「小白」句：小白，李賀南園十三首：「小白長紅越女腮。」竹外枝，見蘇軾和秦太虚梅花：「竹外一枝斜更好。」

〔三〕横斜：指梅花，林逋山園小梅：「疏影横斜水清淺。」

知府秘書遣帳下持新詩追路贈行，輒次韻寄上

冷雲去仍來，凍雨落還歇〔一〕。平明一篙漲，珍重送船發。端成南溪泛〔二〕，寧復東堂謁。何時公三日，請澤看山笏〔三〕。恩勤一未報，終古銘肌骨。皤皤跡雖遠，耿耿心不沒。門闌如水波，永印此孤月。

【題解】

本詩作於紹興三十年（一一六〇）冬。石湖新安掾任滿離任，洪适賦送范至能（盤洲文集卷四）：「愁雲暗千山，欲雪意未歇。雨脚侵夜分，鵲首勇朝發。軟紅英俊林，定不冗干謁。磊落胸中書，高談傾上笏。結駟映天街，登瀛有仙骨。摩挲先友碑，姓名或湮没。却顧浮丘亭，寄聲頻日月。」石湖已出發，洪适乃遣帳下持新詩追路贈行，因次其韻。

【箋注】

〔一〕凍雨：寒雨。蘇軾遊三遊洞：「凍雨霏霏半成雪，遊人屨冷蒼苔滑。」

〔二〕端成：真成，張相詩詞曲語辭匯釋卷四：「端，猶準也；真也；究也。」

〔三〕看山笏：蘇軾再用前韻寄莘老：「困窮誰要卿料理，舉頭看山笏拄頰。」王注：「晉書：王徽之爲桓沖參軍，沖嘗謂徽之曰：『卿在府日久，比當相料理。』徽之初不酬答，直高視，以手版

拄頰云：『西山朝來，致有爽氣耳。』」

寄上鄙句之明日，舟次梅口，南枝已有春意，復次知府秘書贈行高韻

晏温解船去〔一〕，暮夜檥船歇。横斜隘梅村，玉蓓粲將發。城中三輔豪，指日承明謁〔二〕。高懷妙康濟〔三〕，未試君前笏。周南又小春〔四〕，微温入花骨。我瞻浮丘亭〔五〕，山高璿柄没。飛鳥正飄蕩，空繞南枝月〔六〕。

【題解】

本詩作於紹興三十年（一一六〇）冬。時離新安掾任，接新安郡守洪适送行詩，即寄次韻詩（即上首），翌日，再次其韻寄之。梅口，梅嶺之山口，輿地紀勝：「梅嶺在嚴州壽昌縣南四十里。」「南枝已有春意」，指梅花將開。

【箋注】

〔一〕晏温：史記武帝本紀：「至中山，晏温，有黄雲蓋焉。」索隱：「如淳云：『三輔俗謂日出清濟爲晏。晏而温，故曰晏温。』許慎注淮南子云：『晏，無雲也。』」

〔二〕「指日」句：承明廬，侍從官員謁見皇帝的地方。漢書嚴助傳：「君厭承明之廬，勞侍從之事。」顔師古注：「張晏曰：『承明廬在石渠閣外，直宿所止曰廬。』」曹植贈白馬王彪：「謁帝承明廬，逝將歸舊疆。」本句祝願洪适早日謁見皇帝。

〔三〕康濟：晉書武帝紀：「朕以不德，託于四海之上，兢兢祇畏，懼無以康濟寓内。」

〔四〕周南：杜甫晴二首之二：「回首周南客，驅馳魏闕心。」詳注引史記曰：「太史公留滯周南，公借以自喻。」史記太史公自序：「是歲天子始建漢家之封，而太史公留滯周南不得與從事。」

〔五〕浮丘亭：在歙縣，參卷七浮丘亭「題解」。

〔六〕「飛鳥」二句：詩意出自曹操短歌行：「月明星稀，烏鵲南飛。繞樹三匝，何枝可依。」石湖借以喻己歸附明公之心意。

晞真閣留别方道士賓實

東山西山雙袖舞，中有清宫蟠萬礎。雲横朱閣碧梧寒，風掃石壇蒼檜古。道人賓實其姓方，來從何許今幾霜？誅蒿仆蓬殿突兀，玉華紫氣騰真香。胸奇腹憤無人識〔一〕，我獨相從似疇昔。時時苦語見鍼砭，邂逅天涯得三益〔二〕。明朝歸客上歸艎，重到晞真計渺茫。只有雙魚相問訊，歙江之水通吴江。

【題解】

本詩作於紹興三十年（一一六〇）冬，時新安掾任滿離徽州。於晞真閣别方實賓，因作本詩。方道士實賓，生平未詳。晞真閣，俟考。

【箋注】

〔一〕胸奇腹憤：苕溪漁隱叢話後集卷二四：「山谷云：『二蘇送梁子熙聯句云：……腹憤輒輒，胸奇陳陳。……二蘇文章豪健痛快如此，潘、陸不足吞也。』」

〔二〕三益：論語季氏：「子曰：益者三友，損者三友。友直、友諒、友多聞，益矣。」文選卷二五盧子諒答魏子悌詩：「寄身蔭四嶽，託好憑三益。」

程助教遠餞求詩

殘山剩水帶離亭〔一〕，送客煩君遠作程。直欲明年擊吴榜〔二〕，白沙翠竹是柴荆〔三〕。

【題解】

本詩作於紹興三十年（一一六〇）冬，時正離新安掾任歸吴。程助教，徽州府學助教，名未詳。

【箋注】

〔一〕殘山剩水：杜甫游何將軍山林之五：「剩水滄江破，殘山碣石開。」

〔二〕擊吳榜：楚辭九章：「乘舲船余上沅兮，齊吳榜以擊汰。」洪興祖注：「吳榜，船櫂也。汰，水波也。」

〔三〕柴荆：江文通從征虜始安王道中：「仰願光威遠，歲晏返柴荆。」

次伯安推官贈别韻

交情彌歲竟怱怱，短棹歸尋一畝宫〔一〕。塞責文書容我懶，及時杯酒賴君同。披雲峰頂城頭月〔二〕，攬秀堂前扇裏風。千里音書慰離索，莫言天遠費鱗鴻〔三〕。

【題解】

本詩作於紹興三十年（一一六〇）冬，時正離新安掾任歸吳。卷五有奉題胡宗偉推官攬秀堂，本詩有「攬秀堂前扇裏風」，知此「伯安推官」當即胡宗偉璉。

【箋注】

〔一〕一畝宫：禮記儒行：「儒有一畝之宫，環堵之室，蓽門圭窬，篷户瓮牖。」後代因以「一畝之宫」稱寒士的簡陋居處。

〔二〕披雲峰：讀史方輿紀要卷二八歙州府：「披雲峰，在縣治西南。高百仞，周五里，勢峭拔，常有雲氣。」

〔三〕鱗鴻：指書信。樂府歌詞飲馬長城窟行：「客從遠方來，遺我雙鯉魚。呼兒烹鯉魚，中有尺素書。」漢書蘇武傳有大雁傳書事。

次景琳録事贈别韻

放船嗚櫓便秦吴〔一〕，送别空煩長者車〔二〕。宿霧鎖山常羃羃，斷雲將雨忽疏疏。高城五嶺花深處，短棹三江木落初。賴得溪流通尺素，蒲根仍有一雙魚。〔三〕

【題解】

本詩作於紹興三十年（一一六〇）冬，時正離新安掾任返吴，景琳録事賦詩送行，石湖次其韻答之。「景琳録事」，俟考。歷代詩發卷二七評本詩：「温麗雅馴，竟欲毫髮無撼。」

【箋注】

〔一〕秦吴：江淹别賦：「黯然銷魂者，唯别而已矣。況秦吴兮絶國，復燕宋兮千里。」

〔二〕長者車：史記陳丞相世家：「（陳平）家乃負郭窮巷，以弊席爲門，然門外多有長者車轍。」杜甫酬韦韶州見寄：「深慚長者轍，重得故人書。」

〔三〕一雙魚：指書信。用樂府歌詞飲馬長城窟行典。

次黄必先主簿同年贈别韻二首

當年仗外揖高標，繡韀蘆鞭寶馬驕〔一〕。瓊苑天香飄合坐〔二〕，碧城山色照同僚。思歸意决吾張翰〔三〕，贈别情深子繞朝〔四〕。蝌齗魚梁從此去，他年書札墮煙霄。

山郭官閒得爛遊，彌年還往話綢繆。西園剥栗催奴課㊀，東院尋梅勸客留。皆簿聽故事。筆下修鋒千首富〔五〕，談閒和氣兩眉浮。别來悵望何時見？謾上重城謾上樓。

【校記】

㊀剥栗：富校：「『栗』，黄刻本作『棗』，是。按詩經豳風七月：『八月剥棗』。」然活字本、叢書堂本、董鈔本均作「剥栗」，且兩句下自注「皆簿廳故事」，則是實指，非用詩經典。

【題解】

本詩作於紹興三十年（一一六〇）冬，時正離新安掾任歸吴。黄必先，紹興二十四年進士，故曰「同年」。

【箋注】

〔一〕「當年」二句：兩句追憶當年相識並參預唱名、騎寶馬等活動的情景。宋會要輯稿選舉一三「唱名」：「（雍熙二年三月）帝按名一一呼之，面賜及第。唱名賜第，蓋自是爲始。」周密武林舊事卷二「唱名」：「上御集英殿拆號唱進士名，各賜緑襴袍、白簡、黄襯衫。……皆重戴緑袍絲鞭，駿馬快行。各持敕黄於前，黄旛雜沓，多至數十百面。」

〔二〕瓊苑：即瓊林苑，周城東京考卷一一：「瓊林苑在新鄭門外，俗呼爲西青城。乾德中建，爲宴進士之所。」

〔三〕張翰：晉書張翰傳：「張翰，字季鷹，吴郡吴人也。……因見秋風起，乃思吴中菰菜、蒓羹、鱸魚膾，曰：『人生貴得適志，何能羈宦數千里以要名爵乎！』遂命駕而歸。」

〔四〕繞朝：左傳文公十三年：「秦伯師于河西，魏人在東。壽餘曰：『請東人之能與夫二三有司言者，吾與之先。』使士會，士會辭曰：『晉人，虎狼也。若背其言，臣死，妻子爲戮，無益於君，不可悔也。』秦伯曰：『若背其言，所不歸爾帑者，有如河！』乃行。繞朝贈之以策。」服虔云：「繞朝以策書贈士會。」

〔五〕千首：唐宋詩人常以「千首」形容寫詩富贍。杜牧登池州九峰樓寄張祜：「誰人得似張公子，千首詩輕萬户侯。」

次胡經仲知丞贈别韻

先生有道抗浮雲〔一〕，拄頰看山意最真〔二〕。霜鬢不堪痟首疾〔三〕，翠蛾常作捧心顰〔四〕。官如斯立藍田小〔五〕，家似淵明栗里貧〔六〕。俯仰别來蓂莢换，祇今誰與話情親？經仲與侍兒皆多病，又不樂贊邑，賦歸去來詞。

【題解】

本詩作於紹興三十年（一一六〇），石湖新安掾任滿離任，胡權賦送别詩，石湖次其韻。胡經仲，即胡權，處州縉雲人，生於紹聖元年（一〇九四），舉紹興十八年進士，見紹興十八年同年小録。與吴芾有交遊，宋詩紀事補遺卷八七有胡權殊聖寺：「共吟有佳致」，當指吴芾。權殁，吴芾有挽詩：「千載微言絶，夫君妙獨傳。鈎深探閫奥，養浩塞天淵。憂世心雖切，歸田志頗堅。斯文今已矣，空復誦遺編。」對胡權推崇備至。

【箋注】

〔一〕抗浮雲：論語述而：「不義而富且貴，於我如浮雲。」

〔二〕「拄頰」句：用王徽之拄笏看山典，見晉書王徽之傳、世説新語簡傲。

〔三〕痟首疾：頭痛病。周禮天官疾醫：「春時有痟首疾。」管子地員：「其泉白青，其人堅勁，寡有疥騷，終無痟酲。」注：「痟，首疾也。」

〔四〕「翠蛾」句：翠蛾，指侍兒，見詩尾自注。捧心顰，用莊子典。莊子天運：「故西施病心而矉其里，其里之醜人見而美之，歸亦捧心而矉其里。」顰，通矉，正字通：「矉，與顰通，心恨額蹙也。」

〔五〕「官如」句：斯立，即崔斯立。唐代詩人崔立之，字斯立，郡望博陵，里籍不詳。貞元四年登進士第，六年，又登博學宏詞科，授秘書省校書郎。元和八年，遷藍田丞，韓愈爲作藍田縣丞廳壁記，贊其人才出衆而嘆其言事黜官。石湖借崔斯立以比况胡經仲之遭際。

〔六〕「家似」句：栗里，陶淵明故里，白居易訪陶公舊居：「柴桑古村落，栗里舊山川。」

次諸葛伯山贍軍贈别韻

歙維群山囿，漫仕富英傑。清標照人寒，玉笋森積雪。嗟余獨委瑣，無用等木屑。又如道傍李，味苦不堪折〔一〕。歸舟坐成泛，去馬亦已刷。三年風波險，盡付一笑閲。惟君同懷抱，各坐天機拙。我家鴟夷子〔二〕，竹帛照吴越。雲仍無肖似〔三〕，頫首媿前哲〔四〕。若家卧龍公〔五〕，事業管蕭埒〔六〕。期君踵祖武，勿惜兒女别。言狂舉白浮〔七〕，醉倒霜松折。

【題解】

本詩作於紹興三十年（一一六〇）冬，時因新安掾任滿離任，諸葛伯山賦詩送行，故次韻贈別。諸葛伯山，生平不詳。贍軍，宋史食貨志下七：「酒」：「（紹興）七年，以户部尚書章誼等言，行在置贍軍酒庫。」「十五年，弛夔路酒禁，以南北十一庫並充贍軍激賞酒庫，隸左右司。」沈欽韓范石湖詩集注卷上引宋史食貨志後，按云：「蓋宋時官自賣酒，收其錢於庫，因立名，爲帥守贍給軍士之用。」從全詩詩意看，諸葛伯山蓋爲歙州之監酒税官吏，新安志卷二「官府」：「監在城酒税一員，僦居無定處。」

【箋注】

〔一〕「又如」二句：用王戎的故事。世説新語雅量：「王戎七歲，嘗與諸小兒游，看道旁李樹多子折枝，諸兒競走取之，唯戎不動。人問之，答曰：『樹在道旁而多子，此必苦李。』」

〔二〕鴟夷子：指范蠡，仕越爲大夫，助越王勾踐滅吴國，入太湖隱逸，改名鴟夷子皮。

〔三〕雲仍：遠孫。爾雅釋親：「晜孫之子爲仍孫（仍，亦重也），仍孫之子爲雲孫（言輕遠如浮雲）。」郝懿行爾雅義疏上四：「按，雲古文作云。廣雅云：『云，遠也。』然則雲孫謂遠孫，猶言裔孫也。如浮雲之説，亦望文生義矣。」

〔四〕頫首：低頭。漢書項籍傳贊引賈誼過秦論：「百粤之君頫首係頸，委命下也。」説文：「頫，以爲俛仰。」

〔五〕卧龍公：指諸葛亮。三國志蜀書諸葛亮傳：「時先主屯新野。徐庶見先主，先主器之。謂先主曰：『諸葛孔明者，卧龍也，將軍豈願見之乎？』」

〔六〕事業管蕭埒：管，管仲；蕭，蕭何。語出三國志蜀書諸葛亮傳：「昔蕭何薦韓信，管仲舉王子城父，皆忖己之長，未能兼有故也。亮之器能政理，抑亦管、蕭之亞匹也。」

〔七〕舉白浮：郝懿行證俗文卷三用器：「凡飲酒不盡而得罰者，謂之白，白蓋罰爵也。說苑：『魏文侯與大夫飲，使公乘不仁爲觴政，曰：「飲不釂者，浮以大白！」於是公乘不仁舉白浮君也。』班固漢書叙傳：『及趙、李諸侍中皆引滿舉白。』」

次韻樂先生除夜三絶

團蒲曲几坐成癡，北看南觀恍是非。道眼已空詩眼在〔一〕，梅花欲動雪花稀。

天邊客裏五迎冬〔二〕，争信還鄉似寓公〔三〕。人事都非城郭是〔四〕，獨憐鷄犬識新豐〔五〕。

牀頭曆日鬢絲絲，懶倦慵吟守歲詩。宜入新年須吉利，明朝把筆寫門楣。

【題解】本詩作於紹興三十年（一一六〇）除夕，石湖新安掾任滿離任，除夕前已到家，觀尾句「明朝把筆寫門楣」，可知。樂先生，即樂備。

【箋注】

〔一〕「道眼」句：道眼，佛家語，指洞察一切、識别真妄之眼力。敦煌變文匯録維摩詰經問疾品變文：「必使天龍開道眼，教伊八部悟深因。」詩眼，有兩解，一指詩句中最精彩、關鍵的一個字或詞，施補華峴傭説詩：「五律須講煉字法，荆公所謂『詩眼』也。」又一解，指詩人的觀察力，蘇軾次韻吴傳正枯木歌：「君雖不作丹青手，詩眼亦自工識拔。」本詩乃用後一解。

〔二〕「天邊」句：指任新安掾歷經五個冬天。他於紹興二十六年春到任，至紹興三十年冬離任，恰是五年。

〔三〕争信：怎信，張相詩詞曲語辭匯釋卷二「争（二）」：「争，猶怎也。自來謂宋人用怎字，唐人只用争字」。從石湖詩看，宋人亦用争字。

〔四〕「人事」句：葛洪神仙傳卷九蘇仙公傳稱蘇耽爲蘇仙公，一日，乘鶴昇天。後有白鶴來止城上，人或挾彈彈之，鶴以爪攫樓板，似漆書，云：「城郭是，人民非，三百甲子一來歸，吾是蘇君彈何爲？」

〔五〕「獨憐」句：葛洪西京雜記卷二：「高祖既作新豐，并移舊社，衢巷棟宇，物色惟舊，士女老幼，相攜路首，各知其室，放犬羊鷄鴨于通塗，亦競識其家。」蘇軾十月二日初到惠州：「仿佛曾游豈夢中，欣然鷄犬識新豐。」即用此典。

次韻唐幼度客中。幼度相别數年，復會於錢塘湖上

西湖冰泮緑生鱗，料峭東風欲中人〔一〕。花片不禁寒食雨，鬢絲猶那涌金春〔二〕。
江山契闊詩情在，京洛追隨客夢新。唤取歌聲不愁思，爲君吹水引杯頻〔三〕。

【題解】

本詩作於紹興三十一年（一一六一）春（寒食前後），在臨安晤唐幼度。幼度先有詩，石湖次其韻，原唱已佚。錢塘湖，即杭州西湖。田汝成西湖遊覽志卷一：「西湖，故明聖湖也。……以其介於錢唐也，又稱錢唐湖。以其輸委於下湖也，又稱上湖。以其負郭而西也，故稱西湖云。」白居易有錢唐湖春行詩，即寫杭州西湖景色。

【箋注】

〔一〕料峭東風：陸龜蒙京口：「東風料峭客帆遠，落葉夕陽天際明。」

〔二〕涌金：涌金門，田汝成西湖遊覽志卷三：「涌金門，舊名豐豫門，宋時，有豐樂樓與門相值，若屏障然。」

〔三〕「爲君」句：吹水，閑聊，口水四噴。杜甫蘇端薛復筵簡薛華醉歌：「願吹野水添金杯。」

客中呈幼度

手板頭銜意已慵，墨池書枕興無窮。釀泥深巷五更雨，吹酒小樓三面風。草色有無春最好，客心去住水長東。今朝合有家書到，昨夜燈花綴玉蟲〔一〕。

【題解】

本詩作於紹興三十一年（一一六一）春，時石湖臨時至臨安，故云「客中」。

【箋注】

〔一〕「燈花」句：燈花，燈芯的餘燼，爆成花形，古人以燈花爲吉兆。西京雜記卷三：「夫目瞤得酒食，燈火華得錢財。」綴玉蟲，形容燈花之狀，韓愈咏燈花同侯十一：「釵頭綴玉蟲。」鄭珍跋韓詩：「釵以比燈蕊，花在其首，確是釵頭綴玉蟲。」陸游燕堂東偏一室頗深暖盡日率困於吏牘比夜乃得讀書其間戲作三首之二：「油減玉蟲暗，灰深紅獸低。」

奠唐少梁晉仲兄弟墓下

當年連璧氣如蜺，人許躋攀九列齊。黄壤一時埋玉樹〔一〕，青雲何處用丹梯？生平書札頻雙鯉，歲晚交情但隻鷄〔二〕。眼底傷心難制淚，寧論宿草已萋萋。

【題解】

本詩作於紹興三十年（一一六〇）冬，由詩中「歲晚」可見。時已自新安掾任滿歸家，故能奠唐家兄弟墓。唐少梁、晉仲兄弟，當同是崑山人，與石湖有交往，詩云「生平書札頻雙鯉」，又，與唐少梁同遊天平山，本書卷三天平寺附注記述石湖與至先、唐少梁同登天平山，夜迷路，後宿天平寺，聯句達曉。唐氏兄弟歿於石湖新安掾任期内，未能吊唁，故任滿歸家後即往奠祭，寫下本詩。

【箋注】

〔一〕玉樹：喻姿貌秀美、才幹優異之人。世説新語傷逝：「庾文康（亮）亡，何揚州（充）臨葬云：『埋玉樹著土中，使人情何能已已！』」

〔二〕隻鷄：奠祭之物。後漢書徐穉傳：「穉嘗爲太尉黄瓊所辟，不就。及瓊卒歸葬，穉乃負糧徒步到江夏赴之，設鷄酒薄祭，哭畢而去，不告姓名。」

鎮東行送湯丞相帥紹興

吳波鱗鱗越山紫，鎮東旌旆東風裏。前驅傳道相君來，一夜鑑湖春漲起〔一〕。鑑湖如鑑涵空明，相君出處如湖清。十年勳業泰山重，五鼎富貴浮雲輕。人言公如裴相國，綠野堂高貯風月〔二〕。我獨願公如子牟，身在江湖心魏闕〔三〕。浯溪有石高嵯峨〔四〕，公方東征如此何！丁寧湖水莫斷渡，早晚歸來絶江去。

【題解】

本詩作於紹興三十二年（一一六二）閏二月，時在臨安監太平惠民和劑局。本年，湯思退帥紹興，石湖作此詩送行。陸游亦有送行詩送湯岐公鎮會稽。湯丞相，即湯思退，宋史有傳。于北山范成大年譜紹興三十二年譜文按語：「湯思退，字進之。處州人。恃秦檜父子進身。秦檜死後，其黨羽万俟卨、沈該相繼執政；而湯氏爲相滋久。（紹興二十七年至三十年；隆興元年七月復相，二年十一月罷。）外示厚重鎮静，内實巧佞奸詐。侍御史陳俊卿劾其『挾巧詐之心，濟傾邪之術。觀其所爲，多效秦檜』，可謂洞察之論。符離師潰之後，力主割海泗唐鄧四郡與金，密令孫造諭敵以重兵脅和。言者論其急和撤備之罪，遂罷相，責居永州。太學生七十餘人又上書請斬之，湯氏憂悸死。迹其一生所爲，内則以危言蠱惑孝宗，排斥阻撓主戰派（以張浚爲代表）；外則暗通金人，以賣國乞和爲得計，實秦檜之死黨，宋廷之内奸。其出守紹興，本傳不載，今據嘉泰會稽志補其年代。」湯思退帥紹興，時在紹興三十二年閏二月，嘉泰會稽志卷二太守：「湯思退，紹興三十二年閏二月，以觀文殿大學士左金紫光禄大夫知，隆興元年三月奉祠。」對於本詩，于北山范成大年譜有評語云：「洪氏兄弟立朝，均附湯思退者。宋史洪适傳：『或謂适黨湯思退；又謂适來自淮東，言張浚妄費，浚以此罷相。』洪遵傳：『汪澈論湯思退，罷相，遵行制無貶詞。』石湖出三洪門下，思退又其中進士之座師，故送行詩揄揚歌頌，推崇備至。取此作以核湯氏生平，石湖其能免曲詞愧筆之誚乎！」孔凡禮范成大年譜：「（湯思退）爲士論所不許，成大送行詩在詩集卷八，題爲鎮東行送湯丞相帥紹興。詩有『我獨願公如子牟，身在江湖心魏闕。浯溪有石高嵯峨，公方東征如此何』之句，實有諷意。」

【箋注】

〔一〕鑑湖：即鏡湖，在會稽，嘉泰會稽志卷一〇會稽縣：「鏡湖，在縣東二里，故南湖也。……通典云：『東漢永和五年，太守馬臻始築塘立湖，周三百十里，溉田九千餘頃，人獲其利。』王逸少有云：『山陰路上行，如在鏡中游。』鏡湖之得名以此。輿地志：『山陰南湖，縈帶郊郭，白水翠巖，互相映發，若鏡若圖。』任昉述異記云：『軒轅氏鑄鏡湖邊，因得名。』或又云：『黃帝獲寶鏡於此也。』」

〔二〕「人言」二句：裴相國，指裴度。此用唐裴度建綠野堂故事。

〔三〕「我獨」二句：莊子讓王：「中山公子牟謂瞻子曰：身在江海之上，心居乎魏闕之下。」

〔四〕「浯溪」句：太平寰宇記卷一一六：「唐中興頌碑，在縣南五里浯溪口。上元二年，荆南節度判官元結文，撫州刺史魯國公顔真卿書，其字甚大。大曆六年刻其頌，末云：『湘江東西，中有浯溪。石崖天齊，可磨可鐫。刊此頌焉。』」

水月庵謁現老不值

有客叩巖扃，無人管送迎。片雲閒出岫〔一〕，水月自空明。

【題解】

本詩作於紹興三十一年（一一六一），時石湖自新安掾任滿歸家，至西山水月庵訪現老，不遇，因作小詩記興。水月庵，即水月禪院，朱長文吴郡圖經續記卷中：「水月禪院，在洞庭山縹緲峰下，抵吴縣百里，建於梁，廢於隋。至唐光化中，有浮圖志勤者結廬於此，因而經營至數十百楹。天祐四年，刺史曹珪以『明月』名之。大中祥符中，易今名。」范成大吴郡志卷三三有相似的記載。現老，僧名，本書卷一與時叙現老納涼池上時叙誦新詞甚工詩及之。

【箋注】

〔一〕「片雲」句：語出陶潛歸去來兮辭「雲無心以出岫」句。

次韻邊公辨

錯落參旗罥竹梢〔一〕，柴荆臨水閉蓬蒿。春風吹曉玉蟾墮，穠露洗空銀漢高。雙鵲繞枝應也倦，一蛩吟壁已能豪。新秋只合添詩興，莫學潘郎歎二毛〔二〕。

【題解】

本詩作於紹興三十一年（一一六一）秋，時在崑山家居。按，于北山范成大年譜紹興三十二年譜文：「與邊惇德、林子章、馬先覺（少伊）、陳天麟（季陵）等唱酬。」繫本詩於紹興三十二年，不當。邊公辨，即邊惇德，字公辨，玉峰志卷中進士題名：「紹興十五年劉章榜：邊惇德公辨，特科第二。」人物：「邊惇德，字公辨，實之曾祖也。本開封人。樞密直學士肅之四世孫。高祖仕於吳，遂家於崑山。幼孤，至孝，貧不廢禮。以詩文名一時。屢與石湖先生唱酬，至有『敢向詩壇挑老將』之句。其詩，實今已藏於家，筆法如新。以連五薦，就奏名第三。歷仕，舉員及格，會舉將坐累，失改秩。年逾六旬即挂冠。常格，儒林例改宣教；鄉達列其行，朝廷賢其高，特改陞朝，仍著爲令。有脂韋子五十卷存於家。子孫俱業儒。」（太倉舊志五種本）蘇州府志卷九一人物十八：「邊惇德，字公辨。祖珉，始家崑山。惇德幼孤，至孝，貧不廢禮。才思敏給，以能詩名。爲范成大所知，常與倡和。五中鄉舉，就奏名。年逾六十，即致仕。郡縣列上其行義，特改通直郎。」景定建康志卷三三有邊惇德作籌思堂記。

【箋注】

〔一〕參旗：星名，周邦彦夜飞鵲別情：「相將散離會，探風前津鼓，樹杪參旗。」

〔一一〕「莫學」句：潘郎，即潘岳。文選潘岳秋興賦序：「余青春三十有二，始見二毛。」賦云：「斑鬢髟以承弁兮，素髮颯以垂領。」

中秋無月復次韻

屋山從捲杜陵茅〔一〕，門徑慵芟仲蔚蒿〔二〕。澹澹白虹風暈壯，紛紛蒼狗雨雲高〔三〕。凌空累筯仙無術〔四〕，半夜撞鐘句謾豪〔五〕。枵腹題詩將底用？真成兔角與龜毛〔六〕。

【題解】

本詩作於紹興三十一年（一一六一）中秋，時在崑山閑居，因中秋無月而賦詩。

【箋注】

〔一〕「屋山」句：杜甫茅屋爲秋風所破歌：「八月秋高風怒號，卷我屋上三重茅。」

〔二〕「門徑」句：用張仲蔚故事。皇甫謐高士傳張仲蔚：「張仲蔚者，平陵人也。與同郡魏景卿俱修道德，隱身不仕。明天官博物，善屬文，好詩賦，常居窮素，所處蓬蒿没人。閉門養性，不治榮名，時人莫識，唯劉龔知之。」

〔三〕蒼狗：語出杜甫可歎：「天上浮雲如白衣，斯須改變如蒼狗。」喻世事變幻無常。

〔四〕「凌空」句：錦繡萬花谷後集卷一「月」引宣室志：「周生者，有道術，中秋夜與客會，月色方瑩，謂坐客曰：『我能梯雲取月，置之懷袂。』因取箸數百，繩而駕之，曰：『我梯此取月。』俄以手舉衣懷中，出月寸許，光色照爛，寒流入肌骨。」因今夜無月，故石湖曰「仙無術」。

〔五〕「半夜」句：用張繼楓橋夜泊「夜半鐘聲到客船」句意。

〔六〕兔角龜毛：楞嚴經：「佛告阿難，無則同於龜毛兔角。」智度論：「又如兔角龜毛，亦但有名而無實。」

公辨用前韻見贈，復次韻

先生筆力玉山鼇〔一〕，氣壓明堂一柱蒿〔二〕。雪椀滌毫詞絶妙，朱絃縮瑟調彌高。心兵不起無三粲〔三〕，坐客常多似四豪〔四〕。喜有過從南北巷，蘇蘭薪桂瀹溪毛〔五〕。

【題解】

本詩作於紹興三十一年（一一六一），時家居崑山，與邊公辨再次唱和。

【箋注】

〔一〕玉山鼇：列子湯問載歸墟有五山，其一曰蓬萊，帝「乃命禺彊使巨鼇十五，舉首而載之。」玉山，形容載於鼇之五山。此句喻寫筆力雄偉。

〔二〕「氣壓」句：大戴禮明堂：「周時德澤洽和，蒿茂大以爲宫柱，名蒿宫也。」謝莊明堂歌：「蒿室仰蓋，日館希旌。」此句言公辨之詩氣壓蒿宫。

〔三〕「心兵」句：心兵，語出韓詩外傳：「孔子曰：心欲兵，身惡勞。」吕氏春秋蕩兵：「在心而未發，兵也。」韓愈秋懷詩：「冥茫觸心兵。」三粲，指三女。國語周語上：「夫獸三爲群，人三爲衆，女三爲粲。」

〔四〕四豪：指戰國時孟嘗君、平原君、信陵君、春申君。漢書游俠列傳：「夫四豪者，又六國之辠人也。」

〔五〕蘇蘭薪桂：指煎茶，南部新書壬：「肅皇賜高士玄真子張志和奴婢各一人，玄真子配爲夫妻，名曰漁僮、樵青。人問其故，答曰：『漁僮使卷釣收綸，蘆中鼓枻。樵青使蘇蘭薪桂，竹裏煎茶。』」蘇，取也。溪毛：溪边野菜。左傳隱公三年：「苟有明信，澗溪沼沚之毛……可薦於鬼神，可羞於王公。」杜預注：「溪，亦澗也。毛，草也。」

公辨再贈，復次韻

書生活計極蕭騷，爝火微明似束蒿。犬子地寒徒壁立〔一〕，元龍身懶謾樓高〔二〕。
筆端未辨詩三絶〔三〕，酒裏猶能掃二豪〔四〕。又向詩壇蘄借一，强磨鉛鈍齒吹毛。

【題解】

本詩作於紹興三十二年（一一六二），時閑居在崑山。邊公辨再贈詩，復次其韻作本詩。

【箋注】

〔一〕犬子：史記司馬相如傳：「少時好讀書，學擊劍，故其親名之曰犬子。」「文君夜亡奔相如，相如乃與馳歸成都。家居徒四壁立。」

〔二〕元龍：三國志魏書陳登傳：「而君求田問舍，言無可採，是元龍所諱也，何緣當與君語？如小人，欲卧百尺樓上，卧君於地，何但上下牀之間邪？」蘇軾次韻答邦直子由五首：「懶卧元龍百尺樓」。

〔三〕三絶：指詩、書、畫。封演封氏聞見記卷五「圖畫」：「虔工書畫，又工詩，故有『三絶』之目。」

〔四〕二豪：蘇軾和陶飲酒二十首之二：「二豪詆醉客。」施注：「晉劉伶傳：爲酒德頌曰：有貴介公子，搢紳處士，聞吾風聲，議其所以。先生方捧甖承槽，銜杯漱醪，無思無慮，其樂陶陶，兀然而醉，怳爾而醒。二豪侍側焉，如蜾蠃之與螟蛉。」

送施元光赴江西幕府

鎮南旌旆照江皋，入幕如今客最高。月暗秋城稀擊柝〔一〕，雲飛朝棟賸揮毫〔二〕。

長亭酒盡歌三疊，半夜溪深雨一篙。莫戀陽關更西路〔三〕，九關歸路踏金鼇〔四〕。

【題解】

本詩作於紹興三十二年（一一六二），時在臨安監太平惠民和劑局任上，賦詩送別施元光赴江西幕。周必大神道碑：「（紹興）三十二年，入監行在太平惠民和劑局。」宋會要輯稿職官二七惠民和劑局：「高宗紹興六年正月四日，詔置藥局，以惠行在太醫局熟藥東西南北四所爲名。內將藥局一所以和劑局爲名，從户部侍郎王俁之所請也。同日詔：和劑局置監官，文武各一員。……十八年閏八月二十三日朝旨：熟藥所依在京改作太平惠民局。」

【箋注】

〔一〕「月暗」句：韓愈、李正封晚秋郾城夜會聯句：「月暗秋城柝。」

〔二〕「雲飛」句：語出王勃滕王閣：「畫棟朝飛南海雲。」

〔三〕「莫戀」句：語出王維送元二使安西：「勸君更盡一杯酒，西出陽關無故人。」

〔四〕九關：宋玉九辯：「豈不鬱陶而思君兮，君之門九重。」又招魂：「虎豹九關，啄害下人些。」

次韻林子章阻淺留滯

客行端似未歸雲，指點瘖杓幾易辰。喜有風花黄作暈，似聞溪漲緑生鱗。我從走俗言無味，君已鳴文筆有神〔一〕。繡段炳然空辱贈，急繙緹襲掃蛛塵〔二〕。

【題解】

本詩作於紹興三十二年（一一六二），時在臨安監太平惠民和劑局，林子章留滯行在，賦詩，石湖次其韻。

【箋注】

〔一〕筆有神：語出杜甫奉贈韋左丞丈二十二韻：「讀書破萬卷，下筆如有神。」

〔二〕「繡段」二句：緹襲，摯虞思游賦：「燕石緹襲以華國兮，和璞遥棄於南荆。」謂用赤色繒將物品包裹起來，以示珍貴。二句意謂林子章贈我繡段，我急着翻出赤色繒，掃去蛛塵，將其包裹起來。

次韻馬少伊木犀

月窟飛來露已涼，斷無塵格惹蜂黄。纖纖緑裏排金粟，何處能容九里香〔一〕？

水尾山腰樹影蒼，一天風露不供香。誰家鏡裏能消得，付與詩人古錦囊〔二〕。

密密嬌黄侍翠輿，避風遮日小扶疎。畫闌想見懸秋晚〔三〕，無限宫香總不如。

【題解】

本詩作於紹興三十二年（一一六二）秋，時監臨安太平惠民和劑局。馬少伊先賦木犀，石湖次韻和之。馬少伊，即馬先覺，崑山人。同治蘇州府志卷九一人物十八：「馬先覺，字少伊，友直孫。以文章名。登紹興三十年進士。初主海門簿，調常州教授。既歸，時宰辟沿海制置司幹官，以先覺自重難挽，徑以名聞。授兵部架閣、朝奉郎。素號高逸，不事請謁。出爲浙西常平幹官。以承議郎主管台州崇道觀。號得閑居士。」宋詩紀事卷五三：「先覺，字少伊。崑山人。乾道初進士。累遷兵部架閣，號得閑居士。有慚筆集。」馬少伊中進士年代有異説，一謂紹興三十年；一謂乾道初，當以後説爲是。本詩單純咏桂，未及賀中舉折桂之意。

【箋注】

〔一〕九里香：張邦基墨莊漫録卷八：「湖南呼九里香，江東曰巖桂，浙人曰木犀，以木紋理如犀也。」

〔二〕「付與」句：用李賀故事。李商隱李長吉小傳：「恒從小奚奴，騎距驢，背一古破錦囊，遇有所得，即書投囊中。」

〔三〕「畫闌」句：李賀金銅仙人辭漢歌：「畫闌桂樹懸秋香。」

林夫人輓詞 黄中之妹，知書。

翰墨門闌正藹然，故應婉娩亦儒先〔一〕。與聞古學三千禮，能誦家書四百篇。卜協嬀姜占永世〔二〕，夢呼辰巳讖凋年〔三〕。班姬合有遺文在，後日從容訪孟堅〔四〕。

【題解】

本詩當作於紹興三十二年（一一六二），時監臨安太平惠民和劑局。林栗時任太學博士，石湖與之同在臨安，因輓其妹。林夫人，題下自注：「林黄中之妹。」林黄中，即林栗，宋史林栗傳：「林栗，字黄中，福州福清人。登紹興十二年進士第。……宰相陳康伯薦爲太學正，守太常博士。孝宗即位，遷屯田員外郎。……侍御史胡晉臣劾栗罷之。出知泉州，又改明州，奉祠以卒。謚簡肅。」陸游紹興三十二年作過林黄中食柑子有感學宛陵先生體，詩云：「博士得黄柑，甚愛不忍擘。」因知林栗正在太學博士任上。

【箋注】

〔一〕婉娩：儀容柔順。禮記内則：「女子十年不出，姆教婉娩聽從。」

〔二〕「卜協」句：左傳莊公二十二年：「初，懿氏卜妻敬仲，其妻占之，曰：吉，是謂：鳳皇于飛，和鳴鏘鏘，有嬀之後，將育于姜。五世其昌，并于正卿。八世之後，莫之與京。」

〔三〕「夢呼」句：後漢書鄭玄傳：「五年春，夢孔子告之曰：『起，起，今年歲在辰，來年歲在巳。』既寤，以讖合之，知命當終。」

〔四〕「班姬」二句：班姬，即後漢才女班昭，班彪之女，班固之妹。孟堅，即班固，字孟堅，著漢書。後漢書曹世叔妻：「扶風曹世叔妻者，同郡班彪之女也，名昭，字惠班，一名姬。博學高才。世叔早卒，有節行法度。兄固著漢書，其八表及天文志未及竟而卒，和帝詔昭就東觀藏書閣踵而成之。」

李仲鎮懶窩

求名當着鞭，訪道亦重趼〔一〕。二邊俱不住，三昧不如懶。向來南嶽師，自謂極蕭散。拉涕且無緒㊀，客至那可款。爭如懶窩高，門外轍常滿。殊不妨嘯歌，秉燭苦夜短〔二〕。天寒雪欲花，屋角黃雲晚。徑須煩二妙〔三〕，對洗玻璃盞。

【校記】

㊀ 拉涕：原作「收涕」，誤。富校：「『收』黃刻本作『拉』，是。」按活字本、叢書堂本、董鈔本、詩淵第五册第三六一三頁均作「拉涕」。今據改。

【題解】本詩作於紹興三十二年(一一六二)冬，時監太平惠民和劑局。于北山范成大年譜紹興三十二年譜文：「有詩題李𤦎懶窩。」李仲鎮即李𤦎，字仲鎮，號懶窩，李薦之孫，宣城人，寓居宜興，工詩。全宋詞小傳：「𤦎字仲鎮，號懶窩。宣城人。工詞章。累官迪功郎、淮西安撫司準備差遣。」韓元吉南澗甲乙稿卷一李仲鎮懶窩：「愛君陽羨居，有田種蘭茳。溪山帶城郭，松竹環旌幢。」「尚餘詩語工，詞源倒三江。」

【箋注】

〔一〕「訪道」句：語出莊子天道：「士成綺見老子而問曰：『吾聞夫子聖人也，吾固不辭遠道而來願見，百舍重趼而不敢息。』」郭慶藩莊子集釋引高注云：「趼，足生胝也。趼，又讀若繭。賈子勸學篇『百舍重繭』，宋策墨子百舍重繭，皆假繭作趼也。」

〔二〕秉燭苦夜短：古詩十九首：「晝短苦夜長，何不秉燭游？」

〔三〕二妙：稱同時以才藝著名的二人。新唐書韋維傳：「(維)遷户部郎中，善裁剖，時員外宋之問善詩，故時稱户部二妙。」

次韻陳季陵寺丞求歙石眉子硯

金星熒熒眉子緑，婺源琢石如琢玉〔一〕。寶玩何曾捄枵腹，但愛文君遠山蹙〔二〕。

丈人筆陣森五兵〔三〕，書品入妙仍詩名。我有陂陀天海樣，與公文字俱金聲。梟盧一擲不須呼〔四〕，况敢定價論車渠〔五〕。只煩將到粧臺下，試比何如京兆畫〔六〕？

【題解】

本詩作於紹興三十二年（一一六二）春，時監太平惠民和劑局。陳天麟知石湖有歙石眉子硯，因作詩求之，石湖贈硯並作次韻詩。陳季陵寺丞，即陳天麟，字季陵，宣州人。宋史無傳，紹興十八年登進士第，歷仕太平州教授、國子正、太學博士、集賢殿修撰、户部侍郎，知饒州、襄陽、贛州。工詩，有櫻寧居士集，失傳。嘉慶寧國府志卷二七人物志宦績：「陳天麟，字季陵。幼警悟，日誦數千言。紹興戊辰進士，調廣德簿。歲饑，代郡將爲書請部使者，得粟三千斛以賑。召對稱旨，除太平州教授。未幾，以國子正召。累官集賢殿修撰，由饒州改知襄陽，修治樓堞，募忠義軍，浚古習河。察城中奸細，誅之。朝旨嘉奬。改知贛州。時茶商寇贛、吉間，預爲守備，民恃以安。江西憲臣辛棄疾討賊，天麟給餉補軍。棄疾所俘獲送贛獄者，治其魁，餘黨並從末減。事平，棄疾奏：今成功，實天麟方略也。治郡不用威刑，訟亦清簡。未幾，罷。尋復集英殿修撰，卒。晚益苦學，著諸書外，詩三十餘篇，號櫻寧居士集。子五人：木、禾、穡、格、植。」宛雅初編卷一引宣城事函，有陳天麟傳，可參。歙石眉子硯，蘇軾有眉子石硯歌，胡仔苕溪漁隱叢話後集卷二九「東坡四」：「新安龍尾石，性皆潤澤，色俱蒼黑，縝密可以敵玉，滑膩而能起墨，以之爲研，故世所珍也。石雖多種，惟羅紋者、眉子者、刷絲者最佳。」辨歙硯説卷末載洪邁跋語云：「歙石細者，肌理如絲縠，如涵星泓，如眉有棱，四壁垣垣削成，類文玉蒼璧，而短處在不爲毛錐地，好事者病之。」

【箋注】

〔一〕「金星」二句：金星，指眉子石有金星眉者。高似孫硯箋卷二：「羅紋坑在眉子坑東……金星坑在羅紋坑西北，並李氏發。……眉子坑在羅紋坑西……開元中發。」眉子石有金花眉、金星眉、對眉、短眉、長眉、簇眉、闊眉、雁湖眉、錦蹙眉、菉豆眉等名。婺源，縣名，産硯石，唐積著婺源硯譜，范成大作有跋語，見下輯佚。新安志卷一〇「叙雜説・研」：「婺源研，在唐開元中，因獵人葉氏逐獸至長城里，見壘石如城，疊狀瑩潔可愛，因攜之以歸，刊粗成硯，温潤大過端溪者。後數世，葉氏諸孫持以與令，令愛之，訪得匠手，琢爲研，由是天下始傳。」

〔二〕「但愛」句：文君，指卓文君。沈自南藝林彙考「服飾篇」卷四引西京雜記云：「司馬相如妻文君，眉色如望遠山，時人效畫遠山眉。」

〔三〕筆陣森五兵：形容詩文雄健有力，杜甫醉歌行：「詞源倒流三峽水，筆陣獨掃千人軍。」

〔四〕「梟盧」句：語出李賀示弟：「抛擲任梟盧。」梟盧，古代博戲之彩名。程大昌演繁露卷六：「五子之形，兩頭尖鋭，中間平廣，狀似今之杏仁。……凡子悉爲兩面，其一面塗黑，黑之上畫牛犢以爲之章。……一面塗白，白之上即畫雉。……凡投子者五皆現黑，則其名盧，盧者黑也，言五子皆黑也。五黑皆現，則五犢隨現，從可知矣。此在摴蒱爲最高之采。挼木而擲，往往叱喝，使致其極，故亦名呼盧也。其次，五子四黑而一白，則是四犢一雉，則其采名雉，用以比盧降一等矣。自此而降，白黑相雜，每每不同，故或名爲梟。」杜甫今夕行：「馮陵大叫呼五白，袒跣不肯成梟盧。」

〔五〕車渠：玉石，西域七寶之一。藝文類聚卷八四引魏文帝車渠椀賦：「車渠，玉屬也，多纖理縟文，生於西國，其俗寶之。」

〔六〕「只煩」二句：用漢張敞畫眉故事，以切題上「眉子硯」意。漢書張敞傳：「又爲婦畫眉，長安中傳張京兆眉憮。有司以奏敞。上問之，對曰：『臣聞閨房之内，夫婦之私，有過於畫眉者。』上愛其能，弗備責也。」

次韻季陵貢院新晴

鎖闈令嚴深復深〔一〕，五星簾幕晴若陰。澹雲微月謾清夜，短檠政自關人心。看燈作暈生睡色，江南行處夢不隔。覺來快讀新晴篇，怳然寘我鶯花前。徑欲觴公後堂酒，倘煩春衫小垂手〔二〕。

【題解】

本詩作於紹興三十二年（一一六二）春，時在臨安監太平惠民和劑局。

【箋注】

〔一〕鎖闈：即鎖院（貢院）。李心傳建炎以來繫年要録建炎二年六月：「而况鎖闈，典司封校，儻或隱情患失，緘默不言，則負陛下委任之恩。」

〔二〕小垂手：舞名。郭茂倩樂府解題曰：「大垂手、小垂手，皆言舞而垂其手也。」宋唐庚唐子西文録卷二：「古樂府大垂手、小垂手、獨摇手，皆舞名也。」白居易霓裳羽衣舞歌和微之：「小垂手後柳無力，斜曳裾時雲欲生。」

次韻周子充正字館中緋碧兩桃花

碧城香霧赤城霞，深出劉郎未見花〔一〕。憑仗天風扶絳節，爲招蕚緑過羊家〔二〕。

【題解】

本詩作於紹興三十二年（一一六二）四月前，時石湖在太平惠民和劑局任上，周必大正任秘書省正字。宋史周必大傳：「召試館職，高宗讀其策，曰：『掌制手也。』守秘書省正字。」未記年月。據南宋館閣録卷八，周必大自紹興三十年十月至本年四月任正字，五月即調任監察御史。周必大省齋文稿卷二范至能以詩求二色桃再次韻二首其一：「霓裳舞罷醉流霞，翠袖頻揎眼欲花。丈室蕭然那用此，春深料得客思家。」其二：「翰墨場中蔡少霞，如今悟徹頌桃花。看朱成碧吾方眩，試把横枝問作家。」

【箋注】

〔一〕「深出」句：劉郎，指劉禹錫，全句詩意自劉禹錫元和十年自朗州召至京師戲贈看花諸君子「玄都觀裏桃千樹，盡是劉郎去後栽」翻出。

〔二〕「爲招」句：此用萼緑華故事。萼緑華，傳説中的仙女，自言爲九嶷山中得道女羅郁。晉穆帝時，夜降羊權家，贈權詩一篇，火澣手巾一方，金玉條脱各一枚，事見陶弘景真誥運象。石湖以美女喻花。

明日子充折贈，次韻謝之

海上三山冠綵霞，六時高會雨天花。步虚聲裏隨風下〔一〕，吹落尋常百姓家〔二〕。

【題解】

本詩作於紹興三十二年（一一六二）四月前，參見上首「題解」。

【箋注】

〔一〕「步虚」句：步虚聲，指道家步虚躡無披空洞章之吟咏聲。太極真人敷靈寶紫戒威儀諸經要訣：「齋人以次左行，旋繞香爐三匝，畢。是時亦當口咏步虚躡無披空洞章。」晁公武郡齋讀書志卷一六：「步虛經一卷。右太極真人傳左仙公。其章皆高仙上聖朝玄都玉京，飛巡虛空之所諷詠，故曰步虛。」承上句，意謂天花在步虛聲中隨風而下。

〔二〕尋常百姓家：語出劉禹錫烏衣巷：「舊時王謝堂前燕，飛入尋常百姓家。」

明日大雨復折贈，再次韻

一天雲葉翳朝霞，風卷泥沾不惜花。群玉山高春好在〔一〕，人間煙雨暗千家。

【題解】

本詩作於紹興三十二年（一一六二）四月前，參見前二首「題解」。

【箋注】

〔一〕群玉山：傳說中的仙山。穆天子傳卷二：「癸巳，至於群玉之山。」注：「即山海（經）云群玉山，西王母所居者。」

張恭甫正字折贈館中碧桃，因次子充韻 次年

滿枝晴雪照青霞，舊識桃源暈碧花。俯仰京塵隔年夢，東風猶認故人家。

【題解】

本詩作於隆興元年（一一六三）春，時在太平惠民和劑局任上。四月後，石湖改任聖政所檢討官，兼敕令所。秘書省正字張宋卿折省館中碧桃以贈，因次周必大去年詩韻答謝之。詩題下附注「次年」，詩云「隔年夢」，知本詩作於隆興元年春，與張宋卿任正字之年月亦相吻合。張恭甫正字，即張宋卿，字恭甫，龍川（今屬廣東）人，紹興二十七年王十朋榜進士，三十二年十二月任秘書省正字，隆興二年，遷秘書郎，乾道元年，任廣東提刑，仕終肇慶守。南宋館閣録卷七：「張宋卿，字恭父，龍川人。王十朋榜進士出身。治春秋。（隆興）二年閏十一月除（秘書郎），乾道元年六月爲廣東提刑。」萬姓統譜卷三九：「張宋卿，字恭父。博羅人。以春秋魁南省，擢紹興初（按應爲末）進士第。除秘書省正字，遷校書郎（按應爲秘書郎）。正色立朝，權貴欲（招）納者謝絶之，由是名重縉紳。終肇慶守。」

雨中報謁呈劉韶美侍郎

花落滿城雨，雨餘雲重陰。驅車有底急？巷泥三尺深。平生黄篾舫，漁榔有清音。斗升得苦相，懷刺衝愁霖。歸來掩關卧，一枕直兼金〔一〕。作詩詫比鄰，幸勿譏褊心。

【題解】

本詩作於紹興三十二年（一一六二）春，時在太平惠民和劑局任上。劉韶美侍郎，即劉儀鳳（一一一○—一一七五），字韶美。普州（今四川安岳縣）人。紹興二年進士。趙逵薦其富有詞華，恬於進取。歷官諸王宮大小學教授、秘書丞、禮部員外郎、兼國史院編修官兼權秘書少監、兵部侍郎兼侍講。史稱其在朝十年，每歸，即匿其車騎，扃其門户，客至，無親疏皆不得見。政府累月始一上謁，人尤其傲。奉入半以儲書，凡萬餘卷，國史録無遺者。爲御史劾歸蜀。後復集英殿修撰，起知邛州，未上，改漢州、果州，罷歸。淳熙二年十二月卒。儀鳳苦學，至老不倦，尤工於詩。然頗慕晉人簡傲之風，故平生多蹭蹬。事迹見宋史卷三八九本傳。南宋館閣録卷七：「劉儀鳳，字韶美，普康人。張九成榜同進士出身。治書。（隆興）元年四月，以禮部員外郎兼權（秘書少監），二年四月除。乾道元年三月爲權兵部侍郎。」劉儀鳳任兵部侍郎，時在乾道元年，而本詩作於紹興三十二年，詩題稱侍郎，蓋爲編集時所加。劉儀鳳愛書如命，陸游老學庵筆記卷二載其事云：「劉韶美在都下累年，不以家行，得俸專以傳書。書必三本，雖數百卷爲一部者亦然。出局則杜門校讎，不與客接。既歸蜀，亦分作三船，以備失壞。已而行至秭歸新灘，一舟爲灘石所敗，餘二舟無他，遂以歸普慈，築閣貯之。」

【箋注】

〔一〕兼金：價值倍於尋常的精金。孟子公孫丑下：「前日於齊，王餽兼金一百而不受。」

雨中集水月

獻之今年不堪暑〔一〕，天亦相憐病良苦。明便中秋法合凉，夜半行雲曉行雨。蘄州竹簟清如冰〔二〕，飢蚊倔强猶鳴聲。下牀蚤喜衣裳健，出門更覺山川明。曳屐扶藜尋水月，不惜垂垂巾角折。竹間松下已淒然，却要芳樽生煖熱。

【題解】

本詩作於紹興三十二年（一一六二）秋，時近中秋，仍在太平惠民和劑局任上。水月，即水月寺，周密武林舊事卷五「湖山勝概」：「水月寺，路口有靈固石。」

【箋注】

〔一〕獻之：書法家王獻之（三四四—三八六），字子敬，王羲之第七子。這裏石湖以之自喻。朱長文墨池編：「獻之遂不堪暑，氣力恒慨。」石湖吴船録卷下云：「生平不堪暑。」

〔二〕蘄州竹簟：蘄州名產。歐陽修有贈余以端溪緑石枕與蘄州竹簟皆佳物也余既喜睡而得此二者不勝其樂詩：「端溪琢出缺月樣，蘄州織成雙水紋。」

送洪景盧内翰使虜二首

金章玉色照離亭，戰伐和親決此行。國有威靈雙節重，家傳忠義一身輕〔一〕。平生海内文場伯〔二〕，今日胸中武庫兵。萬里往來公有相，淮瀆陰德貫神明。近日兩淮戰地掩骼，公之請也。

檄到中原殺氣銷，穹廬那敢説天驕〔三〕。今年蕃始來和漢，即日燕當遠徙遼。北土未乾遺老淚，西陵應望孝孫朝。著鞭往矣功名會〔四〕，麟閣丹青上九霄〔五〕。

【題解】

本詩作於紹興三十二年（一一六二）四月，時監太平惠民和劑局。洪景盧内翰，即洪邁。洪邁使金，在本年四月，石湖有詩送行。宋史高宗本紀：「（紹興三十二年三月）丁巳，遣洪邁等賀金主即位。……（夏四月）洪邁等辭行，報聘書用敵國禮。」金史交聘表中：「（世宗大定二年）六月，宋翰林學士洪邁、鎮東軍節度使張掄賀上書詞不依舊式，詔諭洪邁，使歸諭宋主。」洪邁（一一二三—一一九一），字景盧，洪皓季子。紹興十五年博學宏詞中第，授兩浙轉運司幹辦公事。紹興三十二年春，進起居舍人，假翰林學士充賀金主登位使。七月還朝，張震以邁使金辱命，論罷之。明年，起知泉州；二年，知吉州；三年，拜中書舍人兼侍讀。六年，知贛州，尋知建康府。十一年，知婺州。十三年，拜翰林學士。紹熙元年，進焕章閣學士，知紹興府。二年，以端明殿學士致仕，卒，謚文獻。邁博學，著容齋隨筆、夷堅志，編萬首唐人絶句，行於世。事迹見宋史卷三七三本傳。洪邁使金事，宋史本傳有詳細記載。于北山評本詩（見范成大年譜紹興三十二年譜文按語）云：「石湖送行詩，以『雙節重』、『一身輕』相期勉，其愛國思想躍然紙上。爾後親涉金廷，此不啻息壤之盟矣。（以詩而論，亦集中之佳作。）而洪氏屈服於金人之壓力，辱命南歸，爲張震所參劾，其亦有愧於斯篇乎！」

【箋注】

〔一〕「家傳」句：洪适盤洲集卷七四先君述：「适、遵濫登博學鴻詞科，宰臣以所試制詞進讀，上顧姓名，問曰：『是洪某子耶？父在遠能自立，此忠義報也。可與陞擢差遣。』」

〔二〕文場伯：對文壇善寫文章者的尊稱，亦作文章伯。孫逖故右丞相贈太師燕文貞公挽詞二首之一：「海内文章伯，朝端禮樂英。」

〔三〕「穹廬」句：天驕，語出漢書匈奴傳：「南有大漢，北有强胡，胡者，天之驕子也。」

〔四〕著鞭：用祖逖故事。晉書劉琨傳：「與范陽祖逖爲友，聞逖被用，與親故書曰：『吾枕戈待旦，志梟逆虜，常恐祖生先吾著鞭。』其意氣相期如此。」

〔五〕麟閣：即麒麟閣。漢書蘇武傳：「甘露三年，單于始入朝。上思股肱之美，乃圖畫其人於麒麟閣，法其形貌，署其官爵、姓名。……次曰典屬國蘇武。凡十一人，皆有傳。」

次韻嚴子文旅中見贈

杯中疇昔共江天，傾座新詩報警聯。海浦寸心空共月，京華雙鬢各凋年。交情敢説同方友，句法甘從弟子員。有意數從文字飲，何須争着祖生鞭？

【題解】

本詩作於紹興三十二年（一一六二）夏，時在太平惠民和劑局任上。嚴焕來臨安，路途先寄一詩，石湖乃次韻贈之。本詩及下首當爲同時作，下首詩云：「淹留且結西湖夏」，則二詩均作於本年夏。

次韻子文客舍小樓

客裏仍攜一束書，閉門虹氣自凌虛。未聞光範延珠履〔一〕，誰向甘泉從玉車〔二〕。散盡生涯千笞布〔三〕，收將文價百車渠。淹留且結西湖夏，同到秋風賦遂初〔四〕。

【題解】

本詩作於紹興三十二年（一一六二）夏，參見上首「題解」。

【箋注】

〔一〕「未聞」句：史記春申君傳：「春申君客三千餘人，其上客皆躡珠履見趙使。趙使大慙。」詩言未聞嚴煥延請珠履之客。

〔二〕「誰向」句：用甘雨隨車的故事。太平御覽卷一〇引三國吴謝承後漢書：「百里嵩字景山，爲徐州刺史，境旱，嵩出巡遊，甘雨隨澍。東海、祝其、合鄉等三縣父老訴曰：『某等是公百姓，獨不降乎？』廻赴，雨隨車而下。」後成爲稱頌地方長官的用語。石湖用之稱頌嚴煥。「雨」改爲「泉」，爲調平仄故也。

〔三〕「散盡」句：沈欽韓范石湖詩集注：「見史記貨殖傳。」按史記貨殖傳「答」字作「荅」。王引之經義述聞卷二七爾雅中「釋器」：「謹案：史記貨殖傳『蘖麴鹽豉千荅』，徐廣曰：『荅，或作台。（今本「台」作「合」，乃後人依漢書改之。）器名有瓵。』孫叔然云：『瓵，瓦器，受斗六升。』台，當爲瓵，音貽。」」石湖全句之意，出史記貨殖傳：「榻布皮革千石，漆千斗，蘖麴鹽豉千荅。」「千荅布」，即用千瓵蘖麴鹽豉换來的貨幣。

〔四〕賦遂初：晉書孫綽傳：「（孫綽）少與高陽許詢俱有高尚之志。居于會稽，游放山水，十有餘年，乃作遂初賦以致其意。」後因以「賦遂初」借指辭官歸隱。

次韻劉韶美大風雨壞門屋

雲煙揮翰墨池翻，緗縹如山晝掩關〔一〕。已許六丁收散落〔二〕，只愁雷電費牆藩〔三〕。

【題解】

本詩作於紹興三十二年（一一六二），時仍在太平惠民和劑局任上。

【箋注】

〔一〕緗縹如山：謂書籍堆積如山。緗縹，淡黄色和淡青色的織物，古人以此爲書衣，故可爲書籍的代稱。梁書王僧孺傳：「含吐緗縹之上，翩躚樽俎之間。」緗縹如山，謂書籍堆積如山。陳巖肖庚溪詩話卷下：「兵部侍郎劉朝美儀鳳，蜀之普州人，性酷嗜書，喜傳録。初以禮部郎兼攝秘書少監，後即真。凡秘府書籍，傳寫殆遍。……張持國之綱爲副端，言其書癖至曠廢職事，以是罷歸蜀。」

〔二〕六丁：後漢書梁節王暢傳：「從官卞忌自言能使六丁。」李賢注：「六丁，謂六甲中丁神也。若甲子旬中，則丁卯爲神，甲寅旬中，則丁巳爲神之類也。役使之法，先齋戒，然後其神至，可使致遠方物及知吉凶也。」

〔三〕雷電費牆藩：揚雄甘泉賦：「雷鬱律而巖突兮，電倏忽於牆藩。」

洪景盧内翰使還入境，以詩迓之㊀

玉帛干戈洶並馳，孤臣叱馭觸危機〔一〕。關山無極申舟去〔二〕，天地有情蘇武歸。漢月凌秋隨使節，胡塵捲暑避征衣。國人渴望公顔色，爲報褰帷入帝畿。

【校記】

㊀内翰：叢書堂本目録、詩淵第一册第二九五頁作「舍人」。

【題解】

本詩作於紹興三十二年（一一六二）八月，時在太平惠民和劑局任上。洪邁於七月二十九日使金還，於鎮江見張浚，八月一日還臨安，石湖作本詩相迓。本詩于、孔譜均繫於紹興三十二年，于氏加按語云：「詩題謂『以詩迓之』，此時石湖尚不知洪氏辱命歸來也。惟晚年自編全集時此詩未删，豈一時疏忽，抑石湖别有所聞耶？或存之以報知己耶？」孔氏加按語云：「詩又有『天地有情蘇武歸』之句，據此，邁並未辱節。然邁終以此爲人論罷，見宋史洪邁傳。」兩氏所論較簡略，今引述相關史料補充之。七月二十九日，洪邁在鎮江見張浚，備述金不禮我使之情狀。建炎以來繫年要録卷二〇〇：「（邁）見張浚，具言金不禮我使狀，且令稱陪臣。」朱熹少師保國軍節度使魏國公致仕贈太保張公行狀（晦庵集卷九五下）：「時洪邁、張掄使虜回，見公於鎮江，具言初到虜中，鎖之寓館，不與飲食，令於表中換『陪臣』字。公奏：虜主恃强，彈壓諸國，今日之事，惟修德立政，寢食之間，無忘此讎，上慰天心，下從人欲，不當復遣使，以重前失。」洪邁此行未完成使命，殿中侍御史張震以邁使金辱命論罷之。宋史孝宗紀：「（八月丁亥）起居舍人洪邁、知閤門事張掄坐奉使辱命罷。」宋史洪邁傳：「七月，邁回朝，則孝宗已即位矣。殿中侍御史張震以邁使金辱命，論罷之。」中興禦侮録卷下：「洪邁、張掄並放罷，責其奉使辱命也。」然而，也有不同之議論，范成大本詩云「天地有情蘇武歸」、「漢月凌秋隨使節」，説邁並未辱節。康熙御批續資治通鑑綱目卷一五於「遣起居舍人洪邁使」條下「發明」曰：「邁乃皓之季子，慷慨忠烈，有諸父風，出使女真，正議無屈，則其不愧是職亦多矣。」又「廣義」曰：「至若邁能盡使節，其無愧於乃父也。」凌郁之洪邁年譜紹興三十二年譜文及附注中，對洪邁此行之真實情況有詳論。

【箋注】

〔一〕「玉帛」二句：孔凡禮范成大年譜紹興三十二年譜文附注：「據史傳及龍飛録，邁用敵國禮及求歸河南地二事，皆未如願。成大當指此種情況而言。」

〔二〕「關山」句：左傳宣公十四年：「楚子使申舟聘于齊，曰：『無假道于宋。』……申舟以孟諸之役惡宋，曰：『鄭昭、宋聾，晉使不害，我則必死。』王曰：『殺女，我伐之。』見犀而行。及宋，宋人止之，華元曰：『過我而不假道，鄙我也。鄙我，亡也。殺其使者必伐我，伐我亦亡也。

亡一也。』乃殺之。……秋九月，楚子圍宋。」

寄題向撫州采菊亭

一葉起秋色，衆緑凋歲華。耿耿霜露側，餘此黄金葩。西風滿天地，孤芳照塵沙。殷勤開小築，花氣日夕嘉。落英楚纍手〔一〕，東籬陶令家。兩窮偶寓意，豈必真愛花。不如亭中人，一笑了天涯。采采勿虚度，門前欲高牙。

【題解】

本詩作於紹興三十二年（一一六二），時在太平惠民和劑局任上。向撫州築采菊亭，乃題詩寄之。向撫州，不詳何人。

【箋注】

〔一〕「落英」句：落英，語出屈原離騷：「夕餐秋菊之落英。」楚纍，即楚之湘纍，指屈原，漢書揚雄傳：「欽吊楚之湘纍。」注引李奇曰：「諸不以罪死曰纍。……屈原赴湘死，故目湘纍也。」

古風二首上湯丞相

抱瑟游孔門，豈識宫與商？古曲一再行，乃雜巴人倡〔一〕。知音顧之笑，解絃爲更張。歸來掩關卧，冰炭交愁腸。平生桑濮手〔二〕，未省歌虞唐。明發理朱絲，復登君子堂。遺音入三歎，山高水湯湯〔三〕。

空山學仙子，窮年卧巖扃。煮石不得飽〔四〕，秋鬢蒼已星。道逢紫霄翁〔五〕，示我餐霞經〔六〕。采采晨之華，滌濯腐與腥。向來役薪水，終然槁柴荆。跪謝起再拜，飄飄蜕蟬輕。飛升那敢學？倘許學長生。

【題解】

本詩作於紹興三十二年（一一六二），時在太平惠民和劑局任上。于北山、孔凡禮范成大年譜均繫本詩於是年。孔凡禮評曰：「詩其一首云：『抱瑟游孔門，豈識宫與商？古曲一再行，乃雜巴人倡。知音顧之笑，解絃爲更張。』成大紹興二十四年中進士時，思退知貢舉，誼屬師生。此詩似以此種身份向思退傾訴『冰炭交愁腸』之心理狀態。然以『平生桑濮手，未省歌虞唐』，未敢高附。詩其二則云『向來役薪水，終然槁柴荆』，不敢學『飛升』，益申其一之意。」又曰：「孝宗即位，龍大淵、曾覿用事以後，六月丁卯，復召湯思退爲醴泉觀使兼侍講，十二月丁丑，爲尚書左僕射。此二詩當作於湯卷土重來之後。湯似欲網羅成大入其羽下，成大此二詩，似聲言不願受其卵翼。」孔氏之説，可供參考。

【箋注】

〔一〕巴人倡：文選宋玉對楚王問：「客有歌于郢中者，其始曰『下里巴人』，國中屬而和者數千人。」

〔二〕桑濮手：禮記樂記：「桑間濮上之音，亡國之音也。其政散，其民流，誣上行私而不可止也。」郑玄注：「濮水之上，地有桑間者，亡國之音於此之水出也。昔殷紂使師延作靡靡之樂，已而自沈於濮水，後師涓過焉，夜聞而寫之，爲晉平公鼓之。」

〔三〕「山高」句，列子湯問：「伯牙鼓琴，志在登高山，鍾子期曰：『善哉，峨峨兮若泰山。』志在流水，鍾子期曰：『善哉，洋洋兮若江河。』」湯湯，語出詩經衛風氓：「淇水湯湯，漸車帷裳。」毛傳：「湯湯，水盛貌。」

〔四〕煮石：葛洪神仙傳：「（白石先生）常煮白石爲糧，因就白石山居。」

〔五〕紫霄翁：學道之人。陳師道寄君玉：「不見紫霄翁，侵尋鬢已蓬。」

〔六〕餐霞經：參見卷二次韻唐子光教授河豚注〔八〕。

冷泉亭放水

古苔危磴著枯藜，脚底翻濤洶欲飛〔一〕。九陌倦遊那有此，從教驚雪濺塵衣。

【題解】

本詩作於紹興三十二年（一一六二），時在太平惠民和劑局任上，游冷泉亭，題詩。冷泉亭，在杭州靈隱寺附近。周密武林舊事卷五「北山路」：「冷泉，有亭在泉上。『冷泉』二字，乃白樂天書；『亭』字乃東坡續書。」田汝成西湖游覽志卷一〇「北山勝概」：「冷泉亭，唐刺史元藇建，舊在水中，今依澗而立。『冷泉』二字，乃白樂天所書，『亭』字乃蘇子瞻續書，今亦亡矣。……白樂天記略云：『東南山水，餘杭爲最。就郡則靈隱寺爲最，就寺則冷泉亭爲最。』」

【箋注】

〔一〕「脚底」句：蘇子瞻聞林夫當徙靈隱寺寓居戲作靈隱前一首：「靈隱前，天竺後，兩澗春淙一靈鷲。不知水從何處來，跳波赴壑如奔雷。」

九月十日南山見梅

五斗留連首屢迴，來尋南澗濯塵埃。春風直恐淵明去，借與横斜對菊開㊀〔一〕。

【校記】

㊀ 斜：活字本、叢書堂本、董鈔本、詩淵第四册第二五三四頁作「枝」。

【題解】

本詩作於紹興三十二年（一一六二）九月十日，時在太平惠民和劑局任上。

【箋注】

〔一〕「春風」二句：謂因擔心淵明離去，故梅花在九月與菊花一同盛開。淵明愛菊，有『採菊東籬下，悠然見南山』之句。横斜，指梅，林逋山園小梅：「疎影横斜水清淺，暗香浮動月黄昏。」

送汪聖錫侍郎帥福唐

承明纔入又南州，重見旌旗照柁樓。道義平生無捷徑，風波隨處有虚舟〔一〕。如公未可違文石〔二〕，稽古何妨欠碧油〔三〕。我亦登門煩著録，此行無力爲王留。

【題解】

本詩作於紹興三十二年（一一六二）十月，時在太平惠民和劑局任上。汪應辰於本年十月知福州，石湖賦詩送行。汪聖錫侍郎，即汪應辰，時爲權户部侍郎。汪應辰，字聖錫，信州玉山人。紹興五年進士第一人。本名洋，高宗改賜名應辰。歷仕秘書省正字、建州通判、秘書少監、權户部侍郎知福州、吏部尚書兼翰林學士并侍讀、知平江府，淳熙三年卒於家。事見宋史汪應辰傳。曾敏行獨醒雜志卷一〇：「汪聖錫，本名洋，集英臚唱賜第，御筆更名應辰。或謂取王拱辰十八歲作大魁之義。」吴廷燮南宋制撫年表卷下「福建路」：「紹興三十二年，汪應辰，志：十月，以集英殿修撰知福州。」福唐，即福州。沈欽韓范石湖詩集注卷上：「稱福州曰福唐，蓋宋時俗稱。」按元和郡縣圖志卷二九江南道福州，管縣九，有福唐縣。福建通志卷三「建置」：「福州府，天寶間爲福州長樂郡，轄縣十，有福唐。」

【箋注】

〔一〕「道義」二句：高宗傳位孝宗後，議太上尊號，李燾、陳康伯議以「光堯壽聖」爲稱，汪應辰力主不可，高宗不滿，謂孝宗曰：「汪應辰素不樂吾。」汪應辰乃連乞補外，遂知福州，事見宋史汪應辰傳。蓋汪應辰剛方正直，敢言不避，石湖有感於斯，乃有此二句。

〔二〕文石：漢書梅福傳：「願壹登文石之陛，涉赤墀之塗。」此代指宫廷。

〔三〕碧油：即碧油幢，同緑油幢。南齊書輿服志：「自輦以下，二宫御車，皆緑油幢，絳系絡。」此代指爲官。

送王純白郎中赴閩漕

聲利場中百戰鏖，今誰勇退似公豪。緩尋南粤千山路，先破西興百尺濤〔一〕。平日曼容嫌禄厚〔二〕，他年文本歎官高〔三〕。才名政爾歸安往，富貴追蹤未可逃。純白先君，平生約官至正郎而休，卒踐言。故純白爲兵部，便丐去，以承其志。

【題解】

本詩作於紹興三十二年（一一六二），時在太平惠民和劑局任上。王淪自兵部郎中，赴福建轉運判官任，石湖賦詩送之。王純白郎中，即王淪，孔凡禮范成大年譜紹興三十二年譜文附注：「又查福建通志同上卷（指卷二一），紹興間任福建轉運司轉運判官最後一人爲王淪，當是。淪，紹興十五年進士，歷陽人，見光緒和州志卷十四。後官至工部侍郎兼直學士院，見宋中興百官題名之中興學士院題名。」康熙福建通志卷一九職官二「福建轉運司」：紹興間任轉運判官之最後一人爲王淪。則王淪即王純白，名與字切，當是一人。

【箋注】

〔一〕西興：鎮名，屬蕭山縣。元豐九域志卷五兩浙路越州蕭山縣，有西興鎮。

〔二〕「平日」句：用漢邴曼容典，以切王純白志。漢書兩龔傳：「（邴）漢兄子曼容亦養志自修，爲官不肯過六百石，輒自免去，其名過出於漢。」

〔三〕「他年」句：用岑文本故事。新唐書岑文本傳：「文本歎曰：『吾漢南一布衣，徒步入關，所望不過一秘書郎、縣令耳。今無汗馬勞，以文墨位宰相，奉稍已重，尚何殖産業邪？』」

長至日與同舍遊北山

歲晚山同色，湖平霧不收。寒雲低閣雪，佳節静供愁。竹柏森嚴立，蒲荷索莫休。瘦筇知脚力，政爾耐清遊。

【題解】本詩作於紹興三十二年（一一六二）冬，時在太平惠民和劑局任上。詩題云「長至日」，詩云「歲晚」，知詩作於本年冬日。長至日，指冬至日，太平御覽卷二八後魏崔浩女義：「近古婦人，常以冬至日上履襪於舅姑，踐長至之義也。」白居易冬至宿楊梅館：「十一月中長至夜，三千里外遠行人。」

石湖居士詩集卷九

次韻尹少稷察院九宫壇齋宿

草草馳三里，蕭蕭共一餐。吏方緜禮蕝〔一〕，公自將詩壇〔二〕。隙月窺牀近，窗風刮坐寒〔三〕。鴉鳴未忍散，端爲四并難〔四〕。

【題解】

本詩作於隆興元年（一一六三），時在太平惠民和劑局任上。尹少稷察院，即監察御史尹穡。宋史尹穡傳：「隆興元年，除穡監察御史。」尹穡，字少稷，兖州人，建炎中自北歸南，紹興三十二年與陸游同爲樞密院編修官，賜進士出身，歷仕監察御史、右正言、殿中侍御史、諫議大夫。主和議，附湯思退，劾張浚，爲言事者論罷。宋會要輯稿選舉九「賜出身」：「紹興三十二年十一月四日，賜樞密院編修官陸游、尹穡進士出身。」羅大經鶴林玉露卷一：「尹穡，字少稷，博學工文，杜門讀書，不汲汲於仕進。諸公薦之，與陸務觀同賜出身，少稷言行有法，又通世務，時論翕然歸重。……後乃附麗湯思退，力排張魏公，以是除諫議，公論始薄之。」陸游老學庵筆記卷五：「尹少稷强記，日能誦麻沙版本書厚一寸。嘗於吕居仁舍人坐上記曆日，酒一行，記兩月，不差一字。」九宫壇，唐玄宗天寶三載，置太乙、天一、招摇、軒轅、咸池、青龍、太陰、天符、攝提九宫神壇，四時祭祀。見舊唐書禮儀志四。宋會要輯稿禮十二「九宫太乙祠」云：「國朝承唐制，祀九宫貴神東郊，用大祠禮。」吴自牧夢粱録卷一四「祠祭」云：「九宫貴神壇，在東青門外，以春秋二仲壇祭感生帝及九宫貴神。北太乙、西南攝提、正東軒轅、東南招摇、中央天符、西北青龍、正東咸池、東北太陰、正南天一之版位也。」

【箋注】

〔一〕「吏方」句：緜禮蕝，蕝，一作「蕞」。史記叔孫通傳：「遂與所征三十人西，及上左右爲學者與其弟子百餘人爲緜蕞野外。」漢初，叔孫通創定朝儀時，於野外畫地爲宫，行繩爲緜，立表爲蕞，用以習儀。本句意謂正在舉行祭祀禮儀。

〔二〕將詩壇：尹穡善詩，與曾幾、葉夢得、韓元吉皆有詩唱和往來，故云。

〔三〕坐寒：漸寒。張相詩詞曲語辭匯釋卷四「坐（五）」條云：「坐，將然辭，猶寖也；旋也；行也。」「窗風刮坐寒」，謂窗風吹刮，漸漸寒冷。

〔四〕四并難：謝靈運擬魏太子鄴中集詩序：「天下良辰、美景、賞心、樂事，四者難并。」

冬祠太乙六言四首

三一舊傳神呪〔一〕，十神今濟時艱〔二〕。願挽靈旗北指，爲君直擣陰山〔三〕。

月色朧明碧瓦，蠟煙浮動黄簾。罡騎飈輪欲下，一天飛霰纖纖。

雲木棲烏未動，風庭警鶴先鳴〔四〕。殘夜百靈夙駕〔五〕，人間鼻息雷驚。

行道羽衣縹緲，捲班玉珮冬瓏。回首金鋪獸面〔六〕，步虚聲在天風。

【題解】

本詩作於紹興三十二年（一一六二）冬，時在太平惠民和劑局任上，參加三年一次的冬祀太乙宫活動，賦詩記其事，寫其感慨。太乙，天神中地位最高的神祇，史記封禪書：「天神貴者太一。」臨安有太乙宫，咸淳臨安志卷一三「宫觀」：「太乙宫，在新莊橋南，始於太平興國初，即京都祠五福太一。駐蹕以來，歲祀於惠照僧舍，言者以爲未稱，請即行宫北隅擇爽塏地建祠，詔禮寺討論權宜設位。」

【箋注】

〔一〕「三一」句：史記封禪書：「古者天子三年壹用太牢祠神三一：天一、地一、太一。天子許之，令太祝領祠之於忌太一壇上，如其方。」

〔二〕「十神」句：咸淳臨安志卷一三「宮觀」：「太乙宮……塑十神像，按，十神者：五福、君綦、大游、小游、天一、地一、四神、臣綦、民綦、直符。凡行五宮，四十五年一移，所臨之地，歲稔無兵疫。」故石湖詩云「今濟時艱」。

〔三〕陰山：古代泛稱河套以北、大漠以南諸山爲陰山。史記秦始皇本紀：「自榆中並河以東，屬之陰山。」王昌齡出塞：「但使龍城飛將在，不教胡馬度陰山。」

〔四〕警鶴：風土記：「鳴鶴戒露，此鳥性警，至八月白露降，流於草上，滴滴有聲，因即高鳴相警，移徙所宿處，慮有變害也。」

〔五〕百靈：即百神。文選班固東都賦：「禮神祇，懷百靈。」

〔六〕金鋪獸面：金屬制成之鋪首，啣門環，飾獸形。文選左思蜀都賦：「金鋪交映。」劉淵林注：「金鋪，門鋪首，以金爲之。」

次韻李子永雪中長句

黄昏苦寒烏鳥稀，吹沙走石交横飛。布衾如鐵復似水〔一〕，夢想東風來解圍。豈知天地有奇事，夜半窗紙生光輝。兜羅寶界佛所現〔二〕，冥凌不敢專璿璣。開門倚杖眩一色，迴立此世空無依。少年行樂悦尚記，瑶林珠樹中成蹊。犬驕鷹俊馬蹄快，狡穴未盡須窮追。湖海粗豪今豈在，但憶鳴哮如餓鴟〔三〕。北鄰亦復淡生活，要我忍寒吟此詩。手龜筆退不可捉〔四〕，墨泓齟齬冰生衣。

【題解】

本詩作於隆興元年（一一六三）冬，時在聖政所檢討官任上。于北山范成大年譜繫本詩於隆興二年；孔凡禮范成大年譜繫於隆興元年，今從之。李子永，即李泳。李泳，字子永，號蘭澤，廣陵（今江蘇揚州）人。李正民之子，李洪弟。陳振孫直齋書録解題卷二一、中興以來絶妙詞選卷五、厲鶚宋詩紀事卷五六均以爲他是廬陵人，誤。按樓鑰檗庵居士文集序（攻媿集卷五二）：「江都李氏，名族也。紹興間，名之從『民』者，尚多俊茂。余生晚，猶及識將作監端民平叔及其子泳，皆有詩聲。」李氏爲江都人，乃爲「淮甸儒族」。中興以來絶妙詞選卷五：「李子大名洪，家世同登桂籍，躋膴仕，號淮甸儒族。子大其弟漳、泳、洤、澥，皆以文鳴。有李氏花萼集五卷，其姪直倫爲之序。」李泳曾於淳熙年間任坑冶司幹官，分局信州，知溧水縣。陸增祥八瓊室金石補正卷一一五著録般若會善知識祠記，署款爲「淳熙二年六月日，修職郎前兩浙東路安撫司準備差遣李泳記」。李泳於淳熙七年左右任坑冶司幹官，淳熙九年猶在任。辛棄疾水調歌頭再用韻答李子永提幹，提幹，乃坑冶司幹辦公事之略稱，故稼軒於淳熙九年退居帶湖後，能與李泳唱和。淳熙十四年，知溧水縣，景定建康志卷二七「溧水縣令題名」：「李泳，淳熙十四年三月初六日到任。」李泳善詩，著蘭澤野語,洪邁夷堅志己志卷八録十七事,皆出蘭澤野語。趙蕃次韻李子永(淳熙稿卷一五):「戲調猶能出平淡,意加每輒造瑰奇。」甚稱許其詩。韓元吉李子永惠道中詩卷(南澗甲乙稿卷四)亦贊其詩。

【箋注】

〔一〕布衾如鐵:語出杜甫茅屋爲秋風所破歌:「布衾多年冷似鐵,嬌兒惡卧踏裏裂。」

〔二〕「兜羅」句:兜羅,即兜羅綿,佛經中稱草木之花絮,石湖以此喻雪。翻譯名義集卷七沙門服相篇:「兜羅,此云細香。……或名妬羅綿,妬羅,樹名。綿從樹生,因而立稱,如柳絮也。亦翻楊華。」亦作「堵羅綿」,慧琳一切經音義卷三引道宣回分戒經注:「堵羅綿,草木花絮也。」遍地白色花絮,乃佛所現境界,故曰「寶界」。

〔三〕「但憶」句:梁書曹景宗傳:「景宗謂所親曰:『我昔在鄉里,騎快馬如龍,與年少輩數十騎,拓弓弦作霹靂聲,箭如餓鴟叫,平澤中逐麞,數肋射之。』」

〔四〕手龜:即龜坼之手。陸游雪後龜堂獨坐:「兩手龜坼愁出袖。」

次韻子永見贈建除體

建子玉杓直,黄昏月如霜。除道啓柴扃,客來巾履忙。滿灶寒缸油,共此書檠光。平生卜鄰願，何意登我堂。定交吾豈敢，南榮慚伯陽〔一〕。執手道古作，遺篇記河梁〔二〕。破窗風鳴悲，孤客多慨傷。危腸不捄飢，我詩安得昌。成章類村歌，但可侶牛羊。收功翰墨藪，微子誰能良？開卷得雅音，玉鑾導旂常。閉户坐相念，雪深梅暗香。

【題解】

本詩作於隆興元年（一一六三）冬，時在聖政所檢討官任上。本詩云「卜鄰願」，上詩云「北鄰」，在臨安，李泳居處與石湖居處密近，故相交甚密。建除體，雜體詩名，以建、除、滿、平、定、執、破、成、收、開、閉十二神，放在十二句之句首。嚴羽滄浪詩話詩體中列有此體，自注云：「鮑明遠有建除詩，每句句首冠以『建、除、平、定』等字。」謝榛四溟詩話：「鮑照十數體、建除體……魏、晉以降，多務纖巧，此變之變也。」李泳賦此體詩，以贈石湖，石湖和之。

【箋注】

〔一〕「南榮」句：伯陽，周太史，借指李泳。史記周本紀：「（幽王）三年，周太史伯陽讀史記曰：『周亡矣！』」南榮，南榮趎，庚桑楚弟子，石湖自指。莊子庚桑楚：「今吾才小，不足以化子，子胡不南見老子？」蘇軾留別蹇道士拱辰：「庚桑託鷄鵠，未肯化南榮。」

〔二〕「遺篇」句：指蘇武與李陵於河梁離別之詩篇。李陵與蘇武三首之三：「攜手上河梁，遊子暮何之。徘徊蹊路側，悢悢不得辭。」

與胡經仲、陳朋元遊照山堂，梅數百株盛開

九陌緇塵滿客襟，錢塘門外有園林〔一〕。胡牀住處梅無限，酒斾垂邊柳未深。晴日煖風千里目，殘山剩水一人心⊖。元方伯始皆吾黨〔二〕，邂逅清遊直萬金。

【校記】

⊖一人心：叢書堂本、詩淵第四册第二五〇四頁作「一生心」，近是。

【題解】

本詩作於隆興元年（一一六三）。與胡權、陳蒼舒同遊照山堂，賦詩記其遊興。胡經仲，即胡權，見卷八次胡經仲知丞贈別韻「題解」。陳朋元，即陳蒼舒。蒼舒字朋元，乾道元年至五年，任溧陽縣令，淳熙九年，任樞密院檢詳文字兼樞密副都承旨。溧陽縣志卷九職官志：「陳蒼舒，據周必大泛舟遊山録，字朋元。乾道三年在任。建康志云：右通直郎，乾道元年十一月到任，五年四月得替，任年正合。」淳熙九年，崔敦詩卒，陳蒼舒有挽詞，（詩見崔舍人玉堂類稿附録），具銜爲「朝散大夫樞密院檢詳諸房文字兼樞密副都承旨」。照山堂，在陳園，參見本卷陳園照山堂「題解」。

【箋注】

〔一〕錢塘門：乾道臨安志卷二「城社」：「有城門十二，西曰錢湖、清波、豐豫、錢塘。」則陳園照山堂在錢塘門外。

〔二〕元方伯始：元方，即陳元方，見世説新語政事，此指陳蒼舒。伯始，即胡伯始，東漢胡廣之字，見後漢書胡廣傳，此指胡權。

次韻胡邦衡秘監

斯言向來立，千古敢疵瑕。有命孤蓬轉，何心勁箭加。人窮名滿世，天定客還家。回首冥恩怨，虚空不著花。

【題解】

本詩作於隆興元年（一一六三）四月以前，時仍在太平惠民和劑局任上。本年正月，胡銓任秘書少監，四月，遷起居郎，石湖之次韻詩必作於四月以前。胡銓（一一〇二—一一八〇），字邦衡，號澹庵，廬陵人。建炎二年中進士第。紹興五年，除樞密院編修官，八年，上封事痛諫和議，請斬王倫、秦檜、孫近三人，除名編管昭州，謫新州，再謫吉陽軍。檜死，得自便。除知饒州，改除禮部郎，遷秘書少監，起居郎兼侍講及國史院編修官，中書舍人，宗正少卿兼國子祭酒，兵部侍郎，兼侍讀。復上疏極諫和議可痛哭者十。朝廷罷張浚兵柄，上疏力爭，除措置浙西淮東海道使，除知漳州，改泉州，權工部侍郎，封廬陵郡開國侯。卒謚忠簡。有澹庵文集。生平事迹見楊萬里所撰行狀、宋史卷三七四本傳。胡銓任秘書少監的年月，有明確記載：周必大胡銓神道碑：「隆興元年正月，遷秘書少監。」南宋館閣録卷七：「胡銓，字邦衡。廬陵人。李易榜進士及第。治春秋。（隆興）元年正月除（少監）；四月爲起居郎。」詩題云「秘監」，即指此職。

三月四日驟煖

日脚融晴晚氣暄，睡餘初覺薄羅便。如何柳絮沾泥處，煖似槐陰轉午天。

【題解】

本詩作於隆興元年（一一六三）春，時在太平惠民和劑局任上。

久雨地濕

汗礎經旬未肯乾，破窗隨處有蝸涎。衹今不耐春陰得，想見黄梅細雨天〔一〕。

【校記】

㊀ 黄梅：活字本、叢書堂本、董鈔本、詩淵第三册第二二〇九頁作「梅黄」。

【題解】

本詩作於隆興元年（一一六三）四五月間，時已改任聖政所檢討官兼敕令所。周必大神道碑：「壽皇受禪，命宰臣編類高宗聖政。隆興元年四月，以公爲檢討官，又兼敕令所。」樓鑰華文閣直學士奉政大夫致仕賜金紫光禄大夫陳公行狀：「隆興元年，孝宗修高廟聖政，妙選僚屬，時參政范公成大爲和劑局，與公皆自莞庫中兼檢討官。」

【箋注】

〔一〕梅黄細雨天：陳善捫虱新話：「江湖二浙，四五月間梅欲黄而雨，謂之梅雨。」陳巖肖庚溪詩話卷上：「江南五月梅熟時，霖雨連旬，謂之黄梅雨。」

晝錦行送陳福公判信州

漢家麟閣多王侯，冠佩相望經幾秋。晝錦聲名兩榮耀，惟有信州如相州。國門南頭折楊柳㊀，借問江津垂白叟：住在行都四十年，曾見歸舟似公否？人言公與赤松期，飈車羽輪來何時〔一〕？雲出雲歸俱是道，苦學赤松還未妙。君不見補陀大士海復山，隨喜却來觀世間〔二〕。

【校記】

㊀國門南頭：富校：「『國南門頭』黄刻本作『國門南頭』，是。」活字本、叢書堂本、董鈔本作「國南門頭」。黄刻本意勝，今改。

【題解】

本詩作於隆興元年（一一六三）十二月，時在聖政所檢討官任上。本年，陳康伯以疾請辭，遂判信州，石湖賦詩送之。因陳康伯爲信州人，今回信州任職，猶如衣錦還鄉，故詩題冠以「晝錦行」。陳福公，即陳康伯，封福國公，故云。陳康伯，字長卿，信州弋陽人。紹興三十一年，拜光禄大夫尚書左僕射。孝宗即位，兼樞密使。隆興元年，以太保、觀文殿大學士、福國公判信州。事迹見宋史卷三八四本傳。宋會要輯稿職官七八「罷免下」云：「（隆興）十二月三日，詔特進、尚書左僕射、同中書門下平章事、兼樞密院使陳康伯除少保、觀文殿大學士、判信州。」（按，宋史作「太保」，宋會要輯稿作「少保」，會要近是。）

【箋注】

〔一〕飈車羽輪：御風而行之車。桓驎西王母傳：「（王母）所居宫闕……其山之下，弱水九重，洪濤萬丈，非飈車羽輪，不可到也。」李白古風五十九首之四：「羽駕滅去影，飈車絶回輪。」

〔二〕「君不見」三句：補陀大士，即觀音菩薩。觀音，又稱觀世音，因唐代避太宗李世民之名諱，略去「世」字，後遂沿用之。妙法蓮華經觀世音菩薩普門品：「佛告無盡意菩薩：善男子！若有無量百千萬億衆生，受諸苦惱，聞是觀世音菩薩，一心稱名，觀世音菩薩即時觀其音聲，皆得解脱。」石湖詩末句「觀世間」，巧借「觀世音」之名，化爲一個表示動態的詞語，表示觀世音菩薩來到世間，觀看人世間之「音」，即人世間種種現象，以便解脱衆生之苦難。

送張真甫中書奉祠歸蜀

種成桃李恰新陰，忽憶家山叢桂林。客路莫嫌歸計拙，春江争似駭機深。一封朝奏鈞天夢〔一〕，萬里江行魏闕心〔二〕。後日還朝飽風露，黑頭應有雪絲侵。

【題解】

本詩作於隆興元年（一一六三），時在聖政所檢討官任上。張震時爲中書舍人，因檄龍大淵、曾覿新命，遂奉祠歸蜀，石湖因作本詩以送行。張真甫中書，即中書舍人張震。張震，字真父、真甫，廣漢人。趙逵榜進士及第。紹興三十一年十月，除著作佐郎，三十二年爲殿中侍御史、起居郎，有所建白。羅大經鶴林玉露丙編卷二：「隆興初，張真父自殿中侍御史除起居郎，孝宗玉音云：『張震知無不言，言皆當理。』令載之訓詞。大哉玉言！真臺諫之金科玉條也。」隆興元年，任中書舍人，因繳龍、曾新命，遂除敷文閣待制、知紹興府，震力辭，請「除一在外宫觀」，不許，震又屢辭職名，孝宗批示：「張震除職已有成命，累上辭免，特從所請，可與外祠，從其本意。」後改知夔州。後知成都府，卒於任。宋史翼卷二〇列傳第二十循吏三：「張震，字真父。廣漢人。嘗爲臺諫，多所建白。……上（指孝宗）初即位，劉度入對，首言龍大淵、曾覿潛邸舊人，待之不可無節度。臣欲退之而陛下欲進之，何面目尚爲諫官，乞賜貶黜！震時爲中書舍人，繳其命至再（指繳龍、曾新命），遂除震敷文閣待制，知紹興府。震力辭。……改知夔州。……後知成都府，卒於官。」南宋館閣録卷八：「張震，（紹興）二十五年十月除（秘書省正字）；二十六年八月，通判荆南府。」卷七：「張震，字真甫。緜竹人。趙逵榜進士及第。治周禮。（紹興）三十一年十月，除（著作佐郎）；三十二年四月，爲殿中侍御史。」石湖作本詩時，在改知夔州之前，故詩題云：「奉祠歸蜀。」周必大歸廬陵日記隆興元年三月甲辰記事：「中書舍人張真父之出，頗涉大淵，外議紛然。」

【箋注】

〔一〕「一封」句：用韓愈左遷至藍關示侄孫湘「一封朝奏九重天，夕貶潮州路八千」詩意。

〔二〕「萬里」句：用莊子文意，莊子讓王：「身在江海之上，心居乎魏闕之下。」

送周子充左史奉祠歸廬陵

黄鵠飄然下九關，江船載月客俱還。名高豈是孤臣願，身退聊開壯士顔。傾蓋當年真旦暮〔一〕，沾巾明日有河山。後期淹速都難料，相對猶憐鬢未斑。

【題解】

本詩作於隆興元年（一一六三）四月，時在聖政所檢討官任上。周必大因進言龍、曾事，坐是請祠歸鄉。周子充左史，即起居郎兼中書舍人周必大。周必大奉祠歸廬陵，石湖賦詩送行之。周必大歸廬陵日記序：「紹興壬午，壽皇初政。予自御史擢起居郎兼權中書舍人、聖政所詳定官。明年癸未，改元隆興。時隨龍人龍大淵、曾覿頗用事，予因進故事，每以爲言，尋檄知閤之命，坐是請祠而去。」歸廬陵日記三月庚申記事：「受敕，主管台州崇道觀，以狀申尚書省，乞免辭謝。」又甲子紀事：「甲子，雨旋霽，骨肉登舟出城，予循城過北關就之。李平叔大監、陸務觀編修、鄒德章監丞、王致君判院、范至能省幹攜詩相送。解舟至閘下，遇修梁而止。」

【箋注】

〔一〕「傾蓋」句：傾蓋，指初交一見如故，史記鄒陽傳：「諺曰：『有白頭如新，傾蓋如故。』」索隱：「服虔云：『如吴札、鄭僑也。』按：家語『孔子遇程子於途，傾蓋而語』。又志林云：『傾蓋者，道行相遇，軿車對語，兩蓋相切，小欹之，故曰傾也。』」蘇軾和邵同年戲贈賈收秀才：「傾蓋相歡一笑中。」

送陳天予大監同年使閩

春闈十載記英遊〔一〕，蚤喜時才近采旒。夷路着鞭方逸駕，急流回首忽扁舟。雲霄正穩君猶去，塵土無邊我合休。問訊後車容客否？茶山荔浦看南州。

【題解】

本詩作於隆興元年（一一六三），時在聖政所檢討官任上。陳天予大監，即軍器監陳良祐，與石湖同爲紹興二十四年進士，故云「同年」。陳良祐，字天與（「與」亦作「予」），婺州金華人。紹興二十四年進士。累官太學録、樞密院編修官、監察御史、軍器監，隆興元年，出爲福建路轉運副使。後又歷仕起居舍人、中書舍人、起居郎、右司諫、右諫議大夫兼侍講、給事中兼直學士院、吏部侍郎、尚書、知州、知府。其在朝論奏，如言會子之弊、請禁公侯戚畹牟商賈之利、諫遣泛使請地等項，均見識力。詳見宋史卷三八八本傳。宋史陳良祐傳：「隆興元年，出爲福建路轉運副使。」康熙福建通志卷一九職官二「福建轉運司」：「陳良祐，隆興間任。」

【箋注】

〔一〕春闈十載：從紹興二十四年進士及第，至本年恰爲十年。

送陸務觀編修監鎮江郡歸會稽待闕

寶馬天街路，煙篷海浦心。非關愛京口，自是憶山陰。高興餘飛動，孤忠有照臨。浮雲付舒卷〔一〕，知子道根深。

見説雲門好〔二〕，全家住翠微。京塵成歲晚，江雨送人歸。邊鎖風雷動，軍書日夜飛〔三〕。功名袖中手，世事巧相違。

【題解】本詩作於隆興元年（一一六三）六月，時在聖政所檢討官任上。陸游因忤龍大淵、曾覿，歸會稽，待鎮江通判闕（五月得鎮江通判之任命，見陸游鎮江謁諸廟文：「某以隆興改元夏五月癸巳，自西府掾出佐京口，明年春二月己卯至郡。」六月離臨安，見石湖余與陸務觀自聖政所分袂每別輒五年離合又常以六月似有數者詩。）陸務觀編修，即樞密院編修官陸游。陸游（一一二五—一二一〇），字務觀，號放翁。南宋偉大愛國詩人。少年初應試，即以論恢復，反和議觸怒秦檜，幾被禍。宋孝宗趙昚即位，召見，賜進士出身。歷官主簿、通判、知州、提舉、郎中、秘書監，屢兼史官。晚年封渭南伯。卒於嘉定二年除夕（一二一〇年一月二十六日），享年八十五歲。石湖爲蜀帥時，游爲幕僚，仍以舊友相待，不拘禮法。今傳劍南詩稿八十五卷，渭南文集五十卷（包括入蜀記及詞）。

尚有南唐書、老學庵筆記、家世舊聞、天彭牡丹譜等書。陸游於隆興元年六月出都還會稽，賦出都詩，復齋記（渭南文集卷一七）云：「隆興元年夏，某自都還里中。」宋史陸游傳：「時龍大淵、曾覿用事，游爲樞臣張燾言：覿、大淵招權植黨，熒惑聖聽，公及今不言，異日將不可去。燾遽以聞。上詰語所自來，燾以游對。上怒，出通判建康府。（按，宋史誤，當爲鎮江府。）」這一年，石湖接連送張震、周必大、陸游三位知友離京，均與孝宗親幸龍大淵、曾覿有關，于北山范成大年譜爲此加案語云：「張震、周必大、陸游此次去國，均係與趙昚親信龍大淵、曾覿政治矛盾之結果。周、陸、范等此時爲朝廷新進人物，不滿因循萎靡之現實，尤不滿於佞倖近習之當道。膽識風力，均有足稱。石湖雖未陷入政治漩渦，而送行詩感情充沛，愛憎分明，固非僅離情別緒而已。惟從門爭之發展觀之，此非結局，而係肇端。厥後與龍、曾及其黨羽門争到底者爲陸游；必大則漸趨妥協，致身通顯，雖非由龍、曾而進，但墮入軟熟應付，不免爲輿論所不與；石湖在此方面，內心有矛盾，宦途多坎坷，故雖屢建節於外藩，但不能久安於朝路。其結果則惋歎自疎、移情山水，蓋亦有感於履霜堅冰，而自置於遯世無悶、憂則違之之域，亦非陸游之比也。」

【箋注】

〔一〕「浮雲」句：句意與陸游出都詩有關，陸詩云：「西厢屋了吾真足，高枕看雲一事無。」

〔二〕雲門：山名，在會稽，嘉泰會稽志卷九：「雲門山，在（會稽）縣南三十里。」陸游有草堂在此山，有留題雲門草堂詩。

〔三〕「邊鎖」二句：孔凡禮范成大年譜隆興元年譜文附注：「時值符離失敗以後，前方仍有戰争，有望游立功名之意。」

送李仲鎮宰溧陽

相逢已歎十年遲，冷淡貧交又語離。玉笋换班通籍後，黄梅催雨送帆時。月巖家世猶爲縣〔一〕，仲鎮，方叔孫也。金瀨溪山好賦詩〔二〕。唤起酸寒孟東野〔三〕，倒流三峽洗餘悲。

【題解】

本詩作於隆興元年（一一六三），時在聖政所檢討官任上。李鼐以右宣教郎任溧陽縣令，石湖賦詩送行。詩云「黄梅催雨送帆時」，是送别時景物，則石湖此詩作於四五月間，而李鼐到任在九月，景定建康志卷二七溧陽縣縣令題名：「李鼐，右宣教郎。隆興元年九月到任，乾道元年八月罷任。」可知李鼐離臨安後，先回宜興家，至九月始赴任。

【箋注】

〔一〕月巖家世：據附注，知仲鎮爲李廌孫。李廌（一〇五九—一一〇九），字方叔，號月巖、齊南先生、太華逸民，少爲蘇軾所知，入其門，成爲「蘇門六君子」之一。廌一生未仕，今李仲鎮任縣令，故云。見宋史李廌傳。

〔二〕金瀨溪山：溧陽有投金瀨，孟郊嘗在此賦詩，辛文房唐才子傳卷五：「(溧陽)縣有投金瀨、平陵城，林薄蓊翳，下有積水。郊間往坐水傍，命酒揮琴，裴回賦詩終日，而曹務多廢。」因李廌宰溧陽，亦工詩，故石湖用孟郊故事。

〔三〕酸寒孟東野：孟郊(七五一—八一四)，字東野，湖州武康人。貞元十二年中進士第。十六年，任溧陽縣尉。憲宗元和元年，鄭餘慶辟爲水陸轉運從事。九年，鄭餘慶鎮興元，復辟爲節度參謀。赴任途中，暴卒於閿鄉。兩唐書有傳。孟郊以苦吟著稱，詩風險怪奇崛，蘇軾祭柳子玉文：「元輕白俗，郊寒島瘦。」，故石湖有「酸寒」之語。

送吴元茂丞浦江

玉筍翻乘縣佐車，飄然不肯待新除。才名已被人争説，官薄何妨計小踈。憶昨西湖同我載，從今南浦望君書。遥知斂板趨風後，始覺丞哉果負予〔一〕。

【題解】本詩作於隆興元年(一一六三)，時在聖政所檢討官任上。吴元茂赴婺州浦江縣丞任，石湖賦本詩送之。浦江，元豐九域志卷五兩浙路婺州，浦江縣，有浦陽江，縣由此得名。

【箋注】

〔一〕「始覺」句：韓愈藍田縣丞廳壁記：「(崔斯立)元和初，以前大理評事言得失黜官，再轉而爲丞兹邑。始至，喟然曰：『官無卑，顧材不足塞職。』既噤不得施用，又喟然曰：『丞哉！丞哉！余不負丞，而丞負余。』」

雪晴呈子永

碧空無處泊同雲，晴入荒園鳥雀馴。冰面小風池欲動，雪邊濃日瓦如薰。塵容俗狀長爲客〔一〕，冷蕊疎枝又作去聲春。詩卷豈能生煖熱，犯寒聊復惱比鄰。

【題解】

本詩作於隆興元年(一一六三)，時在聖政所檢討官任上。雪晴，喜作本詩，呈李泳。

【箋注】

〔一〕塵容俗狀：孔稚珪北山移文：「抗塵容而走俗狀。」

次韻子永雪後見贈

雪瓴待伴半陰晴〔一〕，竟日檐冰溜雨聲。九陌泥乾塵未動，南山石露塔猶明。稍聞吉語占農事，便覺歸心勝宦情。想得秫田來歲好，瓦盆加釀灌愁城。

【題解】

本詩作於隆興元年（一一六三）冬，時在聖政所檢討官任上。雪後李泳賦詩見贈，乃次其韻作本詩。

【箋注】

〔一〕待伴：俗語，上次雪未融化，等待下次雪來作伴，稱爲待伴。蔡絛西清詩話卷上：「王君玉謂人曰：『詩家不妨間用俗語，尤見工夫。』雪止未消者，俗謂『待伴』。嘗有雪詩：『待伴不禁鴛瓦冷，羞明常怯玉鈎斜。』待伴、羞明皆俗語，而採拾入句，了無痕類，此點瓦礫爲黄金手也。」

次韻郊祀慶成

帝德重堯緒，天心與舜禋〔一〕。慶期符後甲，元日際初辛〔二〕。土緯扶南極，旄胡拱北辰。律諧風自艮，衡正斗垂寅。桂燎靈宫曉〔三〕，蕭脂太室晨。百神森壁壘，萬衛密鈎陳。日月青旂色，雷霆玉輅塵〔四〕。洗兵銀漢水，收雪紫壇春。天步臨黄道〔五〕，仙班像玉宸。陶匏宗素樸〔六〕，琮璧慕精純㊀〔七〕。秘祝裒時對，高旃欻下賓。金鐘鳴傑簴〔八〕，朱火爇芳薪。日麗鶏竿矗〔九〕，天旋鳳曆新㊁〔一〇〕。端門敷錫後，六合共絪緼。

【校記】

㊀慕：叢書堂本、詩淵第一册第三〇二頁作「蓂」。

㊁鳳曆：原作「鳳律」，按活字本、叢書堂本、董鈔本、詩淵均作「鳳曆」，今據改。

【題解】

本詩作於隆興元年（一一六二）九月，時在聖政所檢討官任上。本年石湖參加三年一度的郊祀活動，禮成，有人賦詩紀事、志感，石湖次其韻作本詩。郊祀之禮，吴自牧夢粱録卷五、周密武林舊事卷一「大禮」條，有詳細記載，參本詩各條「箋注」文字。

【箋注】

〔一〕「帝德」二句：意謂帝王之德，重在繼堯舜之餘緒，通過明禋禮，升煙與天神之心相通。禋，禋祀，以祭神之牲體和玉帛置於柴上，燒柴煙起升上，表示告天。周禮春官大宗伯：「以禋祀祀昊天上帝。」宋代三年一次行明禋郊祀之禮。

〔二〕「元日」句：吴自牧夢粱録卷五「明禋年預教習車象」條云：「明堂大禮，三年一次，春首頒詔天下明禋，以九月上辛日大饗天地。」周密武林舊事卷一「大禮」條云：「三歲一郊，預於元日降詔，以冬至有事於南郊。或用次年元日行事。」夾注：「明堂止於半年前降詔，用是歲季秋上辛日。」初辛，即上辛日。

〔三〕桂燎：用桂木作燎柴。焚柴祭天曰燎，班固白虎通封禪：「燎祭天，報之義也。」宋會要輯稿禮二「郊祀奏告」條云：「有司各詣神位前，取幣、祝版置於燎柴，次引奉禮郎、太祝降詣望燎位立定，禮直官曰：『可燎』，火燎半柴。禮直官贊禮畢，引告官以下退。」本詩下有句「朱火爇芳薪」，爇，暴曬。芳薪，即指桂木。將桂木曬乾，以爲燎柴。

〔四〕玉輅：用玉飾車。吴自牧夢粱録卷五「五輅儀式」條云：「明禋止用玉輅。」「玉輅，按周禮春官：『巾車，掌王之玉輅，錫繁纓十有再就，建太常十有二斿以祀。』康成注曰：『玉輅，以玉飾諸末。』」

〔五〕「天步」句：周密武林舊事卷一「大禮」條云：「上服衮冕，步至小次，升自午階，天步所臨，皆藉以黄羅，謂之『黄道』。」

〔六〕陶匏：禮記郊特牲：「掃地而祭，於其質也，器用陶匏，以象天地之性也。」孔穎達疏：「陶謂瓦器，謂酒尊及豆簋之屬，故周禮旊人爲簋。匏謂酒爵。」

〔七〕琮璧：黄琮與蒼璧，瑞玉。周禮春官大宗伯：「以玉作六器以禮天地四方，以蒼璧禮天，以黄琮禮地。」

〔八〕傑簴：簴，簨簴，古代懸鐘磬鼓的木架。傑簴，巨大的懸挂鐘鼓的木架。禮記明堂位：「夏后氏之龍簨虡。」注：「簨簴，所以懸鐘磬也。横曰簨，飾之以鱗屬，植曰虡，飾之以臝屬、羽屬。」也作「簨簴」。

〔九〕日麗鷄竿矗：用金鷄放赦故事。吴自牧夢粱録卷五「明禋禮成登門放赦」條云：「上登樓臨軒，立金鷄竿放赦，如明禋禮同。」周密武林舊事卷一「大禮」條：「門上中書令稱：『有敕，立金鷄門下。』侍郎應喏，宣奉敕立金鷄。鷄竿一起，門上仙鶴童子捧赦書降下閤門，接置案上，太常寺擊鼓，鼓止，捧案至樓前中心。知閤稱『宣付三省』，參政跪受，捧制書出班跪奏，請付外施行。」金鷄宣赦事，起於後魏、北齊，隋唐沿用之，故王建宫詞曰：「樓前立仗看宣赦，萬歲聲長再拜齊。日照彩盤高百尺，飛仙争上取金鷄。」

〔一〇〕鳳曆：左傳昭公十七年：「高祖少皞摯之立也，鳳鳥適至，故紀於鳥。爲鳥師而鳥名，鳳鳥氏，曆正也。」注：「少皞，黄帝子，鳳鳥知天時，故以名曆正之官。」杜甫上韋左相詩：「鳳曆軒轅紀，龍飛四十春。」

從巨濟乞蠟梅

寂寥人在曉鷄窗，苦憶花前續斷腸。全樹折來應不惜，君家真色自生香。

【題解】本詩作於隆興元年（一一六三）冬，時在聖政所檢討官任上。作本詩向巨濟乞蠟梅。巨濟，生平未詳。

次韻朋元賣花處見梅

煙濃日淡不多寒，擔上看花雪作團〔一〕。想得竹邊春已暗，明朝走馬過溪看。

【題解】本詩作於隆興元年（一一六三）冬，時在聖政所檢討官任上。陳朋元於賣花處見梅，因賦詩贈石湖，石湖乃次其韻作本詩。

【箋注】

〔一〕「擔上」句：賣花者挑着擔兒，裝上若干盆栽花卉，叫賣兜售。蘇杭一帶盛行這種民俗，陸游臨安春雨初霽：「小樓一夜聽春雨，深巷明朝賣杏花。」

與正夫、朋元遊陳侍御園

沙際春風轉物華〔一〕，意行聊復到君家。年年我是曾來客，處處梅皆舊識花。官減不妨詩事業，地寒猶辦醉生涯。城中馬上那知此，塵滿長裾席帽斜〔一〕。

【校記】

㈠轉物華：原作「捲物華」，沈注卷上：「捲，宋詩鈔作轉，是。」活字本、叢書堂本、董鈔本亦作「轉」，今據改。

【題解】

本詩作於隆興元年（一一六三）春，時在監太平惠民和劑局任上。與正夫、朋元遊陳侍御園，有感而作本詩。陳侍御園，即陳園，在錢塘門外，有照山堂，參見本卷與胡經仲陳朋元遊照山堂梅數百株盛開、四月五日集陳園照山堂「題解」。正夫，即劉孝韙。劉孝韙，字正夫，官至侍郎。樓鑰敷文閣學士宣奉大夫致仕贈特進汪公行狀（攻媿集卷八八）：「成就人固多矣，而薦舉非名士不預。樞密大資政葉公翥方爲掌故，公一見，識拔於稠人中；尚書錢公象祖、侍郎劉公孝韙、史公彌大、經略潘公畤、屯田鄭公鍔、簽判沈公銖，皆卓然者。其他汲引，光顯於中外，有知人之稱。」侍郎是劉孝韙後來之官識，隆興時任何職，不詳。

【箋注】

〔一〕席帽：馬縞中華古今注卷中「席帽」條：「本古之圍帽也，男女通服之。以韋之四周，垂絲網之，施以朱翠，丈夫去飾。至煬帝淫侈，欲見女子之容，詔去帽戴幞頭巾子幗也，以皂羅爲之，丈夫藤席爲之，骨鞔以繒，乃名『席帽』。」

正月十四日雨中與正夫、朋元小集夜歸

燈市淒清燈火稀，雨巾風帽笑歸遲。月明想在雲堆處，客醉都忘馬滑時。老去樽前花隔霧，春來句裏鬢成絲。浮生不了悲歡事，作劇兒童總未知。

【題解】本詩作於隆興二年（一一六四）正月，時在聖政所檢討官任上。

次韻子永夜雨

辦作長愁客，工哦苦雨吟。挑燈今夕意，欹枕故園心〔一〕。漏屋疎疎滴，空檐細細斟。相過巷南北，屐齒怕泥深。

【題解】本詩作於隆興二年（一一六四）正月，時在聖政所檢討官任上。承上詩，時正春雨連綿，李泳作夜雨詩，石湖次其韻答之。從詩意看，李泳時亦在臨安，居處與石湖相近。

【箋注】

〔一〕故園心：用杜甫秋興八首之一：「叢菊兩開他日淚，孤舟一繫故園心。」

次韻朋元遊王氏園

聯翩步屧翠微間，回首紅塵自鮮歡。捲地雨添千澗急，擁門雲鎖兩山盤。絶憐茶笋能留客，仍喜蛙聲不在官〔一〕。雪白楊梅消息未，重來應至麥秋寒。

【題解】

本詩作於隆興二年（一一六四），時已任樞密院編修官。周必大神道碑：「隆興二年四月，除樞密院編修官。」王氏園，周密武林舊事卷五「湖山勝概」：「北山路，有王氏園。」

【箋注】

〔一〕蛙聲不在官：晉書孝惠帝紀：「帝又嘗在華林園，聞蛙蟆聲，問左右曰：『此鳴者爲官乎？私乎？』或對曰：『在官地爲官，在私地爲私。』」

遊靈石山寺

寺門頬壁，有仙人顔禹、李甲、蕭筠三人題詩，方運筆時，伸臂丈餘，閽人驚報主僧，回顧已失矣。

西湖富清麗，城府塵事并。我獨數能來，不負雙眼明。騷騷殘絮罷，颭颭新荷成。歲華日夜好，遊子能無情？午陰釀初暑，稍喜巾袂輕。小風吹鬢毛，將我入松聲。崖寺金碧暗，石泉肝膽清。壽藟萬蛟舞〔一〕，靈峰雙髻撑。仙人昔來游，筆墨上朱甍。舉臂尋丈高，聊得兒童驚。老矣謝狡獪，題詩記吾曾。

【題解】

本詩作於隆興二年（一一六四）初夏，時在樞密院編修官任上。詩云「騷騷殘絮罷，颭颭新荷成」、「午陰釀初暑」，知時爲初夏。靈石山寺，在靈石山麓。靈石山，一名積慶山，咸淳臨安志卷二三山川二「城南諸山」：「靈石山，在西山放馬場側，石嘗見光怪，故名。古跡事實云：『靈石山寺南山棲真院之上。』」周密武林舊事卷五「湖山勝概」：「靈石山。」明田汝成西湖游覽志卷四南山勝迹云：「靈石山，亦名積慶山，林壑中時有景光，蜿蜒扶輿，狀若異物。」又云：「山畔，舊有靈石寺。」范成大游靈石山，將仙人題詩鈔録下來，寄給李洪。李洪芸庵類稿卷五范至能游靈石録示詩仙留題云，共四首。其一：「南塢數回泉石，西風幾疊烟雲。登攜孰與爲侶？顔禹李甲蕭筠。」其二：「鼎峙傲睨絶景，揮毫想見凌雲。落落真筌玉子，步虚寧作吴筠。」其三：「勝概風生步武，山靈景從歸雲。塵世欲尋飆馭，藤蔭萬個蒼筠。」其四：「雨後泉淙水樂，詩成目送孤雲。寄興西湖南北，忘年丘壑松筠。」李洪，李正民之子，李泳之從兄，揚州人。歷仕知藤州、温州、大理卿等。隆興二年，李洪正在大理卿任上，建炎以來繫年要録卷二〇〇紹興三十二年十月丁卯紀事：「大理少卿李洪引見奏事。」宋會要輯稿職官七一之六：「隆興二年正月十一日，詔大理卿李洪……放罷。……」李洪工詩，有芸庵類稿，原書已佚，今本輯於永樂大典。四庫全書總目卷一六〇芸庵類稿提要云：「雖骨幹未堅，而神思清超，時露警秀，七言律詩尤爲工穩，足以嗣響正民。」

【箋注】

〔一〕壽藟：與下一首詩「緜緜紫藟天所壽」同意。藟，詩經周南樛木：「葛藟纍之。」陸璣毛詩草木鳥獸蟲魚疏：「藟，一名巨荒，似燕薁，亦延蔓生。」新唐書方技傳：「（姜撫）服常春藤，使白髮還鬒。……常春藤者，千歲藟也。」壽藟正指常春藤。

次韻李器之編修靈石山萬歲藤歌

君不見東林怪蔓之詩三百年，字如金繩鐵索相糾纏。不如李侯靈石句，筆陣壓倒長城堅〔二〕。藤陰詩律兩秀發，此段奇事今無前。吾聞草木未有不黄落，雨荒霜倒相後先。緜緜紫蘁天所壽，風雨不動常蒼然。堅姿絶鄰傲一世㈠，深本無極融三泉。騰虯舞蛟矯欲去，流蘇絡帶翩如仙。班荆芘藾得吾黨㈡，酌泉共吸杯中天。詩成一斗屬太白，擘牋揮掃如雲煙。北門西掖君自有，坐擁紅藥然金蓮㈢。山腰澗底莫濡滯，早晚天風吹蜕蟬。

【校記】

㈠ 一世：原作「一所」，富校：「『所』黄刻本作『世』。」按，活字本、叢書堂本、董鈔本、詩淵第四册第二三四二頁作「一世」，今據改。

㈡ 擁：活字本、叢書堂本、董鈔本、詩淵作「詠」。

【題解】

本詩作於隆興二年（一一六四），與上首同時作。石湖與李遠同遊靈石山，遠作靈石山萬歲藤歌，石湖次韻和之。李器之，即李遠，字器之，毗陵人，紹興二十七年進士，歷仕樞密院編修官、秘書省正字、校書郎、著作佐郎、福建安撫司參議官。南宋館閣録卷八：「李遠，（乾道）二年十月除（正字），三年七月爲校書郎。」又：「李遠（乾道三年七月除校書郎），四年四月爲著作佐郎。」卷七：「李遠，字器之，毗陵人。王十朋榜進士出身。治詩。（乾道）四年四月除（著作佐郎），五年十二月，爲福建安撫司參議官。」咸淳毗陵志卷一一：「（紹興）二十七年王十朋榜：李遠。」

【箋注】

〔一〕「不如」二句：贊譽李遠靈石山萬歲藤歌筆力雄健。韓元吉李編修器之惠詩卷贊遠詩「語新格健意有餘，風骨峭硬中含腴。猛如横陣舞刀槊，清若雅宴調笙竽。」喻良能送李參議器之（香山集卷一二）：「人間今北海，天上謫仙人。雄論堪醫國，新詩可泣神。」韓、喻二氏之論，與石湖如出一轍。

〔二〕班荆：左傳襄公二十六年：「伍舉奔鄭，將遂奔晉，聲子將如晉，遇之於鄭郊，班荆相與食，而言復故。」茈藾：莊子人世間：「南伯子綦遊乎商之邱，見大木焉有異：結駟千乘，隱將茈其所藾。」郭象曰：「其枝所蔭，可以隱芘千乘。」林希逸曰：「芘，自我芘物也；藾，彼求蔭於我也。」

次韻正夫遊王園，會者六人

丘園窈窕復崎嶇，草木生香景倍殊。花下百杯齊物我〔一〕，雲邊一眼盡江湖。不知朱户趦趄者，能勝青山放浪無？六逸蕭然真可畫，爲君題作竹溪圖〔二〕。

【題解】

本詩作於隆興二年（一一六四）春末，時在樞密院編修官任上，與正夫同遊王園，正夫賦游王園詩，石湖次其韻作本詩。王園，爲官舍，本書卷一〇有王園官舍睡起可知。

【箋注】

〔一〕「花下」句：齊物我，莊子有齊物論，内容宣揚齊物我之思想，後人以之作酒的名稱。宋唐庚詩：「滿引一杯齊物論，白衣蒼狗聽浮雲。」自注：「予在惠州，作酒二種，其和者名養生主，其稍勁者名齊物論。」

〔二〕「六逸」三句：石湖以「會者六人」，比擬歷史上的「六逸」，又説要「爲君題作竹溪圖」。按，唐鄭虔畫竹溪六逸圖卷，見張丑清河書畫舫卷三下：「新都黄氏藏虔竹溪六逸卷紙本，淺絳色，極佳，後有蘇子瞻題跋，米元章鑒定，紹興御府等印記。渴欲一見而不可得。近幸獲觀錢舜舉摹本，筆趣瀟灑，足供卧遊，想見真迹之妙，更何如也。」元陳旅竹溪六逸圖：「山樽共醉徂徠石。」明丘濬竹溪六逸圖：「徂徠之山竹滿溪」，「就中最豪孔與李」，「白也逃生巢父死」。可知鄭虔竹溪六逸圖乃以「竹溪六逸」爲題材畫成。考新唐書李白傳：「更客任城，與孔巢父、韓準、裴政、張叔明、陶沔居徂徠山，日沉飲，號『竹溪六逸』。」唐人有六逸圖，陸庭曜（又作陸曜）畫，今藏北京故宫博物院，畫漢晉逸人馬融、阮孚、邊韶、陶潛、韓康、畢卓六人，則鄭虔竹溪六逸圖與陸庭曜六逸圖，截然不同，不能渾爲一談。

四月五日集陳園照山堂

尋壑經丘到此堂，官閑聊作送春忙。短籬水面殘紅滿，團扇風前衆緑香。盡捲簾旌延竹色，深斟杯酒納山光。洞門無鎖城門近，轉午鷄啼日正長。

【題解】

本詩作於隆興二年（一一六四）四月五日，時在樞密院編修官任上，與友人同集陳園照山堂，因作本詩。陳園照山堂，在錢塘門外。孔凡禮范成大年譜隆興二年譜文附注：「咸淳臨安志卷八十六有陳氏園，在新城縣七賢鄉，當即成大所云之陳園。」欠當。本書卷九與胡經仲陳朋元遊照山堂，云：「錢塘門外有園林。」園林，即陳園，則陳園照山堂應在錢塘門外附近，與本詩之「洞門無鎖城門近」相合。

題寶林寺可賦軒

十里山行雜市聲，道傍無處濯塵纓。寶林寺裏逢修竹，方有詩情約略生。

【題解】

本詩作於隆興二年（一一六四），時在樞密院編修官任上，遊寶林寺可賦軒，題詩。寶林寺，即寶林院，咸淳臨安志卷八四寺觀十富陽縣寶林院：「在縣西南三十五里儀鳳村，舊係雙林院，大中祥符四年建，治平二年改今額。」以下題咏引成大本詩。周密武林舊事卷五湖山勝概南山路有寶林院，附注：「有可賦軒。」

次韻朋元久雨

誰釀愁霖玉宇間，都緣梅子要斕斑。騰騰困思午猶夢，擾擾奔雲風未還。休問滿城騎馬滑，不妨長日閉門閑。今朝晴色熹微似，乾鵲飛來語屋山〔一〕。

【題解】

本詩作於隆興二年（一一六四），時在樞密院編修官任上。陳朋元作久雨詩，石湖次其韻而作本詩。

【箋注】

〔一〕「乾鵲」句：西京雜記卷三：「乾鵲噪而行人至，蜘蛛集而百事喜。」鵲性喜晴，故云「乾鵲」。

韓無咎檢詳出示所賦陳季陵户部巫山圖詩，仰窺高作，歎息彌襟。余嘗考宋玉談朝雲事，漫稱先王時，本無據依，及襄王夢之，命玉爲賦，但云：「頩顔怒以自持，曾不可乎犯干。」後世弗察，一切溷以媟語，曹子建賦宓妃，亦感此而作，此嘲誰當解者？輒用此意，次韻和呈，以資撫掌

瑶姬家山高插天〔一〕，碧叢奇秀古未傳。向來題目經楚客，名字徑度岷峨前。是邪非邪莽誰識？喬林古廟常秋色〔二〕。暮去行雨朝行雲，翠帷瑶席知何人？峽船一息且千里，五兩竿頭見旛尾〔三〕。仰窺仙館至今疑，行人問訊居人指。千年遺恨何當申，陽臺愁絶如荒村。高唐賦裏人如畫，玉色頩顔元不嫁。後來飢客眼長寒，浪傳樂府吹復彈〔四〕。此事牽連到温洛，更憐塵韈有無間〔五〕。君不見天孫住在銀濤許〔六〕，塵間猶作兒女語。公家春風錦瑟傍，莫爲此圖虚斷腸！

【題解】本詩作於隆興二年（一一六四），時在樞密院編修官任上。韓元吉出示所賦陳天麟家藏巫山圖詩，石湖次其韻，發出一段關於宋玉高唐賦的議論。韓無咎檢詳，即韓元吉（一一一八—一一八七），字無咎，號南澗，開封雍丘人，南渡後寓居上饒。北宋宰相韓維四世孫，歷仕樞密院檢詳、江東轉運判官、大理少卿、中書舍人、吏部侍郎，仕至吏部尚書、龍圖閣學士，封潁川公。陸心源宋史翼卷一四韓元吉傳：「韓元吉字無咎，開封雍丘人，門下侍郎維之玄孫。……徙居信州之上饒，所居之前有澗水，號南澗。詞章典麗，議論通明，爲故家翹楚。嘗赴詞科不利，以蔭爲處州龍泉縣主簿。……乾道三年除江東轉運判官。……四年以朝散郎入守大理少卿，權中書舍人，八年權吏部侍郎。……九年權禮部尚書賀金國生辰使。……淳熙元年以待制知婺州，於郡西南隅創貢院，工築方興，明年移知建安。……旋召赴行在，以朝議大夫試吏部尚書，進正奉大夫，除吏部尚書。五年乞州郡，除龍圖閣學士，復知婺州，罷爲提舉太平興國宫。爵至潁川郡公。……與葉夢得、陸游、沈明遠、趙蕃、張浚相唱和，政事文章爲一代冠冕。朱子稱其詩有中原和平之舊，無南方啁哳之音。著有易繫辭解、焦尾集、南澗甲乙稿。」乾隆上饒縣志卷一一寓賢：「韓元吉字無咎，開封人，維之子，仕至吏部尚書、龍圖閣學士，封潁川公。嘗師尹焞，吕祖謙其婿也。師友淵源，爲諸儒所推重。徙居上饒，所居之前有澗水，號南澗。澗南有園，築亭竹間，號蒼筤，與兄元隆俱登甲第，卒葬城東。所著有愚戇録、周易繫辭等書。」檢詳，官名，宋史職官志二：「宋熙寧四年置，掌審定樞密院諸房文字。」「陳天麟家藏之巫山圖」，不知哪位畫家所作，韓元吉未明言。按，巫山圖，唐代已有，李白有觀元丹丘坐巫山屏風：「昔遊三峽見巫山，見畫巫山宛相似。」賀鑄有題巫山圖，題下注：「滏陽張氏出此圖，蓋唐人畫。」韓元吉所賦之詩，今存，題陳季陵家巫山圖（南澗甲乙稿卷二）：「蓬萊水弱波連天，五城十二樓空傳。行人欲至風引船，不知路出巫山前。巫山仙子世莫識，十二高峰作顔色。暮去朝來雨復雲，却將幽恨感行人。江流東下幾千里，日日饑鴉噪船尾。靈帳風生酹酒漿，古廟烟青客遥指。崧高漫説甫與申，道旁況有昭君村。娥眉妙手不能畫，枉學瑶姬夢中嫁。黄牛白馬江聲寒，昭君傳人琵琶彈。漢庭無人楚宫遠，陽臺寂寞空雲間。君家此畫來何許？照水烟鬟欲相語。要須婧服令侍旁，不用作賦回枯腸。」「頩顔」二句，見宋玉神女賦，文選録此賦，李善注云：「廣雅曰：頩，色也，匹零切。方言曰：頩，怒色青貌。切韻：匹迥切，斂容也。蒼頡篇曰：薄，微也，捉顔色而自矜持也。」「曹子建賦宓妃」以下二句，語出曹植洛神賦：「黄初三年，余朝京師，還濟洛川。古人有言，斯水之神，名曰宓妃。感宋玉對楚王神女之事，遂作斯賦。」

【箋注】

〔一〕瑶姬家山：謂神女居處之山，宋玉高唐賦序謂巫山神女居住處爲「巫山之陽，高丘之阻」。

〔二〕古廟：指神女廟，范成大吴船録卷下：「戊午，乘水退，下巫峽……三十五里，至神女廟。」「今廟中石刻引墉城記：瑶姬，西王母之女，稱雲華夫人，助禹驅鬼神，斬石疏波，有功見紀，今封妙用真人，廟額曰凝真觀。」陸游入蜀記卷六：「二十三日，過巫山凝真觀，謁妙用真人祠，真人即世所謂巫山神女也。」

〔三〕五兩：用鷄毛五兩結在高竿頂上以測風向。郭璞江賦：「覘五兩之動靜。」

〔四〕「浪傳」句：王楙野客叢書卷一九「古樂府名」：「又如巫山高詞，解題曰：古詞，言江淮水深，無梁可度，臨水遠望，思歸而已。至齊王融之徒，巫山高詞，乃雜以陽臺神女之事，無復故意。」此即石湖所謂「浪傳」也。

〔五〕「此事」二句：意謂巫山神女之事，牽涉到洛水女神，凌波微步於浩淼水中。温洛：古代傳説，王者有盛德，洛水先温。易緯乾鑿度：「帝威德之應，洛水先温，六日乃寒。」塵襪，語出曹植洛神賦：「凌波微步，羅襪生塵。」

〔六〕天孫：即織女星，史記天官書：「婺女，其北織女。織女，天之孫也。」

次韻樂先生吴中見寄八首〔一〕

金鶴飛來尺素通，新詩字字挾光風。三年湖海關心處，都在先生句子中〔二〕。

官居門巷果園西，桃李成蹊杏壓枝。如許年芳忙裏過，斬新今日試題詩。

暮林棲鳥各深枝〔三〕，燕子知巢觸幔飛。倘有三椽今已去，不關五斗解忘歸。

懶不看書似姓邊〔二〕，夢魂飛繞白鷗前。須知席帽衝塵出，不似篷窗聽雨眠〔三〕。

送春濛雨漲蘋灘，荷葉田田柳絮闌〔四〕。想見垂虹三萬頃〔五〕，拍天湖水釣絲寒。

知從了義透音聞，古井無波豈更渾〔六〕。便好一坑埋衆妙，何須六結解諸根。

幾多螻蟻與王侯，往古來今共一丘〔七〕。遮莫功名掀宇宙〔八〕，百年兩角寄蝸牛〔九〕。

粟囊聊復寄三餐，埋没緇塵懶濯冠。紅紫百般紛過眼，鄉山歲晚自蒼官〔一〇〕。

【校記】

㈠題：叢書堂本將本詩及胡長民監元輓詞兩詩之正文，移入朋元不赴湖上觀雪之集明日余召試玉堂見寄二絶次其韻詩之後。目録與其他諸本同。

㈡暮林：原作「墓林」，富校：「『墓』黄刻本作『暮』，是。」活字本、叢書堂本、董鈔本均作「暮林」，今據改。

【題解】

本詩作於隆興二年（一一六四）春，時在樞密院編修官任上。樂備自吴中寄詩八首，次韻答之。

【箋注】

〔一〕「三年」二句：意謂先生身處湖海之上，而詩句中盡是關心我三年來生涯之情意。石湖來臨安已三年（紹興三十二年、隆興元年、二年），故云。

〔二〕「懶不」句：邊，指邊韶，後漢書邊韶傳：「韶口辯，曾晝日假卧，弟子私嘲之曰：『邊孝先，腹便便。懶讀書，但欲眠。』韶潛聞之，應時對曰：『邊爲姓，孝爲字。腹便便，五經笥。但欲眠，思經事。寐與周公通夢，静與孔子同意。』」

〔三〕「不似」句：蔡肇題畫授李伯時：「鴻雁歸時水拍天，平岡老木尚依然。借君餘地安漁艇，乞我寒江聽雨眠。」

〔四〕荷葉田田：吴兢樂府古題要解卷上：「江南曲，右江南曲古詞：『江南可採蓮，蓮葉何田田。』」

〔五〕「想見」句：垂虹，橋名，在吴江松陵鎮，舊名利往橋，俗呼長橋，朱長文吴郡圖經續記卷中：「吴江利往橋，慶曆八年縣尉王廷堅所建也。東西千餘尺，用木萬計，縈以修欄，甃以淨甓，前臨具區，横截松陵，湖光海氣，蕩漾一色，乃三吴之絶景也。」具區，即太湖，垂虹橋前臨太湖，故云「垂虹三萬頃。」

〔六〕古井無波：比喻内心恬静。白居易贈元稹：「無波古井水，有節秋竹竿。」

〔七〕「幾多」二句：史記伍子胥傳贊：「向令伍子胥與奢俱死，何異螻蟻？」石湖詩意自此化出。

〔八〕遮莫：儘教。方以智通雅：「遮莫，猶言儘教也。」

〔九〕「百年」句：莊子則陽：「有國於蝸之左角者，曰觸氏；有國於蝸之右角者，曰蠻氏，時相與争地而戰，伏尸數萬，逐北旬有五日而後反。」白居易禽蟲十二章之十：「蠻觸交争蝸角中。」

〔一〇〕蒼官：松樹的别稱，秦始皇登泰山，休於松下，封松爲五大夫，因稱松爲蒼官。王安石紅梨：「歲晚蒼官纔自保，日高青女尚横陳。」

胡長民監元輓詞

太學虀鹽舊〔一〕，中吴翰墨聲。關山題柱筆，風露讀書檠。夜雨緑荷破，孤墳丹桂生。空將擅場手，往記玉樓成〔二〕。

【題解】

本詩作於隆興二年（一一六四），時在樞密院編修官任上。胡監元卒，石湖作輓詞以悼念之。胡長民監元，則監元字長民，生平不詳。石湖有友人胡元質，字長文，吴人，詩云「中吴翰墨聲」，知胡監元亦爲吴人。

【箋注】

〔一〕虀鹽：素食，喻生活清苦。朱松招友生：「讀書有味虀鹽好，對境無情夢寐清。」

〔二〕「往記」句：用李賀故事。李商隱李長吉小傳云：「長吉將死時，忽晝見一緋衣人，駕赤虯，持一板，書若太古篆或霹靂石文者，云：『當召長吉。』長吉了不能讀，欻下榻叩頭，言阿嬭老且病，賀不願去。緋衣人笑曰：『帝成白玉樓，立召君爲記，天上差樂，不苦也。』」

次韻朋元、正夫夜飲

歌豪仍作家，弈勝豈徼幸。莫嗤老非少，乃尚可以逞。玉瓶引杯長，政爾寒漏永。二三文章公，共此銀燭影。陳卿得秀句，劉郎一笑領。羸驂兀殘夢〔一〕，乘墜恍難省。曉枕訌更潮，俱墮無何境〔二〕。

【題解】

本詩作於隆興二年（一一六四），時在樞密院編修官任上。陳蒼舒、劉孝韙作夜飲詩，石湖次其韻答之。

【箋注】

〔一〕「羸驂」句：蘇軾除夜大雪留濰州元日早晴遂行中途雪復作：「東風吹宿酒，瘦馬兀殘夢。」

〔二〕無何境：即無何鄉，空想的境界，因叶韻改「鄉」爲「境」。劉禹錫遊桃源一百韻：「寂寂無何鄉，密爾天地隔。」

次韻趙正之同年客中

清班合列大明宫〔一〕，自要牛刀試一同〔二〕。踏徧巉巖吾道在，莫將尋尺較窮通。

氈車席帽各青春，花下驊騮一閧塵。離合飄零十霜露〔三〕，咸陽客舍有詩人〔四〕。

可憐山縣五斤手，不識王孫八斗才〔五〕。君自扶摇有霄漢，從渠蜩鷃舞蒿萊〔六〕。

【題解】

本詩作於隆興二年（一一六四），時在樞密院編修官任上。趙正之，生平不詳，紹興二十四年與石湖同時中舉，故云「同年」。

【箋注】

〔一〕大明宫：宋敏求長安志卷六「東内大明宫」：「東内大明宫，在禁苑之東南，南接京城之北面，西接宫城之東北隅，南北五里，東西三里。貞觀八年，置爲永安宫，後改名大明宫。」石湖借以指宋代京城。

〔二〕牛刀：論語陽貨：「子之武城，聞弦歌之聲。夫子莞爾而笑曰：『割雞焉用牛刀？』」蘇軾送歐陽主簿赴官韋城：「却來小邑試牛刀。」

〔三〕「離合」句：十霜露，十年。自紹興二十四年至本年，石湖與趙正之會合離别恰爲十年。

〔四〕咸陽客舍：語出杜甫今夕行：「咸陽客舍一事無。」石湖借指趙正之來臨安客舍。

〔五〕「不識」句：王孫，指趙正之。八斗才，以曹植詩才喻趙正之之才能。李商隱可嘆：「宓妃愁坐芝田館，用盡陳王八斗才。」錦繡萬花谷前集卷二二「才德」：「謝靈運云：『天下才共一石，曹子建獨得八斗，我得一斗，自古及今共用一斗。』」

〔六〕「君自扶摇」二句：用莊子逍遥遊文意，以鯤鵬喻趙正之，以蜩鷃喻小人：「摶扶摇羊角而上者九萬里，絶雲氣，負青天，然後圖南，且適南冥也。斥鴳笑之曰：彼且奚適也？我騰躍而上，不過數仞而下，翱翔蓬蒿之間，此亦飛之至也。」

次韻陳季鄰户部旦過庵

宦遊觸處似懸匏〔一〕，北嶽南山想獻嘲。拍手百年休鑄鐵〔二〕，蓋頭一把暫誅茅。玉京歲晚梧桐落，水國霜清橘柚包。飛錫已隨歸夢去，何人頂上鵲成巢〔三〕？

【題解】本詩作於隆興二年（一一六四）冬，時在樞密院編修官任上。詩云「玉京歲晚」，可知。陳天麟作旦過庵，石湖次韻和之。

【箋注】

〔一〕懸匏：有柄的匏瓜。潘岳笙賦：「河汾之寶，有曲沃之懸匏焉。」崔豹古今注：「匏，瓠也。……匏有柄者懸匏，可以爲笙，曲沃者尤善。」

〔二〕「拍手」句：孫光憲北夢瑣言卷一四記羅紹威殺牙軍，後自悔，乃謂親吏曰：「聚六州四十三縣鐵，打一箇錯不成也。」後因稱失誤爲鑄錯。石湖用此典謂百年休鑄鐵，即休鑄錯之意。

〔三〕鵲成巢：詩經召南有鵲巢篇，詩序云：「鵲巢，夫人之德也。……夫人起家而居有之，德如鳲鳩，乃可以配焉。」石湖借此以譽陳天麟夫人之德。

朋元不赴湖上觀雪之集，明日余召試玉堂，見寄二絶，次其韻

雪溪清興未渠闌，晚上西樓帶月看。公子自貪低唱酒〔一〕，肯來同對玉峰寒？

文場寧復鬢霜宜，白玉堂前雪霽時。不惜狂言根忌諱，禿毫冰硯竟無奇。

【題解】

本詩作於隆興二年（一一六四）十二月。時仍在樞密院編修官任上。召試玉堂，指館職定員前之策試，周必大神道碑：「時館職定員，有詔，公與王徧候闕考試。十二月，鄭升之不試先除，牽

聯並除公秘書省正字。公不可，必試策而後就。」南宋館閣續録卷八：「范成大，（隆興）二年十二月除（正字），乾道元年三月除校書郎。」

【箋注】

〔一〕低唱酒：蘇軾趙成伯家有麗人僕忝鄉人不肯開樽徒吟春雪美句次韻一笑：「何如低唱兩三杯。」施注云：「世傳陶穀學士買得黨進太尉家故妓。過定陶遇雪，取之，烹水烹團茶，語妓曰：『黨家應不識此？』妓曰：『彼麄人安有此景，但能於錦帳下，淺斟低唱，喫羊羔兒酒。』陶默然愧其言。」

石湖居士詩集卷十

翰林學士何公溥輓詞 以下館中作

盛際群多士，諸儒遜一賢。名場魁淡墨，官簿到花磚。地近行知政，天高不假年。書生稽古力，何必盡台躔〔一〕。

【題解】

本詩作於隆興二年（一一六四）十二月後。題下注：「以下館中作。」石湖於本年十二月任秘書省正字。南宋館閣續録卷八：「范成大：（隆興）二年十二月除（正字）。乾道元年三月爲校書郎。」何溥，字通遠，浙江永嘉人，紹興十二年試禮部第一，授臨安府學教授，通判婺州，忤秦檜罷。檜死，以薦除監察御史，遷左正言、左司諫，除諫議大夫。溥在言路六年，彈劾不避，知無不言，陸游賀何正言除左司諫啓（渭南文集卷六）：「恭聞聖詔，登用大賢。以白首魁偉之臣，膺明時諫諍之任。善類相慶，公道遂行。」紹興三十一年以右諫議大夫爲翰林學士兼權吏部尚書，仍兼侍講。

見建炎以來繫年要録。光緒永嘉縣志卷一一選舉進士：「紹興十二年壬戌陳誠之榜：何溥。」卷一四人物名臣：「何溥，字通遠。百里坊人。試禮部第一。登紹興進士第。歷臨安府學教授，授删定官。出通判婺州，忤秦檜罷。檜死，以薦除監察御史，遷左司諫。紹興二十九年六月，御史朱倬、任古劾尚書左僕射沈該，溥與右正言都民望亦言：『沈該性資庸回，志趣猥陋，自爲小官，已無廉聲，徒以諂諛秦檜，遂蒙提挈，濫厠禁嚴，連帥梓、夔，略無善狀。以子弟爲商賈，以親信爲爪牙。陛下比因更化，録其一得之慮，起之謫籍，擢在政途，俾得自新，以圖報塞。今冠台席，亦既三年，舉措乖方，積失人望，引所厚善，置在要津，請托公行，幾成市道。夫宰相之職，無所不統，該乃謂軍旅錢穀之事，各有司存，凡百文書，漫不加省。陛下近念士人留滯逆旅，特令速與差注，旬日以來，未聞有不因介紹而得之者。望亟賜罷黜！』帝命溥等皆退而俟命，尋罷該提舉洞霄宮。十二月，試右諫議大夫，首論將帥不治兵而治財，戰鬥之士，變爲商賈。繼劾鎮江都統制劉寶及吏部侍郎沈介；又率同列攻丞相湯思退，俱罷之。在言路六年，知無不言，號爲稱職。三十年九月權工部侍郎。明年三月，除翰林學士兼權吏部尚書。五月，充館伴使，以疾請外補，授龍圖閣學士，領宫祠卒。」

【箋注】

〔一〕「何必」句：台躔：三公的經歷。台，三台，古代用以比三公。蔡邕太尉汝南李公碑：「天垂三台，地建五岳，降生我哲，應鼎之足。」躔，經歷。左思吴都賦：「習其敝邑而不覩上邦者，未知英雄之所蹶也。」因何溥位至尚書，未歷三公之位，故石湖生發感慨。

送洪内翰使虜二首

郊廟熙成霈率濱〔一〕，罪如猾夏亦維新〔二〕。邊烽已却來南虜，使節猶煩第一人。遥想穹廬占漢月，便呼重譯布唐春〔三〕。單于若問公家世，説與麒麟畫老臣〔四〕。

峨冠方侍玉輿香，公比侍祠郊禋，執綏備顧問〔五〕。雙節飄然照大荒。正倚先生令趙重，寧容驕子詫胡强。天教忠信行區脱〔六〕，人許功名上太常〔七〕。試卜和羹知未晚〔八〕，歸來煙雨正梅黄。

【題解】

本詩作於乾道元年（一一八五）正月，時任秘書省正字。本年正月，洪适使金，石湖賦本詩送行。凌郁之洪邁年譜乾道元年譜文：「正月十九日，伯兄适以中書舍人借翰林學士知制誥充賀金生辰使，龍大淵以知閤門事借寧國軍承宣使充賀金生辰使副，入虜界。中興禦侮録卷下。」金史交聘表：「（大定五年）三月庚戌，宋禮部尚書洪适、崇信軍承宣使龍大淵賀萬春節。」洪文惠公年譜：「隆興二年甲申，四十八歲。……是年公使金，龍大淵爲副介。」又：「乾道元年乙酉，四十九歲。三月到燕京館。金遣同僉書宣徽院事高嗣先接伴，禮成而還。」

【箋注】

〔一〕「郊廟」句：意謂郊祀慶成，霈惠四方。率濱，即率土之濱，語出詩經小雅北山：「率土之濱，莫非王臣。」

〔二〕「罪如」句：意謂罪如亂夏之金邦，亦要維新。尚書：「蠻夷猾夏。」傳：「猾，亂也。」

〔三〕重譯：輾轉翻譯。史記太史公自序：「海外殊俗，重譯款塞。」

〔四〕「單于」二句：麒麟畫老臣，指蘇武留匈奴十九年，歸漢後被畫入麒麟閣。本詩以蘇武喻指洪皓，因他使金被拘十五年，宋史洪皓傳：「皓自建炎己酉出使，至是還，留北中凡十五年。同時使者十三人，惟皓、邵、弁得生還，而忠義之聲聞於天下者，獨皓而已。」

〔五〕「峨冠」句暨自注：「祀郊禋」，指隆興元年九月行郊祀禮，范成大有次韻郊祀慶成，即咏此次大禮。時洪适任司農少卿，詩稱洪适侍祠郊禋，史傳無記載，范詩所云，可補史闕。

〔六〕區脱：亦作「甌脱」，匈奴語，本指邊界地區屯守處，亦可代指邊界地區。史記匈奴傳：「東胡……與匈奴間，中有棄地，莫居，千餘里，各居其邊爲甌脱。」集解：「韋昭曰：『界上屯守處。』」索隱：「服虔云『作土室以伺漢人』。又纂文曰：『甌脱，土穴也。』」正義曰：「境上斥候之室爲甌脱。」漢書匈奴傳作「區脱」。

〔七〕「人許」句：洪适於隆興二年二月爲太常少卿兼權直學士院，此次使金，人們稱許可以上升爲太常卿。這是石湖在送行時的推測之辭，實際上洪适歸來後，於五月即遷爲翰林學士。

〔八〕「試卜」句：意謂預測擔當宰相的時間，不會太晚。和羹，尚書說命下：「若作和羹，爾惟鹽梅。」後用以比喻宰相輔助君王治理國家，以鼎鼐喻宰相之位，稱爲和鼎，張九齡敕賜寧王池宴：「徒參和鼎地，終謝巨川舟。」洪适於本年八月，爲參知政事兼權知樞密院事，十二月拜尚書右僕射同中書門下平章事，兼樞密使。

次韻趙德莊吏部休沐

窈窕新堂好，委蛇夜直還。遥知欹帽髮，正奈捲簾山。門外客姑去，窗前人對閑。誰能烏帽底，塵土涴朱顔？

【題解】

本詩作於乾道元年（一一六五），時在秘書省校書郎任上，趙彦端值休沐，因作休沐詩，石湖次其韻作本詩。趙德莊吏部，即吏部員外郎趙彦端。趙彦端（一一二一—一一七五），字德莊，宋宗室，號介庵居士，登紹興八年進士，歷仕臨安府錢塘縣簿，知饒州餘干縣，國子監丞、吏部員外郎、太常少卿、直寶文閣知建寧府，提點浙東路刑獄，淳熙二年卒。餘干縣志卷一一名宦：「趙彦端，字德莊，宋宗室，登紹興進士。知縣事，剛介不屈，爲政四年，以利民爲本，民稱『趙母』。因家東隅。尋爲江東運副，制賑饑之法，嚴不舉子之令。後歷太常少卿，自號介庵居士。有文集若干卷，謝諤爲之序。」韓元吉直寶文閣趙公墓誌銘（南澗甲乙稿卷二一）：「德莊，吾宋之賢宗室也，在士大夫亦曰賢。力學能文，風度灑落……從吏部選，知饒州餘干縣，爲政簡易而辦治。……除國子監丞，遷吏部員外郎。……遷太常少卿，復丐外，除直寶文閣知建寧府。……改提點浙東路刑獄，坐衢州賑歷稽期，削兩秩。德莊恬弗辯，以小疾得主管台州崇道觀。……官至朝奉大夫，享五十有五歲，卒以淳熙二年七月四日。」辛棄疾水調歌頭壽趙漕介庵：「千里渥洼種，名動帝王家。」景定建康志卷二三廣濟倉記：「乾道五年春三月辛未，左朝請郎直顯謨閣權發江南東路計度轉運副使公事趙彦端記。」

次韻王夷仲正字同遊成氏園

秀巖堂上玉東西〔一〕，把酒登臨望眼迷。天宇四垂粘地近，海山一抹帶潮低〔二〕。絶知客好無塵事，聊記吾曾有醉題。倚賴群山聯姓字，他年誰敢一杴泥〔三〕。是日諸公令余題壁。

【題解】　本詩作於乾道元年（一一六五）四五月間，時在秘書省校書郎任上，與館中同仁秘書省正字王衜、秘書少監王淮同游成氏園。王衜先賦遊成氏園詩，石湖次其韻作本詩。同游者王淮亦賦成園詩，詩云「清暑光陰」「闌珊梅雨」，知遊成園在四五月間。王仲夷正字，即王衜，時任秘書省正字。王衜，字夷仲，天台臨海人。紹興二十七年進士，歷仕婺州推官、秘書省正字、校書郎，乾道三年卒。南宋館閣録卷八：「王衜，（乾道）元年三月除（正字），二年六月爲校書郎。」「王衜，（乾道）元年三月以正字兼（日曆所編類聖政檢討官）。」「王衜，字夷仲，天台人。王十朋榜進士及第。治詩賦。（乾道）二年六月除（校書郎）。十二月主管崇道觀。」葉適校書郎王公夷仲墓誌銘（水心先生文集卷一八）：「……夷仲衜，臨海縣人。……解褐，婺州推官。滿秩，待太學博士闕，召試爲秘書省正字，兼聖政檢討官，遷校書郎。足疾，乞玉隆觀。明年，乾道三年，年六十一，疾甚，以六月五日卒。」

【箋注】

〔一〕玉東西：玉製的酒杯。王安石寄程給事：「舞急錦腰迎十八，酒酣玉盞照東西。」李壁注：「東西，酒器名，今猶有玉東西。」

〔二〕「天宇」二句：有二個錬字極佳之處，一「粘」，天宇四垂，粘着地；二「抹」，凡象塗抹狀態的事物，稱一抹。張宗橚詞林紀事卷六引鈕玉樵説：「少游詞山『抹微雲，天粘衰草』，其用意在抹字、粘字。」石湖詩意即從此出。

〔三〕「他年」句：杴，農具名，形如鍬。玉篇：「杴，計嚴切，耕土具，鍬屬。」聯繫自注，全句謂壁上有余題詩，他年誰敢用鍬鏟除壁泥。

王季海秘監再賦成園復次韻

雲莊風榭對東西，清暑光陰近竹迷。一斗正緣詩興盡，兩眉休爲客愁低。披開豹霧尋陳迹〔一〕，掃盡蛛塵看舊題。健往莫愁騎馬滑，闌珊梅雨不成泥。

【題解】

本詩作於乾道元年（一一六五）四五月間，時在秘書省校書郎任上，與館中同仁王衜、王淮遊成氏園，王淮再賦成園，石湖再次王衜詩韻作本詩。王季海秘監，即王淮，時任秘書少監。南宋館閣録卷七：「王淮，（乾道）元年三月除（少監）。六月，特與外任。」王淮（一一二六—一一八九），字季海，婺州金華人。紹興十五年進士，歷仕台州臨海尉、校書郎、右正言、秘書少監、知建寧府、太常少卿、中書舍人，淳熙八年，爲右丞相兼樞密使，九年九月晉左丞相。十六年八月卒，年六十四歲。平生事迹，見楊萬里宋故少師大觀文左丞相魯國王公神道碑（誠齋集卷一二〇）、樓鑰少師觀文殿大學士魯國公致仕贈太師王公行狀（攻媿集卷八七）、宋史卷三九六本傳。

【箋注】

〔一〕豹霧：列女傳陶答子婦：「妾聞南山有玄豹，霧雨七日而不下食者，何也？欲以澤其毛而成文章也。」

春晚偶題

寂寥春事冷於秋，雨打風吹斷送休〔一〕。點檢梨花成一夢，蘸紅新緑滿枝頭。

【題解】

本詩作於乾道元年（一一六五）晚春，時在秘書省校書郎任上。

【箋注】

〔一〕雨打風吹：白居易微之宅殘牡丹：「殘紅零落無人賞，雨打風吹花不全。」辛棄疾永遇樂京口北固亭懷古：「風流總被，雨打風吹去。」

倪文舉奉常將歸東林，出示綺川西溪二賦，輒賦長句爲謝，且以贈行

綺川亭上凌雲賦，人在回仙舊遊處〔一〕。誰教書劍走長安〔二〕，荻月霜楓等閑度。朱門不炙釣竿手，萬卷難供折腰具。偶然把筯憶蓴羹〔三〕，乞得閑官徑呼渡。江漲橋

頭有渡船，船頭歷歷東林路。雲煙如畫水如天，笑憶紅塵問良苦。我亦吴松一釣舟，蟹舍漂摇幾風雨。因君賦裹説江湖，破帽蹇驢明亦去。鷄犬相聞望可見，鷗鷺同盟心已許㈠。相過得得款溪門〔四〕，雪夜前村聽鳴櫓。

【校記】

㈠心已許：原作「心亦許」，活字本、叢書堂本、詩淵第一册第五一七頁均作「心已許」，董鈔本原鈔「亦」，圈去，加「已」字，今據改。

【題解】

本詩作於乾道元年（一一六五）九月，時在秘書省校書郎任上。倪偁將歸東林山，石湖乃賦長詩贈行。倪文舉奉常，即倪偁，時任太常寺主簿。倪偁，字文舉，歸安人，紹興八年黄公度榜進士，受業於張九成，與芮國瑞友善。官太常寺主簿，奉祠歸東林。吴興備志卷一二：「倪偁，字文舉，號綺川居士。南渡時居東林。登紹興進士。任承議郎、太常（主簿）。年五十二卒，贈少師。所著有綺川集十五卷，子恕、愿、思，並登進士第。」嘉泰吴興志卷一七「進士題名」：歸安縣紹興八年黄公度榜，有倪偁。東林，山名，嘉泰吴興志卷四「山」：歸安縣，「東林山，在縣西南五十四里，突兀於菰蒲谿泊之中，峰巒蓊秀，上有祇園寺，頂有浮圖」。

【箋注】

〔一〕「人在」句：回仙，自號回道人。蘇軾有回先生過湖州東林沈氏，飲醉，以石榴皮書其家東老庵之壁云詩，王注陳師道曰：「按王會回仙碑云：熙寧元年八月十九日，湖州歸安縣之東林，有隱君子沈思字持正，隱於東林，因以東老名焉，能釀十八仙白酒。一日，有客自稱回道人，長揖東老曰：『知君白酒新熟，願求一醉否？』公命之坐，徐觀其目，碧色粲然，光彩射人。與之語無不通究，故知非塵埃中人也。因出與飲，自日中至暮，已飲數斗，殊無酒色。回曰：『久不遊浙中，今爲子有陰德，留詩贈子。』乃擘席上榴皮畫字，題於庵壁。」舊遊處，指回仙曾到過此處。嘉泰吴興志卷一八「事物雜志」：「歸安縣有火爐頂：『舊編云在東林山上。回仙録云：『葛洪嘗煉丹於此，昔人曾開巖頂，得孛炭數斛，有雙陶合牢，不可啓，擊破視之無物。』』」

〔二〕「誰教」句：書劍，語出孟浩然自洛之越：「遑遑三十載，書劍兩無成。」走長安，指行在臨安。宋人常用唐代都城長安，代稱京都，如周邦彦蘇幕遮：「家住吴門，久作長安旅。」即以長安指稱汴京開封。

〔三〕憶蓴羹：用張翰故事。晉書張翰傳：「因見秋風起，乃思吴中菰菜、蓴羹、鱸魚膾，曰：『人生貴得適志，何能羈宦數千里以要名爵乎！』遂命駕而歸。」詩贈倪偁，因吴興亦盛産蓴，故用此典，嘉泰吴興志卷二〇「物産」：「蓴，長興縣西湖出佳蓴，……今水鄉亦種，夏初來買，軟滑宜羹。至秋初亦軟美，此張翰之所以想也。」

〔四〕得得：莊子駢拇：「夫不自見而見彼，不自得而得彼者，是得人之得而不自得其得者也。」

送吴智叔檢詳直中秘使閩

抗章襆被豈公難，已説高風立懦頑。客路莫嫌河畔草〔一〕，直廬須愛道家山〔二〕。秋生蓮浦船初泛，春滿茶溪騎趣還。却訪故人西府舊，定煩書札墮田間。

【題解】

本詩作於乾道元年（一一六五）六月，時任秘書省校書郎兼國史院編修官。吴龜年出閩，任福建提舉，石湖賦詩送行。吴智叔檢詳，即吴龜年，時任樞密院檢詳諸房文字，六月除直秘閣，福建提舉。宋中興百官題名中興東宫官寮題名王府官：「吴龜年，隆興二年十二月，以樞密院檢詳兼恭王府贊讀，乾道元年六月，除直秘閣、福建提舉，乾道二年十二月，以左司兼慶王府直講，三年正月除檢正，仍兼，四年三月除直寶文閣、福建提刑。」康熙福建通志卷一九「職官二」提舉常平茶司：「乾道間任第一人爲『吴龜』，證之中興百官題名，當爲『吴龜年』，脱一『年』字。

【箋注】

〔一〕河畔草：語出古詩十九首：「青青河畔草，鬱鬱園中柳。」

〔二〕道家山：人文薈萃之地。後漢書竇融傳附竇章：「是時學者稱東觀爲老氏藏室，道家蓬萊山。」後人遂稱「道山」爲儒林、文苑。

楊君居士輓詞

孝至蘭陔茂〔一〕，身修梓里恭。名場兒中鵠〔二〕，婣黨婿乘龍〔三〕。駒隙驚年運，蟬嫣有慶鍾〔四〕。幽光定無憾，豐刻妙形容。

【題解】

本詩作於乾道元年（一一六五），時任秘書省校書郎兼國史院編修官。楊君居士，生平不詳。

【箋注】

〔一〕蘭陔：詩蘭陔序：「孝子相戒以養也。……有其義而亡其辭。」文選束晳補亡詩：「循彼南陔，言採其蘭，眷戀庭闈，心不遑安。」後人用詩序與束詩之意，用蘭陔爲孝子養親的典故。

〔二〕兒中鵠：兒子及第。中鵠，喻進士及第。黄庭堅次韻冕仲考進士試卷：「注金無全巧，竊發或中鵠。」

〔三〕婿乘龍：俗語乘龍快婿。藝文類聚卷四〇禮部下「婚」：「楚國先賢傳曰：『孫儁，字文英，與李元禮俱娶太尉桓焉女，時人謂桓叔元兩女俱乘龍，言得婿如龍也。』」魏書劉昞傳：「昞遂奮衣來坐，神志肅然，曰：『向聞先生欲求快女婿，昞其人也。』瑀遂以女妻之。」

〔四〕蟬嫣：連續不斷。漢書揚雄傳：「有周氏之蟬嫣兮，或鼻祖於汾隅。」

送周畏知司直歸上饒待次

漫郎西笑費三年〔一〕，故業新聞腹果然。長塵劇談抽繭緒〔二〕，短檠細字綴蠶眠。頻驚陸海風波夢，未了京塵粥飯緣。後日重來應訪舊，五湖煙浪有漁船。

【題解】

本詩作於乾道元年（一一六五），時在秘書省校書郎任上，周畏知司直歸上饒，石湖賦詩送之。周畏知，信州弋陽人。信州又名上饒郡，「歸上饒」，即歸信州。畏知仕途困頓，趙蕃重賦畏知寓齋云：「低回尚前銜，牢落方南征。」南征，指乾道八年畏知爲湖南帥屬。趙蕃重賦畏知寓齋、張栻賦周畏知寓齋二詩，可以見其生平。

【箋注】

〔一〕漫郎：唐詩人元結人稱漫郎。顔真卿元君表墓碑銘序：「將家瀼濱，乃自稱浪士。著浪說七篇，及爲郎，時人以浪者亦漫爲官乎，遂見呼爲漫郎。」李肇唐國史補卷上：「結，天寶中始在商餘之山，稱元子。逃難入猗玕山，或稱『浪士』。漁者呼爲『聱叟』，酒徒呼爲『漫叟』。乃爲官，呼爲『漫郎』。」石湖借唐詩人元結稱周畏知。

〔二〕長塵劇談：魏晉時名士清談，常持麈尾。後因稱客座清談爲麈談。麈尾甚長，故曰「長塵」。

世説新語容止：「王夷甫容貌整麗，妙於談玄。恒捉白玉柄麈尾，與手都無分别。」

次韻魏端仁感懷俳諧體

浪學騷人賦遠游〔一〕，大千何事不悠悠。酒邊點檢顔紅在，鏡裏端詳鬢雪羞。過眼浮雲翻覆易〔二〕，曲肱短夢破除休。孤煙落日冥鴻去〔三〕，心更冥鴻最上頭。

【題解】

本詩作於乾道元年（一一六五），時在秘書省校書郎任上。魏端仁賦感懷俳諧體詩，石湖次其韻作本詩。魏端仁，當爲端禮、端言、端直兄弟輩，即妻魏氏兄弟輩。俳諧體，帶有詼諧、戲謔語句的詩歌，黄徹䂬溪詩話卷一〇：「子建稱孔北海（融）文章多雜以嘲戲，子美亦戲效誹諧體，退之亦有寄詩雜詠俳，不獨文舉（孔融）爲然。」杜甫有戲作俳諧體遣悶二首。魏、范兩氏即效此體作詩。

【箋注】

〔一〕「浪學」句：屈原賦遠遊，王逸章句曰：遠遊者，屈原之所作也。屈原履方直之行，不容於世，困於讒佞，無所告訴，乃思與仙人俱遊戲，周歷天地，無所不至也。

〔二〕過眼浮雲：蘇軾寶繪堂記：「譬之煙雲之過眼，百鳥之感耳。」

〔三〕冥鴻：高飛的鴻鳥，後人比喻避世隱居的人。揚雄法言問明：「鴻飛冥冥，弋人何篡焉？」

次韻李子永梅村散策圖

光風先放越溪春，蕭散尋詩索笑人〔一〕。藜杖前頭春浩蕩，三生應是主林神〔二〕。

【題解】

本詩作於乾道元年（一一六五）春，時在秘書省任上。李泳先作梅村散策圖詩，石湖次韻和之。

【箋注】

〔一〕索笑人：索笑，求笑，杜甫舍弟觀赴藍田取妻子到江陵喜寄：「巡簷索近梅花笑，冷蘂疏枝半不禁。」

〔二〕「三生」句：「三生」、「主林神」，均佛家語，見華嚴經。三生，華嚴宗立三生成佛之説，三生指：一見聞生；二解行生；三證人生，以過、今、未三世配三生。探玄記（華嚴經之注疏）卷一八：「依圓教宗有其三位，一見聞位，則是善財次前生身。（中略）二是解行位，頓修如此五位行法，如善財此生所成至普賢位者是也。三證入位，即因位窮終漕同果海，善財來生是也。」主林神，主管林木之神。石湖借以稱道李泳蕭散自在，今生應是主管林木之神。

太師陳文恭公輓詞

日者更皇化〔一〕，公來輔聖能。無心殊轍混，不作衆波澄。舉國材真相〔二〕，他年了中興。天如遺一老，人亦望三登〔三〕。

候火朝連夕㊀，籌帷決縱擒。一江遮虜障，千古殺胡林〔四〕。瞰日黄河誓，浮雲緑野心〔五〕。身名兩無憾，天壤獨清音。

聖父咨當璧，元臣預斷金。玉衡賓舜日，黄屋遂堯心。國定功無迹，身閑病已深。旌忠有謨訓，碑牓照來今〔六〕。

趣召單車至，驚傳兩鬢凋。傾城迎國老，即日走天驕〔七〕。夢已商人奠，身猶漢相朝〔八〕。古來賢達意，生滅兩消揺〔九〕。

【校記】

㊀朝連夕：活字本、叢書堂本、董鈔本作「連朝夕」，近是。

【題解】

本詩作於乾道元年（一一六五）二月。陳文恭，即陳康伯，文恭爲其謚號。宋史孝宗紀：「（乾道元年二月丁未，陳康伯薨，贈太師，謚文恭。」陳康伯（一〇九七—一一六五），字長卿，信州弋陽人。中上舍丙科，累遷太學正，歷任太常博士、江東提舉、司勳郎中、知漢州、吏部尚書、參知政事，紹興三十年，守尚書右僕射。隆興元年，以病祈去位，以太保、觀文殿大學士、福國公判信州。二年，拜尚書右僕射，進封魯國公。乾道元年二月，卒，贈太師，謚文恭。宋史卷三八四有傳。陸游老學庵筆記卷四：「陳魯公薨，以其遭際龍飛，又薨于位，與王岐公同。于是，詔用岐公元豐末贈典，超贈太師。其他恩數，皆視岐公猶可也。及其家請謚，遂特賜謚曰文恭，蓋亦用岐公謚。用他人之謚以爲恩數，自古烏有此事哉。」

【箋注】

〔一〕日者：以占候卜筮爲業的人。墨子貴義：「子墨子北之齊，遇日者。」孫詒讓注：「史記日者傳集解：古人占候卜筮，通謂之日者。」史記日者列傳：「自古受命而王，王者之興何嘗不以卜筮決於天命哉！」

〔二〕「舉國」句：材真相，材能堪爲真宰相。宋史陳康伯傳：「（高宗）嘗謂其『静重明敏，一語不妄發，真宰相也』。」

〔三〕三登：穀物一年三熟。水經注耒水：「（便縣）縣界有温泉水，在郴縣之西北，左右有田數千畝……温水所溉，年可三登。」

〔四〕「候火」以下四句：詠陳康伯於紹興三十一年完顔亮南侵時決策抗敵的故事。宋史陳康伯傳：「九月，金犯廬州，王權敗歸，中外震駭，朝臣有遣家豫避者。康伯獨具舟迎家入浙，且下令臨安諸城門扃鐍率遲常時，人恃以安。敵迫江上，召楊存中至内殿議之，因命就康伯議。康伯延之入，解衣置酒，上聞之已自寬。翌日，入奏曰：『聞有勸陛下幸越趨閩者，審爾，大事去矣，盍静以待之。』一日，忽降手詔：『如敵未退，散百官。』康伯焚之而後奏曰：『百官散，主勢孤矣。』上意既堅，請下詔親征，以葉義問督江、淮軍，虞允文參謀軍事。上初命朱倬爲都督，倬辭，乃命義問。允文尋敗敵於采石，金主亮爲其臣下所斃而還。」建炎以來朝野雜記甲集卷八「陳魯公鎮物」條云：「紹興末，金海陵煬王臨江，中外㦬懼，朝士多遣家爲避兵計。時陳魯公爲左相，獨鎮之以静，人心少安。一日邊郡羽書來，上趣召輔臣，公獨後至。中使屢趣之，陳行愈益緩。上嘗夜出手札，欲散百官，浮海避虜。公對中使取御札焚之。當是時，都人將遁去，賴陳不爲摇，都人乃止。北虜退，獨公與黄通老家屬在城中。」「千古殺胡林」句，以德光之死，喻完顔亮爲臣下殺害事。舊五代史契丹傳載：「德光北還……次於欒城縣殺胡林之側。時德光已得寒熱疾數日矣……有大星落於穹廬之前……是月二十一日卒。……契丹人破其屍，摘去腸胃，以鹽沃之，載而北去。漢人目之爲帝羓焉。」

〔五〕「浮雲」句：浮雲，語出論語述而：「不義而富且貴，於我如浮雲。」緑野，堂名，裴度建，參見本書卷八鎮東行送湯丞相帥紹興注。

〔六〕第三首：沈欽韓石湖詩集注卷上：「此指光堯内禪事。」宋史孝宗紀：「贊曰：高宗以公天下之心，擇太祖之後而主之，乃得孝宗之賢，聰明英毅，卓然爲南渡諸帝之稱首，可謂難矣哉！」石湖詩乃詠陳康伯在高宗、孝宗内禪典禮中的重大貢獻。宋史陳康伯傳：「高宗倦勤，有與子意，康伯密贊大議，乞先正名，俾天下咸知聖意，遂草立太子詔以進。及行内禪禮，以康伯奉册。孝宗即位，命兼樞密使，進封信國公，禮遇殊渥，但呼丞相而不名。康伯自建康扈從回，即以病祈去位，不允。明年，改元隆興，請益堅，遂以太保、觀文殿大學士、福國公判信州。上慰勞甚勤，且曰：『有宣召，慎勿辭。』宰執即府餞别，百官班送都門外。已又辭郡，丐外祠，除醴泉觀使。」

〔七〕「趣召」以下四句：詠陳康伯不顧病體，以國事爲重。宋史陳康伯傳：「時北兵再犯淮甸，人情驚駭，皆望康伯復相。上出手札，遣使即家居召之。未出里門，拜尚書左僕射、同中書平章事兼樞密使，進封魯國公。親故謂康伯實病，宜辭，康伯曰：『不然。吾大臣也，今國家危，當輿疾就道，幸上哀而歸之爾。』道聞邊遽，兼程以進，至闕下，詔子安節、婿文好謙掖以見，減拜賜坐。間日一會朝，許肩輿至殿門，仍給扶，非大事不署。敵師退，尋以目疾免朝謁，卧家，旬餘一奏事。」

〔八〕「夢已」二句：意謂陳康伯臨死時，身爲宋相猶自上朝。

〔九〕消揺：安閑自得。世説新語賞譽下「王大將軍與丞相書」注引荀綽冀州記：「（楊）淮見王綱不振，遂縱酒，不以官事規意，消揺卒歲而已。」然從陳康伯一生行蹤考察，他臨危不懼，鎮定自若，身居高官，常辭免賜賚，以疾丐歸，石湖稱他「消摇」，正符合安閑自得之「賢達意」。

送陳朋元赴溧陽

九畹滋蘭静自芳〔一〕，啁啾誰復認孤凰〔二〕。風流歲晚嫌杯酒，文字功深得鬢霜。斂板君猶能俛仰〔三〕，倚樓吾敢計行藏？船開便作江南客，天色無情更雁行。

【題解】

本詩作於乾道元年（一一六五）十一月，時在著作佐郎任上，陳蒼舒爲溧陽縣令，賦詩送之。周必大神道碑：「乾道元年三月升校書郎，六月兼國史院編修官，十一月遷著作佐郎。」南宋館閣録卷八：「范成大，（乾道）元年三月除（校書郎），十一月爲著作佐郎。」陳朋元，即陳蒼舒，乾道元年十一月任溧陽縣令，景定建康志卷二七「溧陽縣題名」：「陳蒼舒，右通直郎，乾道元年十一月到任，五年四月滿替。」

【箋注】

〔一〕九畹滋蘭：屈原離騷：「余既滋蘭之九畹兮，又樹蕙之百畝。」

〔二〕孤凰：李白聞李太尉大舉秦兵百萬出征東南懦夫請纓冀申一割之用半道病還留别金陵崔侍御十九韻：「孤鳳向西海，飛鴻辭北溟。」石湖以此藝術形象喻陳蒼舒。

〔三〕斂板：盧綸奉和户曹叔夏夜寓直寄呈同曹諸公并見示：「斂板捧清詞，恭聞侍直時。」此板乃詩板。

次韻韓無咎右司上巳泛湖

休沐辰良不待晴，徑稱閑客此閑行。春衫欺雨任教冷，病眼得山元自明。抹黛濃嵐圍坐晚，揉藍新渌没篙清。棲鴉未到催歸去，想被東風笑薄情。

【題解】本詩作於乾道元年（一一六五）上巳日，時值休沐，與韓元吉同泛湖，元吉作清明後一日同諸友湖上值雨，石湖次其韻作本詩。元吉原唱（南澗甲乙稿卷四）：「出遊初不計陰晴，聊喜湖山信馬行。弱柳自隨煙際緑，幽花還傍雨邊明。嫩蒲碧水人家好，密竹踈松野寺清。爛醉一春纔幾日，可無佳景付詩情。」

太保節使趙公輓詞　密

結髮險艱會，捐軀跳盪功。鬢凋猶陛戟〔一〕，心在惜弢弓〔二〕。劍履三槐次〔三〕，樓臺四壁中。諸郎競文武〔四〕，不朽是清風。

【題解】

本詩作於乾道元年（一一六五）九月，時在秘書省校書郎兼國史院編修官任上。九月，趙密卒，石湖作輓詞悼之。太保節使趙公，即趙密（一〇九五—一一六五），字微叔，太原清源人。久從張俊，削平叛將，抗擊金兵，戰功卓著，隆興二年，進少保。宋史卷三七〇有傳。傳云：「乾道元年九月致仕，卒，年七十一，贈少保。」詩題云「太保」，史傳作「少保」，當從范詩。節使，趙密歷任崇信軍節度使、殿前都指揮使。

【箋注】

〔一〕陛戟：趙密戰功高，兩次任殿前都指揮使，陛前執戟，故云。時年七十歲左右，故云「鬢凋」。

〔二〕弢弓：指平息平事。弢，裝弓之袋，左傳成公十六年：「召養由基，與之兩矢，使射呂錡，中項伏弢。」杜預注：「弢，弓衣。」

〔三〕「劍履」句：周代宮廷外種三棵槐樹，三公朝見天子，面向三槐而立。周禮秋官朝士：「面三槐，三公位焉。」後世遂以三槐喻三公一類的高官。趙密官至太尉、開府儀同三司，故云。

〔四〕諸郎競文武：趙密之子嗣，趙廱，字和仲，登紹興二十四年進士，見李心傳建炎以來繫年要録卷一六六紹興二十四年紀事。廱嘗任江南西路常平提舉，見同治臨川縣志卷三二。趙廱與范成大是同年，有交往。

太宜人程氏輓詞 程泰之吏部之母

我昔官黟歙〔一〕，人傳女訓芳。尊章宜小婦，孫子壽高堂。風木真無定，冰魚已不嘗〔二〕。遥憐霜露感，何必薤歌傷〔三〕！

捧檄三牲養，稱觴百歲期。身猶孺子泣，世已隙駒馳。吉夢青衣卜，豐碑黄絹辭〔四〕。佳城有奇事，應足洗餘悲。

【題解】

本詩作於乾道元年（一一六五），時在秘書省校書郎兼國史院編修官任上。程泰之，即程大昌（一一二三—一一九五），字泰之，徽州休寧人。紹興二十一年進士，歷仕太平州教授、著作佐郎、國子司業、秘書少監、權吏部尚書、知建寧府。慶元元年卒，謚文簡。有集。新安志卷八進士題名：「紹興二十一年趙逵榜：程大昌，休寧。」厲鶚宋詩紀事卷五〇：「程大昌，字泰之，休寧人。紹興二十一年進士。孝宗朝，官至權吏部尚書、龍圖閣直學士。卒謚文簡。有集。」宋史卷四三三有傳。石湖曾在徽州任職，故與程大昌有交往。

【箋注】

〔一〕「我昔」句：指石湖官徽州司戶參軍。黟歙，指徽州，元豐九域志卷六江南路歙州，治歙縣，縣有黟山。

〔二〕冰魚：三國志魏書吕虔傳：「請瑯玡王祥爲別駕。」裴松之注引孫盛雜語：「祥字休徵，性至孝，後母苛虐，每欲危害祥，祥色養無怠。盛寒之月，後母曰：『吾思食生魚。』祥脱衣，將剖冰求之。少頃，堅冰解，下有魚躍出，因奉以供，時人以爲孝感之所致也。」

〔三〕薤歌：即薤露歌，送葬之歌。吴兢樂府古題要解卷上：「薤露歌……喪歌，舊曲本出於田横門人，歌以葬横。」詞云：「薤上露，何易晞。露晞明朝已復落，人死一去何時歸。」

〔四〕黄絹辭：世説新語捷悟：「魏武嘗過曹娥碑下，楊脩從，碑背上見題作『黄絹幼婦，外孫齏臼』八字。……脩曰：黄絹，色絲也，於字爲絶；幼婦，少女也，於字爲妙；外孫，女子也，於字爲好；齏臼，受辛也，於字爲辭。所謂絶妙好辭也。」

與王夷仲檢討祀社

殘夜露如雨，秋氣凄以分㊀。牆西雲正黑，跕跕墮金盆。良耜酢西成，豆籩蓊芳芬。去年歲大祲㊁〔一〕，小家甑生塵。疫鬼投其巇，虐甚溺與焚。皇慈降清問，下招離散魂。調糜鬻藥石，黑簿回春温。德馨典神天，秋稼如雲屯。社公亦塞責，醉此豐年樽。神兮率舊職，爲國憂元元。自今歲其有〔二〕，驅癘蒼煙根。

【校記】

㈠ 淒以分：活字本、叢書堂本、董鈔本、詩淵第一册第二九六頁作「淒已分」。

㈡ 大祲：活字本、叢書堂本、董鈔本、詩淵作「大侵」。

【題解】

本詩作於乾道元年（一一六五）秋，時在秘書省校書郎兼國史院編修官任上，與王衜同祀太社，因賦本詩志感。王夷仲檢討，即王衜，時任秘書省正字兼日歷所編類聖政檢討官。參見本卷次韻王夷仲正字同遊成氏園「題解」。祀社，即祀太社。宋會要輯稿禮一四群祀一：「秋分前後戊日，祭太社、太稷。」

【箋注】

〔一〕大祲：又作大侵，嚴重饑荒。穀梁傳襄公二十四年：「五穀不升，謂之大侵。」

〔二〕歲其有：豐收年歲，即大有年。穀梁傳宣公十六年：「五穀大熟，爲大有年。」

王園官舍睡起

公退閉閤卧，官居如净坊。屋角斷虹飲，日西楊柳黄。客來束我帶，客去書滿牀。睡覺有忙事，煮茶翻斷香。

【題解】本詩作於乾道元年（一一六五）秋季以前。因本年秋石湖移居白塔，見下首題注。王園官舍，參見卷九次韻正夫遊王園「題解」。

古風酬胡元之 以下白塔新居作

拂我膝上琴，當客清風襟。我琴無軫絃不和〔一〕，願借之子調其音。美人一笑千黄金，彈作江岸花木深。下有同隊之游魚，上有同聲之鳴禽。琴聲一疊一歎息，江花江草無終極〔二〕！

【題解】本詩作於乾道元年（一一六五）秋，時在秘書省校書郎兼國史院編修官任上。蘇州胡長卿來臨安參加禮部考試，石湖賦古風酬之，引爲同調。胡元之，即胡長卿，字元之，乾道二年進士，紹熙四年由吉州知州遷廣西提刑。范成大吴郡志卷二八「進士題名」：「乾道二年，蕭國梁榜：胡長卿。」楊萬里七字長句敬餞提刑寺丞胡元之持節桂林（誠齋集卷三六）：「江西太守説誰子？只説吉州有新事。」「君不見吉州太守清何似，白鷺江心愁見底。」吉安府志卷一三秩官志：「胡長卿，紹熙間守吉州。」樓鑰知江州王師古廣東提刑知吉州胡長卿廣西提刑（攻媿集卷三七），作於樓鑰紹熙四年任中書舍人時。本詩題下注「以下白塔新居作」，則石湖原住王園官舍，自本年秋，移住白塔新居。吴自牧夢粱録卷一五「僧塔寺塔」：「街市有塔者……龍山兒頭嶺名白塔嶺，嶺有白塔存焉。」

【箋注】

〔一〕「我琴」句：蕭統陶靖節傳：「淵明不解音律，而蓄無弦琴一張，每酒適，聊撫琴以寄其意。」石湖變化而用之。

〔二〕「江花」句：杜甫哀江頭：「人生有情淚沾臆，江草江花豈終極？」

題徑山淩霄庵

峰頭非塵寰，一舍誰所芟〔一〕。軒眉玉霄近〔二〕，按指沙界豁。萬山紛累塊，衆水眇聚沫。來雲觸石迴，去鳥墮煙没。向無超俗緣，兹路詎可越。偕行木上坐，同我證解脱。

【題解】

本詩與下二首徑山傾蓋亭、題徑山寺樓同爲遊徑山能仁禪寺時作，作於乾道元年（一一六五）秋。徑山，在臨安縣北三十里，唐僧法欽在此開山，結草庵。潛説友咸淳臨安志卷二五：「徑山，在縣北，去縣五十里，徑山事狀云：『山乃天目之東北峰，有徑路通天目，故謂之徑山，奇勝特異，五峰周抱，中有平地，人跡不到。』……北峰之陽，有草庵，云神龍所造，今庵基草木不生。」蔡襄遊徑山記：「有佛祠，號曰承天祠。」吴自牧夢粱録卷一五「城内外寺觀」云：「更七縣寺院，自餘杭縣徑山能仁禪寺以下，一百八十五。」咸淳臨安志卷八三「寺觀九」：「臨安縣，徑山能仁禪院，在縣北三十里，乃天目之東北山也。開山曰國一禪師法欽，唐代宗時，詔杭州即其庵所建徑山寺。乾符六年，改爲乾符鎮國院，大中祥符改賜承天禪院，政和七年（縣志云開禧元年）改今額。」此下録石湖三首遊徑山詩。輿地紀勝：「徑山寺在臨安縣北五十里，有寺曰能仁禪院，五峰周抱，中有平地。唐代宗時，有崑山朱氏子，祝髮曰法欽，至徑山結庵。代宗召赴闕，賜號國一禪師。」

【箋注】

〔一〕「一舍」句：意出詩經召南甘棠：「蔽芾甘棠，勿翦勿伐，召伯所茇。」茇，止宿於茅舍中。

〔二〕軒眉：揚眉。陸游初夏山中：「野客款門聊倒屣，谿潭照影一軒眉。」

徑山傾蓋亭

萬杉離立翠雲幢，嫋嫋稀聞晚吹香。山下行人塵撲面，誰知世界有清涼？

【題解】參見題徑山凌霄庵「題解」。

題徑山寺樓

浴日蒼茫水，捫星縹緲樓。神光來燭夜，壽木不知秋。海内五峰秀，天涯雙徑遊。愛山吾欲住，衰疾懶乘流。

【題解】參見題徑山凌霄庵「題解」。

丙戌閏七月九日，與王必大登姑蘇臺，招王浚明、陳淵叔、耿時舉避暑，次時舉韻㈠

始賀火流西，還嗟斗斜閏。餘暑猶强顔，新涼頗難進。燥剛渴欲坼，焦卷秃如燼。炎官扶日轂，輝赫不停運。登臨有高臺，勇往得三俊㈡。仍將王郎子，飛步凌劫仞。風從噫氣來，雲作壞山陣。鄉如垂頭魚，忽已蟄蟲振。空明晚逾清，更要抓月印。書生乃易與，俛仰更喜慍。憑闌天爲高，舉酒山欲近。奇書鐵鈎鎖㈢，麗句錦窠暈。兹遊我輩獨，難挽軟紅靭。君看籠中鳥，寧識咸池韻㈣。淵叔出米元章書蹟甚奇。

【校記】

㈠王浚明：原作「王浚朋」，誤。富校：「『王浚朋』當作『王浚明』。按本卷有次韻王浚明用時舉苦熱韻見贈、次韻王浚明詠新居木犀，張元幹蘆川歸來集卷十附録中有睢陽王浚明跋，皆可證。」按，活字本、叢書堂本目録、正文，董鈔本正文均作「王浚明」，今據改。

【題解】

本詩作於乾道二年（一一六六）秋。丙戌，即乾道二年。石湖於本年二月，除尚書吏部員外郎，三月爲言者論罷，旋領宫祠，回鄉。宋會要輯稿職官七一：「（乾道二年）三月四日，詔新除吏部郎中范成大放罷，以言者論其巧言幸進，物論不平故也。」會要言石湖除吏部郎中，不確，按，南宋館閣録卷七、周必大神道碑均言石湖除吏部員外郎。本年閏七月九日，與王萬登姑蘇臺，招王曉、陳淵叔、耿鎡避暑，耿鎡賦詩，石湖次其韻作本詩。王必大，即王萬，崑山人，王葆之弟，紹興二十七年進士，見至正崑山縣志卷三。永樂大典卷二三六八引蘇州府志：「（紹興二十七年王十朋榜）王萬，字必大。崑山。葆弟。」王浚明，即王曉，吴人。陸友仁吴中舊事：「王曉，字浚明。」王明清揮麈後録卷七：「明清於王岐公孫曉浚明處，見岐公在翰苑時令門生輩供經史對偶全句十餘册。」又揮麈後録餘話卷二：「王仲嶷豐公，岐公暮子。……有子曉，亦能文。」王曉於隆興間通判潭州。乾道六年八月，以朝請郎到行在雜買務、雜買場提轄官任，八年十一月差知撫州。淳熙二年初爲司農少卿。五年復知撫州，爲太府少卿，九年八月罷。以上王曉諸職，據孔凡禮范成大年譜乾道二年譜文注。陳淵叔，未詳。耿時舉即耿鎡。崑山雜詠：「耿鎡，字德基，一名元鼎，字時舉。」龔明之中吴紀聞卷六「西樓詩」條：「紹興中，郡守王喚顯道建西樓，賦詩者甚衆，獨耿時舉德基爲擅場。其詩曰：（略）德基他文稱是。居太學久之，不得一第而死，惜哉！」洪邁夷堅志丙志卷一七「王鐵面」條：「乾道三年至臨安……吴人耿時舉，以恩科得文學，形模舉止如素貴，蒙胡長文力，爲嶽廟。」

【箋注】

〔一〕三俊：古代稱德才兼備的三個人爲「三俊」，如晉代稱顧榮、陸機、陸雲爲「三俊」，見晉書顧榮傳；唐代稱李紳、李德裕、元稹爲「三俊」，見舊唐書李紳傳。石湖詩中借指王曉、陳淵叔、耿鎡。

〔二〕鐵鉤鎖：書家筆法名。黄庭堅次韻謝黄斌老送墨竹十二韻：「江南鐵鉤鎖，最許誠懸會。」自注：「世傳江南李後主作竹，自根至梢極小者，一一鉤勒成，謂之鐵鉤鎖。自云柳公權有此筆法。」

〔三〕咸池韻：咸池，古樂名，周禮春官大司樂：「舞咸池以祭地示。」禮記樂記：「咸池，備矣。」疏言此爲黄帝之樂，堯增修沿用。

明日夜雨陡涼，復次前韻呈時舉

幽懷青松獨，直道黄楊閏。懶從褦襶子〔一〕，遮日干主進。閉户友千載，脱簡理秦燼。秋熱出意表，誰云法天運。摧頹如鎩翮，何暇賈餘俊。願從青溪仙〔二〕，飛下二千仞。撇波嘯長風，鏖暑陷其陣。兹行病未能，喝卧何時振〔三〕？一雨忽破慳，江湖發封印。天公如仲尼，亦念季路愠〔四〕。團扇未全疎，短檠差可近。細字讀蠶眠，揩眼眩燈暈。明當呼我友，乘涼躡游軔。賡詩代僕呐，非敢鬭强韻。

【題解】

本詩作於乾道二年（一一六六）秋，時閑居在蘇。詩云「復次前韻呈時舉」，即指「丙戌閏七月九日」耿鎡所作詩之韻。本詩即作於次日，即閏七月十日。

【箋注】

〔一〕褦襶子：暑日謁客、穿衣整束之人曰褦襶子。藝文類聚卷五「歲時下」：「晉程曉詩曰：平生三伏時，道路無行車。閉門避暑卧，出入不相過。今世褦襶子，觸熱到人家。」

〔二〕青溪仙：劉敬叔異苑卷五：「青溪小姑廟，云是蔣侯第三妹。廟中有大穀扶疎，鳥嘗産育其上。晉太元中，陳郡謝慶執彈乘馬繳殺數頭，即覺體中慄然，至夜，夢一女子衣裳楚楚，怒云：此鳥是我所養，何故見侵？經日謝卒。」

〔三〕暍卧：中暑而卧。説文：「暍，傷暑也。」玉篇：「暍，中熱也。」

〔四〕「天公」二句：季路，即子路。論語衛靈公：「在陳絶糧，從者病，莫能興。子路愠見，曰：『君子亦有窮乎？』子曰：『君子固窮，小人窮斯濫矣。』」孔子勉勵子路堅持自己的道德信仰。

七月二日上沙夜泛

困倚船窗看斗斜，起來風露滿天涯。亭亭宿鷺明菰葉，閃閃涼螢入稻花。月下片雲應夜雨，山根炬火忽人家。江湖處處無窮景，半世紅塵老歲華。

【題解】本詩作於乾道二年（一一六六）七月，時閑居在家，夜泛上沙，賦本詩。

浴罷

西城落日半輪明，浴罷衣裳一倍輕。玉宇風來歸鳥急，火雲銷盡緑雲生。

【題解】本詩作於乾道二年（一一六六）夏，時閑居在家。浴罷，有感而作此小詩。

寄溧陽陳朋元明府，約秋末過之

海内交情兩斷金〔一〕，一官分袂阻登臨。書來恰值看雲眼，夢往誰知共月心。道義只今無捷徑，溪山依舊有清音。西風滿棹蒲帆飽，秉燭相尋語夜深〔二〕。

【題解】本詩作於乾道二年（一一六六）秋，時閑居在家。接陳蒼舒來信，乃賦本詩寄之，約秋末訪之。

【箋注】

〔二〕「交情」句：斷金，語出周易繫辭上：「二人同心，其利斷金。」後人因稱交情深厚爲「斷金」，令狐楚、李逢吉唱和集名斷金集。令狐楚題斷金集：「一覽斷金集，載悲埋玉人。」

〔三〕「秉燭」句：化用杜甫羌村三首之一：「夜闌更秉燭，相對如夢寐。」

次韻耿時舉苦熱

赤日纔低又火雲，巷南街北斷知聞。荷風拂簟昭蘇我，竹月篩窗慰藉君。避暑無奇那避謗，能觴便了莫能文。浮湛放蕩從今始〔一〕，悔把長裾强沐薰。余家近穿小蓮池，時舉亦稱竹簷間，皆爲度暑計。

【題解】

本詩作於乾道二年（一一六六）夏，時閑居在家。耿鎡作苦熱詩，石湖次其韻答之。

【箋注】

〔一〕浮湛：漢書陳遵傳：「嘗謂張竦：『吾與爾猶是矣。足下諷誦經書，苦身自約，不敢差跌；而我放意自恣，浮湛俗間，官爵功名，不減於子，而差獨樂，顧不優邪？』」

次韻王浚明用時舉苦熱韻見贈

暑窗當午思昏昏，雷起千峰睡不聞。鑠石誰能招楚魄〔一〕，斲冰我欲訪湘君。年華祇合加餐飯，事業休工刺繡文。賴有兩賢南北巷，歲寒幽谷共蘭薰。

【題解】

本詩作於乾道二年（一一六六）夏，時閑居在家。王浚明用耿鎡苦熱詩韻作詩相贈，乃次韻和之。

【箋注】

〔一〕「鑠石」句：宋玉招魂：「十日代出，流金鑠石些。」淮南子詮言訓：「大熱鑠石流金，火弗爲益其烈。」

李次山自畫兩圖，其一泛舟湖山之下，小女奴坐船頭吹笛；其一跨驢渡小橋，入深谷。各題一絶

船頭月午坐忘歸〔一〕，不管風鬟露滿衣。橫玉三聲湖起浪，前山應有鵲鷩飛。

黄塵車馬夢初闌，杳杳騎驢紫翠間。飽識千峰真面目〔二〕，當年拄笏漫看山〔三〕。

【題解】

本詩作於乾道二年（一一六六）三月以前，時石湖在吏部員外郎任上，李結正監進奏院，亦在臨安，故友相遇，李結乃以畫請題。李次山，即李結（一一二四—？），字元明，河陽人。因慕元結次山之風，自號次山。曾官休寧主簿，見范成大跋西塞漁社圖：「始余筮仕歙掾，宦情便薄，日思故林。次山時主簿休寧，蓋屢聞此語」；新昌縣丞，見樓鑰新昌縣丞廳壁記；隆興二年爲崑山縣宰，范成象崑山縣新修學記：「乾道改元，河陽李侯爲邦之二年也。」乾道二年，監進奏院，見全宋詞李結小傳；乾道七、八年，任浙西提舉常平茶鹽公事，見范成大吴郡志卷七「提舉常平茶鹽司題名」：「右奉議郎李結，乾道七年正月十七日到任，乾道八年七月十六日罷。」淳熙六年，知常州，見史能之咸淳毗陵志卷八「郡守題名」：「李結，淳熙六年二月，以承議郎在任，轉朝奉郎，五月罷。」淳熙九年，知秀州，見全宋詞李結小傳；淳熙十到十二年間，李結、楊冠卿等人結成詩社；淳熙十五年十月之後，紹熙元年之前，李結以尚書郎奉使全蜀，見周必大雪溪漁社圖跋，此跋作於紹熙元年三月，則李結總領四川必在紹熙元年之前。李結善畫，夏文彦圖繪寶鑑補遺：「李結，工山林人物。」范成大曾爲李結畫題詩、題跋。本詩即是題其畫之詩，又有跋西塞漁社圖，此圖今存，藏美國大都會博物館。

【箋注】

〔一〕月午：李賀感諷五首之三：「月午樹立影。」王琦解：「月午，謂月至中天當午位上，則倒影不斜，其直如立。」

〔二〕「飽識」句：自蘇軾詩句化出。蘇軾題西林壁：「不識廬山真面目，只緣身在此山中。」

〔三〕「當年」句：指石湖與李結在紹興二十八年同遊拄笏亭看山事，參見本書卷六四月十六日拄笏亭偶題「題解」。拄笏看山，語出世説新語簡傲：「王子猷作桓車騎參軍，桓謂王曰：『卿在府久，比當相料理。』初不答，直高視，以手版拄頰云：『西山朝來，致有爽氣。』」

太傅楊和王輓歌詞二首

先廟垂忠烈〔一〕，孤童侈舊勳。風雲天策府〔二〕，心膂殿前軍〔三〕。汴獮漸臺蹙〔四〕，胡驕罽幕焚。人亡汗青在，足以詔無垠。定遠之師，劉豫以廢〔五〕；石梁之役，虜帳蕩然，功無烈於此者〔六〕。

歲與靈光晚〔七〕，名登甲令芳。剖符山若礪，交戟鬢如霜。半世三槐位，千秋異姓王〔八〕。哀榮公不憾，人自惜堂堂。

【題解】

本詩作於乾道二年（一一六六）十一月，時閑居在家，聞知楊存中卒，賦本詩輓之。太傅楊和王，即楊存中，曾封和王、太傅。楊存中（一一〇二—一一六六），本名沂中，字正甫，紹興中賜名存中，代州崞縣人。存中屢與金兵交戰，戰功尤著，封恭國公，拜少師，以太師致仕。乾道二年卒，年六十五，追封和王，謚武恭，事見宋史卷三六七楊存中傳。宋史孝宗紀：「（乾道二年）十一月丙午，楊存中薨。」正德姑蘇志卷三二謂：「楊和王府在和會坊。」

【箋注】

〔一〕「先廟」句：楊存中祖、父皆爲國捐軀，故云。宋史楊存中傳：「祖宗閔，永興軍路總管，與唐重同守永興，金人陷城，迎戰死之。父震，知麟州建寧砦，金人來攻，亦死於難。」又云：「父、祖及母皆死難，存中既顯，請于朝，宗閔謚忠介，震謚忠毅，賜廟曰顯忠，曰報忠。」

〔二〕天策府：葉夢得石林燕語卷六：「天策上將，唐官也。……（宋）祥符八年，楚王元佐久疾，以皇兄之寵，故採唐舊典以授之，結銜在功臣上而不開府。」本傳無此銜，石湖借以指君王之榮寵。本傳記載府第建閣，孝宗題「風雲慶會之閣」。石湖本句即出此意。

〔三〕「心膂」句：心和膂是人體的重要部位，喻親信之人。尚書君牙：「今命爾予翼，作股肱心膂。」「殿前軍」，楊存中歷任御前右軍統領、御前中軍統制、龍神衛四廂都指揮使、殿前都指揮使，宋史楊存中傳稱他「在殿巖凡二十五載」。

〔四〕「汴猘」句：汴猘，指占據河南的劉豫。猘，瘋狗，呂氏春秋首時：「鄭子陽之難，猘狗潰之。」漸臺，漢武帝作建章宮，太液池中有漸臺。漢末，劉玄兵從宣平門入，王莽逃至漸臺上，卒爲衆兵所殺，事見漢書王莽傳下。本詩借王莽以指劉豫之敗。

〔五〕「定遠」二句：劉猊先犯定遠縣，楊存中率兵襲敗之，猊又列陳于藕塘，存中率大軍擊之，猊大敗。事見宋史楊存中傳。

〔六〕「石梁」三句：指楊存中與金人戰於柘皋，金人大敗，死者以萬計，事見宋史楊存中傳。

〔七〕靈光：指朝廷恩澤。漢書鼂錯傳：「德澤滿天下，靈光施四海。」

〔八〕異姓王：本傳載楊存中於紹興三十一年封同安郡王，卒追封和王。

少卿直閣鄭公輓歌詞 恭老

今代魁梧老，終身寂寞濱。鬢霜三館直〔一〕，碑淚五州春〔二〕。壽相空壬甲〔三〕，行年竟巳辰〔四〕。墳丘纔馬鬣〔五〕，何處著經綸。

憶昨登門日，驪傳考室詩〔六〕。謂公安且吉，何意哭於斯！遺老典刑盡〔七〕，此邦名教悲。誰能傳耆舊，他日慰吴兒。

【題解】

本詩作於乾道二年（一一六六），時閑居在家。鄭作肅卒，石湖因作輓歌詞以悼念之。少卿直閣鄭公，題下注「恭老」，即鄭作肅，字恭老，蘇州人。宣和三年進士，歷仕杭州通判、知常州、知吉州、知鎮江府、以直秘閣知湖州。蘇州府志：「（宣和三年何涣榜）鄭作肅，字恭老，知鎮江府。」（永樂大典卷二三六八）又封爵：「鄭作肅，右朝議大夫、直秘閣、知湖州軍（州）事，主管學事、兼管内勸農使，開國男，食三百户。」（永樂大典卷二三六九）。嘉泰吴興志卷一四「郡守題名」：「鄭作肅，紹興三十二年十二月十六日以左朝議大夫直秘閣到任。」他於乾道元年九月即罷任，因下任王帥於元年九月到任。正德姑蘇志卷五〇有傳：「鄭作肅，字恭老。以進士歷通判杭州。紹興五年，知常州。……二十四年，知吉州，還朝，奏郡中歲輸黄河竹索錢，河久陷僞境，錢何從歸，乞賜蠲免。其他循襲似此者，亦乞盡行除放。高宗嘉納，且諭秦檜，稱奬再三。檜怒，諷以在任不法，興大獄繩治之，逮吏及門，以檜殂得免。（此事，王明清揮麈三録卷三有記載，姑蘇志即據以載入。）二十八年知鎮江府，嚴殺牛之禁。……三十二年冬，改知湖州。……隆興二年，歲歉民貧，有生子不舉棄於道路者，作肅令屬官尋訪收取，又擇乳母爲之保養。月給贍米一石。委請學官專莅其事，條具事目，刻石州縣，遂爲其邦著令。」

【箋注】

〔一〕「鬢霜」句：鬢霜，蘇軾江城子密州出獵：「酒酣胸膽尚開張，鬢微霜，又何妨。」三館，唐有昭文、集賢、史館三館，宋三館合一，並在崇文院内。高承事物紀原卷六「昭文館」云：「宋朝避廟諱，復曰昭文與集賢、史館同爲三館也。」宋於崇文院中堂建秘閣。鄭作肅曾官直秘閣，故詩云「三館直」。

〔二〕「碑淚」句：猶言悲淚，碑、悲諧音。樂府詩集卷六四吴聲歌曲華山畿八：「將懊惱，石闕晝夜題，碑淚常不燥。」石湖本詩即用此語。五州，指鄭作肅曾爲杭州、鎮江、湖州、常州、吉州五州地方長官。

〔三〕「壽相」句：三國志魏書管輅傳：「額上無骨，眼中無守精，鼻無梁柱，脚無天根，背無三甲，腹無三壬，此皆不壽之驗。」

〔四〕「行年」句：後漢書鄭玄傳：「夢孔子告之曰：『起！起！今年歲在辰，來年歲在巳。』既寤，以讖合之，知命當終。」

〔五〕馬鬣：即馬鬣封，墳上的封土長滿枯草，如馬頸上之長毛。禮記檀弓：「孔子之喪……昔者夫子言之曰：吾見封之若堂者矣，見若坊者矣，見若覆夏屋者矣，見若斧者矣，從若斧焉。馬鬣封之謂也。」

〔六〕「驩傳」句：意謂全家歡樂地傳唱新居落成之詩。「考室詩」，指詩經小雅斯干，毛詩序：「斯干，宣王考室也。」古代宫室建成後舉行的典禮，叫考室，猶如後代的落成典禮。全詩描繪宫室建築之美，兄弟家族和睦，多頌禱贊美之語。

〔七〕典刑：語出詩經大雅蕩：「雖無老成人，尚有典刑。」

高景庵讀舊題有感

莓苔風雨舊詩留，十七年前鬢未秋〔一〕。巖桂拂雲篁竹拱，樹猶如此一搔頭〔二〕。

【題解】本詩作於乾道二年（一一六六）秋，詩云「巖桂拂雲」，可證。時閑居在家，過高景山金氏庵，見十七年前之題詩，有感而作本詩。高景庵，當即高景山之金氏庵，參見卷三金氏庵「題解」。

【箋注】

〔一〕「莓苔」二句：舊詩，指十七年前題在金氏庵的詩，卷三金氏庵：「醉墨題窗側暮鴉。」十七年，指紹興二十年，時自崑山至蘇州「城西道中」，賦詩二十首。自本年向前推算，爲紹興二十年，時石湖二十五歲，故云「鬢未秋」。

〔二〕樹猶如此：世説新語言語：「桓公北征，經金城，見前爲琅琊時種柳，已皆十圍，慨然曰：『木猶如此，人何以堪！』攀枝執條，泫然流淚。」

華山道中

過午曾雲未肯開，煖寒村店竹初灰。蕭蕭林響棠梨戰，晚恐陽山有雨來〔一〕。

【題解】

本詩作於乾道二年（一一六六），時閑居在蘇。過華山，有感而作本詩。華山，在城西，吳郡志卷一五「山」：「華山，在吳縣西六十四里。老子枕中記云：吳西界有華山，可以度難。父老云：山頂北有池，上生千葉蓮花，服之羽化，因曰華山。」

【箋注】

〔一〕陽山：在城西北。吳郡志卷一五：「秦餘杭山，即陽山也。越入吳，夫差晝夜馳走，達於秦餘杭。飢得生稻而食之。」百城烟水卷三長洲：「陽山，距城西北三十餘里（高百五十丈，迤二十餘里），以面陽，因名，亦名萬安、四飛、秦餘杭。」

送嚴子文通判建康

四海論交賴有子，一日不見真愁予。人誰可與話心曲，天忽遣來同里居。懊惱春來不數面，丁寧歲晚猶頻書。黑頭屢別那敢惜，歎息鬖鬖霜滿梳。

【題解】

本詩作於乾道三年（一一六七）六月，時閑居在家。嚴煥任建康府通判，行前，石湖作本詩送別。重修琴川志卷八「人物」：「（嚴煥）登紹興十二年進士第，調徽州、臨安教授，通判建康府。」景定建康志卷二四：「嚴煥，左承議郎乾道三年六月十八日到任。」詩云：「天忽遣來同里居。」知嚴煥其時已移居吴地。

次韻王浚明詠新居木犀

月窟移來有貴名，一簾金碧照東榮。鼻端入妙睡魔醒，眼底會真詩句生。日氣瓏璁無奈醉，露華凌亂不勝清。君家傾國何時見？淡掃蛾眉撚夕陰〔一〕。

【題解】

本詩作於乾道三年（一一六七）秋，時閑居在家，王曉有咏新居木犀詩，石湖次其韻作本詩。

【箋注】

〔一〕「君家」二句：本詩以美女喻花，故曰「傾國」，即指「木犀」。淡掃蛾眉，用張祜集靈臺二首之二：「却嫌脂粉污顔色，淡掃蛾眉朝至尊。」由詩意可推知王曉新居之桂樹爲「銀桂」。

提刑察院王丈輓詞 彦光

諭蜀三年戍〔一〕，還吴萬里船。雲歸雙節後，雪白短檠前。百世春秋傳〔二〕，一丘陽羨田〔三〕。浮生如此了，何必更凌煙！

日者悲離索，公今又眇冥。門人辦韓集〔四〕，子舍得韋經〔五〕。此去念築室，空來聞過庭〔六〕。平生無路見，終古泣松銘〔七〕。

【題解】

本詩作於乾道三年（一一六七）二月。時閑居在家，知王葆卒，作輓詞悼之。提刑察院王丈，題下自注「彦光」，即王葆，他曾任浙東提刑，監察御史，故云。王葆（？—一一六六）字彦光，崑山人，登宣和八年進士，歷仕麗水主簿、宗正寺丞、監察御史、浙東提刑，知廣德軍，知漢州，知瀘州，歸鄉卒。范成大吴郡志卷二七「人物」云：「王葆，字彦光，崑山人。逸野堂僖之姪。宣和八年進士，崑山自郟亶登科，有孫載，載後六十年，葆始繼之，邑人以爲奇事。葆學行俱高，潛心古道。著春秋集傳十五卷，春秋備論二卷。誘掖後進，推誠樂育，如親子弟。門下士多成立者，號稱鄉先生。初主麗水簿，上疏陳十弊事，皆人所難言。紹興間，歷司封郎，官監察御史、崇政殿説書，終浙東提刑。王公於人物鑒裁尤精。樂巷李侍御史衡，布衣流落，一見以女弟妻之。左丞相周益公必大，初第，以女妻之。知其爲國器也。成大以早孤廢業，一日呼前，喻勉切至，加以詰責。留之席下，程課甚嚴，未幾，亦忝科第。」襲明之中吴紀聞卷六「王彦光」條云：「王葆，字彦光，擢宣和甲辰第。崑山自郟正夫登第後，有孫積中，後六十載，無有繼之者。彦光擢第時，吴昉博士適爲邑宰，有致語云：『振六十載之頹風，賈三千人之餘勇。』紀其實也。紹興改元，天子廣言路，講求賢良等材。彦光時主麗水簿，慨然上疏陳十弊，皆切中時病，其末以儲嗣爲請，語尤切直，至謂『仁宗時，中外無事，海宇晏然，而范鎮等爲國遠計，其所納忠，急急在此。況當今日，國步多艱，人心易動，强虜未靖，群盜陸梁，天下之勢，危若綴旒，而甲觀之祟，未聞流慶，中外惴恐，此爲甚急。臣願陛下爲宗社無疆之計，廣求宗室之中仁明孝友、時論所歸者，歷試諸事，以係人心』。執政讀而奇之。彦光素爲秦益公器重。和議既定，梓宫及太后皆還。彦光時主宗正寺簿，上書於益公，僅三百字，大意謂：『自古宰相功業之盛，無如伊尹、周公，究其終始之言，伊尹過周公遠矣。方其相成湯，輔太甲，其功無與比。當是時，遂思復政於君，而啓其告歸之意，今咸有一德之書是也。周公則不然，夾輔成王，坐致太平之功，此時可以告老矣，而卒不之魯，故其後有四國流言之禍。今欲爲伊尹乎，欲爲周公乎？惟閣下所擇。』益公得書頗喜。久之，除司封郎。彦光既丁内艱，服闋，再居舊職。一日，益公語彦光曰：『檜待告老如何？』曰：『此事不當問之於某。』益公曰：『他人不敢言，以公有直氣，故問之。嘗記紹興八年，某爲右相時，公以書勸某去位，保全功名，今何故不言?』彦光曰:『果欲告老,不問親與仇,擇其可任國家之事者使居相位,誠天下生民之福。』益公默然。俄除監察御史,兼崇政殿説書。益公薨,出知廣德,移漢州,又移瀘州,終浙東提刑。」王葆最終爲浙東提刑,已是隆興元年,寶慶會稽續志卷二「提刑題名」:「王葆,隆興元年六月十三日,以左朝請大夫到任,乾道元年二月二十一日宫祠。」三年二月卒於宜興。八月,石湖赴宜興,護送王葆之靈柩回崑山卜葬。崑山新陽合志卷一三冢墓:「侍御史王文毅公葆墓在縣東南新漕里,張震銘。」

【箋注】

〔一〕「論蜀」句:王葆知廣漢軍、漢州、瀘州,均在蜀地。據石湖詩知彦光論蜀僅三年。

〔二〕「百世」句:龔明之中吴紀聞卷六「王彦光」條云:「其所成就甚衆,所學最長於春秋,有春秋集傳十五卷,春秋備論兩卷。」

〔三〕陽羨田:用蘇軾買田陽羨以終老事,蘇軾登州謝上表二首:「買田陽羨,誓畢此生。」又有菩薩蠻云:「買田陽羨吾將老。從來只爲溪山好。」

〔四〕「門人」句:韓集,指韓愈昌黎先生集,門人李漢編。李漢韓昌黎集序:「長慶四年冬,先生殁,門人隴西李漢,辱知最厚且親,遂收拾遺文,無所失墜……并目録合爲四十一卷,目爲昌黎先生集,傳於代。」此借李漢故事,謂門人爲王葆編集,惜未見傳世。

〔五〕「子舍」句:洪邁夷堅志卷一二:「王嘉賓夢子」條:「吴人王彦光御史之子嘉賓……字仲

賢，淳熙十二年監左藏封椿庫。」韋經，漢書韋賢傳：「少子玄成，復以明經歷位至丞相。故鄒魯諺曰：『遺子黄金滿籯，不如一經。』」

〔六〕「空來」句：過庭，語出論語季氏：「嘗獨立，鯉趨而過庭。」後稱父教爲過庭之訓。孔凡禮范成大年譜乾道三年譜文注：「提刑察院王丈輓詞其二有『空來聞過庭』之句，蓋不忘其教誨。」

〔七〕終古：久遠。李商隱隋宫：「于今腐草無螢火，終古垂楊有暮鴉。」松銘：文選江淹效潘嶽悼亡詩：「駕言出遠山，徘徊泣松銘。」劉良注：「松銘，山墳銘碑也。」

送闕壽卿校書出守簡州

東壁星宫館列仙〔一〕，一麾苦欲近田園。宅家但寶千金鑑〔二〕，臣輩何辭萬里船？壽卿述藝祖寶訓爲書以獻，多觸貴要者。京洛知心塵鞅裏〔三〕，江吴攜手暮帆邊。聲名如此歸安往？日日閶門望眼穿。

【題解】本詩作於乾道三年（一一六七）九月，時閑居在家。闕耆卿於本年九月出守簡州，過吴，訪范成大，石湖賦本詩送行。闕壽卿校書，即闕耆孫，字壽卿，蜀之青城人。進士出身，歷仕果州教授、秘書省正字、校書郎、知簡州、著作佐郎、夔州轉運判官。南宋館閣録卷八：「闞耆孫，（乾道）二年十二月除（正字），三年七月爲校書郎。」又：「闞耆孫，字壽卿。零陵人。王佐榜進士出身。治詩賦。（乾道）三年七月除（校書郎），九月，知簡州。」按，謂「零陵人」，疑非是。洪邁夷堅志丙志卷一九「青城税監子」條謂耆孫爲蜀之青城人。陸游跋闞著作行紀（渭南文集卷二六）有「今公歸卧青城山中」句，本詩石湖説他知簡州爲「一麾苦欲近田園」，當從之。孔凡禮范成大年譜乾道三年譜文注：「夷堅志丙志卷三『楊抽馬』條謂耆孫紹興末爲果州教授。乙志卷二十王祖德條、丙志卷四餅店道人謂耆孫紹興三十一二年間在成都，丙志卷十九青城税監子謂隆興元年詣臨安，可信。」陸游有送闞灃詩序（渭南文集卷一四）、跋闞著作行紀（同書卷二六）時陸游正在夔州通判任上。

【箋注】

〔一〕東壁：二十八星宿之一，漢書五行志：「二十九年二月丁巳朔，日有蝕之，在東壁五度。東壁爲文章，一名娵訾之口。」

〔二〕千金鑑：聯繫下句自注「壽卿述藝祖寶訓爲書以獻，多觸貴要者」看，指壽卿講述宋太祖訓諭以爲書啓，獻呈皇帝，觸犯了權貴，所以出守簡州。千金鑑，千金之寶鑑，即指宋太祖之訓鑑。

〔三〕塵鞅：塵世俗務的束縛。白居易登香爐峰頂：「紛吾何屑屑，未能脱塵鞅。」

頃自吏部郎去國時，獨同舍趙友益追路送詩，數月友益得儀真，過吴江，次元韻招之

東風分袂省西廊，袖有明珠照客航〔一〕。道義有情通出處，文章無地著炎涼。君今猶把一麾去〔二〕，我敢倦鋤三徑荒。邂逅天涯如夢寐，肯來相對話更長？

【題解】　本詩作於乾道二年（一一六六）三月以後數月，時閑居在家。同舍趙友益出任真州知州，過吴江，石湖乃次其送别詩韻，作本詩招之。「頃自吏部郎去國時」，指乾道二年三月石湖自吏部員外郎放罷歸里時。趙友益，生平未詳。儀真，即真州。王存元豐九域志卷五淮南東路有真州，宋史地理志四：「真州……政和七年，賜郡名曰儀真。」

【箋注】

〔一〕明珠：指趙友益詩。杜甫奉和賈至舍人早朝大明宫：「詩成珠玉在揮毫。」

〔二〕一麾：自京官出任地方官。顔延之五君詠阮始平：「屢薦不入官，一麾乃出守。」

長沙王墓在閶門外

孫伯符

英雄轉眼逐東流，百戰工夫土一坏。蕎麥茫茫花似雪，牧童吹笛上高丘。

【題解】

本詩及次韻孫長文泊姑蘇館、長文再作復次韻三詩，具體作年均難以確考。三詩次於頃自吏部郎去國時獨同舍趙友益追路送詩數月友益得儀真過吴江次元韻招之之後，則三詩或作於乾道三年、四年之春季。時閑居在家，尋訪孫策墓，有感而作本詩。長沙王，題下注「孫伯符」，即孫策。孫策（一七五—二〇〇），字伯符，孫堅子，孫權兄。策得父部曲，在江東建立政權。曹操表策爲討逆將軍，改封吴侯。建安五年，策爲許賓客擊傷，創重，乃以印綬授孫權。權立，追謚孫策曰「長沙桓王」。事見三國志魏書孫策傳。長沙王墓在蘇州盤門外三里。陸廣微吴地記：「盤門，古作蟠門，嘗刻木作蟠龍，此以鎮越。又云水陸相半，沿洄屈曲，故名盤門。……東北二里有後漢破虜將軍孫堅墳，又有討逆將軍孫策墳。」朱長文吴郡圖經續記卷下「冢墓」：「漢豫州刺史孫堅及其妻吴夫人、會稽太守策三墳，並在盤門外三里，載唐陸廣微吴地記。」范成大吴郡志卷三九「冢墓」亦載之，並載政和間村民發掘事及張體仁考訂、滕宬孫王墓記，文長，不録。

次韻孫長文泊姑蘇館

讀書窗下一燈殘，忽有詩來爲煖寒。聞道扁舟春共載，雪雲雖冷不相干。

【題解】

本詩作年，參見上首長沙王墓在閶門外「題解」。時閑居在家。孫長文，生平未詳。

長文再作，復次韻

渚蒲汀蓼得霜殘，歸客思家不計寒。喜鵲門前人一笑，絶勝風色候長干〔一〕。

【題解】

本詩作年，參見長沙王墓在閶門外「題解」。

【箋注】

〔一〕長干：地名，在今江蘇江寧縣境。左思吴都賦：「長干延屬，飛甍舛互。」劉淵林注：「建鄴之南有山，其間平地，吏民居之，故號爲干。中有大長干、小長干，皆相屬，疑是居稱干也。」

次韻耿時舉、王直之夜坐

庭葉翻翻鬧，燈花粟粟穠。關山千里雁，風雨滿城鐘。隴上新登穀，江頭舊熄烽。今年吾計得，安穩讀三冬。

【題解】

本詩作於乾道三年（一一六七）秋，時閑居在家。耿鎡、王直之有「夜坐」詩，次其韻作本詩。

次韻徐子禮提舉鶯花亭 并序

秦少游「水邊沙外」之詞，蓋在括蒼監征時所作。予至郡，徐子禮提舉按部來過，勸予作小亭，記少游舊事；又取詞中語名之曰鶯花，賦詩六絶而去。明年亭成，次韻寄之。

灘長石出水嗚隄，城郭西頭舊小溪。游子斷魂招不得，秋來春草更萋萋。

愁邊逢酒却成憎，衣帶寬來不自勝〔一〕。煙水蒼茫沙外路〔二〕，東風何處拄枯藤？

壚下三年世路窮，蟻封盤馬竟難工〔二〕。千山雖隔日邊夢，猶到平陽池館中〔三〕。

文章光燄照金閨〔三〕〔四〕，豈是遭逢乏聖時。縱有百身那可贖，琳瑯空有萬篇垂。

山碧叢叢四打圍，煩將舊恨訪黄鸝。纈林霜後黄鸝少，須是愁紅萬點時〔五〕。

古藤陰下醉中休〔六〕，誰與低眉唱此愁。團扇他年書好句，平生知己識儋州〔七〕。

【校記】

〔一〕不自勝：詩淵第五册第三三七六頁作「瘦不勝」。

〔二〕沙外路：原作「外沙路」，董鈔本作「沙外路」，富校：「『外沙』黄刻本作『沙外』，是。按此用秦觀千秋歲詞『水邊沙外』句意。」今據改。

〔三〕光燄：活字本、董鈔本、詩淵均作「光艷」。

【題解】

本詩乾道五年（一一六九）作於處州。徐子禮，即徐蕆，蘇州人。同治蘇州府志卷七八人物五：「徐蕆，字子禮，林子。由進士知饒州。以居吴去親遠，奏易旁小州便養。乾道初，改知江陰軍，作新廟學，刊書以惠學徒。二年，詔遣轉運副使。姜詵按視水利，蕆延見父老，審訂其説，謂江陰北臨大江，地污下，港瀆善淤，夏秋淫雨，浙西數郡，百川並委，瀕港七鄉並湖，三山低卬之田，混爲一區，十年間，没者百六十餘萬畝，歲蠲秋苗一二萬計，公私病焉。遂請治蔡涇廢牐牐之。故基距河差遠，兩翼迫蹙，波流悍急，易於潰壞，乃移基並東，直抵漕渠，斥而大之，易木以石，長各十三丈四尺，高一丈八尺，洪闊二丈三尺。岸之西北，匯爲渦轟，分殺水怒。土木鉄石之工，萬有九百，費錢二萬二千三百緡，米一萬一千四百石，各有奇。於是增濬漕渠，下通黄田，以防泛濫，絶壅滯，五旬而畢。又奏本軍地狹民貧，有續添認納臨安府買紬絹四千餘匹，兼累遭大水，百姓憔悴，困此重斂；上爲蠲八之五。命下之日，歡聲動阡陌。三年，改浙東提舉常平，知秀州。蔵有學，尤善漢隸書。」寶慶會稽續志卷二提舉題名：「徐蔵，乾道三年八月二十六日，以左朝散郎到任，乾道五年六月初三日知秀州。」徐蔵於乾道三年任浙東提舉常平，五年召回，改知秀州。石湖於乾道四年八月知處州，徐蔵勸他於南園築小亭，並賦鶯花亭六絶句。五年，亭成，石湖次徐蔵韻賦鶯花亭六絶句以寄之。石湖於五年五月離任，則本詩必作於離處州任以前。

鶯花亭，在處州南園内，乾隆浙江通志卷五一古蹟十三：「處州府，南園。名勝志：『郡城小括山與萬象山相連，勢甚高敞。唐時南園在其間。園内有蓮城堂、鶯花亭。』」栝蒼彙紀卷四次舍記：「鶯花亭，在舊治南園。陸游詩：『沙外春風柳十圍，緑陰依舊語黄鸝。故應留與行人恨，不見秦郎半醉時！』」陸游鶯花亭詩，劍南詩稿未載，楊慎詞品卷三「鶯花亭」條云：「秦少游謫處州日，作千秋歲詞，有『花影亂，鶯聲碎』之句，後人慕之，建鶯花亭。陸放翁有詩云：（略）」詩用徐蔵六絶句中第五首之韻，時徐蔵正在山陰。麗水縣志（同治十三年刊本）卷六古蹟：「鶯花亭，在南園，郡守范成大建。」秦鏞淮海先生年譜：「紹聖二年乙亥，四十七歲，先生在處州。……游府治南園，作千秋歲詞。」秦觀千秋歲詞云：「水邊沙外，城郭春寒退。花影亂，鶯聲碎。飄零疎酒盞，離別寬衣帶。人不見，碧雲暮合空相對。 憶昔西池會，鵷鷺同飛蓋。攜手處，今誰在？日邊清夢斷，鏡裏朱顔改。春去也，飛紅萬點愁如海。」秦觀千秋歲詞，吴曾能改齋漫録卷一七「秦少游唱和千秋歲詞」條、曾敏行獨醒雜志卷五均謂秦觀千秋歲詞作於衡陽，與徐、陸、范諸人之説異。按，徐蕆、陸游、范成大距秦觀時代不遠，況且他們都是博洽多識之人，其言當可信從。姑録吴、曾之説以備考。

【箋注】

〔一〕「衣帶」句：自秦觀千秋歲「離別衣帶寬」句中化出。

〔二〕「蟻封」句：世説新語賞譽上「王汝南既除所生服」注引鄧粲晉紀：「（王）湛曰：『今直行車路，何以別馬勝不？唯當就蟻封耳！』於是就蟻封盤馬，果倒踣。」此喻世路不平難行。

〔三〕「猶到」句：平陽，相傳古帝堯所都，以在平水之陽而得名。元和郡縣圖志卷一二「晉州」云：「禹貢冀州之域，即堯、舜、禹所都平陽也。……前趙録曰：『太史令宣于循之言于元海曰：蒲子崎嶇，非可久安。平陽唐堯昔都，願陛下都之。』於是遷都平陽。」此承上句「千山雖隔日邊夢」意，謂千山雖然阻隔輔佐君王之夢，但猶能到堯帝舊都，親霑聖帝之恩澤。

〔四〕金闉：金馬門之別稱，漢代東方朔、主父偃等皆待詔金馬門。江淹別賦：「金閨之諸彦，蘭臺之群英。」

〔五〕「須是」句：自秦觀千秋歲「飛紅萬點愁如海」句中翻出。

〔六〕「古藤」句：秦觀好事近夢中作：「醉卧古藤陰下，了不知南北。」石湖句由此脱化來。

〔七〕「平生」句：吴曾能改齋漫録卷一七「樂府」「秦少游唱和千秋歲詞」條云：「其後東坡在儋耳，姪孫蘇元老，因趙秀才還自京師，以少游、毅甫所贈酬者寄之。東坡乃次韻録示元老，且云：『便見其超然自得，不改其度之意。』」

石湖居士詩集卷十一

己丑五月被召至行在，遇周畏知司直，和五年前送周歸弋陽韻見贈，復次韻答之以下自處州再至行在作

分袂悠悠爾許年，莫嗔蓬鬢兩蕭然。酒槽不奈青春老，經笥空供白晝眠。暗緑千章新活計，軟紅三尺舊塵緣。相逢且作西湖客，山繞荷花檥畫船。

【題解】

本詩作於乾道五年（一一六九）五月。己丑，即乾道五年。本年五月，石湖被召至行在，留爲京官。遇故友周畏知，同遊西湖，畏知乃以五年前石湖送周歸弋陽韻賦詩贈石湖，石湖乃次韻答之。見本書卷一〇送周畏知司直歸上饒待次。周必大神道碑：「初，上命宰相陳正獻公擇文士掌内制，正獻薦知遂寧府張震及公。至是（指自處州被召行在），上曰：『卿文學詞翰，官直禁林。』……乃除禮部員外郎兼崇政殿説書。上令更加清職，遂加國史院編修官。」南宋館閣録卷

八：「范成大……（乾道）五年五月，以禮部員外郎再兼（實録院檢討官）；十二月爲起居舍人，六年五月爲起居郎，並兼。」建炎以來朝野雜記乙集卷一三「博士正字兼説書」條云：「崇政殿説書，渡江後，自尹彦明始。彦明初以秘書郎兼之。後多以命卿監察官。中間王龜齡、范至能、王與正皆以郎官兼，亦殊命也。」

次韻馬少伊、郁舜舉寄示同游石湖詩卷七首

蕪城老蘚不知春〔一〕，忽有柴門月色新。芝草琅玕無鎖鑰，自無超俗扣門人。
莫問朝歌與棘津〔二〕，浮生惟有一杯春。君看百戰功名地，越戍吴臺兩窖塵〔三〕。
鏡面波光倒碧峰，半湖雲錦萬芙蓉。去年蕩槳香風裏，行傍石橋花正濃。
紅皺黄團熟暑風，甘瓜削玉藕玲瓏。身謀已落園丁後，滿帽京塵日正中。
兩賢風度藹春陽，步屧隨風上柳塘。綵筆紅牋芳徑裏，句中挾我萬花香。
得得來題小隱詩〔四〕，拂花縈柳畫船移〔一〕。湖邊好景春猶未，須到秋清月滿時。
瀟洒王郎亦勝流〔五〕，今年何事阻清遊？當家風味今如此，孤負山陰夜雪舟。王必大獨不赴二公同游之約。

【校記】

〔一〕拂花：原作「拂香」，富校：「『香』黄刻本、宋詩鈔作『花』，是。」按，活字本、叢書堂本、董鈔本均作「拂花」，今據改。

【題解】

本詩作於乾道四年（一一六八）。去年，馬先覺、郁異來蘇訪成大，同游石湖。今年寄示同游石湖詩卷，乃次韻作本詩。郁舜舉，即郁異，字舜舉，福州長溪人，寄居崑山，隆興元年進士，見至正崑山郡志卷三。嘗任宣州寧國簿、廬州司直。蘇州府志（永樂大典卷二三六八）：「（隆興元年木待問榜：）郁異，字舜舉。崑山。福州長溪人。廬州司直。寄居。」于北山、孔凡禮二譜均繫本詩於乾道五年，則同游石湖爲乾道四年。然細察石湖詩意及石湖行迹，其説似可商兑。按，范成大於乾道四年五月陛對，七月初即赴知處州任。七月六日，與韓元吉同飲於吴江垂虹橋，元吉水調歌頭題下自注：「七月六日，與范至能會飲垂虹，是時至能赴括蒼，予以九江命造朝，至能索賦。」此時石湖行色匆匆，無時間與馬、郁同游石湖。又從時令風物考察，詩云「半湖雲錦萬芙蓉」，荷花盛開，「熟暑風」、「甘瓜」、「藕」，正是盛夏時分，四年盛夏，石湖正忙於陛對、赴任，不能分身游石湖。再從「小隱」詩意分析，小隱隱陵藪，正與石湖閑居生活相切合。由此可知，成大於乾道三年閑居蘇州，方能與馬先覺、郁異同游石湖。待到四年馬、郁寄來同游詩，成大乃次其韻。乾道四年七月，石湖始赴處州任，本詩當作於赴任之前。

【箋注】

〔一〕「蕪城」句：鮑照作蕪城賦：「澤葵依井，荒葛罥塗。」澤葵，青苔别名。成大借鮑照賦意，指稱石湖别墅之苔蘚。

〔二〕「莫問」句：韓詩外傳卷七：「吕望行年五十，賣食棘津，年七十，屠於朝歌，九十乃爲天子師。」

〔三〕越戍吴臺：越戍，即越城；吴臺，即姑蘇臺。范成大吴郡志卷八「古蹟」：「越城，在胥門外。越伐吴，吴王在姑蘇，越築此城以逼之。城堞仿佛具在，高者猶丈餘，闊亦三丈，而幅員不甚廣。」又云：「姑蘇臺，在姑蘇山。舊圖經云：『在吴縣西三十里。』續圖經云：『三十五里，一名姑蘇，一名姑餘。』」

〔四〕小隱：王康琚反招隱詩：「小隱隱陵藪，大隱隱朝市。」

〔五〕「瀟洒」句：王郎，指王萬，尾句注：「王必大獨不赴二公同游之約。」王萬字必大。

玉堂寓直

摛文窗户九霄中，岸幘燒香愧老農〔一〕。上直馬歸催下鑰〔二〕，傳更人唱促鳴鐘。

金城巘嵲雲千雉，碧瓦參差月萬重。骨冷魂清都不夢，玉階蕭瑟聽秋蛩。

【題解】

本詩作於乾道五年（一一六九）秋，時任禮部員外郎兼崇政殿説書，並兼國史院編修官、實録院檢討官。高承事物紀原卷四「説書」條云：「明道元年，翰林侍講孫奭年老乞外郡，上問誰可代充講官，奭舉昌朝等，至是始特置此職（接上文，指崇政殿説書）。」石湖本年任崇政殿説書，職同侍講，故能寓直玉堂。

【箋注】

〔一〕岸幘：推起頭巾，露出前額。陳與義岸幘：「岸幘立清曉，山頭生薄陰。」

〔二〕上直：即上值，當直，值班之意。王建宫詞：「上直鐘聲始得歸。」花蕊夫人宫詞：「君王未起翠簾捲，宫女更番上直來。」羊士諤臺中遇直晨覽蕭侍御壁畫山水，寫他值夜晨出見蕭祜壁畫山水的感慨。

己丑中秋寓宿玉堂，聞沈公雅大卿、劉正夫户部集張園賞月，走筆寄之

笑看收雲捲雨忙，沉沉宫樹納空光。夜長來伴玉堂宿，天近似聞丹桂香。鳷鵲樓欄浮瑞氣〔一〕，鳳凰城闕帶新涼。遥知勝絶西園會〔二〕，也憶車公對舉觴〔三〕。

【題解】本詩作於乾道五年（一一六九）中秋，時在禮部員外郎任上，玉堂寓宿，聞知沈度、劉孝韙集於張園賞月，因走筆寫成本詩寄之。己丑，乾道五年。范成大吴船録卷下：「（八月）壬午，遂集南樓……丑年，内宿玉堂。」沈公雅大卿，即沈度，字公雅，德清人。宋史翼卷二四有傳。吴興備志卷一二：「沈度，字公雅。德清人。紹興間令餘干，政有三善：田無廢土，市無閒居，獄犴無宿繫。民謳歌之。以考功郎中除直秘閣，知平江府。乾道二年七月召赴行在。上曰：『甲申之歲，委卿守吴門。未幾，治行昭著，果如朕所料，可謂得人。』又詢吴中歲事如何，具以豐穰對。上曰：『二年以來，水潦軫憂，惟恐懼修省，以百姓爲念耳。』度奏：『臣初到郡，水歉艱食，荷陛下捐四萬石馬料以振濟，全活甚衆。』上曰：『正賴良守措置。漢宣帝所謂與我共理者，其惟良二千石乎！』即以爲中書門下省檢正諸房公事。四年，又以直龍圖閣知建寧府。是時朱子在崇安爲屬吏，創立社倉，均糴備貸，度乃以錢六萬緡助其役。倉成，民賴之。朱子爲記其事。又知臨安府，仕終兵部尚書。」沈度于隆興二年知平江府，吴郡志卷一一「牧守」：「沈度，右朝散大夫、直秘閣，隆興二年十一月到，乾道二年七月赴召。」乾道六年，曾任江南東路轉運副使，見景定建康志卷二六轉運司題名：「沈度，右朝散大夫。直龍圖閣，副使。乾道六年十二月十五日到任。」范成大有江南東路轉運副使沈度可秘閣修撰寧國府長史制。劉正夫户部，即劉孝韙。費衮梁溪漫志卷二「北門西掖不以科第進」條云：「乾道、淳熙以來，韓无咎元吉、王嘉叟秬、劉正夫孝韙皆以門蔭特命攝西掖，而劉正夫有召試之命，因力辭，言國朝之制，詞命之臣，皆先試而後命，自渡江以來，廢而不舉。今方修故事，恐弗克稱塞，雖可其奏，然攝詞命幾三年乃罷。」宋詩紀事卷五六：「劉孝韙字正夫。乾淳間以門蔭仕。累官直秘閣，提舉兩浙常平，除直徽猷閣。」

【箋注】

〔一〕鳷鵲：樓閣名，在建康。吳均與柳惲相贈答詩：「日映昆明水，春生鳷鵲樓。」李白永王東巡歌之四：「春風試暖昭陽殿，明月還過鳷鵲樓。」石湖借建康樓閣以指臨安樓閣。

〔二〕西園會：用曹植公宴「清夜游西園，飛蓋相追隨」詩意。

〔三〕車公：晉書車胤傳：「（車胤）又善於賞會，當時每有盛坐而胤不在，皆云『無車公不樂』。」石湖借以自喻，謂兩公西園雅會，憶得我否？

八月二十二日寓直玉堂，雨後頓涼

雨意蒸雲暗夕陽，濃薰滿院橘花香㊀。題詩弄筆北窗下，將此工夫報答涼。

【校記】

㊀橘花：原作「落花」。富校：「『落』黄刻本作『橘』。」按，活字本、叢書堂本、董鈔本均作「橘花」，今據改。

【題解】　本詩作於乾道五年（一一六九）八月二十二日，時在禮部員外郎兼崇政殿説書任上，玉堂寓直有感，因作本詩。

次韻答吴江周縣尉飲垂虹見寄

垂虹亭上角巾傾，鼉怒龍吟醉不聽。安得對君浮大白，想應嗤我汗新青〔一〕。夢魂舞蝶隨春草，時節賓鴻點暮汀〔二〕。湖海扁舟須及健，莫教明月照星星。

【題解】　本詩作於乾道五年（一一六九），時在禮部員外郎任上。吴江縣尉周郔作三高亭懷范石湖：「蓴脆鱸肥酒細傾，浩歌悲壯欲誰聽？沉迷簿領頭將白，彈壓江山眼自青。魚躍紫鱗銜葦岸，鷗翻白雪下沙汀。西風散髮危亭上，醉倚豐碑照日星。」（載徐崧、張大純百城烟水卷四「三高亭」條）周郔將詩寄給石湖，石湖乃次其韻作本詩答之。周郔，字知和，周爲高之子，淮海人。周煇清波雜志卷八「知和叔」條稱他爲「從叔知和」。乾道五、六年間任吴江縣尉，陸游入蜀記卷一乾道六年六月九日記事：「知縣右承議郎管銃、尉右迪功郎周郔來。」清波雜志卷八「知和叔」條云：「知和嘗尉吴江，作垂虹詩話。……惜年未及中，病廢而卒。」至少在淳熙四年他還活着，因爲他寫了丁酉經由三高亭再和詩，丁酉，即淳熙四年。

【箋注】

〔一〕「想應」句：汗新青，謂新寫成書册。汗青，古代文字寫在竹簡上，先用火炙竹，令水分如汗滲出，乾則易寫，且不受蟲蛀。引申爲書册，或寫成書册。新唐書劉子玄傳：「今史司取士滋多，人自爲荀袁，家自爲政駿，每記一事，載一言，擱筆相視，含毫不斷，頭白可期，汗青無日。」

〔二〕賓鴻：即歸鴻，禮記月令：「（季秋之月）鴻雁來賓。」

次韻徐廷獻機宜送自釀石室酒三首

元亮折腰嘻已久㊀〔一〕，故山應有欲蕪田。因君辦作送酒客，憶我北窗清晝眠。
清絶仍香如橘露，甘餘小苦似松肪。官槽重濁那知此，付與街頭白面郎〔二〕。
一語爲君評石室，三杯便可博涼州〔三〕。百年兀兀同渠住，何處能生半點愁？

【校記】

㊀ 嘻已久：富校：「『嘻』黄刻本作『嗟』，是。」活字本、叢書堂本、董鈔本、詩淵第五册第三四三四頁均作「嘻已久」。

【題解】

本詩作於乾道五年（一一六九），時爲禮部員外郎兼崇政殿説書，徐廷獻送石室酒，並作詩，乃次韻和之。徐廷獻，生平未詳。

【箋注】

〔一〕「元亮」句：晉書陶潛傳：「素簡貴，不私事上官。郡遣督郵至縣，吏白應束帶見之，潛歎曰：『吾不能爲五斗米折腰，拳拳事鄉里小人邪！』義熙二年，解印去縣，乃賦歸去來。」

〔二〕白面郎：語見杜甫少年行：「馬上誰家白面郎，臨階下馬坐人牀。不通姓字粗豪甚，指點銀瓶索酒嘗。」

〔三〕「三杯」句：三國志魏書明帝紀裴松之注引三輔決録：「他得之，盡以賂讓，讓大喜。他又以蒲桃酒一斛遺讓，即拜涼州刺史。」石湖改一斛爲三杯。

玉堂寓直，曉起書事，記直舍老兵語

江湖垂釣手，天漢摛文堂。魂清不得眠，室虚自生光。曉緯澹天闕，江濤隱胡牀。傳呼九門開，奔走千官忙。若若詩組綬〔一〕，紛紛夢黄粱。微聞鈴下騶，竊議馬上郎。但計夢長短，寧論已行藏。

【題解】本詩作於乾道五年（一一六九）秋，時在禮部員外郎任上。孔凡禮范成大年譜乾道五年譜文："「玉堂寓直，詩記直舍老兵語，諷醉心仕進而不檢行藏之士大夫。」

【箋注】

〔一〕若若：漢書石顯傳："「牢邪石邪，五鹿客邪！印何纍纍，綬若若邪！」顔師古注："「若若，長貌。」

與長文、正夫游北山

柳岸松門勝處通，馬蹄踏霧入空濛。春寒有力欺遊子，天色無情没斷鴻。雨脚遠連山脚暗，杏梢斜倚竹梢紅。駝裘擁鼻吾衰矣〔一〕，年少猶嫌料峭風。

【題解】

本詩作於乾道六年（一一七〇）春初。時在起居舍人兼侍講任上。與胡元質、劉孝韙同游北山，乃賦詩紀其游。長文，即胡元質，字長文，長洲人。范成大吴郡志卷二七「人物」："「胡元質，字長文，長洲人。……壽皇即政，以薦者入爲太學正、歷秘書省正字、校書郎、禮部兼兵部還右司、侍經帷、直史筆、參掌内外制、給事黄門、知貢舉，帝眷特厚。……出守當塗、建業、成都，皆有政績。舊得程公闢光禄南園故居之址，既歸，杜門却掃。園林池館，日以成趣。扁表其堂曰『招隱』。優游自遂，奉祠逾六七年。以正奉大夫、敷文閣學士、吴郡侯致其事而卒，年六十三。贈金紫光禄大夫，葬横山。」南宋館閣録卷八：「胡元質，（乾道元年七月除（正字，）二年三月校書郎。」又：「胡元質，字長文。姑蘇人。王佐榜同進士及第。治詩賦。（乾道）二年三月除（校書郎），十一月爲禮部員外郎。」

【箋注】

〔一〕擁鼻：擁，此爲遮蓋意。禮記内則：「女子出門，必擁蔽其面。」本詩謂年老體衰，駝裘遮鼻。又，世説新語雅量注引宋明帝文章志所記載之「手掩鼻而吟焉」，後代稱爲擁鼻吟。這個典故與本詩無關。

致政承奉盧君輓詞二首　德華父

泮水橋門識太平，歸來霜鬢老柴荆。淹中學邃方成傳，谷口名高豈待卿〔一〕。黄壤無情埋玉樹，青衫有道勝金籯。襄陽耆舊今蕭索，惟有松風到晚清。

純孝當年有護持，赤眉那敢近姜詩〔二〕。眼看庭玉成名後，身及堂萱未老時。湖海青鞵驚斷夢，風霜丹旐挂新悲。尊前五客今誰在〔三〕？愁絶廬山一段奇㊀。

【校記】

㈠ 一段：原作「十段」。富校：「『十』黄刻本作『一』，是。」按，活字本、董鈔本均作「十」，叢書堂本亦作「一」，是，今改。

【題解】

本詩作於乾道五年（一一六九），時在禮部員外郎任上。時盧彦德之父卒，有輓詞。盧君，即盧彦德之父，題下自注：「德華父。」德華，即盧彦德，字德華（一字國華），雍正處州府志卷一三盧彦德傳：「厲志恬退在選調二十年，喜怒不形於色。知廣德軍建平縣，舊版籍有絶户物力錢，抑民代輸縑匹，民苦之，多逃亡。彦德至，大搜隱漏，以實升降，物力三倍於前籍。乃當其賦，削虚産二千餘户，於是逃者復歸。西守蜀郡，再歷憲曹，并著聲績，召爲户部郎官。除福建轉運判官，官至朝請大夫。」

【箋注】

〔一〕「淹中」二句：語出李商隱五言述德抒情詩一首四十韻獻上杜七兄僕射相公：「廢忘淹中學，遲回谷口耕。」淹中，里名，昭明集序：「淹中、稷下之生；金馬、石渠之士。」史記正義：「淹中，里名。」谷口耕，用鄭子真故事。揚雄法言問神：「谷口鄭子真，不屈其志，而耕乎巖石之下，名震于京師，豈其卿！豈其卿！」李白贈韋秘書子春二首：「谷口鄭子真，躬耕在巖石。高名動京師，天下皆籍籍。」

〔二〕「純孝」二句：姜詩，東漢四川廣漢人，娶龐氏爲妻，夫妻共同孝順母親。赤眉軍路過他們居住的地方，知道姜詩夫婦的孝行，不敢驚動他們。事見東觀漢記卷一〇姜詩傳。

〔三〕「尊前」句：辛棄疾念奴嬌重九席上：「點檢尊前客。」此指盧君五位酒友。

〔四〕一段奇：蘇軾次韻王鞏留別：「不辭千里遠，成此一段奇。」施注：「法帖：王羲之帖云：吾年垂耳順，要欲一遊目汶嶺，足下但當保護，以俟此期，得果此緣，一段奇事也。」

寓直玉堂拜賜御酒

歸鴉陸續墮宮槐，簾幙參差晚不開。小雨遂將秋色至，長風時送市聲來。近瞻北斗璿璣次，猶夢西山翠碧堆。慚愧君恩來甲夜〔一〕，殿頭宣勸紫金杯。

【題解】

本詩作於乾道五年（一一六九）秋，時在禮部員外郎兼崇政殿説書任上。

【箋注】

〔一〕甲夜：一夜分五更，第一更又稱甲夜，顔之推顔氏家訓卷六書證：「或問：『一夜何故五更？更何所訓？』答曰：『漢魏以來，謂爲甲夜、乙夜、丙夜、丁夜、戊夜；又云鼓，一鼓、二鼓、三鼓、四鼓、五鼓；亦云一更、二更、三更、四更、五更，皆以五爲節。』」

送汪仲嘉侍郎使虜，分韻得待字

聖人坐明堂，洪覆等穹蓋。歲頒兩玉節，前後歌出塞。公才有廊廟，安用試專對。要煩第一人，鎮撫大荒外。嫩寒欺别酒，微月見征旆。遥知燕山雪，飄灑漢冠佩。玉色照穹廬，驕子亦心醉。要領一笑得，歸來安鼎鼐〔一〕。是時春正佳，湖上花如海。清遊不可遲，日日檥船待。

【題解】

本詩作於乾道五年（一一六九）十月，時在禮部員外郎任上，汪大猷爲賀金正旦使，石湖賦詩送之。汪仲嘉侍郎，即汪大猷，以吏部侍郎權尚書爲賀金國正旦使。宋史孝宗紀：「（乾道五年）冬十月乙酉，遣汪大猷等使金賀正旦。」樓鑰敷文閣學士宣奉大夫致仕贈特進汪公行狀（攻媿集卷八八）：「……借吏部尚書爲六年賀金國正旦國信使。」汪大猷（一一二〇—一二〇〇），字仲嘉，慶元府鄞縣人。紹興十五年進士，曾知崑山縣，累官至吏部侍郎、秘書少監、知泉州、敷文閣學士、江西安撫使等，宋史卷四〇〇有傳。樓鑰汪公行狀：「時孝宗方欲經略中原，使回者或順承旨意，過爲大言。公歸，首以爲問，因具陳經行所見聞者。上曰：『如卿所言，則未可爲攻取計耶？』公頓首曰：『誠如聖訓。今日豈可輕動？且須益務内治，以俟機會耳。』玉色不悦。公又曰：『臣不敢安論迎合。』聞者以爲名言。」

【箋注】

〔一〕「要領」二句：汪大猷此行有重要使命，一笑得其「要領」。宋史本傳略而未載其事，從樓鑰汪公行狀的記載推斷，大猷此行之使命，即是窺金邦之虛實，以圖攻取之計。汪大猷據實稟告，以爲不可輕動。

李巽知縣作亭西湖上，余用東坡語名之曰飲緑，遂爲勝概

芷葺蓮巢喚客遊，蘆鞭席帽爲君留。未論吹水堪添酒〔一〕，且要移牀學枕流〔二〕。

乍霽却陰梅釀雨，暫暄還冷麥催秋。石湖也似西湖好，煩向蒼煙問白鷗。

【題解】

本詩作於乾道六年（一一七〇）春末，時在起居舍人任上。詩云「梅釀雨」、「麥催秋」，可知。李巽知縣作亭於西湖上，石湖用東坡語命亭曰飲緑，賦詩紀之。李巽，字德章，周必大奏事録本年七月庚辰紀事亦稱李巽爲知縣，與石湖詩相合，可知李巽必爲臨安府之附郭屬縣之令。然咸淳臨安志卷五一「縣令」未載其名，諒已佚失。奏事録本月紀事云「居於其家」，又云：「李德章送白酒，

甚奇。」知翬字德章。孔凡禮范成大年譜乾道六年譜文附注：「末云：『（略）』頗如思鄉之念。」

【箋注】

〔一〕「未論」句：語出杜甫蘇端薛復筵簡薛華醉歌：「願吹野水添金杯。」

〔二〕枕流：指隱居山林。世説新語排調：「王曰：『流可枕，石可漱乎？』孫曰：『所以枕流，欲洗其耳；所以漱石，欲礪其齒。』」

草蟲扇

莫嫌絡緯股鳴悲〔一〕，解向寒窗促曉機。海眼多花無藉在〔二〕，顛狂只待學于飛。

【題解】

本詩作於乾道六年（一一七〇）春末，時在起居舍人任上。觀草蟲扇，因作題畫詩。

【箋注】

〔一〕絡緯：蟲名，即莎鷄，又名促織，俗稱紡織娘。馬縞中華古今注卷下「莎鷄」：「一名『促織』，一名『絡緯』，一名『蟋蟀』。促織謂其鳴聲如急。一曰『促機』。『絡緯』一曰『紡緯』。」

〔二〕「海眼」句：海眼，蝴蝶名。段成式酉陽雜俎續集卷二：「滕王圖。一日，紫極宮會，秀才劉魯封云：『嘗見滕王蛺蝶圖，有名江夏班、大海眼、小海眼、村裏來、菜花子。』」無藉在，無拘束。張相詩詞曲語辭匯釋卷四：「無藉在，猶云無賴聊或無拘束也。陸游官居書事詩：『本自陽狂無藉在，更堪羸病不枝梧。』」

送汪仲嘉待制奉祠歸四明，分韻得論字

丹霄碧海眇高騫，厭直承明却自論〔一〕。寶馬十年聽漏箭〔二〕，扁舟一雨看潮痕。侍臣相憶松門遠，歸客還憐菊徑存〔三〕。清潤要非山澤相，又煩一札下雲根。

【題解】

本詩作於乾道七年（一一七一），時在中書舍人任上。汪大猷於本年正月奉祠歸四明，石湖賦本詩送之。汪仲嘉待制，即汪大猷，時爲敷文閣待制。宋史汪大猷傳：「（使金還朝）改權吏部侍郎兼權尚書……差充鹵簿使，以言去，授敷文閣待制，提舉太平興國宫。」樓鑰汪公行狀：「（乾道）七年正月，除敷文閣待制、提舉江州太平興國宫，侍從館閣諸公賦詩留題，以餞行色，今石刻存焉。」

【箋注】

〔一〕厭直承明：語出漢書嚴助傳：「君厭承明之廬，勞待從之事。」顏師古注：「張晏曰：承明廬在石渠閣外，直宿所止曰廬。」

〔二〕「寶馬」句：汪大猷任京官十年，聽宫漏報更，騎寶馬上朝，故云。

〔三〕菊徑：陶淵明歸去來兮辭：「三徑就荒，松菊猶存。」

魯如晦郎中輓詞二首

術業推游刃，功名苦溯洄。著鞭孤壯志，籌算老奇才。星省龐眉去，雲山袖手來。知公了時命，何必誄餘哀。

自古歸來引，于今遂隱篇。碁燈熒夜觀，歌板聒春船。陳迹空華似，佳城露草邊〔一〕。寂寥鷄黍約，望眼一潸然。

【題解】

本詩作年難以確考，依詩集編次，姑繫於乾道七年（一一七一），時在中書舍人任上。魯如晦，生平不詳。

【箋注】

〔一〕佳城：墓地。西京雜記卷四：「佳城鬱鬱，三千年見白日，吁嗟滕公居此室。」文選沈約冬節後至丞相第詣世子車中作：「誰當九原上，鬱鬱望佳城。」李周翰注：「佳城，墓之塋域也。」

初約鄰人至石湖　以下辛卯自西掖歸吴作。

窈窕崎嶇學種園，此生丘壑是前緣。隔籬日上浮天水〔一〕，當户山横匝地煙。春入葑田蘆綻笋〔二〕，雨傾沙岸竹垂鞭。荒寒未辦招君醉，且吸湖光當酒泉。

【題解】

本詩作於乾道八年（一一七二）春，乾道七年，石湖受知静江府之命，返里。時閑居在蘇。題下原注：「以下辛卯自西掖歸吴作。」周必大神道碑：「（乾道）七年，以知閤門事兼樞密都承旨張説簽書院事，公當制，知空言不可回。明日，袖詞頭納上前，且曰：『閤門官日日引班，一日驟寘二府，正如州郡以典謁吏爲倅貳，觀聽爲何？』明日，説罷。後月餘，公求去。……尋除集英殿修撰知静江府，充廣西經略安撫使。」全書將乾道六年使金時諸詩列入第十二卷，反將自中書舍人任歸家以後之詩，列入第十一卷。

【箋注】

〔一〕浮天水：語出許渾酬郭少府先奉使巡澇見寄兼呈裴明府：「江村夜漲浮天水，澤國秋生動地風。」蘇軾同王勝之遊蔣山：「峰多巧障日，江遠欲浮天。」

〔二〕葑田：在沼澤中以木爲架，鋪上泥土浮於水面的農田。王審宋平江城坊考卷五引續記（即朱長文吴郡圖經續記》：「吴有葑田，謂茭土樛結，可以種殖者也。」

社日獨坐

海棠雨後沁臙脂，楊柳風前撚緑絲。香篆結雲深院静〔一〕，去年今日燕來時。

【題解】

本詩作於乾道八年（一一七二）春，時閑居在家。社日，指春社，詩云「去年今日燕來時」，知必爲春社。

【箋注】

〔一〕香篆：洪芻香譜香篆：「鏤木以爲之，以範香塵爲篆文，然於飲席或佛像前，往往有至二三尺徑者。」張孝祥水調歌頭：「緩帶輕裘多暇，燕寢森嚴兵衛，香篆幾徘徊。」

與周子充侍郎同宿石湖

幽香馥蕙帳，清夢安且吉。蘿月墮蒼茫，松風隱蕭瑟。曉禽啄且鳴，唤我起盥櫛。鈎窗納雲濤，灩灩浴初日。金鉦忽騰上，倒景落書帙。佳晴有新課，曬種催蓺秣。從今不得閒，東皋草過膝。

【題解】

本詩作於乾道八年（一一七二）三月，時在家待闕。周必大應請游石湖，同游者爲必大兄必達。石湖作本詩紀述之。周必大南歸録：「（乾道壬辰）三月己巳朔。……抵盤門，提刑王季海敷文、提舉李次山奉議結、太守向經甫徽猷、吳縣尉徐君似道（原注：台州人）相見於津亭，既退，易舟徑赴范至能石湖之招。……薄暮方至。……飲酒至夜分，留題壁間云：『吳臺越壘，距盤門纔十里，而陸沉於荒烟野草者千七百年。紫微舍人始創别墅，登臨得要，甲於東南。豈鴟夷子成功於此，扁舟去之，天貽絶景，須苗裔之賢者然後享其樂耶！乾道壬辰三月上巳，東昌周某子充侍家兄子上來游。紫微方要桂林組過家，實爲東道主云。』」周密齊東野語卷一〇「范公石湖」條云：「乾道壬辰三月上巳，周益公以春官去國，過吳，范公招飲園中。夜分，題名壁間云：『略』。」周必大有和詩和范至能舍人農圃堂韻（省齋文稿卷五）：「荒淫吳以顛，戰勝越云吉。是非兩安在，阡陌眇蕭瑟。公來開别墅，草莽手爬櫛。陰晴及寒暑，每到皆勝日。新詩弔興廢，收拾滿箱帙。有客師元亮，甫謝彭澤秩。幸分北窗風，容此易安膝。」

和周子充侍郎見寄樂府戲贈之作

釣海風水急，登樓塵霧高。不如岸綸巾，春船攏小橋〔一〕。芳草含奇薰，光景上東壁。桂林那辨此，辨作安昌客〔二〕。

【題解】

本詩作於乾道八年（一一七二）春，時石湖已得桂林帥之任命，尚未赴任。周必大寄樂府詩，乃和韻作本詩戲贈之。

【箋注】

〔一〕小橋：三國時周瑜妻。三國志吳書周瑜傳：「頃之，策欲取荆州，以瑜爲中護軍，領江夏太守，從攻皖，拔之。時得橋公兩女，皆國色也。策自納大橋，瑜納小橋。」裴松之注引江表傳：「策從容戲瑜曰：『橋公二女雖流離，得吾二人作婿，亦足爲歡。』」橋，一作「喬」。因必大姓周，故用此典以戲之。

〔二〕安昌客：漢書張禹傳：「河平四年代王商爲丞相，封安昌侯。……禹爲人謹厚，内殖貨財，家以田爲業。及富貴，多買田至四百頃，皆涇、渭溉灌，極膏腴上賈。它財物稱是。禹性習知音聲，内奢淫，身居大第，後堂理絲竹筦弦。」

壬辰三月十八日石湖花下作

夜飲海棠月，朝漱山茶露。臞儒槁木形〔一〕，受用侈如許！荆扉隔黄塵，誰識花島路？惟有瘦筇枝，共飽園中趣。林神釀餘春〔二〕，政爾美無度。葱蘢千萬重，芳意未渠暮。風香薦秀色，鼎俎謝腥腐。雖無稻粱謀，捫腹有餘飫。

【題解】

本詩作於乾道八年（一一七二）三月十八日，時正待闕在石湖。

【箋注】

〔一〕槁木形：莊子齊物論：「形固可使如槁木，而心固可使如死灰乎？」郭象注：「死灰、槁木，取其寂寞無情耳。」

〔二〕林神：即主林神，參見卷一〇次韻李子永梅樹注。

刈麥行

梅花開時我種麥，桃李花飛麥叢碧。多病經旬不出門，東陂已作黄雲色。腰鐮刈熟趁晴歸，明朝雨來麥沾泥。犂田待雨插晚稻，朝出移秧夜食麨〔一〕。

【題解】

本詩作於乾道八年（一一七二），時正待闕在石湖。

【箋注】

〔一〕麨：康熙字典亥集下「麥部」：「麨，玉篇：『糗也。』本草注：『麨即糗，以麥蒸磨成屑。』急就篇師古注：『今通以熬米麥以爲麨。』」

壬辰天申節㊀，赴平江錫燕，因懷去年以侍臣攝事，捧御杯殿上，賦二小詩

去歲排場德壽宮〔一〕，薰風披拂酒鱗紅。小臣供奉金龍醆，親到虛皇玉座東。

天中纖動玉輿來，萬歲三聲徹九街。想見牙牀當殿過，舜裳雲委拜堯階〔二〕。

【校記】

㊀天申節：原作「天中節」，顯誤。按活字本、叢書堂本目録、正文，董鈔本均作「天申節」。天申節乃宋高宗生日，見宋會要輯稿禮五七，今據改。

【題解】

本詩作於乾道八年（一一七二）五月二十一日，時在家待闕，於天申節參加平江府賜宴，因憶去年親奉杯賀壽事，賦詩二首以志感。壬辰，即乾道八年。天申節，宋高宗生日，宋會要輯稿禮五

七「上壽」：「天申節，高宗建炎元年五月六日，宰臣等上言，請以五月二十一日爲天申節。從之。」高宗禪位於孝宗後，每逢五月二十一日，仍行天申節儀。「赴平江錫燕」，每逢天申節，平江府設宴慶賀，石湖時已受桂林帥之命，故能赴宴。「去年以侍臣攝事」，指乾道七年任中書舍人時，成大以近臣管攝天申節慶賀事，親自捧醆上壽。周必大神道碑、宋史范成大傳均未記載此事，范詩可補史載之缺。

【箋注】

〔一〕「去歲」句：德壽宮，宋高宗退位後居住的宮殿。宋史孝宗紀：「（紹興三十二年六月）乙亥，内降御札：『皇太子可即皇帝位。朕稱太上皇帝，退處德壽宮，皇后稱太上皇后。』」故隆興元年以後高宗天申節在德壽宮排場。

〔二〕「舜裳」句：意謂孝宗皇帝來德壽宮拜賀天申節。宋高宗禪位於宋孝宗，史稱能繼堯舜之餘緒，本書卷九次韻郊祀慶成首二句「帝德重堯緒，天心與舜裡」，便是稱頌這種帝德。本詩借舜稱頌孝宗，借堯稱頌高宗。

壬辰七月十六日侵晨真率會，石湖路中書事

白葛烏紗稱老農，溪南溪北水車風。稻頭的皪粘朝露，步入明珠翠網中。

【題解】

本詩作於乾道八年（一一七二）七月十六日，時在蘇待闕。侵晨赴真率會，於石湖路中見老農車水、水稻苗壯，即興賦成本詩。真率會，宋代士大夫常舉行之，宋史范純仁傳：「提舉西京留司御史臺，時耆賢多在洛，純仁及司馬光皆好客而家貧，相約爲真率會，脱粟一飯，酒數行，洛中以爲勝事。」

次韻施進之惠紫芝术

山精媒長生〔一〕，仙理信可詰。梨棗本寓言，杞菊亦凡質。幽人愛臞儒，藥鼎薦珍物。絶粒謝煙火，耘苗換肌骨。摩挲萊蕪甑，塵生不須拂〔二〕。

【題解】

本詩作於乾道八年（一一七二），時待闕在蘇。施進之惠紫芝术，並作詩，乃次韻答謝之。紫芝术，乃兩種藥物紫芝與蒼术合稱，本草綱目卷二八：「紫芝，一名木芝，氣味甘温無毒，主治耳聾，利關節，保神，益精氣，堅筋骨，好顔色，久服輕身，不老延年。」蒼术，本草綱目卷一二：「蒼术……氣味苦温，無毒。主治風寒濕痹死肌，痙疸，作煎餌，久服，輕身延年不飢。」

【箋注】

〔一〕「山精」句：本草綱目卷一二：「蒼术，釋名赤术、山精……時珍曰：『異術言术者山之精也，服之令人長生辟穀，致神仙，故有山精仙术之號。』」

〔二〕「摩挲」二句：漢書范冉傳：「或寓息客廬，或依宿樹蔭。如此十餘年，乃結草室而居焉。所止單陋，有時糧粒盡，窮居自若，言貌無改，閭里歌之曰：『甑中生塵范史雲，釜中生魚范萊蕪。』」

題醉道士圖

蝸蠋鵬鶚任過前，壺中春色甕中天。朝來兀兀三杯後，且作人間有漏仙。

【題解】本詩作於乾道八年（一一七二），時待闕在蘇。醉道士圖，唐閻立本畫，范長壽亦畫之。劉餗隋唐嘉話卷中：「張僧繇始作醉僧圖，道士每以此嘲僧，群僧耻之，於是聚錢數十萬，貿閻立本作醉道士圖，今并傳於代。」郭若虚圖畫見聞志卷五「故事拾遺」云：「僧繇曾作醉僧圖，傳於世，長沙僧懷素有詩云：『人人送酒不曾沽，終日腰間繫一壺。草聖欲成狂便發，真堪畫入醉僧圖。』然道士以此嘲僧，群僧於是聚鏹數十萬，求立本作醉道圖，并傳於代。」宋代詩人林敏修作閻立本畫醉道士圖，詩云：「破除萬事無過酒，有客何須計升斗。解將富貴等浮雲，醉卿即是無何有。昔人繪事亦有神，丹青寫出盡天真。尊罍未耻月漸傾，更待曉出扶桑暾。餐霞服氣浪自苦，自厭神仙足官府。脱巾解帶衣淋漓，眼花錯莫誰賓主。君不見炙手可熱唯權門，欲觀佳麗遭怒嗔。何如銜杯樂聖藉地飲，安用醉吐丞相茵！」范長壽亦曾畫醉道士圖，新唐書藝文志三：「范長壽畫風俗圖、醉道士圖。」周密雲煙過眼録卷上：「范長壽醉道圖，好。」湯垕畫鑒：「范長壽畫醉道士圖，曾見二本，皆直軸，筆法緊實可愛，著色亦潤。」石湖所題之醉道士圖，不知是哪位畫家所作。

五雜組四首 并序

古樂府有五雜組及兩頭纖纖，殆類酒令。孔平仲最愛作此〔一〕，以爲詩戲，亦效之。

五雜組，同心結。往復來，當窗月。不得已，話離别。

五雜組，流蘇縷。往復來，臨行語。不得已，上馬去。

五雜組，回文機。往復來，錦梭飛。不得已，獨畫眉。

五雜組，彩絲鍼。往復來，鳥投林。不得已，夢孤衾。

【題解】

本詩作於乾道八年（一一七二），時待闕在蘇。五雜組，雜體詩之一，古樂府有五雜組，以「五雜俎」開篇，全篇三言六句，語言通俗。後代文人仿作的很多，著名的有唐權德輿五雜俎：「五雜俎，旗亭客。往復還，城南陌。不得已，天涯謫。」

【箋注】

〔一〕孔平仲：宋代詩人，字義父，臨江新淦（今江西新幹）人，孔文仲、武仲之弟，宋治平二年進士，歷仕秘書丞、集賢校理、江東轉運判官、提點江浙鑄錢、京西刑獄。哲宗紹聖、元符間，以元祐黨人謫衡、韶州。徽宗立，召回任户部、金部郎中，出爲提點永興路刑獄，帥鄜延、環慶。黨禍再起，奉祠，卒。工詩，詩在清江三孔集中，詩風夭矯流麗，錢鍾書稱他的詩「很近蘇軾的風格」（宋詩選注）。集中有詩戲，以人名、藥名、回文爲詩。

兩頭纖纖二首

兩頭纖纖探官繭〔一〕，半白半黑鶴鼈緣。腷腷膊膊上帖箭，磊磊落落封侯面。

兩頭纖纖小秤衡，半白半黑月未明。腷腷膊膊扣户聲，磊磊落落金盤冰。

【題解】

本詩作於乾道八年（一一七二），時待闕在蘇。兩頭纖纖，雜體詩之一，歐陽詢藝文類聚卷五六「詩」録古兩頭纖纖詩曰：「兩頭纖纖月初生，半白半黑眼中睛。腷腷膊膊鷄初鳴，磊磊落落向曙星。」後人擬作者不少，齊王融、宋孔平仲都有兩頭纖纖詩。全詩以「兩頭纖纖」發端，七言四句。這種詩體有固定的模式，四句詩分寫四物，第一句寫物之形，第二句寫物之色，第三句寫物之聲，第四句寫物之神態。使用「兩頭纖纖」、「半白半黑」、「腷腷膊膊」語詞固定不變，而描寫形、色、聲、神態之次序也固定不變。這種雜體詩近於遊戲，故沈德潛説詩晬語認爲此體「近於戲弄，古人偶爲之，而大雅弗取」。

【箋注】

〔一〕探官繭：唐宋時代，官僚家庭於正月製作面食，在餡中放置寫有官品之紙條或木片，各人自取，以卜將來官位之高下。袁景瀾吴郡歲華紀麗卷一「繭卜」條引開天遺事：「都中元夕，造麵繭，以官位帖子置其中，探之卜官位高下，或賭筵席以爲戲笑。」則此風自唐代傳來。

再賦五雜組四首

五雜組，綬若若。往復來，大車鐸。不得已，去丘壑。

五雜組，侯門戟。往復來，道上檄。不得已，天涯客。

五雜組，漢旌旆。往復來，賓鴻字。不得已，餐氈使。

五雜組，非煙雲。往復來，朝馬塵。不得已，嬰龍鱗。

【題解】

本詩作於乾道八年(一一七二),時待闕在蘇。參見前五雜俎「題解」。

夜坐聽雨

四檐密密又疎疎,聲到蒲團醉夢蘇。恰似秋眠天竺寺〔一〕,東軒窗外聽跳珠。

【題解】

本詩作於乾道八年(一一七二),時正待闕在蘇。

【箋注】

〔一〕天竺寺:在杭州,分上、中、下三竺。武林梵志卷九靈隱寺慧理法師:「西竺人,東晉咸和初來武林,見山巖秀麗,建兩刹。先靈鷲,後以人衆不能容,復建靈隱,實二刹開始祖師。初登山歎曰:此吾天竺靈鷲之一,不知何年飛來。」由此,山名天竺,峰名飛來。後人將所建各寺稱作天竺寺。周密武林舊事卷五「湖山勝概」載三天竺,自靈鷲至上竺郎當嶺爲止。下天竺靈山教寺,中天竺天寧萬壽永祚禪寺,上天竺靈感觀音院。

寒夜獨步中庭

忍寒索句踏霜行，刮面風來鬢結冰。倦僕觸屏呼不應，梅花影下一窗燈。

【題解】

本詩作於乾道八年（一一七二）冬，時待闕在蘇。詩云「刮面風來鬢結冰」，知已入冬。

會散夜步㊀

忘却下樓扶我誰，接羅顛倒酒沾衣㊁〔一〕。貪看雪樣滿街月，不上籃輿步砌歸〔二〕。步砌，吴語也。

【校記】

㊀ 夜步：原作「野步」，富校：「『野』黄刻本作『夜』，是。」按，活字本目録、正文，叢書堂本目録、正文，董鈔本均作「夜步」。黄震黄氏日鈔卷六七引本詩題亦爲「夜步」。今據改。

㊁ 羅：原作「離」，富校：「『離』黄刻本作『羅』，是。」叢書堂本作「羅」，陸友仁吴中舊事引本詩亦作「羅」，今據改。

【題解】
本詩作於乾道八年(一一七二),時待闕在蘇。

【箋注】
〔一〕「接䍦」句:語出世説新語任誕:「山季倫爲荆州,時出酣暢,人爲之歌曰:『山公時一醉,徑造高陽池。日暮倒載歸,茗艼無所知。復能乘駿馬,倒箸白接䍦。舉手問葛彊,何如并州兒?』」
〔二〕步砌:吴語,步行之意。

孟嶠之家姬乞題扇二首 輕雲、翠英。

輕煙小雨釀芳春,草色連天緑似裙〔一〕。斜日滿樓人獨望,斷鴻飛入萬重雲。
翠袖凌寒弄月明,梅花影下醉三更。一天風露誰驚覺,寂寞空杯綴落英。

【題解】
本詩作於乾道八年(一一七二),時待闕在蘇。應孟嵩家姬之請,爲題扇。孟嶠之,即孟嵩(一一三四—一一七七),字嶠之,皇戚信安郡王孟忠厚之次子,南渡後居蘇州。紹興二十七年,任軍器監主簿。父卒,特恩除直秘閣,除浙西安撫司主管機宜文字。乾道二年,通判楚州。秩滿,通判臨安府。淳熙四年卒，年四十四。事見樓鑰直秘閣孟君墓誌銘（攻媿集卷一〇八）。題下原注兩家姬名：「輕雲、翠英」。本詩將兩家姬之名，藏於每首詩的第一字和最後一字。第一首首字「輕」，最後一字「雲」，合「輕雲」之名。第二首首字「翠」，最後一字「英」，合「翠英」之名。此乃糅合雜體詩中「藏字體」和「人名體」的技法寫成。嚴羽滄浪詩話詩體：「又有藏頭、歇後等體。」宋葉夢得石林詩話卷上：「（王荆公詩）『莫嫌柳渾青，終恨李太白』之句，以古人姓名藏句中，蓋以文爲戲。」

【箋注】

〔一〕「草色」句：王安石和惠思歲二日二絶之二：「遥憐草色裙腰緑，湖寺西南一徑開。」

周畀知司直得湖南帥屬，過吳門，復用己丑年倡和韻贈別

邂逅婆娑失少年，劇談抵掌尚超然。君猶拄笏看山去，我且披蓑聽雨眠。京洛分襟疑後會〔一〕，江吳把酒悟前緣。暫來忽去都如夢，疑是陳卿竹葉船〔二〕。

【題解】

本詩作於乾道八年（一一七二），時待闕在蘇，周畀知得湖南帥屬之職，過吳門訪石湖，石湖乃用己丑年唱和詩韻賦本詩以贈別。「復用己丑年倡和韻」，指乾道五年所作之己丑五月被召至行

在遇周畏知司直和五年前送周歸弋陽韻見贈復次韻答之詩韻。周畏知之生平，趙蕃重賦畏知寓齋（淳熙稿卷一）叙之甚詳，也包括他在湖南之景況，詩云：「君昔少年日，起家官帝城。諸公盛稱許，往往動得名。夷途一步趨，可到公與卿。永懷松柏堅，高謝桃李榮。謚齋乃曰漸，毫髮無妄行。維時尹夫子，猶躬南山耕。是公妙言語，一字與不輕。銘能爲君述，君志益以明。蹉跎才幾何，白髮殆數莖。低回尚前銜，牢落方南征。瀟湘清絶地，屈賈放逐情。感今重惻古，慨嘆識此生。究竟『漸』之義，顧未忘蘖萌。彼哉少年事，老矣夫何營。徹之易以『寓』，俯夢仰輒驚。何止宦爲客，身悟浮雲更。南軒子張子，好學如玄成。奮然吐長句，真覺萬户輕。尹張志則異，與君盡同盟。見君極空洞，不比小器盈。嗣宗絶臧否，白眼常若瞠。司馬萬事好，是中差自宏。看君接物際，二十蓋熟評。君今家山居，扁榜猶在桁。傍陳漆園書，立參輿倚衡。因兹大有得，居窮亦如亨。嗟我學道晚，頗困塵網攖。性又多忤物，舉足逢溝坑。誓將過君齋，指南問初程。但恐持寸莛，莫致洪鐘鳴。」

【箋注】

〔一〕「京洛」句：石湖與周畏知曾在臨安分襟，此之京洛，借以指臨安。

〔二〕陳卿竹葉船：唐李玫異聞實録云：江南人陳季卿，遊長安，十年不歸。一日，於青龍寺訪僧不遇，見壁間有寰瀛圖，歎曰：「得此徑歸，不悔無成。」旁有一翁笑曰：「此何難。」乃折階前竹葉，置圖上渭水中，謂陳曰：「注目於此，如願矣。」陳熟視之，恍然登舟，至家團聚。待復返青龍寺，山翁尚擁褐而坐。

偶書

以下十五首，三十年前所作，續得殘稾，附此卷末。

伯勞東去燕西飛，同寄春風二月時。可恨同時不同調，此情那得更相知。

【題解】

本詩約作於紹興十二三年（一一四二、一一四三）間。題下原注：「以下十五首，三十年前所作，續得殘稿，附此卷末。」這組詩附編於乾道八年，以此推算，它們當作於紹興十二三年，時年十七八歲，或隨父在杭。南宋館閣録卷八：「范雩，（紹興）十一年八月除（正字）。」又卷八：「范雩，（紹興）十二年十一月除（校書郎）。」又卷七：「范雩，字伯達，姑蘇人。沈晦榜進士及第。治易。（紹興）十三年二月除（校書郎），六月致仕。」故于北山認爲范雩卒於十三年。附注云「以下十五首」，然檢殘稿實爲十二首，與自注不合。

雙燕

底處雙飛燕㊀，銜泥上藥欄。莫教鶯得去，留取隔簾看。

【校記】

㈠雙飛：原作「飛雙」。富校：「『飛雙』黄刻本、宋詩鈔作『雙飛』，是。」按，活字本、叢書堂本、董鈔本均作「雙飛」，今據改。

【題解】

本詩作年，參見偶書「題解」。

戲題牡丹

主人細意惜芳春，寶帳籠堦護紫雲。風日等閒猶不到，外邊蜂蝶莫紛紛。

【題解】

本詩作年，參見偶書「題解」。

春日三首

藥欄花煖小猧眠，雪白晴雲水碧天。煮酒青梅寒食過，夕陽庭院鎖鞦韆。

西窗一雨又斜暉，睡起薰籠换夾衣。莫放珠簾遮洞户，從教燕子作雙飛。

雙鯉無書直萬金〔一〕，畫橋新緑一篙深。青蘋白芷皆愁思，不獨江楓動客心。

【題解】

本詩作年，參見偶書「題解」。

【箋注】

〔一〕「雙鯉」句：意出杜甫春望「家書抵萬金」。

高樓曲 以下六首，皆夢境所得。

歲暮天涯客，黄昏蝙蝠飛。高樓人不到，小雨怯單衣。

【題解】

本詩作年，參見偶書「題解」。

湘江怨

蘋芷迷煙路，蓮舟忘却歸。夜寒江水黑，風雨夢如飛。

【題解】

本詩作年，參見偶書「題解」。

採蓮三首

溪頭風迅怯單衣，兩槳淩波去似飛。折得蘋花雙葉子，緑鬟撩亂帶香歸。

藕花深處好徘徊，不奈華筵苦見催。記取南涇茭葉路㊀，月明風熟更重來。

柔櫓無聲坐釣魚，浪花飛點翠羅裾。空江日暮無來客，腸斷三湘一紙書㊁。

【校記】

㊀路：原作「露」，富校：「『露』黄刻本作『路』，是。」按，活字本、叢書堂本、董鈔本、詩淵第四册第二五五八頁均作「路」，今據改。

㊁三湘：詩淵作「巫湘」。

【題解】

本詩作年，參見偶書「題解」。

弔陳叔寶詞

賞心亭上再來遊，煙月迷人獨自愁〔一〕。行到江邊無去路，却隨潮水過揚州〔二〕。

【題解】

本詩作年，參見偶書「題解」。陳叔寶，南朝陳的末代皇帝，沉湎酒色，曾作玉樹後庭花曲，後被視爲亡國之音。石湖夢中作「弔陳叔寶詞」，深寓興亡之嘆。

【箋注】

〔一〕「賞心亭」二句：賞心亭在建康，宋代建。石湖於夢中來遊賞心亭，只見煙月迷人，而陳叔寶荒淫失國的陳迹，已不得見。

〔二〕「却隨」句：石湖在夢中將陳叔寶與隋煬帝這兩個奢侈淫逸的君主，綰合起來嘲諷。隋煬帝曾在揚州建造離宮，李商隱隋宮：「紫泉宮殿鎖烟霞，欲取蕪城作帝家。玉璽不緣歸日角，錦帆應是到天涯。于今腐草無螢火，終古垂楊有暮鴉。地下若逢陳後主，豈宜重問後庭花。」石湖的詩思，實出李商隱。

石湖居士詩集卷十二

渡淮 八月十一日渡盱眙，過泗州，順風如飛。

船旗衮衮徑長淮，汴口人看撥不開。昨夜南風浪如屋，果然雙節下天來。

【題解】

本詩作於乾道六年（一一七〇），時石湖奉使北行。宋史孝宗紀：「（乾道六年閏五月）戊子，遣范成大等使金求陵寢地，且請更定受書禮。」宋會要輯稿職官五一：「（乾道六年）閏五月九日詔：起居舍人范成大假資政殿大學士、醴泉觀使，充奉使金國祈請國信使。權知閤門事、兼樞密副都承旨康湑假崇信軍節度使副之。」范成大攬轡録亦有詳明記載：「乾道六年閏五月戊子，成大被命以資政殿大學士與崇信軍節度使康諝爲奉使大金國信使副。六月甲子出國門，八月戊午渡淮。虜遣尚書兵部郎中田彦皋、行侍御史完顔德温爲接伴使副，皆帶銀牌。虜法，出使者必帶牌，有金、銀、木之别，上有女真書『准敕急遞』字及阿骨打花押宣差者。所至視三品，朝旨差者視五品。」題注中之「盱眙」，縣名，屬泗州。王存元豐九域志卷五淮南東路泗州：縣三，「盱眙、臨淮、招信」。

自本詩以下七十二首絶句，均爲使金時作。這批詩曾單獨結集，名北征集。

汴河

汴自泗州以北皆涸，草木生之。土人云：本朝恢復駕回，即河須復開㈠。

指顧枯河五十年，龍舟早晚定疏川？還京却要東南運，酸棗棠梨莫蓊然。

【校記】

㈠河須復開：黄刻本作「河道復開」。

【題解】

本詩作於乾道六年（一一七〇）使金途中。題注，黄震黄氏日鈔卷六七作「汴河自泗州以北皆涸，草木生之。土人謂本朝駕回即開。」

虞姬墓

在虹縣下馬鋪北三十七里。

劉項家人總可憐，英雄無策庇嬋娟。戚姬葬處君知否㈠？不及虞兮有墓田〔二〕。

【題解】

本詩作於乾道六年（一一七〇）使金途中。范成大攬轡録：「庚申，過虞姬墓，墓在路左，雙石門出叢草間，往來觀者成蹊。」

【箋注】

〔一〕戚姬：漢高祖劉邦愛姬。史記呂太后本紀：「及高祖爲漢王，得定陶戚姬，愛幸，生趙隱王如意。孝惠（呂太后生）爲人仁弱，高祖以爲『不類我』，常欲廢太子，立戚姬子如意，『如意類我』。」「呂后最怨戚夫人及其子趙王，乃令永巷囚戚夫人。……太后遂斷戚夫人手足，去眼，煇耳，飲瘖藥，使居厠中，命曰『人彘』。」戚姬命運悲慘，此即詩云劉家人「無策庇嬋娟」。

〔二〕虞兮：即虞姬，項羽愛幸之姬。史記項羽本紀：「項王軍壁垓下，兵少食盡，漢軍及諸侯兵圍之數重。夜聞漢軍四面皆楚歌，項王乃大驚曰：『漢皆已得楚乎？是何楚人之多也？』項王則夜起，飲帳中，有美人名虞，常幸從，駿馬名騅，常騎之。于是，項王乃悲歌慷慨，自爲詩曰：『力拔山兮氣蓋世，時不利兮騅不逝。騅不逝兮可奈何，虞兮虞兮奈若何！』歌數闋，美人和之。項王泣數行下，左右皆泣，莫能仰視。」此即詩云項家人「無策庇嬋娟」。

宿州　五更出城，鬼火滿野。

狐鳴鬼嘯夜茫茫，元是官軍舊戰場。土伯不能藏碧燐，三三兩兩照前岡。

【題解】

本詩作於乾道六年（一一七〇）使金途中。宿州，元豐九域志卷五淮南東路宿州：「符離郡，保靜軍節度。治符離縣。」

雷萬春墓　在南京城南，環以小牆，榜曰「忠勇雷公之墓」。

九隕元身不隕名，言言千載氣如生。欲知忠信行蠻貊，過墓胡兒下馬行。

【題解】

本詩作於乾道六年（一一七〇）使金途中。范成大攬轡録：「甲子，至南京，虜改爲歸德府，過雷萬春墓，環以小墻，榜曰『忠勇雷公之墓』。」宋史地理志：「應天府，大中祥符七年，建爲南京。」雷萬春，助張巡守睢陽，城陷遇害。新唐書張巡傳：「（巡）乃與姚誾、雷萬春等三十六人遇害。」後附雷萬春傳：「雷萬春者，不詳所來，事巡爲偏將。令狐潮圍雍丘，萬春立城上與潮語，伏弩發六矢著面，萬春不動。潮疑刻木人，諜得其實，乃大驚。遥謂巡曰：『向見雷將軍，知君之令嚴矣。』潮壁雍丘北，謀襲襄邑、寧陵。巡使萬春引騎四百壓潮，先爲賊所包。巡突其圍，大破賊，潮遁去。萬春將兵，方略不及霽雲，而疆毅用命。每戰，巡任之與霽雲均。」

雙廟

在南京北門外，張巡、許遠廟也，世稱「雙廟」，南京人呼爲「雙王廟」。

平地孤城寇若林，兩公猶解障妖祲。大梁襟帶洪河險，誰遣神州陸地沉？

【題解】本詩作於乾道六年（一一七〇）使金途中。范成大攬轡録：「（南京）西門外，南望有宋王臺及張巡、許遠廟，世稱『雙廟』，睢陽人又謂之『雙王廟』。」新唐書張巡傳：「大中時，圖巡、遠、霽雲像於凌煙閣。睢陽至今祠享，號『雙廟』云。」韓愈於張中丞傳後敘中，曾對二公的歷史貢獻，作出過精當的評論：「守一城，捍天下，以千百就盡之卒，戰百萬日滋之師，蔽遮江淮，沮遏其勢，天下之不亡，其誰之功也？」新唐書張巡許遠傳贊：「張巡、許遠，可謂烈丈夫矣。以疲卒數萬，嬰孤墉，抗方張不制之虜，鯁其喉牙，使不得搏食東南，牽掣首尾，豗潰梁、宋間。大小數百戰，雖力盡乃死，而唐全得江、淮財用，以濟中興，引利償害，以百易萬可矣。巡先死不爲遽，遠後死不爲屈。巡死三日而救至，十日而賊亡，天以完節付二人，畀名無窮，不待留生而後顯也。」

睢水

睢口石門已隤，河亦塞，即項羽大敗漢兵處。

一戰填河擁漢屯，拔山意氣已鯨吞。直南即是陰陵路〔一〕，兵果難將勝負論。

【題解】

本詩作於乾道六年（一一七〇）使金途中。水經注卷二四：「睢水，出梁郡鄢縣，東過睢陽縣南，又東過相縣南，屈從城北東流，當蕭縣南，入于陂。」應劭曰：「東南流入于泗，謂之睢口。」酈道元云：「睢水又東逕彭城郡之靈壁東，東南流，漢書：項羽敗漢王于靈壁東。即此處也。」

【箋注】

〔一〕陰陵路：項羽兵敗死前所到之處。史記項羽本紀：「項王至陰陵，迷失道，問一田父，田父紿曰：『左』。左，乃陷大澤中，以故漢追及之。」陰陵，縣名，唐宋時改爲定遠縣。元和郡縣圖志卷九河南道濠州定遠縣：「陰陵縣故城，在縣西北六十五里。本漢縣也。項羽敗於垓下，將麾下八百騎潰圍南走，灌嬰追羽至陰陵，羽迷失道，問田父，田父紿曰左，左乃陷大澤，以故漢兵及之。」

伊尹墓　在空桑北一里，有磚堠刻云「湯相伊公之墓」。相傳墓左右生棘，皆直如矢。

三尺黄壚直棘邊，此心終古享皇天。汲書猥述流傳妄，剖擊嗟無咎單篇。

【題解】

本詩作於乾道六年（一一七〇）使金途中。范成大攬轡録：「丙寅，過雍丘縣。二十里，過空桑，世傳伊尹生于此，一里，過伊尹墓，道左有磚堠，石刻云『湯相伊公之墓』。」羅大經鶴林玉露丙編卷三「伊尹墓」條云：「伊尹墓在空桑北一里，相傳墓傍生棘，皆直如矢。范石湖使北過之，有詩云：『（略）。』蓋汲冢書妄載伊尹謀簒，爲太甲所殺也，事見杜元凱左氏傳後叙。」

留侯廟　在陳留縣中。案王原叔諸家考子房所封，乃彭城留城，非陳留也，自宋武下教修復時，其失久矣。

功成輕舉信良謀，心與鴟夷共一舟〔一〕。吕媪區區無鳥喙，先生輕負赤松遊〔二〕。

【題解】　本詩作於乾道六年（一一七〇）使金途中。范成大攬轡録：「過陳留縣，有留侯廟。」題下原注有按語，辨張良所封乃彭城留城，非陳留縣，極是。按，李吉甫元和郡縣圖志卷九河南道五徐州沛縣：「故留城，在縣東南五十五里。高祖令張良自擇齊三萬户，良曰：『始臣起於下邳，與陛下會留。』乃封良爲留侯。」陳留，乃汴州屬縣，與張良封留城不同。

【箋注】

〔一〕「心與」句：鴟夷，指范蠡，范佐越王平吴後，功成身退，浮舟五湖去。本詩謂張良之心與范蠡相同，亦欲浮舟而去。

〔二〕「吕媪」二句：史記留侯世家：「（留侯曰）『今以三寸舌爲帝者師，封萬户，位列侯，此布衣之極，於良足矣。願棄人間事，欲從赤松子游耳。』乃學辟穀，道引輕身。會高帝崩，吕后德留侯，乃强食之，曰：『人生一世間，如白駒過隙，何至自苦如此乎！』留侯不得已，强聽而食。」石湖用此典，意謂如果不是吕媪多言，張良是不會輕易孤負赤松子的。此兩句詩意與一、二句呼應，稱道張良本意是要功成身退，效學范蠡五湖浮舟。

西瓜園　味淡而多液，本燕北種，今河南皆種之。

碧蔓凌霜卧軟沙，年來處處食西瓜。形模濩落淡如水，未可蒲萄苜蓿誇。

【題解】

本詩作於乾道六年（一一七〇）使金途中。

宜春苑 在舊宋門外，俗名「東御園」。

狐塚獾蹊滿路隅，行人猶作御園呼。連昌尚有花臨砌〔一〕，腸斷宜春寸草無。

【題解】

本詩作於乾道六年（一一七〇）使金途中。范成大攬轡録：「丁卯，過東御園，即宜春苑也，頹垣荒草而已。」孟元老東京夢華録卷一：「舊京城方圓約二十里許。東壁其門有三：從南汴河南岸角門子，河北岸曰舊宋門，次曰舊曹門。」

【箋注】

〔一〕連昌：唐宫殿名，在河南壽安縣（今河南宜陽縣），唐元稹有連昌宫詞。

京城

倚天櫛櫛萬樓棚，聖代規模若化成。如許金湯尚資盜，古來李勣勝長城〔一〕。

【題解】

本詩作於乾道六年（一一七〇）使金途中。攬轡録：「（東御園）二里之東京，虜改南京。」

【箋注】

〔一〕「古來」句：新唐書李勣傳：「治并州十六年，以威肅聞。帝嘗曰：『煬帝不擇人守邊，勞中國築長城以備虜。今我用勣守并，突厥不敢南，賢長城遠矣！』」

護龍河　在新宋門外，中有綱船數十艘。

新郭門前見客舟，清漣淺淺抱城樓。六龍行在東南國〔一〕，河若能神合斷流。

【題解】

本詩作於乾道六年（一一七〇）使金途中。孟元老東京夢華録卷一：「東都外城方圓四十餘里，城濠曰護龍河，闊十餘丈。壕之内外，皆植楊柳。粉墻朱户，禁人往來，城門皆甕城三層，屈曲開門，唯南薰門、新鄭門、新宋門、封丘門，皆直門兩重。蓋此係四正門，皆留御路故也。」

【箋注】

〔一〕「六龍」句：六龍，易乾：「時乘六龍以御天。」後代指君王車駕之六馬爲「六龍」。李白上皇西巡南京歌之四：「誰道君王行路難，六龍西幸萬人歡。」東南國，指南宋君王在臨安。

福勝閣

曹太皇所建㊀，奇崛冠京城中。

翬飛五級半空翔，指點樓欄説太皇。劫火不能侵願力，巋然獨似漢靈光〔一〕。

【校記】

㊀ 曹太皇：富校：「『皇』下黄刻本有『后』字，是。」

【題解】

本詩作於乾道六年（一一七〇）使金途中。曹太皇，指曹太皇后。宋史卷二四二后妃上：「慈聖光獻曹皇后，真定人。……明道二年，郭后廢，詔聘入宫。景祐元年九月，册爲皇后。……神宗立，尊爲太皇太后，名宫曰慶壽。」

【箋注】

〔一〕「巋然」句：漢靈光，指漢代靈光殿。王延壽魯靈光殿賦：「魯靈光殿者，蓋景帝程姬之子恭王餘之所立也。……遭漢中微，盗賊奔突，自西京未央、建章之殿，皆見隳壞，而靈光巋然獨存。」

相國寺

寺榜猶祐陵御書。寺中雜貨，皆胡俗所需而已。

傾檐缺吻護奎文〔一〕，金碧浮圖暗古塵〔二〕。聞説今朝恰開寺，羊裘狼帽趁時新。

【題解】

本詩作於乾道六年（一一七〇）使金途中。攬轡録：「入新宋門，即麗景門，虜改賓曜門，過大相國寺，傾簷缺吻，無復舊觀。」祐陵，即宋太宗，高承事物紀原卷七：「至道中，太宗御題額易曰大相國寺。」吴曾能改齋漫録卷一三：「大相國寺舊榜，太宗御書，寺十絶之一也。」孟元老東京夢華録卷三「相國寺内萬姓交易」條云：「相國寺每月五次開放，萬姓交易。大三門上皆是飛禽貓犬之類，珍禽奇獸，無所不有。第二、三門，皆動用什物，庭中設彩幙、露屋、義鋪，賣蒲合、簟席、屏幃、洗漱、鞍轡、弓劍、時果、臘脯之類。近佛殿，孟家道院王道人蜜煎、趙文秀筆及潘谷墨，占定兩廊，皆諸寺師姑賣繡作、領抹、花朵、珠翠、頭面、生色銷金花樣幞頭、帽子、特髻冠子、絛線之類。殿後資聖門前，皆書籍、玩好、圖畫及諸路散任官員土物、香藥之類。」

【箋注】

〔一〕奎文：奎，星名，初學記卷二一引孝經援神契：「奎主文章。」奎文，亦作奎章，指皇帝的手筆，岳珂桯史卷一：「山南有萬杉寺，本仁皇所建，奎章在焉。」本詩指宋太宗御書。

〔二〕金碧浮圖：金碧色的塔，相國寺内有東西兩塔院。孟元老東京夢華録卷三「相國寺内萬姓交易」：「寺内有智海、惠林、寶梵、河沙、東西塔院。」王銍默記卷中：「李後主手書金字心經一卷，賜其宫人喬氏，喬氏後入太宗禁中，聞後主薨，自内廷出其經，捨在相國寺西塔以資薦。」

州橋　南望朱雀門，北望宣德樓，皆舊御路也。

州橋南北是天街，父老年年等駕迴。忍淚失聲詢使者：「幾時真有六軍來？」

【題解】

本詩作於乾道六年（一一七〇）使金途中。孟元老東京夢華録卷一「河道」條云：「投西角子門曰相國寺橋，次曰州橋（正名天漢橋），正對於大内御街。其橋與相國寺橋，皆低平不通舟船，唯西河平船可過。其柱皆青石爲之，石梁、石笋楯欄，近橋兩岸，皆石壁雕鐫海馬水獸飛雲之狀。橋下密排石柱，蓋車駕御路也。」

宣德樓　虜加崇葺，僞改曰承天門。

嶢闕叢霄舊玉京，御牀忽有犬羊鳴。他年若作清宫使，不挽天河洗不清〔一〕。

【題解】

本詩作於乾道六年（一一七〇）使金途中。范成大攬轡録：「過櫺星門，側望端門，舊宣德樓也。虜改爲承天門，五門如畫。」孟元老東京夢華録卷一「大内」條云：「大内正門宣德樓列五門，門皆金釘朱漆，壁皆磚石間甃，鐫鏤龍鳳飛雲之狀，莫非雕甍畫棟，峻桷層榱，覆以琉璃瓦，曲尺朵樓，朱欄彩檻，下列兩闕亭相對，悉用朱紅杈子。入宣德樓正門，乃大慶殿，庭設兩樓，如寺院鐘樓，上有太史局保章正，測驗刻漏，逐時刻執牙牌奏。每遇大禮，車駕齋宿，及正朔朝會於此殿。」

【箋注】

〔一〕「不挽」句：語出杜甫洗兵馬：「安得壯士挽天河，凈洗甲兵長不用。」

市街

京師諸市皆荒索，僅有人居。

梳行訛雜馬行殘，藥市蕭騷土市寒。惆悵軟紅佳麗地〔一〕，黄沙如雨撲征鞍！

【題解】

本詩作於乾道六年（一一七〇）使金途中。范成大攬轡録：「出樊樓街，轉土市馬行街，出舊封丘門，即安遠門也，虜改爲玄武門。」孟元老東京夢華録卷三「天曉諸人入市」條：「諸趍朝入市之人，聞此而起，諸門橋市井已開。……如果木亦集於朱雀門外，及州橋之西，謂之菓子行。」吴自牧夢粱録卷一三：「有名爲行者，如官巷方梳行、銷金行、冠子行，城北魚行，城東蟹行、薑行、菱行、北猪行，候潮門外南猪行。……更有名爲市者，如炭橋藥市、官巷花市、融和市，南坊珠子市，修義坊肉市，城北米市。……」

【箋注】

〔一〕「惆悵」句：軟紅，形容都市繁華。蘇軾次韻蔣穎叔錢穆父從駕景靈宫：「軟紅猶戀屬車塵。」自注：「前輩戲語：『有西湖風月，不如東華軟紅香塵。』」佳麗地，語出謝朓入朝曲：「江南佳麗地，金陵帝王州。」

金水河 在舊封丘門外，河中多大石，皆艮嶽所隤。

菜市橋西一水環〔一〕，宫牆依舊俯清灣。誰憐磊磊河中石，曾上君王萬歲山〔二〕。

【題解】

本詩作於乾道六年（一一七〇）使金途中。范成大攬轡録：「出舊封丘門，即安遠門也，虜改爲玄武門，門西金水河，舊夾城曲江之處，河中卧石礧磈，皆艮嶽所遺。」宋史河渠志：「金水河，一名天源，本京水，導自滎陽黄堆山，其源曰祝龍泉。太祖建隆二年春，命左領軍衛上將軍陳承昭率水工鑿渠引水，過中牟，名曰金水河，凡百餘里，抵都城西，架其水横絶於汴，設斗門，入浚溝，通城濠，東匯於五丈河，公私利焉。乾德三年，又引貫皇城，歷後苑，内庭池沼，水皆至焉。」艮嶽，宋徽宗趙佶於汴梁所築之土山，以象餘杭之鳳凰山，自爲記，都人稱爲萬壽山。王明清揮麈後録卷二：「艮嶽，宣和壬寅歲始告成，御製爲記云：『山在國之艮，故名之曰艮嶽。』」

【箋注】

〔一〕菜市橋：孟元老東京夢華録卷一「河道」：「東北曰五丈河，來自濟鄆，般挽京東路糧斛入京城，自新曹門北入京。河上有橋五，東去曰小横橋，次曰廣備橋，次曰蔡市橋，次曰青暉橋、染院橋，西北曰金水河。」菜市橋，原作蔡市橋。

〔二〕萬歲山：即艮獄。宋史地理志一「京城」：「萬歲山艮獄，政和七年，始於上清寶籙宫之東作萬歲山。……宣和四年，徽宗自爲艮嶽記，以爲山在國之艮，故名艮嶽。」

壺春堂　徽廟稱道君時所居，在擷芳園中，俗呼爲八滴水閣者。

松漠丹成去不歸，龍髯無復有攀時〔一〕。芳園留得觚稜在，長與都人作淚垂。

【題解】

本詩作於乾道六年（一一七〇）使金途中。范成大攬轡録：「過藥市橋街、蕃衍宅、龍德宫，擷芳、擷景二園，樓觀俱存，擷芳中喜春堂猶巋然，所謂八滴水閣者，使屬官吏望者皆隕涕不自禁。胡今以爲上林所。」宋史地理志一「京城」：「景龍江北有龍德宫。初，元符三年，以懿親宅潛邸爲之。及作景龍江，江夾岸皆奇花珍木，殿宇比比對峙，中塗曰壺春堂，絶岸至龍德宫。其地歲時次第展拓，後盡都城一隅焉，名曰擷芳園，山水美秀，林麓暢茂，樓觀參差，猶艮嶽、延福也。」

【箋注】

〔一〕「龍髯」句：傳説黄帝鑄鼎於鼎山，鼎成，有龍下迎，黄帝乘之升天。群臣從上者七十餘人，其餘小臣不能上龍身，乃攀持龍髯。典出史記封禪書。

漸水

黄河將決，其地則伏流先出，名曰漸水㊀。河身日徙而南，過封丘至胙城界中，已有漸水，去汴京大約五十里耳。

黄流日夜向南風，道出封丘處處逢。紫蓋黄旗在湖海，故應河伯欲朝宗。

【校記】

㊀「黄河將決」三句：黄震黄氏日鈔卷六七作：「黄河將決處，伏流先出，名漸水。」

【題解】

本詩作於乾道六年（一一七〇）使金途中。漸水，過封丘縣、胙城，即有，離東京約五十里。趙彦衛雲麓漫鈔卷八：「自東京至女真，所謂御寨行程，東京四十五里至封丘縣，皆望北行，四十五里至胙城縣腰頓。」

李固渡

洪河萬里界中州，倒捲銀潢聒地流。列弩燔梁那可渡？向來天數亦人謀！

【題解】本詩作於乾道六年（一一七〇）使金途中。李固渡，在大名府魏縣東南李固鎮，元豐九域志卷一北京魏縣，有李固一鎮。趙彦衛雲麓漫鈔卷八：「自東京至女真，所謂御寨行程……四十五里至渡河沙店。」

天成橋

碑石蔡京書，在濬州岡上驛中東廡下。舊浮橋在此，今河徙南行矣。

一岡邑屋舊河灘，却望河身百里間。涌土漲沙漫白道，天成橋石在高山。

【題解】本詩作於乾道六年（一一七〇）使金途中。宋史河渠志三：「（政和五年）又詔：『居山至大伾山浮橋屬濬州者，賜名天成橋；大伾山至汶子山浮橋屬滑州者，賜名榮光橋。』俄改榮光曰聖功。

七月庚辰，御製橋名，摩崖以刻之。」

舊滑州

在濬州側積水中，爲河所淪久矣。大伾即黎陽山，西望積水不遠。

大伾山麓馬徘徊，積水中間舊滑臺〔一〕。漁子不知興廢事，清晨吹笛棹船來。

【題解】

本詩作於乾道六年（一一七〇）使金途中。舊滑州，元和郡縣圖志卷八滑州：「白馬縣，本衛之曹邑，漢以爲縣，屬東郡，因白馬津爲名，隋開皇三年屬汴州，九年屬杞州，十六年改杞州爲滑州，縣又屬焉。」又：「州城，即古滑臺城。」趙彦衛雲麓漫鈔卷八：「自東京至女真，所謂御寨行程，東京四十五里至封丘縣，皆望北行……四十五里至滑州館。」大伾山，參見天成橋「題解」。

【箋注】

〔一〕滑臺：元豐九域志卷一滑州白馬縣，有滑臺。新定九域志卷一滑州有滑臺。

扁鵲墓　在湯陰伏道路傍，相傳墓上土可療病，禱而求之，或得小圓如丹藥。

活人絶技古今無，名下從教世俗趨。墳土尚堪充藥餌，莫嗔醫者例多盧〔一〕。

【題解】本詩作於乾道六年（一一七〇）使金途中。范成大攬轡録：「壬申，過伏道，有扁鵲墓，墓上有幡竿，人傳云：四傍土可以爲藥，或于土中得小圓黑褐色以治病，伏道艾醫家最貴之。十里即湯陰縣。」樓鑰北行日録：「（自濬州屯子河）車行四十五里，過伏道，望扁鵲墓，墓前多生艾，功倍于他艾。經伏道河、伏道店，入湯陰縣。」

【箋注】

〔一〕例多盧：扁鵲，家於盧國，因亦稱盧醫。後代泛指良醫。

羑里城　在羑河上，四垣儼然。

陵谷遷移尚故墟，天盈商罪未蠲除。古今行客同嗤罵，何止三篇泰誓書〔一〕。

【題解】

本詩作於乾道六年（一一七〇）使金途中。范成大攬轡録：「癸卯，過羑河，河上有羑里城，四垣儼然，居民林木滿其中。」羑里城，商紂囚周文王於此。淮南子氾論：「紂居於宣室而不反其過，而悔不誅文王於羑里。」注：「羑里，今河内湯陰是也。」李吉甫元和郡縣圖志卷一六相州湯陰縣：「牖里，一名羑里，在縣北九里，紂拘西伯之所也。」

【箋注】

〔一〕三篇泰誓書：尚書有泰誓上、中、下三篇，書序第三十：「惟十有一年，武王伐殷，一月戊午，師渡孟津，作泰誓三篇。」

文王廟 在羑里城南。

堂堂十亂欲興周，肯使君王死作囚。巧笑入宫天亦笑，可憐元不費深謀。

【題解】

本詩作於乾道六年（一一七〇）使金途中。經文王廟，作本詩頌周文王。攬轡録：「癸卯，過羑河，河上有羑里城，四垣儼然，居民林木滿其中。」黄震黄氏日鈔卷六七：「至相州，過湯河、羑河，有羑里城、文王廟。」

相州

推車老人自言：「吾州韓魏公鄉里，南北兩墳尚無恙。」

禿巾髽髻老扶車，茹痛含辛説亂華：「賴有鄉人聊刷耻，魏公元是魯東家。」

【題解】

本詩作於乾道六年（一一七〇）使金途中，過相州，因作本詩。攬轡録：「過相州，市有秦樓、翠樓、康樂樓、月白風清樓，皆旂亭也。……晝錦堂尚存，虜嘗更修飾之。」韓魏公，即韓琦。韓琦回家鄉相州任知州時，在州署建一晝錦堂，宋徽宗時追封韓琦爲魏國公，故稱韓魏公。歐陽修爲作相州晝錦堂記。

秦樓

在相州市中㊀，上有貴人，幕而觀使客，云是郡主太守之妻也。大抵相臺傾城出觀，異於他州。

欄街看幕似春遊，斑犢雕車碧畫油〔一〕。奚女家人稱貴主，縷金長袖倚秦樓。

【校記】

㊀市：原作「寺」，按，活字本、叢書堂本、董鈔本均作「市」，今據改。

【題解】

本詩作於乾道六年（一一七〇）使金途中。范成大攬轡録：「過相州，市有秦樓、翠樓、康樂樓、月白風清樓，皆旂亭也。秦樓有胡婦，衣金縷鵝黄大袖袍，金縷紫勒帛，褰簾，吴語，云是宗室女，郡守家也。遺黎往往垂涕嗟嘖，指使人云：此中華佛國人也。老嫗跪拜者尤多。晝錦堂尚存，虜嘗更修飾之。」黄震黄氏日鈔卷六七：「相州觀者甚盛，遺黎往往垂泣，指使人云：我家好官。又云：此中華佛國人，老嫗跪拜者尤多。」

【箋注】

〔一〕碧晝油：用青緑油布製成的帷幕，南齊公主所乘車用之，見南齊書輿服志。後代貴者亦用之，如白居易過温尚書舊莊：「碧幢紅旆照河陽。」許渾和淮南王相公與賓僚同游瓜洲別業題舊書齋：「碧油紅旆想青衿。」

翠樓 在秦樓之北，樓上下皆飲酒者。

連衽成帷迓漢官，翠樓沽酒滿城歡。白頭翁媪相扶拜：「垂老從今幾度看！」

【題解】

本詩作於乾道六年（一一七〇）使金途中。翠樓，相州城中酒樓，參見秦樓「題解」。

講武城 在漳河上，曹操所築，周遭十數里，鑿城爲道而過。

阿瞞虓武蓋劉孫〔一〕，千古還將鬼蜮論。縱有周遭遺堞在，不如魚復陣圖尊〔二〕。

【題解】

本詩作於乾道六年（一一七〇）使金途中。范成大攬轡録：「過漳河，入曹操講武城，周遭十數里。」

【箋注】

〔一〕虓武：武勇如咆哮之虎。詩經大雅常武：「進厥虎臣，闞如虓虎。」

〔二〕魚復陣圖：魚復，地名，在今四川奉節縣東部。陣圖，即八陣圖，三國志蜀書諸葛亮傳：「推演兵法，作八陣圖。」八陣圖即在魚復。

七十二塚㊀ 在講武城外，曹操疑塚也。森然彌望，北人比常增封之。

一棺何用塚如林，誰復如公負此心。聞説群胡爲封土，世間隨事有知音。

【校記】

㊀題：黄震黄氏日鈔卷六七題作：「曹操七十二疑塚詩。」

【題解】本詩作於乾道六年（一一七〇）使金途中。范成大攬轡録：「（講武城）城外有操塚七十二，散在數里間，傳云操塚正在古寺中。」

趙故城 在邯鄲縣南，延袤數十里。

金石笙篁絶代無，鼪鼯藜藿正乘除。園翁但愛城泥煖，侵早鋤霜種晚蔬。

【題解】本詩作於乾道六年（一一七〇）使金途中。趙故城，李吉甫元和郡縣圖志卷一五磁州邯鄲縣：「本衛地也，復屬晉，七國時爲趙都，趙敬侯自立晉陽，始都邯鄲，至幽王遷降，秦遂滅趙以爲邯鄲郡。」范成大攬轡録：「甲戌，過臺城鎮，故城延袤數十里，城中有靈臺，坡陀，邯鄲人春時傾城出祭趙王，歌舞其上。」

邯鄲道 即昔人作黄粱夢處。

薄曉霜侵使者車㊀，邯鄲阪峻且徐驅。困來也作黄粱夢，不夢封侯夢石湖。

【校記】

㈠曉：原作「晚」，富校：「『晚』黄刻本作『曉』，是。」按，活字本、叢書堂本、董鈔本均作「曉」，今據改。

【題解】

本詩作於乾道六年（一一七〇）使金途中。唐沈既濟枕中記載，盧生於邯鄲客店中，遇吕翁，翁乃授盧生一枕，使入夢。盧生夢中歷盡富貴榮華。夢醒時，主人炊黄粱尚未熟。此爲傳奇故事，未必真有其事。石湖記其地，亦傳聞而已。

藺相如墓　在邯鄲縣南、趙故城之西。

玉節經行虜障深，馬頭釃酒奠疎林。兹行璧重身如葉，天日應臨慕藺心。

【題解】

本詩作於乾道六年（一一七〇）使金途中。范成大攬轡録：「（趙）故城傍有廉頗、藺相如墓。」李吉甫元和郡縣圖志卷一五磁州邯鄲縣：「藺相如墓，在縣西南二十三里。」黄震黄氏日鈔卷六五：「過趙故城，延袤數十里，傍有廉頗、藺相如墓。」

邯鄲驛　驛後有磔犬祭天者，大抵盡爲胡俗。漢慎夫人㊀，縣人也。

長安大道走邯鄲，倚瑟佳人悵望間。若見羶腥似今日，漢宫何用憶關山！

【校記】

㊀慎夫人：原作「戚夫人」，誤。富校：「沈欽韓范石湖集詩注云：『「慎」誤爲「戚」，漢文帝妾也。』按漢書外戚傳載，高祖戚夫人爲定陶人，文帝慎夫人乃邯鄲人，沈説是也。」按，活字本、叢書堂本、董鈔本均作「謹夫人」。此乃避宋孝宗「眘」之諱，改「慎」爲「謹」，可知「謹夫人」即「慎夫人」。今據改。

【題解】

本詩作於乾道六年（一一七〇）使金途中。范成大攬轡録：「至邯鄲縣，墻外居民以長竿磔白犬，自尻洞其首，別一竿縛茅浸酒，揭于上，云女真人用以祭天禳病。」

叢臺　在邯鄲北門外。

憑高閲士劍如林，故國風流變古今。袨服雲仍猶左衽㊀，叢臺休恨緑蕪深。

【題解】本詩作於乾道六年（一一七〇）使金途中。李吉甫元和郡縣圖志卷一五磁州邯鄲縣：「叢臺，在縣城内東北隅。」新定九域志卷二磁州：「叢臺，趙武靈王築，鄒陽上書云：『靚妝袨服，叢臺之下，一旦成市。』」

【箋注】

〔一〕袨服：盛服。漢書鄒陽傳：「夫全趙之時，武力鼎士袨服叢臺之下者，一旦成市，而不能止幽王之湛患。」注：「袨服，盛服也。」 雲仍：遠孫。爾雅釋親：「晜孫之子爲仍孫，仍孫之子爲雲孫。」陸游秋夜讀書有感：「苦心猶欲付雲仍。」

臨洺鎮

去洺州三十里。洺酒最佳，伴使以數壺及新兔見餉。

竟日霜寒暮解圍，融融桑柘染斜暉。北人争勸臨洺酒，云有棚頭得兔歸。

【題解】本詩作於乾道六年（一一七〇）使金途中。臨洺鎮，唐爲臨洺縣，宋省縣爲鎮。李吉甫元和郡縣圖志卷一五磁州臨洺縣：「北濱洺水，因以爲名。」元豐九域志卷二磁州：「縣四，熙寧六年，省臨洺縣爲鎮，入永年。」又：「永年，臨洺東、西二鎮。」黄震黄氏日鈔卷六七：「四十里至臨洺鎮。」

趙彥衛雲麓漫鈔卷二：「七十里至邯鄲縣館，四十里至臨洺鎮。」

邢臺驛

信德府驛也，去太行最近，城外有荷塘柳隄，頗清麗，不類河朔。

太行東麓照邢州，萬疊煙螺紫翠浮。誰解登臨管風物？枯荷老柳替人愁。

【題解】

本詩作於乾道六年（一一七〇）使金途中。趙彥衛雲麓漫鈔卷二：「四十里至臨洺鎮，七十里至信德府邢臺驛。」宋史地理志二河北路信德府，本邢州，縣八：邢臺。

柳公亭

在邢州城北小園中，伴使邀客入遊，云舊有流杯，今廢。園正對太行馬鞍一峰，極齒崒。

主人敬客有餘情，催喚繩牀坐柳亭。曲水流觴非故物，馬鞍山色舊青青。

【題解】

本詩作於乾道六年（一一七〇）使金途中。元豐九域志卷二邢州，鉅鹿郡，治龍岡縣。

内丘梨園

内丘鵝梨爲天下第一，初熟收藏，十月出汗後方佳。園户云：「梨至易種，一接便生，可支數十年。吾家園者，猶聖宋太平時所接。」

汗後鵝梨爽似冰，花身耐久老猶榮。園翁指似還三歎㊀，曾共翁身見太平。

【校記】

㊀歎：原作「笑」，誤。富校：「『笑』黄刻本、宋詩鈔作『歎』，是。」按，活字本、叢書堂本、黄鈔本、詩淵第三册第二二四四頁均作「歎」，今據改。

【題解】

本詩作於乾道六年（一一七〇）使金途中，内丘，縣名，元豐九域志卷二邢州，縣五，内丘，州北四十七里。黄震黄氏日鈔卷六七：「（邢州）四十里過冷水河，二十五里至内丘縣，縣有鵝梨，云其木尚聖宋太平時所接。」

大寧河

在内丘北，河之東皆梨棗園，二果正熟。

梨棗從來數内丘，大寧河畔果園稠。荆箱擾擾攔街賣，紅皺黄團滿店頭。北人謂道上聚落爲店頭。

【題解】本詩作於乾道六年（一一七〇）使金途中。大寧河，沈欽韓范石湖詩集注：「地志無大寧河，或爲大陸澤，在順德府任縣東北。」按，石湖云：「大寧河，在内丘北。」王存元豐九域志卷二邢州縣五：「鉅鹿，在州東北一百里，有大陸澤。」「内丘，州北四十七里，有内丘山。」王存所述之大陸澤，屬鉅鹿縣，在内丘縣之北，與石湖所云相合。大陸澤，唐代已有，元和郡縣圖志卷一五邢州鉅鹿縣内有詳細描述：「大陸澤，一名鉅鹿，在縣西北五里，禹貢曰：『恒、衛既從，大陸既作。』按澤東西二十里，南北三十里，葭蘆、茭蓮、魚蟹之類，充牣其中。」

柏鄉

唐志：堯山乃古柏仁。俗傳或以此柏鄉爲柏人。

貫生名壓漢公卿〔一〕，自古逢讎不反兵。仇虜滔天無敢動，柏鄉空溷迫人名。

【題解】本詩作於乾道六年（一一七〇）使金途中。范成大攬轡録：「甲子，過沙河六十里，至柏鄉縣。縣人云：沙河直東有堯山縣，古堯山也，堯葬焉。東有放勳廟。」李吉甫元和郡縣圖志卷一五河東道邢州：「堯山縣，本曰柏人，春秋時晉邑，戰國時屬趙，秦滅趙屬鉅鹿郡。漢高祖八年，從平城過趙，趙相貫高壁人厠上要之，上心動，問縣名，曰：『柏人。』上曰：『柏人者，迫於人也！』去弗宿。後魏改『人』爲『仁』。隋開皇三年，罷鉅鹿郡，屬趙州。大業三年，改屬邢州。天寶元年，改爲堯山縣。」王存元豐九域志卷二河北路趙州：「縣四，熙寧五年，省柏鄉、贊皇二縣爲鎮，入高邑。」按，熙寧爲宋神宗年號，石湖使金時，柏鄉縣已更名爲鎮，這裏石湖仍用舊名。

【箋注】

〔一〕「貫生」句：貫生，趙相貫高。漢高祖立張耳爲趙王。耳薨，子敖嗣立，尚高祖長女。趙相貫高怨趙王孱弱，謀殺高祖。漢八年，高祖過趙，貫高藏人於「柏人」之複壁中，伺機行刺。高祖過其地，欲住宿，因問此縣何名，人曰「柏人」，高祖曰：「柏人者，迫於人也！」乃離去。後事泄，高祖逮捕趙王、貫高等。貫高乃辯白趙王無罪，自認獨謀之。高祖乃赦趙王，以爲貫高能立然諾，稱其賢，赦之。貫高曰：「縱上不殺我，我不愧于心乎？」乃自絶死。自此名聞天下。事見史記張耳陳餘列傳。

唐　山

即堯山，金主之父名宗堯，改山名，山下有放勳廟。

勳唐遺德照清灣，百聖聞風不敢班。何物苦寒胡地鬼，一名猶敢廢堯山。

【題解】本詩作於乾道六年（一一七〇）使金途中。唐山，即堯山，縣名，范成大攬轡録：「沙河直東有堯山縣，古堯山也，堯葬焉，東有放勳廟。」李吉甫元和郡縣圖志卷一五邢州有堯山縣。元豐九域志卷二邢州，縣五：「熙寧六年，省堯山縣爲鎮，入内丘。」

光武廟

在柏鄉北，兩壁有二十八將像。廟前有二石人，皆自腰而斷，俗傳光武夜過，以爲生人，問途不應，劍斬之云。

雲臺列像拱真人，野老猶誇建武春〔一〕。不用劍鋒能剕石，冰河一瞥已通神。

【題解】本詩作於乾道六年（一一七〇）使金途中。光武廟，祭祀後漢光武帝劉秀之廟。李吉甫元和郡縣圖志卷一七河北道趙州：「（柏鄉縣）漢世祖廟，一名壇亭，縣北十四里，鄗縣故城南七里。即世祖即位之千秋亭也，後於此立廟，故後漢書帝紀云『肅宗孝章帝元和三年三月丙子，詔高邑令祠光武於即位壇』，是也。」世祖，即光武帝劉秀，後漢書光武帝紀：「世祖光武皇帝諱秀，字文叔，南陽蔡陽人，高祖九世之孫也。」「兩壁有二十八將像」，指佐劉秀興漢之功臣二十八人。王應麟玉海卷五七「漢南宮雲臺功臣圖」云：「後漢論中興二十八將，前世以爲上應列宿，未之詳也，然咸能感會風雲，奮其智勇，稱爲佐命，亦各志能之士也。永平中，顯宗追感前世功臣，乃圖畫二十八將於南宫雲臺。……故依其本第，係之篇末，以志功臣之次云：太傅高密侯鄧禹（投西討之略）、中山太守全椒侯馬成（平江淮，築亭障）、大司馬廣平侯吴漢（勇鷙有謀，建大策）、河南尹阜成侯王梁（應符而被衮）、左將軍膠東侯賈復（方直多計）、琅琊太守祝阿侯陳俊（定太山）、建威大將軍好時侯耿弇（走延岑、次祝阿）、驃騎大將軍參遽侯杜茂（破盧芳、平東方）、執金吾雍奴侯寇恂（居河内）、積弩將軍昆陽侯傅俊（定江東）、征南大將軍舞陽侯岑彭（建南征之效）、左曹合肥侯堅鐔（攻洛陽、降朱鮪）、征西大將軍夏陽侯馮異（守洛陽、定關中）、上谷太守淮陽侯王霸（權以濟事）、建義大將軍鬲侯朱祐（降秦豐）、信都太守阿陵侯任光（迎車駕）、征虜將軍潁陽侯祭遵（平河北、用儒雅）、豫章太守中水侯李忠（疏財而受賜，從平萌憲）、驃騎大將軍櫟陽侯景丹（殘五校）、右將軍槐里侯萬修（從平河北）、虎牙大軍安平侯蓋延（柳城破敵）、太常靈壽侯邳彤（一言興邦，屠邯鄲）、衛尉安成侯銚期（勝青犢）、驃騎大將軍昌成侯劉植（談説而受封）、東郡太守東光侯耿純（克赤眉）、横野大將軍山桑侯王常（心如金石）、城門校尉朗陵侯臧宫（滅公孫述，質樸而見親）、大司空固始侯李通（忘身奉主）、捕虜將軍揚虚侯馬武（力戰無前）、大司空安豐侯竇融（奉圖歸忠）、驃騎將軍慎侯劉隆（討李憲）、太傅褒德侯卓茂（執節淳固）。」黄震黄氏日鈔卷六七：「自柏鄉行十三里，有光武廟。」

【箋注】

〔一〕建武春：光武帝建武年間英勇征戰的光榮歷史。建武，光武帝劉秀的年號。後漢書馬援傳：「永平初，援女立爲皇后。顯帝圖畫建武中名臣，列將於雲臺，以椒房故，獨不及援。」

趙州石橋　在城南洨河上，以鐵笋卯貫石捲篷，不類人工。

石色如霜鐵色新，洨河南北尚通津。不因再度皇華使，誰洗奚車塞馬塵？

【題解】

本詩作於乾道六年（一一七〇）使金途中。趙州石橋，在州南洨河上，原名安濟橋。唐代名斯洨水，見元和郡縣圖志卷一七趙州平棘縣：「斯洨水，縣北三十五里。」宋代稱洨水，元豐九域志卷二趙州平棘縣，有洨水。黄震黄氏日鈔卷六七：「過洨河石橋，所謂趙州橋也。」沈欽韓范石湖詩集注卷中引一統志：「安濟橋在趙州南五里洨河上，俗名大石橋，隋建，廣四十步，長五十餘步。」

柏林院　即東院趙州禪師道場㊀，在城中。

胡來胡現劫灰深，風鼓三災海印沈。急過當年無佛處，庭前空有柏森森。

【校記】

㊀趙州禪師：富校：「沈注云：『「趙州」下脱「從諗」二字。傳燈録：「真際禪師從諗居趙州觀音

院。』〔一〕

【題解】本詩作於乾道六年（一一七〇）使金途中。趙州禪師，即趙州從諗禪師，宋高僧傳卷一一唐趙州東院從諗傳：「釋從諗，青州臨淄人也。童稚之歲，孤介弗群，越二親之羈絆，超然離俗，乃投本州龍興伽藍，從師剪落。尋往嵩山琉璃壇納戒，師勉之聽習。……後於趙郡開物化迷，大行禪道。」

欒城

縣極草草，伴使怒頓餐不精，欲榜縣令，跪告移時方免。

頹垣破屋古城邊，客傳蕭寒爨不煙。明府牙緋危受杖，欒城風物一淒然！

【題解】本詩作於乾道六年（一一七〇）使金途中。欒城，縣名，元豐九域志卷二真定府，縣八：「欒城，府南六十三里。」黄震黄氏日鈔卷六七：「五里至趙州，寇改爲沃州，三十里至欒城縣。」

呼沱河

即光武渡冰處，在真定南五里。

聞道河神解造冰，曾扶陽九見中興。如今爛被胡羶涴，不似滄浪可濯纓。

【題解】本詩作於乾道六年（一一七〇）使金途中。呼沱河，即滹沱河。後漢書光武紀：「（更始二年）至呼沱河，無船，適遇冰合，得過。」李吉甫元和郡縣圖志卷一八河北省定州深澤縣：「滹沱河，縣南二十五里，光武爲王郎所追，至滹沱，欲渡，導吏還言水深無船，左右懼。上使王霸前瞻水，霸恐驚衆，乃言可渡。比至，冰合，以囊沙布冰上，乃渡。未畢數車，冰陷，今名溝傍合處爲危渡口。」黄震黄氏日鈔卷六七：「（樂城）五十五里過滹沱河，五里至真定。」

真定舞

虜樂悉變中華，惟真定有京師舊樂工，尚舞高平曲破。

紫袖當棚雪鬢凋，曾隨廣樂奏雲韶〔一〕。老來未忍耆婆舞〔二〕，猶倚黄鐘衮六么〔三〕。

【題解】本詩作於乾道六年（一一七〇）八月使金途中，因觀真定樂舞，有感而作本詩。真定，即真定府，元豐九域志卷二河北西路：「真定府，常山郡，成德軍節度使，治真定縣。」高平曲破，舞曲，平調羽聲。段安節樂府雜録「别樂識五音輪二十八調圖」云：「太宗朝三百般樂器内，挑絲竹爲胡部，用宫、商、角、徵、羽，並分平、上、去、入四聲，其徵音，有其聲無其調。」又云：「平聲羽七調：

第一運中吕調，第二運正平調，第三運高平調。……」

【箋注】

〔一〕廣樂：傳説爲天上的一種樂曲。穆天子傳卷一：「天子乃奏廣樂。」史記扁鵲傳：「與百神遊於鈞天，廣樂九奏萬舞。」　雲韶：宋代燕樂名。宋史樂志一七：「雲韶部者，黄門樂也。開寶中，平嶺表，擇廣州内臣之聰警者，得八十人，令於教坊習樂藝，賜名簫韶部。雍熙初，改曰雲韶。」

〔二〕「老來」句：耆婆，年老之婆，禮記曲禮上：「六十曰耆，指使。」因舞者爲京師舊有之樂工、舞女，年齡已老，故云「未忍耆婆舞」，首句「雲鬟凋」，即形容這些老年舞女。

〔三〕「猶倚」句：六么，唐典名，程大昌演繁露卷一二：「段安節琵琶録云：『貞元中，康昆侖善琵琶，彈一曲新翻羽調緑腰。』注云：『緑腰，即緑要也。本自樂工進曲，上令録出要者，乃以爲名，誤言緑腰也。』據此即緑要已訛爲緑腰，而白樂天集有聽緑腰詩，注云：即六么也。」周密齊東野語卷八「六么羽調」條云：「按今六么中，吕調亦有之，非特高平、仙吕也。唐禮樂志，俗樂二十八調，中吕、高平、仙吕在七羽之數。蓋中吕、夾鍾，羽也；高平、林鍾，羽也；仙吕、夷則，羽也。」

東坡祠堂 在中山府學，學在化原坊。

化原坊裏尚黌堂〔一〕，聞道蘇仙有奉嘗〔二〕。想見當年行樂處，牙旗鐵馬照金章。

【題解】

本詩作於乾道六年（一一七〇）八月使金途中。定州府學中有東坡祠堂，石湖因賦本詩紀述之。中山府學，即定州府學，李吉甫元和郡縣圖志卷一八河北道定州：「戰國時爲中山國，與六國並稱王，後爲趙武靈王所滅。中山之地，方五百里，秦兼天下，今州蓋秦趙郡、鉅鹿二郡之地。漢高帝分趙、鉅鹿置常山、中山二郡，郡中有山，故曰中山。……後魏道武帝平慕容垂子寶爲中山郡，置安州，又改爲定州，以安定天下爲名也。……乾元元年復爲定州。」宋仍稱定州，隸河北西路，治安喜縣。

【箋注】

〔一〕黌堂：亦作黌校，即學舍，宋書文帝紀：「元嘉十九年詔：『闕里往經寇亂，黌校殘毁，并下魯郡修復學舍，採召生徒。』」

〔二〕蘇仙：蘇軾亦稱謫仙人，王闢之澠水燕談録卷四：「子瞻文章議論，獨立當世，風格高邁，真謫仙人也。」

松醪 中山酒猶名松醪，然甚漓。

松風漱罷讀離騷，翰墨仙翁百代豪。一笑氈裘那辨此，當年嵇阮尚餔糟。

【題解】本詩作於乾道六年（一一七〇）使金途中，經中山府，見松醪酒，因作本詩紀之。

望都 縣人多癭，婦人尤甚。相傳縣東接唐縣，病癭者甚衆，此縣蓋染其風土。縣西有小阜曰由山。

荒寺疎鐘解客鞍，由山東畔白煙寒。望都風土連唐縣，翁媼排門帶癭看。

【題解】本詩作於乾道六年（一一七〇）八月使金途中。定州望都、唐縣相比鄰，縣人多癭，石湖憫而記之。望都，縣名，元豐九域志卷二河北西路定州，縣八：「唐，州北五十里；望都，州東北六十里。」

安肅軍

舊梁門三城，今惟一城有人煙，溏灤皆涸矣。

從古銅門控朔方，南城煙火北城荒。臺家抵死争溏灤，滿眼秋蕪襯夕陽！

【題解】

本詩作於乾道六年（一一七〇）使金途中。安肅軍，唐代爲易州遂城縣，宋改爲安肅軍。王存元豐九域志卷二「河北路」：「安肅軍，太平興國六年以易州宥戎鎮地置静戎軍，景德元年改安肅。治安肅縣。」黄震黄氏日鈔卷六七：「二十里至安肅軍，故時溏灤今悉淤塞。」

出塞路

安肅北門外大道，容數車方軌。

當年玉帛聘遼陽〔一〕，出塞曾歌此路長。漢節重尋舊車轍，插天猶有萬垂楊。

【題解】

本詩作於乾道六年（一一七〇）使金途中。黄震黄氏日鈔卷六七：「（安肅軍）門外大道，古出塞路也。夾道古柳參天，至白溝始絶。」

【箋注】

〔一〕遼陽：出塞必經之路，元和郡縣圖志卷一三河東道儀州遼山縣：「後魏明帝改爲遼陽。」元豐九域志卷四河東路遼州遼山縣，有遼陽山、遼陽水。温庭筠訴衷情：「遼陽音信稀。夢中歸。」

白溝　在安肅北十五里，闊纔丈餘，古亦名巨馬河，本朝與遼人分界處。

高陵深谷變遷中，佛劫仙塵事事空。一水涓流獨如帶，天應留作漢提封。

【題解】　本詩作於乾道六年（一一七〇）使金途中，過白溝，賦詩紀之。白溝，巨馬河之支流，酈道元水經注卷一二：「巨馬河出代郡廣昌縣淶山，即淶水也。」「督亢水又南，謂之白溝水，南經廣陽亭西，而南合枝溝，溝水西受巨馬河，東出爲枝溝，又東注白溝，白溝又南，入於巨馬河。」黄震黄氏日鈔卷六七：「十五里過白溝河，又過曹河、徐河、暴河。」

太行　渡河即與太行俱北，至燕猶未斷，大抵東至薊門，北至塞北，西接奚界也。若晴日無埃，則出京至封丘，已望見之矣。

西北浮雲捲莫秋，太行南麓照封丘。横峰側嶺知多少〔一〕，行到燕山翠未休。

【題解】本詩作於乾道六年（一一七〇）使金途中。

【箋注】

〔一〕「横峰」句：蘇軾題西林壁：「横看成嶺側成峰。」

固城

自白溝十五里至固城鎮，舊遼界也。水味極惡，用柳作大棬汲井，謂之涼罐。

柳棬涼罐汲泉遥，味苦仍鹹似海潮。却憶徑山龍井水〔一〕，一杯洗眼洞層霄。

【題解】本詩作於乾道六年（一一七〇）使金途中，經固城，賦本詩記之。固城，趙彦衛雲麓漫鈔卷二：「自東京至女真……四十里至保州梁臺驛，三十里至固城。」

【箋注】

〔一〕徑山：方輿勝覽卷一：「徑山寺，在餘杭縣北。圖經：『徑山乃天目山之東北峰也，中有徑路，後通天目，故名徑山。』有龍井。」

范陽驛

涿州驛牆外有尼寺，二鐵塔夾塗如雪，俯瞰驛中。

郵亭偪仄但宜冬〔一〕，恰似披裘坐土空。枕上驚回丹闕夢，屋頭白塔滿鈴風。

【題解】

本詩作於乾道六年（一一七〇）使金途中。范陽驛，在涿州，趙彥衛雲麓漫鈔卷八：「自東京至女真，所謂御寨行程……五十里至涿州本道館。」元豐九域志卷一〇「河北路涿州」：「領范陽、歸義、固安、新城、新昌五縣。」

【箋注】

〔一〕郵亭：古代傳遞文書、信件人沿途休息的地方。漢書薛宣傳：「過其縣，橋梁郵亭不修。」

定興

舊黄村，虜新建爲縣，井邑未成。

新城遷次少人煙，桑柘中間井徑寒。亦有染人來賣纈〔一〕，淡紅深碧挂長竿。

【題解】

本詩作於乾道六年（一一七〇）使金途中。

【箋注】

〔一〕纈：染花的織物，玉篇：「纈，綵纈也。」魏書封回傳：「滎陽鄭雲諂事長秋卿劉騰，貨騰紫纈四百匹，得爲安州刺史。」

清遠店

定興縣中客邸前，有婢兩頰刺「逃走」二字，云是主家私自黥涅，雖殺之不禁。

女僮流汗逐氈軿，云在淮鄉有父兄。屠婢殺奴官不問，大書黥面罰猶輕。

【題解】

本詩作於乾道六年（一一七〇）使金途中。

琉璃河

又名劉李河，在涿州北三十里，極清泚，茂林環之，尤多鴛鴦，千百爲群。

煙林葱蒨帶回塘，橋眼驚人失睡鄉㈠。健起褰帷指病眼，琉璃河上看鴛鴦。此河

大中祥符間路振乘軺録亦謂琉璃河，惟嘉祐中宋敏求入番録乃謂之六里河，大抵胡語難得其真。

【校記】

㊀橋眼：活字本、叢書堂本、董鈔本同。富校：「沈注云：『「眼」字誤，日下舊聞引作「影」，是。』」

【題解】

本詩作於乾道六年（一一七〇）使金途中。水經注卷一二：「聖水出上谷。（孫云：聖水今琉璃河。）」「又東逕涿縣故城下，與涿水合，世以謂涿水。」琉璃河、劉李河、六里河，音相近而傳訛如此。

灰　洞

在涿北燕南之間，兩旁皆高岡，無風而路極狹，塵土坌積，咫尺不辨人物。

塞北風沙漲帽檐，路經灰洞十分添。據鞍莫問塵多少，馬耳冥濛不見尖。

【題解】

本詩作於乾道六年（一一七〇）使金途中。黄震黄氏日鈔卷六七：「行灰洞至涿州，灰洞者，兩邊不通風，塵埃濛洪其間也。」

良　鄉

燕山屬邑。驛中供金粟梨、天生子，皆珍果，又有易州栗，甚小而甘。

新寒凍指似排籖，村酒雖酸未可嫌。紫爛山梨紅皺棗，總輸易栗十分甜。

【題解】

本詩作於乾道六年（一一七〇）使金途中。良鄉，縣名，元豐九域志卷一〇河北道幽州，有良鄉縣。趙彦衛雲麓漫鈔卷八：「自東京至女真，所謂御寨行程……五十里至涿州本道館，六十里至良鄉縣。」范成大攬轡録：「乙酉，過良鄉縣，是日，大風幾拔木。接伴吏云：此謂之信風，使人遠來，此風先報，使入城也。」

盧溝

去燕山三十五里。虜以活雁餉客，積數十隻，至此放之河中，虜法五百里内禁採捕故也。

草草輿粱枕水低㊀，忽忽小駐濯漣漪。河邊服匿多生口〔二〕，長記軺車放雁時。

此河宋敏求謂之蘆菰，即桑乾河也，今呼盧溝。

【校記】

㊀輿粱：原作「魚粱」，按活字本、叢書堂本、董鈔本、詩淵第三册二〇第四七頁均作「輿粱」，今據諸本改。

【題解】

本詩作於乾道六年（一一七〇）使金途中。盧溝，水名，即今永定河，源出山西洪溝山，東流經河北，稱盧溝河。讀史方輿紀要卷十直隸一：「桑乾河，源出山西馬邑縣西北十五里、洪濤山……至順天府西南曰盧溝河……乾道六年，金人議開盧溝河以通京師漕運……盧溝蓋京師南面之巨塹也。」

【箋注】

〔一〕服匿：小旃帳。漢書蘇武傳：「三歲餘，王病，賜武馬畜、服匿、穹廬。」顏師古注引劉德曰：「服匿如小旃帳。」

燕賓館

燕山城外館也。至是適以重陽，虜重此節，以其日祭天，伴使把菊酌酒相勸。西望諸山皆縞，云初六日大雪。

九日朝天種落驩，也將佳節勸杯盤。苦寒不似東籬下，雪滿西山把菊看。

【題解】

本詩作於乾道六年（一一七〇）重陽節，時使金至燕賓館，賦詩紀實。范成大攬轡録：「丙戌至燕山城外燕賓館，燕至畢，與館伴使副並馬行柳堤。」

橙綱

燕城外遇數車載新橙，云修貢，種之汴京擷芳園也。

堯舜方堪橘柚包〔一〕，穹廬亦復使民勞。華清荔子沾恩幸，一騎回時萬騎騷〔二〕。

【題解】

本詩作於乾道六年（一一七〇），時使金已抵達燕京。擷芳園，在汴京，范成大攬轡録：「過藥市橋街，蕃衍宅，龍德宫擷芳、擷景二園樓觀俱存。」

【箋注】

〔一〕「堯舜」句：語出尚書禹貢：「厥包橘柚錫貢。」

〔二〕「華清」二句：化用杜牧華清宫絶句：「長安回望繡成堆，山頂千門次第開。一騎紅塵妃子笑，無人知是荔枝來。」諷「使民勞」之史實。

蹋鴟巾

接送伴田彦皋愛予巾裹，求其樣，指所戴蹋鴟有愧色。

重譯知書自貴珍，一生心愧蹋鴟巾。雨中折角君何愛，帝有衣裳易介鱗。

【題解】

本詩作於乾道六年（一一七〇）使金時，已抵燕京。田彦皋，金接伴使，范成大攬轡録：「六月甲子出國門，八月戊午渡淮。虜遣尚書兵部郎中田彦皋、行侍御史完顔德温爲接伴使副。」題注「指所戴蹋鴟有愧色」，黄震黄氏日鈔卷六七作「蹲鴟巾，館伴所裹」。

耶律侍郎

兵部侍郎耶律寶，館伴使也。不識字，如提刑運使等字，亦指以問。

乍見華書眼似麞，低頭慚愧紫荷囊〔一〕。人間無事無奇對，伏獵今成兩侍郎。

【題解】

本詩作於乾道六年（一一七〇）九月，時已至燕京。因館伴使耶律寶不識字，賦本詩紀之。館伴使，攬轡録：「丙戌，止燕山城外燕賓館，燕至畢，與館伴使副並馬行柳堤。」未言館伴使姓名，詩題附注明言之。

【箋注】

〔一〕紫荷囊：同紫荷橐，梁書周捨傳：「周捨又問杳：『尚書官著紫荷橐，相傳云「挈囊」，竟何所出？』杳答曰：『張安世傳曰「持橐簪筆，事孝武皇帝數十年」。韋昭、張晏注並云「橐，囊也。近臣簪筆，以待顧問」。』」

龍津橋 在燕山宣陽門外，以玉石爲之，引西山水灌其下。

燕石扶欄玉作堆，柳塘南北抱城迴。西山剩放龍津水，留待官軍飲馬來。

【題解】

本詩作於乾道六年（一一七〇）九月，時已抵燕京。攬轡録：「過石玉橋，燕石，色如玉，橋上分三道，皆以欄楯隔之，雕刻極工，中爲御路，亦欄以杈子，兩傍有小亭，中有碑，曰『龍津橋』，入宣陽門，金書額。」

燕宮 宏侈過汴京，煬王亮所作。

金盆濯足段文昌〔一〕，乞索家風飽便忘。他日楚人能一炬，又從焦土説阿房〔二〕。

【題解】

本詩作於乾道六年（一一七〇），入燕宮，見其奢侈，賦本詩諷之。范成大攬轡録：「遥望前後殿屋，崛起處甚多，制度不經，工巧無遺力，所謂窮奢極侈者也。」煬王亮，即完顔亮（一一二二—一一六一），字元功，熙宗時任丞相。皇統九年，殺熙宗自立，遷都燕京。正隆六年，大舉攻宋，在采石爲宋軍所敗，退至瓜洲，爲部將所殺。事見金史海陵紀。

【箋注】

〔一〕「金盆」句：孫光憲北夢瑣言卷三「段相踏金蓮」條：「唐段相文昌……富貴後，打金蓮花盆盛水濯足。徐相商致書規之，鄒平曰：『人生幾何，要酬平生不足也。』」

〔二〕「他日」二句：阿房，秦宮殿名，故址在今陝西西安。史記秦始皇紀：「乃營作朝宮渭南上林苑中。先作前殿阿房，東西五百步，南北五十丈，上可以坐萬人，下可以建五丈旗。」杜牧阿房宮賦：「楚人一炬，可憐焦土。」石湖二句意出於此。

會同館

燕山客館也。授館之明日，守吏微言有議留使人者。

萬里孤臣致命秋，此身何止一漚浮〔一〕！提攜漢節同生死，休問羝羊解乳不〔二〕？遼人館本朝使，已謂之「會同館」。

【題解】

本詩作於乾道六年（一一七〇）使金時。周必大神道碑：「初，大臣與上謀移侍衛馬軍屯金陵，示將進取。先遣使請祖宗陵寢河南故地；又隆興再講和，名體雖正，失定受書之禮，上常悔之。六年五月，遷公起居郎，假資政殿大學士、左大中大夫、醴泉觀使兼侍講、丹陽郡開國公，充金國祈請國信使，爲二事也。上語公曰：『朕以卿氣宇不群，親加選擇，聞外議洶洶，官屬皆憚行，有諸？』公曰：『無故遣泛使，近於求釁，不戮則執。臣已立後，仍區處家事爲不還計，心甚安之。』上曰：『朕不敗盟發兵，何至害卿！嚙雪餐氊，理或有之。不欲明言，恐負卿耳。』國書專求陵寢，而命公自及受書事。公乞并載書中，朝廷不從。公遂行。」宋史孝宗本紀：「（乾道六年閏五月）戊子，遣范成大等使金求陵寢地，且請更定受書禮。」使金時，范成大作絶句詩七十二首，本詩是最後一首。

【箋注】

〔一〕「萬里」二句：感嘆自己使金之危難，明知有殺身之禍而決意爲之。羅大經鶴林玉露甲編卷一「范石湖使北」條：述其事：「淳熙中，范至能使北，孝宗令口奏金主，謂河南乃宋朝陵寢所在，願反侵地。至能奏曰：『茲事至重，合與宰相商量，臣乞以聖意諭之，議定乃行。』上首肯，既而宰相力以爲未可，而聖意堅不回。至能遂自爲一書，述聖語。至虜庭，納之袖中。既跪進國書，伏地不起。時金主乃葛王也，性寬慈，傳宣問使人何故不起。至能徐出袖中書，奏曰：『臣來時，大宋皇帝別有聖旨，難載國書，令臣口奏。臣今謹以書述，乞賜聖覽。』書既上，殿上觀者皆失色。至能猶伏地。再傳宣曰：『書詞已見，使人可就館。』至能再拜而退。虜中群臣咸不平，議羈留使人，而虜主不可。至能將回，又奏曰：『口奏之事，乞於國書中明報，仍先宣示，庶使臣不墮欺罔之罪。』虜主許之。報書云：『口奏之説，殊駭觀聽，事須審處，邦乃孚休。』既還，上甚嘉其不辱命。由是超擢，以至大用。至能在燕京會同館，守吏微言有羈留之議，乃賦詩曰：『（略）』。」羅氏記爲「淳熙中」，誤，此事實在乾道六年。周必大神道碑中亦記載石湖使金抗爭事：「虜遣吏部郎中田彦皐、侍御史完顏德温迓客。彦皐文儒，深敬慕公，至求巾幘效之。抵燕山，公知虜法嚴，附請不可達；密草奏，具言他日北使至，欲令親王受書，其詞云云，懷之入覲。初跪進國書，陳誼慷慨，虜君臣方傾聽；公隨奏曰：『兩朝既爲叔姪，而受書之禮未稱，昨嘗附完顏仲、李若川等口陳，久未得報，臣有奏劄在此。』搢笏出而執之。金主大駭，厲聲謂其宣徽副使韓鋼曰：『有請當語館伴，此豈獻書啓處耶？自來使者未嘗敢爾！』連呼綽起。鋼惶恐，以笏來綽公，公不爲動；再奏云：『奏不達，歸必死，寧死於此！』金主欲起，左右掖之坐，又厲聲云：『教拜了去！』鋼復以笏抑公拜，公跪如故，金主曰：『何不拜？』公曰：『此奏得達，當下殿百拜以謝。』金主乃令納館伴處，公即袖下殿。望殿上臣僚往來紛然。後聞太子欲殺公，其兄越王不可而止。頃之，引見如常儀。既歸，館伴果宣旨取奏去。是日，鋼押宴，謂公早來殿上甚忠勤，皇帝嘉歎，云：『可以激勵兩國臣子。』後數日，朝辭，金主令其臣傳諭云：『盟好已固，汝國乃以帛書密與夏國任德敬結約，此何理也？』公答以『界外奸細僞爲之』。俄館伴持蜀中蠟書來，指印文示公，公曰：『御寶可僞，况印乎？』德敬者，夏王外祖，號任令公，再世用事，欲篡其國，事敗族誅。而四川宣撫司嘗與通問，爲夏人所獲，致之虜廷云。十月公還，金主答書，有曰：『仰聞附請之辭，欲變受書之禮，出於率易，要以必從。』上於是知公竭節盡忠，獎勞之餘，有『終始保全』語。除中書舍人，同修國史及實録院同修撰，賜紫章服。」岳珂桯史卷四「乾道受書禮」條有極爲詳明之記載：「紹興要盟之日，虜先約毋得擅易大臣。秦檜既挾以無恐，益思媚虜，務極其至。禮文之際，多可議者，而受書之儀特甚。逆亮渝平，孝皇以奉親之故，與雍繼定和好，雖易稱叔侄爲與國，而此儀尚因循未改，上常悔之。乾道五年，陳正獻俊卿爲相，上一日顧問，欲遣泛使直之，且移騎兵於建康，以示北向。會歸正人侍旺未遣，虜屢以爲言，正獻恐召釁，執不可，亟奏曰：『臣早來蒙聖慈宣問遣使事，臣已略奏一二，此事臣子素所憤切，便當理會。屬今者有疑似之迹，彼必以本朝意在用兵，多方爲備。萬一先動，吾事力未辦，淮西城壁未集，今不若少遲。若專遣使，則中外疑惑，使者既行，只宜便相聽許，猶爲有名，苟或未從，殊失國體，天下之人以爲陛下捨其大而圖其小也。適蒙中使降下王弗前此宣旨本末，今遣使不爲無辭。臣之愚見，欲姑俟侍旺事少定，或冬間因賀正使，遣王卞偕行，先與北館伴議論，言朝廷將遣泛使之意，或令殿上口奏，彼若許遣，則有必從之理；若其不許，犬羊豈可責以禮度，則臣願陛下深謀遠慮，磨厲以須，忍其小而圖其大。他時翦除醜類，恢復故疆，名分自正，國勢自强，在於今日，誠未宜計虛名而受實害也。臣淺陋愚暗，念慮及此，更乞宸衷少賜詳酌，天下幸甚。』上爲少止，而終以爲病。其秋，偕虞雍公允文爰立左右，上密求顓對。時范石湖自南宫郎崇政説書，爲右史侍講，天意攸屬。明年，亟欲遂前事，且將先以陵寢爲詞，而使使者自及受書，以御札問正獻曰：『朕痛念祖宗陵寢，淪於腥羶，四十餘年，今欲特差泛使，往彼祈請，依巫伋、鄭藻例施行，卿意以爲何如？可密具奏來。』正獻復奏曰：『臣伏蒙中使宣降到御札，下咨臣以遣北朝泛使本末。顧臣淺陋，豈足上當天問，恭讀聖訓，不勝感泣。仰惟陛下焦勞萬機，日不暇給，規恢遠略，志將有爲。痛祖宗之陵寢未還，念中原之版圖未復，精誠所感，上通於天，天祐聖德，何功不成？此固微臣素所激昂憤切，思以仰贊廟謨，爲國雪耻，恨不即日掛天山之旆，勒燕然之銘。然而性質頑滯，於國家大事，每欲計其萬全，不敢爲嘗試之舉。是以前者留班面奏，亦以爲使者當遣，但目前未可，恐洩吾事機，以實諜者之言，彼得謹爲備。若鎮之以静，遲一二年，彼不復疑，俟吾之財力稍充，士卒素飽，乃遣一介行李，往請所難；往反之間，又一二年，彼必怒而以師臨我，然後徐起應之，以逸待勞，此古人所謂應兵，其勝十可六七。夫天下之事，爲之有機，動惟厥時，孔子曰：「好謀而成。」使好謀而不成，不如無謀。臣之愚暗，安知時變，不過如向所陳，不敢改辭以迎合意指，不敢依違以規免罪戾，不敢僥倖以上誤國事。疎狂直突，罪當萬死，惟陛下憐其愚而録其忠，不勝幸甚。』上不聽，正獻遂去國。范遷起居郎、假資政殿大學士、左太中大夫、醴泉觀使兼侍讀、丹陽郡開國公，爲祈請使以行。上臨遣之曰：『朕以卿氣宇不群，親加選擇，聞外議洶洶，官屬皆憚行，有諸？』范對曰：『無故遣泛使，近於求釁，不執則戮，臣已立後，乃區處家事，爲不還計，心甚安之。』玉色愀然曰：『朕不敗盟發兵，何至害卿？嚙雪餐氊或有之，不欲明言，恐負卿耳。』范奏乞國書，併載受書一節，弗許，遂行。虜遣吏部郎中田彥皋、侍御史元顔温迓焉。范知虜法嚴，附請決不可達，一不泄語，二使不復疑。至燕，乃夜蔽帷秉燭，密草奏，具言他日北使至，欲令親王受書，其辭云云。大昕而朝，遂懷以入，初跪進國書，隨伏奏曰：『兩朝既爲叔侄，而受書禮未稱。昨嘗附元顔仲、李若川等口陳，久未得報，臣有奏劄在此。』搢笏出而執之，雍酋大駭，顧誶其宣徽副使韓綱曰：『有請當語館伴，此豈獻書啓處耶？』自來使者未嘗敢爾。』厲聲令綽起者再三，范不爲動，再奏曰：『奏不達，歸必死，寧死於此。』雍酋怒，拂袖欲起，左右掖之坐。又厲聲曰：『教拜了去！』鋼復以笏抑范拜，范跪如初。雍酋曰：『何不拜？』范曰：『此奏得達，當下殿百拜以謝。』乃宣詔令納館伴處。范不得已，始袖以下，望殿上臣僚往來紛然。既而，虜太子謂必戮之以示威，其兄越王不可而止。頃之，引見如常儀，歸，館伴果宣旨取奏去。是日鋼押宴，謂范曰：『公早來殿上甚忠勤，皇帝嘉嘆，云可以激厲兩朝臣子。』范唯唯謝，廷議才殷。會夏國有任德敬者，乃夏酋外祖，號任令公，再世用事，謀篡其國，事敗而族。蜀宣司故嘗以蠟書通問，爲夏人所獲，致之虜庭，雍酋益怒。范朝辭，遂令其臣傳諭詰之，范答以姦細之僞不可測。退朝而館伴持真書來，印文皦然可識。范笑曰：『御寶可僞，況印文乎！』虜直其詞，遂不竟。十月，范還，虜之報章有曰：『抑聞附請之辭，欲變受書之禮，出于率易，要以必從。』上於是知其忠勤，有大用意。後八年，迄參大政云。受書乃隆興以後盟書大節目，故備記其事特詳，當時尚他有廷臣謀議可參見，日月尚邇，惜乎其未盡聞也。」以上這些記載，不僅可以幫助我們理解石湖詩意，更可補史書之不足，彌足珍貴。

〔二〕「提攜」二句：用漢書蘇武傳故事以自勵：「（衛）律知武終不可脅，白單于。單于愈益欲降之，乃幽武置大窖中，絶不飲食。天雨雪，武卧嚙雪與旃毛并咽之，數日不死。匈奴以爲神，乃徙武北海上無人處，使牧羝，羝乳乃得歸。别其官屬常惠等，各置他所。武既至海上，廩食不至，掘野鼠去草實而食之。杖漢節牧羊，卧起操持，節旄盡落。」

石湖居士詩集卷十三

與吴興薛士隆使君遊弁山石林先生故居〔一〕此卷乾道壬辰冬赴廣西道中所作，舊名南征小集。

白蘋有嘉招，蒼弁得勝踐。會心不憚遠，乘興恐失便。籃輿犯窮臘，共作忍寒面。溟濛雲釀雪，浩蕩風落雁。松篁漸清幽，猿鶴或悲怨〔二〕。英英文章公，作舍鎖葱蒨〔二〕。嶢峰俯前榮〔三〕，佳木秀諸院。窮搜發山骨，林立侍談讌。西巖踞熊虎，東巖峙屏案。履綦故彷彿，蓋瓦已零亂。經營三十年，成毁一飛電。摩挲土花碧〔四〕，小立爲三歎。

【校記】

〔一〕薛士隆：富校：「沈注云：『「隆」當作「龍」，名季宣。宋史儒林傳：「薛季宣字士龍。」』然活字本目録、正文，叢書堂本目録、正文，董鈔本均作「士隆」，蓋薛季宣字士隆，一作士龍。

【題解】

本詩作於乾道八年（一一七二）十二月。范成大驂鸞録：「石湖居士以乾道壬辰十二月七日發吴郡，帥廣西，泊船姑蘇館。」周必大神道碑：「（乾道）七年，以知閤門事、兼樞密都承旨張説簽書院事，公當制，知空言不可回，明日，袖詞頭納上前，且曰：『閤門官日日引班，一旦驟寘二府，正如州郡以典謁吏爲倅貳，觀聽謂何？』明日説罷。後月餘，公求去。上曰：『卿言引班事甚當，朕方聽言納諫，乃欲去耶？』公自是數有繳奏。會召宋貺，公又論之，章不下。尋除集英殿修撰、知静江府、廣西經略安撫使。明年春，説竟拜樞密。九年，公始赴鎮。」石湖於八年十二月赴桂林任，至九年三月十日始到達桂林接任，故周氏云：「九年，公始赴鎮。」石湖此行，有從者李嘉言（聖俞）、弟成績（致一）及周震（震亨）等。驂鸞録記此事甚詳：「余去年北征，感腹疾於滑州，且死復生。今惟皮骨粗存，比懷桂林之章，再上疏，丐外祠以老，弗獲命。乃襆被行，則從故人李嘉言聖俞，致一老成館客與偕。聖俞舉震亨，故今日遠來。震亨舉業外，尤精珞琭子、林開諸書，試評余五行，則曰：『吾知之舊矣，數語可決。公欲遄歸以老，抑未也？今南去三千里，安坐再朞，末年冬中，復西南行萬里，亦再朞乃歸。但此時某恐不及被公飲食教載之賜耳。』其言詭異，姑筆記之。」

吴興薛士隆，指吴興守薛季宣。宋史儒林傳之薛季宣傳云：「字士龍，永嘉人。起居舍人徽言之子也。」以大理正出知湖州。石湖赴桂林路過湖州，薛季宣設宴招待，並陪遊石林。驂鸞録：「十七日，至湖州，泊碧瀾堂。十八日，湖守薛季宣士隆開宴，方祈雪，蔬食而旦張樂。十九日，將遊北山石林，薛守願同行。乘輕舟十餘里，登籃輿，小憩牛氏歲寒堂。自此入山，松桂深幽，絕無塵事。過大嶺，乃至石林，則棟宇已傾頹，西廊盡拆去，今畦菜矣。正堂無恙，亦有舊牀榻，在凝塵鼠壤中。堂正面卞山之高峰，層巒空翠照衣袂，略似上天竺白雲堂所見，而加雄尊。自堂西過二小亭，佳石錯立道周，至西巖石益奇且多。有小堂曰承詔，葉公自玉堂歸守先隴，經始之初，始有此堂。後以天官召還，受命於此，因以爲志焉。其旁登高有羅漢巖，石狀恠詭，皆嵌空裝綴，巧過鐫劖。自西巖回步至東巖，石之高壯礌砢，又過西巖，小亭亦頹矣。葉公好石，盡力剔山骨，森然發露若林。而開徑於石間，亦有自他所移徙置道旁，以補闕空者。方公著書釋經於堂上，四方學士聞風仰之，如璇璣景星，語石林所在。又如仙都道山，欲至不可得。蓋棺未幾，而其家已不能有，委而棄之灌莽叢薄間。遊子相與徘徊，歎息之不能去。或謂此地離人太遠，岑蔚荒虛，非大官部曲衆多者難久處。又云公歿後，山鬼搶攘，暮夜與人錯行，婦子不能安室，故諸郎去之云。」周密癸辛雜識前集「吳興園圃」記及葉氏石林，云：「左丞葉少蘊之故居，在卞山之陽，萬石環之，故名，且以自號。正堂曰兼山，傍曰石林精舍，有承詔、求志、從好等堂，及淨樂庵、愛日軒、躋雲軒、碧琳池，又有巖居、真意、知止等亭。其隣有朱氏怡雲庵、函空橋、玉澗，故公復以玉澗名書。大抵北山一徑，産楊梅，盛夏之際，十餘里間，朱實離離，不減閩中荔枝也。此園在霅最古，今皆没於蔓草，影響不復存矣。」杜綰雲林石譜卷上「卞山石」條：「湖州西門外十五里有卞山，在郡山最爲巉崒。頃朱先生所居産石奇巧，羅布山間，嵌石礌磈，色類靈璧，而清潤尤勝。葉少蘊得其地，蓋堂以就其景，故號石林。石上皆有李唐遊人題字，自顏魯公而下，悉署焉。」石林先生，即葉夢得（一〇七七—一一四八），字少蘊，號石林，長洲人。紹聖四年進士。真宗朝，累遷翰林學士。南渡後，官户部尚書，江東安撫大使。宋史卷四四五有傳。平生著述甚多，有春秋傳二十卷、石林燕語十卷、石林居士建康集八卷、石林詩話一卷、石林詞一卷。

【箋注】

〔一〕「猿鶴」句：語出孔稚珪北山移文：「蕙帳空兮夜鵠怨，山人去兮曉猿驚。」

〔二〕「作舍」句：「鎖」字從李商隱隋宮「紫泉宫殿鎖烟霞」句中來。

〔三〕前榮：榮，屋翼，俗謂飛檐。儀禮士冠禮：「夙興，設洗直于東榮。」注：「榮，屋翼也。」

〔四〕土花碧：土花，苔蘚。李賀金銅仙人辭漢歌：「畫欄桂樹懸秋香，三十六宫土花碧。」王琦彙解：「土花，苔也。」

自石林回過小玲瓏，巖竇益奇，昔爲富人吴氏所有，今一子尚幼，山檢校於官

一丘乃中虚，洞穴四無礙。却略巖岫杳〔一〕，黝糾石狀怪〔二〕〔三〕。蒼牛飲前池，碧罅灩微瀨。雕鎪具百巧，圖畫窘千態。哀湍寫壞磴，涷雨濕空翠。疎梅照草棘，瘦竹拔

蹊隧。當時閭閻子〔二〕，目力在塵外。孤童藐難料，奇事疑有待。誰歟千金捐，來换把茅蓋。不仙亦足豪，衆垤皆累塊。我評北山遊，勝絶此無對。玲瓏詎可小，孰能爲之大？

【校記】

㈠ 却：富校：「『却』黄刻本作『脱』。」

㈡ 石狀：原作「石牀」，富校：「『牀』黄刻本、宋詩鈔作『狀』。」按，活字本、叢書堂本、董鈔本均作「石狀」，今據改。

【題解】

本詩作於乾道八年（一一七二）十二月。石湖遊石林後，又遊小玲瓏，有感而作本詩。范成大驂鸞録：「（十九日）出石林，飯旌善寺，葉氏墳祠也。雪川有兩玲瓏山，石林爲大玲瓏，又有小玲瓏，在長興縣界路口，聞其尤勝石林，遂過之。小玲瓏今屬沈氏，沈氏之父死，二子幼，方檢校於官。此山石色微黄而更奇古，一丘悉中空，洞穴十數，皆旁相通貫，故名玲瓏。泉聲瀉壞磴中，窈如深谷。堂前小池，石如牛馬，飑隤其中。池後山屏上洗出之石，嶷積嵌巖，巧怪萬狀，缺罅清泉泓泓，叢桂覆其上。亭館既無人居，亦漸荒廢。雪川特無好事者能捐厚貲買之沈氏，雖不得仙，亦足以豪矣。玲瓏山，杜牧之所遊，即石林。是小玲瓏晚出而加勝，由沈家步登舟，回至城下，一鼓後矣。」周密癸辛雜志前集「吴興園圃」云：「賽玲瓏，去玲瓏山近三里許，近歲沈氏抉剔爲之。大率此山十餘里，中間皆奇石也。令亦皆蕪没於空山矣。」

【箋注】

〔一〕黝糺：奇崛特出。文選王延壽魯靈光殿賦：「傍夭蟜以横出，互黝糺而搏負。」李善注：「黝糺，特出之貌。」

〔二〕閭閻子：民間百姓。漢書異姓諸侯王表：「適戍彊於五伯，閭閻偪於戎狄。」注：「閭，里門也。閻，里中門也。陳勝、吴廣本起閭左之戍，故總言閭閻。」

濯纓亭在吴興南門外

淒風急雨脱然晴〔一〕，當道横山似見迎〔二〕。野水茫茫何用許，斕供遊子濯塵纓。

【題解】

本詩作於乾道八年（一一七二）十二月。濯纓亭在南門外，迎面見横山，則在湖州城與横山之間，驂鸞録僅記横山而未記此亭。

【箋注】

〔一〕脱然：猶脱的。龍潛庵宋元語言詞典「脱的」條：「忽然，形容十分快速。」

〔二〕橫山：在湖州城南十八里處。范成大驂鸞録：「二十日，發湖州。十八里，宿橫山。橫山雖小，乃截然溪上，蔽遮一川，若前無路者，相傳爲霅川風水向背之要。」

乾道己丑守括，被召再過釣臺，自和十年前小詩，刻之柱間。後五年自西掖帥桂林，癸巳元日，雪晴復過之，再用舊韻三絶

浮生渺渺但飛埃，問訊星宫又獨來。天上人間最高處，爲君題作鬱蕭臺〔一〕。

拙疎何計補涓埃，慚愧雙旌去復來。三過溪門今老矣，病無脚力更登臺。

界天山雪浄黄埃，溪上扁舟夜泛來。匝地東風勸椒酒，山頭今日是春臺。

【題解】

本詩作於乾道九年（一一七三）元日。石湖於乾道五年五月，自處州守被召爲禮部員外郎兼崇政殿説書，再次過釣臺，自和十年前小詩（指紹興二十九年登釣臺時寫的釣臺詩，見卷七。然乾道五年寫的和詩，今集中無。）「後五年」，即乾道九年，元日自西掖帥桂林，再過釣臺，因再用舊韻寫成本詩。范成大驂鸞録詳載此事：「癸巳歲正月一日，巳午間至釣臺，率家人子登臺講元正禮，

謁三先生祠。登絶頂，掃雪，坐平石上，諸山縞然，凍雲不開，境過清矣。臧獲亦貪殊景，皆忍寒犯滑來登。始，予自紹興己卯歲，以新安户曹沿檄來，識釣臺，題詩壁間。後十年，以括蒼假守被召復至，自和二篇。及今又四年，蓋三過焉，復自和三篇。薄宦區區如此，豈惟愧羊裘公，見篙師灘子，慚顔亦厚。乃併刻數字於右廡柱間，而宿西口。」

【箋注】

〔一〕鬱蕭臺：即鬱羅霄臺，神仙境界。雲笈七籤卷三：「大羅天上有鬱羅霄臺，爲元始天尊演法時所居。」

玉山道中

常山多清溪〔一〕，玉山富喬木〔二〕。行色鬱蒼然，頗亦慰愁目。梅花隔籬見，瓏璁照茅屋。晚來風刮地，想見飄香玉。

【題解】

本詩作於乾道九年（一一七三）正月。范成大驂鸞録：「（正月）十八日，過常山縣，宿蔣連市。十九日，宿信州玉山縣玉山驛。」

【箋注】

〔一〕常山：王存元豐九域志卷五兩浙路衢州：縣五：常山。元和郡縣圖志卷二六江南道二衢州：「常山縣，上。東至州八十里。本太末縣地，隋初置定陽縣，隋末廢。咸亨三年，於今縣東四十里置常山縣，因縣南有常山爲名。廣德二年本道使薛兼訓奏，移置於舊縣西四十里，即今縣是也。」

〔二〕玉山：縣名，王存元豐九域志卷六江南路信州：縣六：玉山。玉山富喬木，范成大驂鸞録：「自入常山至此，所在多喬木茂林，清溪白沙，浙西之所乏也。」記述與詩意正合。

桃花壇下望龜峰

石壇無土謾嶔岑，何自能生小柏林？擬擘蛤蜊龜殼上，病來不殺嬾登臨。

【題解】

本詩作於乾道九年（一一七三）正月。桃花壇，在江西貴溪縣。范成大驂鸞録：「（正月）二十六日，過貴溪縣，宿金沙渡。去縣數里，有桃花臺，大壇石色如桃花。旁入數里，有龜山，遠望一山特起，與他小山接，如龜然，特起者其首也。大抵自上饒溪行，南岸綿延皆低，石山童無草木，色赤似紫，或一石長數里不休，或有如盤、如屏、如几，及卧牛、蹲蟇之狀者，不可勝計。石上平浄，可以攤曝麥禾。」

清音堂與趙德莊太常小飲，在餘干琵琶洲傍，洲以形似得名

曲浦彎環繞縣青，一杯閒客兩飄零。琵琶不語蒼煙暮，山水清音著意聽。

【題解】

本詩作於乾道九年（一一七三）正月。范成大驂鸞録：「（正月）二十八日，至餘干縣，前都司趙彦端德莊新居在縣後山上，亦占勝，同過思賢寺清音堂。下臨琵琶洲，一水灣環循縣郭。中一洲，前尖長，後圓闊，如琵琶，故以『清音』名此堂。從昔爲勝處，晁無咎書其榜，前賢題詩滿梁壁。琵琶洲一名鼉洲，野人相傳，長沙嘗旱，占云：『餘干新漲一洲，如鼉，遠食兹土。』潭人信之，至遣人來鑿洲，今有斷缺處。又云：歲澇，洲不没。大甚，僅漫琵琶之項後。又謂浮洲。餘干之名，見前漢書，縣有干越亭。」輿地紀勝卷二三饒州：「清音堂在餘干縣之觀音院，與琵琶洲相對。」餘干縣志卷八「古蹟」：「清音堂，向在冠山。宋王龜齡『清音下瞰琵琶洲』之詩可證。……通志載范成大清音堂與趙德莊太常小飲一絶，題亦注明堂所。」趙彦端，見卷一〇趙德莊吏部休沐「題解」。

過鄱陽湖次游子明韻

春工釀雪無端密，大塊囊風不肯收。休問巉巖與欹側，我今弟靡共波流〔一〕。野鷹兀兀平沙上，折葦蕭蕭古渡頭。滿眼荒寒底處所？令人腸斷五湖舟〔二〕。

【題解】

本詩作於乾道九年（一一七三）閏正月一日，石湖赴桂帥任，過鄱陽湖，游次公賦詩，石湖乃次其韻而作本詩。驂鸞録：「閏月一日，宿鄡子口，鄡子者，鄱陽湖尾也。」游子明，即游次公，宋詩紀事卷五七：「游次公，字子明，建安人。號西池。定夫諸孫，禮部侍郎操之子，范石湖帥桂林日，參内幕，有唱酬詩卷。」工詩詞，劉克莊後村詩話前集：「范石湖座上，客有談劉婕妤事者，公與客約賦詞。游次公先成，公不復作，衆亦斂手。」

【箋注】

〔一〕弟靡：不窮貌。莊子應帝王：「不知其誰何？同以爲弟靡，同以爲波流，故逃也。」釋文：「盧文弨曰：正字通弟作弟，後來字書亦因之，而於古無有也。類篇弟字下有徒回反一音，云：弟靡，不窮貌。」

〔二〕五湖舟：指自己乘坐的舟船。五湖，此指鄱陽湖。

豫章南浦亭泊舟二首

繡檻臨滄渚，牙檣插暮沙。浦雲沉斷雁，江雨入昏鴉。野曠天何近〔一〕，春寒歲未華。來朝風一席，隨處且浮家〔二〕。

閏歲花光晚，霜朝草色荒。趁墟猶市井，收潦再耕桑。客路東西懶，江流日夜忙〔三〕。長歌情不盡，一酌酹滄浪。

【題解】

本詩作於乾道九年（一一七三）閏正月四日，時赴桂帥途中於豫章南浦亭泊舟，賦二絶以紀事寫景。驂鸞録：「四日，泛江至隆興府，泊南浦亭。」輿地紀勝卷二六隆興府：「南浦亭，在廣潤門外，下臨南浦，往來舟艤於此。」

【箋注】

〔一〕「野曠」句：自孟浩然宿建德江「野曠天低樹，江清月近人」化出。

〔二〕浮家：語出顔真卿退迹先生元真子張志和碑銘：「真卿以舴艋既敝，請命更之，答曰：『儻惠漁舟，願以爲浮家泛宅，沿泝江湖之上，往來苕、霅之間，野夫之幸矣！』」

〔三〕「江流」句：謝脁暫使下都夜發新林至京邑贈西府同僚：「大江流日夜，客心悲未央。」

清江道中橘園甚夥

芳林不斷清江曲，倒影入江江水緑。未論萬户比封君，瓦屋人家衣食足。暑風汎花蘭芷香，秋日籬落明青黄。客舟來遲佳景盡，但見碧樹愁春霜。

【題解】

本詩作於乾道九年（一一七三）閏正月十日，時赴桂帥途中，見清江道中橘園甚多，有感而賦本詩。驂鸞録：「八日，泝清江，宿張家寨。九日，宿市汊，緣岸居人，煙火相望，有樂郊氣象。十日，宿上江。兩日來，帶江悉是橘林，翠樾照水，行終日不絶。林中竹籬瓦屋，不類村墟，疑皆得種橘之利。江陵千本，古比封君，此固不足怪也。」

清江臺在臨江郡圃西岡上，張安國題榜

南來富壽岡，形勝此蟠結。岑嶸戴高臺，欄檻了風月。蕭灘曳長煙〔一〕，閤阜炯殘雪〔二〕。江流當帶横，練練浮木末。天風來無鄉，萬里吹醉纈。登臨信奇事，忍凍亦癡絶。故人春夢覺，遺墨秋蛇掣。浮雲真可咍，揮觶酹空闊。

【題解】　本詩作於乾道九年（一一七三）閏正月十三日，登清江臺見張安國題榜，有感而作本詩。驂鸞録：「十三日，登富壽堂。城西有富壽岡，盤繞郡治，以此爲形勝，因以名堂。登清江臺，前眺江流，練練如横一帶，閤皁、玉笥諸山江外，殘雪未盡，縈青繚白，遠目增明。」臨江郡，即臨江軍，宋時屬江南西路。王存元豐九域志卷六江南西路有臨江軍：「淳化三年，析筠州清江縣置軍。治清江縣。」隸臨江等三縣。張安國，即張孝祥（一一三二—一一七〇），字安國，號于湖，歷陽烏江人。紹興二十四年進士第一，歷仕中書舍人、集賢殿修撰，知平江、建康府、静江府、荆南。工書法，與范成大齊名，時稱「張范」。著有于湖居士集。宋史卷三八九有傳。戴復古將石湖本詩刻之於石，題清江臺（石屏詩集卷五）題注云：「是日新打范石湖碑，表於亭上。」詩云：「秋色無邊際，酬之以醉顔。亭高俯城郭，木闕見江山。勝踐園林古，好詩天地慳。范碑生羽翼，飛上畫屏間。」

【箋注】

〔一〕蕭灘：沈欽韓范石湖詩集注卷中：「蕭水繞城西北流，中有蕭灘。」

〔二〕閤皁：太平寰宇記卷一〇九袁州新淦縣：「閤皂山，在縣北六十里，淦山南一里。爲神仙之攸館。」雲笈七籤卷二七：「七十二福地……第三十六閤皁山，在吉州新淦縣，郭真人所治處。」

自冬徂春，道中多雨，至臨江、宜春之間特甚，遂作

苦語

客行無晴時，涔涔如漏天。東吴至西江，舊歲接新年。蠟屐驚踵決，油衣笑鶉懸〔一〕。掀淖起復仆，頃步如重關。略似鴨與豬，汩没泥水闌。我塗未渠窮，一晴愧天慳。倒塔橋已斷，壁破渡無船。路人相告語，未到先長歎。薄晚得磽确〔二〕，稍入袁州山。不辭石齧足，聊免泥没韉。自古行路吟，聽者凋朱顏〔三〕。軒渠尚能賦〔四〕，詩人類癡頑。

【題解】

本詩作於乾道九年（一一七三）閏正月二十四日，時赴桂帥途中，行進於臨江至宜春道中，苦於天雨道滑，賦詩紀行。驂鸞録：「二十四日，發袁州，宿宣風市。二十五日，宿七里鋪。自離宜春，連日大雨，道上淖泥之漿如油，不知何人治道，乃亂寘塊石，皆刓面堅滑，輿夫行泥中，則漿深汩没，行石上，則不可著脚，跬步艱棘，不勝其勞。」

【箋注】

〔一〕鶉懸：形容衣服破爛，荀子大略：「子夏貧，衣若懸鶉。」

〔二〕磽确：孟子告子上「地有肥磽」，正義曰：「説文石部云：『磬，堅也。』『确，磬也。』『磽，磬也。』毛詩王風『丘中有麻』，傳云：『丘中墝埆之處。』墝埆即磽确也。一切經音義引孟子注云：『磽确，薄瘠地也。』又引通俗文云：『物堅硬謂之磽确。』蓋地土肥則和柔，堅硬則五穀不生，故薄也。」孟郊秋懷詩：「南逸浩淼際，北貧磽确中。」

〔三〕凋朱顔：語出李白蜀道難：「蜀道之難，難於上青天，使人聽此凋朱顔。」

〔四〕軒渠：悦樂貌。後漢書薊子訓傳：「兒識父母，軒渠笑悦，欲往就之。」然無音義解釋。黄朝英靖康緗素雜記卷三「軒渠」條云：「而東坡書魯直草書後云：『他日黔安見之，當捧腹軒渠也。』恐引此軒渠，于義未安。」袁枚隨園隨筆卷一八「辯訛類」下引薊子訓傳謂：軒渠者，開懷暢適之意，非笑也，今人皆誤用。

玉虚觀去宜春二十五里。許君上升時，飛白茅數葉，以賜王長史，王以宅爲觀。觀旁至今有仙茅，極異常草，備五味，尤辛辣，云久食可仙，道士煮湯以設客

白雲堆裏白茅飛，香味芳辛勝五芝。揉葉煮泉摩腹去，全勝石髓畏風吹。

【題解】本詩作於乾道九年(一一七三)閏正月十五日,時在赴廣右帥途中,遊玉虚觀,賦本詩以紀行。驂鸞録:「十五日,過棲桐山,遊玉虚觀,擷仙茅作湯。舊記嘗有王長史居此地,許旌陽既仙,過其家,飛白茅數葉與之,曰:此茅備五味,服之度五世。乃以其居爲觀,入蕭史洞隱去。以餘茅植山後,道士間採得之,極芳辛,以煮湯飲,尤郁烈。徙植他所,無復香味,與凡茅等。余親驗之,疑自是一種香草也。觀中有飛茅殿、仙茅碑,南唐中書舍人江文蔚嘗爲修觀碑。大中祥符中再修,以純緑塗飾,至今色可摘也。魏國張忠獻公嘗宿此,夢與許君談養生,有石刻志之。宿萬安驛。」宜春,縣名。王存元豐九域志卷六江南西路:「袁州,宜春郡,軍事,沿宜春縣。」

入分宜

新喻渡無橋,分宜橋有欄。孰歟兩徼吏,賢否已判然。堂上著威信,四郊如目前。入國政可知,玆焉略闚觀。

【題解】本詩作於乾道九年(一一七三)閏正月十七日,時在赴桂帥任途中,入分宜縣界,賦本詩紀所見。驂鸞録:「十六日,宿新喻縣。十七日,宿袁州分宜縣。」

方竹杖

竹君箇箇面團團，此士剛方獨凛然。外貌中心俱壁立，任從癡子削教圓。

【題解】

本詩作於乾道九年（一一七三）閏正月二十二日，時赴桂帥任途中，遊袁州仰山，見方竹林，因賦本詩以志感。驂鸞録：「聞仰山之勝久矣，去城雖遠，今日特往遊之。……自小釋迦塔後，方竹滿山，取以爲杖，爲世所珍。」

游仰山謁小釋迦塔，訪孚惠二王遺蹟，贈長老混融

堵田溪淵清洄洄，梅洲問路寒雲堆。連空磴道虬尾滑，竹輿直上無梯階。蒼官來迎夾道立，相逢無言心眼開。翠微中斷雪硐吼，兩耳不辨供喧豗〔二〕。林間静極成斷相，政要萬壑號風雷。山如蓮盆繞金地，龍官避席餘蒼崖。祖師抱膝坐古塔，大禪海浪翻天來。騰空狡獪我未暇，拄杖踏濕撞莓苔〔一〕。問龍亦借一席地，解包聽雨眠西齋。當年公案忌錯舉，神通佛法同坑埋。混融庵中的的意，笑我舌本空崔巍。茲

事且置飽喫飯，稊田米賤如黃埃。

【校記】

〔一〕撞莓苔：富校：「『撞』黃刻本作『衝』。」

【題解】

本詩作於乾道九年（一一七三）閏正月二十二日，時在赴桂帥任途中，遊仰山，訪孚惠廟二王遺蹟，賦本詩以贈混融長老。驂鸞録：「十九日，二十日，二十一日，二十二日，皆泊袁州。聞仰山之勝久矣，去城雖遠，今日特往遊之。二十五里，先至孚惠廟，棟宇之盛，與祠山張王廟相埒。祠兄弟二王，不血食，其神龍也。……二王靈蹟，有感化録一篇，著之甚詳，此畧之。桂林迓吏曰吾州亦有此廟。問何以然，則曰：前帥中書舍人張安國赴鎮，適湖南賊李金方作亂，廣西岌岌。張過袁，禱於二王。如西廣不被兵，當於桂林爲神立行廟云。出廟三十里，至仰山，緣山腹喬松之磴甚危，嶺阪上，皆禾田層層，而上至頂，名梯田。建寺之祖仰山師者，事具傳燈録中，號小釋迦，始入山求地，一獺前引，今有獺經橋。至谷中，即二龍所居，化爲白衣，遜其地焉。大仰之名，遂聞天下。二龍故蹟有大池，上有顏淵亭。別有一泓，名叔季泉，酌以瀹茗。自小釋迦塔後，方竹滿山，取以爲杖，爲世所珍。登寺樓以望四山，各有佳峰，每峰如一蓮華之葉，如是數十峰，周遭繞寺，山中目其形勝爲蓮華盆。晚出山，復入袁州。」小釋迦塔，指慧寂禪師之塔。宋高僧傳卷一二唐袁州仰山慧寂傳：「釋慧寂俗姓葉，韶州須昌人也。……依南華寺通禪師下削染，年及十八，尚爲息慈營持道具，行尋知識，先見耽源，數年良有所得。後參大潙山禪師，提誘哀之。棲泊十四五載。……今傳仰山法示成圖相，行于代也。」釋氏稽古略：「（仰山慧寂禪師）一日，忽有梵僧，從空而至。……梵曰：『特來東土禮文殊，却遇小釋迦。』逐出梵書貝多葉數十，與師作禮，乘空而去。自此號師小釋迦。」孚惠，指孚惠廟，古今説部叢書本驂鸞録作「孚忠廟」，非是。輿地紀勝卷二八袁州：「仰山，在州南八十里，周回一千里，高聳萬仞，不可登涉，只可仰觀，以此得名。」「仰山廟，在州南。……會昌三年，大洪水移廟於文明鄉，去郡三十里，興建巖祠，迄今盛焉。今廟額曰孚惠，黄庭堅書。」

【箋注】

〔一〕喧豗：澗水相擊發出喧鬧的聲響。類編：「豗，相擊也。」李白蜀道難：「飛湍瀑流争喧豗。」

大雨宿仰山，翌旦驟霽，混融云：「無乃開仰山之雲乎？」出山道中，作此寄混融

誰開大仰雲？此豈吾力及。日光千丈毫，彈指衆峰立。衡山捲陰氣，海市發冬蟄。韓蘇兩枯魚，出語自濡濕〔二〕。人厄與天窮，底用苦封執〔三〕？但喜拄杖俊，仍欣

芒屩澀。向來三尺泥，有足似羈㬱〔三〕。龍淵古橋皴〔四〕，獺徑寒溜泣〔五〕。龍淵、獺徑皆山中往迹。春淺山容瘦，風饕澗聲急。一簞寄前村，野蔌旋收拾。貓頭髡筍尖，雀舌剥茶粒〔六〕。土毛冠江西，斗酒況可挹。聊同一笑粲，緩賦百憂集。

【題解】

本詩作於乾道九年（一一七三）一月，時赴桂帥任途中，宿仰山，翌日出山，賦本詩寄混融，參見上首「題解」。

【箋注】

〔一〕「韓蘇」兩句：莊子大宗師：「泉涸，魚相與處於陸，相呴以濕，相濡以沫。」枯魚，即由「泉涸」之魚生發。韓、蘇，指韓愈、蘇軾，兩人均曾因事貶嶺南。

〔二〕封執：莊子齊物論「其次以爲有物矣，而未始有封也」，成玄英疏：「初學大賢，鄰乎聖境，雖復見空有之異，而未曾封執。」

〔三〕羈㬱：拘絆之意。羈，馬籠頭，左傳僖公二十四年：「臣負羈紲。」㬱，絆住馬足的繩索，玉篇：「㬱，絆也。」羈㬱，亦作「㬱羈」，韓愈祭柳宗元文：「天脱㬱羈。」

〔四〕龍淵：亭名，驂鸞録作「顔淵亭」，龍淵上有亭，名曰「顔淵」。

〔五〕獺徑：橋名，驂鸞録：「始入山求地，一獺前引，今有獺經橋，至谷中，即二龍所居。」

〔五〕雀舌：茶葉名，緑茶中的佳品。沈括夢溪筆談雜志一：「茶芽，古人謂之雀舌、麥顆，言其至嫩也。」「予山居有茶論嘗茶詩云：『誰把嫩香名雀舌，定知北客未曾嘗。』」劉禹錫病中一二禪客見問因以謝之：「添爐烹雀舌，灑水浄龍鬚。」

初入湖南醴陵界

崖樹陰陰夾暝途，出山歡喜見平蕪。一春客夢飽風雨，行盡江南聞鷓鴣。

【題解】本詩作於乾道九年（一一七三）閏正月，赴桂帥途中，初入醴陵，作本詩記述所見。驂鸞録：「三十日，宿潭州醴陵縣，數日行江西道中，林薄逼塞，蹊徑欹側。比登一小嶺，忽出山，豁然彌望，平蕪蒼然，别是一川陸，蓋已是湖南界矣。縣前渌水橋下小江，本名漉水，比年新作橋，改今名。江色黛緑可愛，流而出於瀟湘。」

醴陵驛

渌水橋邊縣〔一〕，縣前浮橋名。門前柳已黄。人稀山木壽，土瘦水泉香。乍脱泥中滑，還嗟堠子長〔二〕。櫧洲何日到㊁？鼓枻上滄浪〔三〕。

【校記】

㊀ 緑水橋邊縣：緑，富校：「沈注云『「緑」當作「渌」。水道提綱：「渌水東自醴陵縣，會江西萍鄉諸水注湘江。」橋蓋以水爲名。』」今據改。　橋邊縣，原作「橋通縣」，通字誤。活字本、叢書堂本、董鈔本、詩淵均作「橋邊縣」，今據改。

㊁ 櫧洲：「洲」原作「州」，富校：「『州』黄刻本、宋詩鈔作『洲』，是。按本卷有櫧洲道中詩可證。」活字本、叢書堂本、董鈔本、詩淵均作「洲」，今據改。

【題解】

本詩作於乾道九年（一一七三）閏正月赴桂帥途中，出醴陵，過渌水，賦此詩以寫景。參見上篇「題解」。

【箋注】

〔一〕渌水橋：渌水，本名漉水，水經注卷三八「湘水」：「又北過醴陵縣西，漉水從東注之。」駿鸞録：「縣前渌水橋下小江本名漉水，比年新作橋，改今名。」

〔二〕堠子：記里程之土堆，五里隻堠，十里雙堠。引申爲路程，本詩之「堠子長」即是。

〔三〕「櫧洲」二句：駿鸞録：「二日，宿儲洲市，又當捨輿泝江。此地既爲舟車更易之衝，客旅之所盤泊，故交易甚夥，敵壯縣。」因舟車更易，故出此二句。

湘潭道中詠芳草

積雨倏然晴，秀野若新沐。芳草徑寸姿，中有不勝緑。萋萋路傍情，頗亦念幽獨。驅馬去不顧，斷腸招隱曲〔一〕。

【題解】

本詩作於乾道九年（一一七三）二月赴桂帥途中，行湘潭道中，見芳草而興起幽情，故作本詩。湘潭，縣名，元豐九域志卷六潭州有湘潭縣。

【箋注】

〔一〕招隱曲：指劉安之招隱士，詩云：「王孫遊兮不歸，春草生兮萋萋。」「王孫兮歸來，山中兮不可以久留。」

初見山花

三日晴泥尚没鞾，幾將風雨過年華。湘東二月春纔到，恰有山櫻一樹花。

【題解】

本詩作於乾道九年（一一七三）二月，時正赴桂帥任途中。

櫧洲道中

煙凝山如影，雲褰日射毫。桃間紅樹迴，麥裏緑叢高。客子歎游倦，田家甘作勞。乘除吾尚可，未擬賦離騷。

【題解】

本詩作於乾道九年（一一七三）二月，時正赴桂帥任途中，行進於櫧洲道中，賦小詩以記所見景物。驂鸞録：「二日，宿櫧洲市，又當捨輿泝江。此地既爲舟車更易之衝，客旅之所盤泊，故交易甚夥，敵壯縣。」

浮湘行

湘山中間湘水横，緑蘋葉齊春漲生，盤渦沄沄去無聲。吾乘桂舟泝中濡〔一〕，揚波擊汰雙櫓獰，轆轤引笮如牛鳴。篙師絶叫疊鼓轟，潛魚跳奔乳猿驚〔二〕。煖煙浮空畫曹騰㊀，山長水遠天無情。吹簫拊瑟弔湘靈〔三〕，水妃風御繽來迎〔四〕，問客良苦遠征行。昨者斧鉞下青冥，命我盡護安南兵，嶺海一視如王庭〔五〕。布蕩陽春濯腐腥，王事靡盬來有程〔六〕，匪躬之故惟爾甿。芳洲杜若空青青，九歌淒悲不可聽〔七〕，願賡楚調歸和平。

【校記】

㊀ 曹騰：原作「夢騰」，活字本、叢書堂本、董鈔本、詩淵第六册第四〇二七頁均作「曹騰」，今據諸本改。

【題解】

本詩作於乾道九年（一一七三）二月三日至六日，時舟行湘江間，有感於二妃淒悲事，因作本詩。驂鸞録：「（二月）三日，始汎湘江，自此至六日，早暮行，倦則少休，不復問地名。」

【箋注】

〔一〕桂舟：屈原九歌：「美要眇兮宜修，沛吾乘兮桂舟。」王嘉拾遺記卷一〇：「（岱輿山）有丹桂、紫桂、白桂，皆直上百尋，可爲舟航，謂之文桂之舟。」

〔二〕潛魚跳奔：自李賀李憑箜篌引「老魚跳波瘦蛟舞」句化出。

〔三〕弔湘靈：湘靈，湘水女神，屈原遠遊：「使湘靈鼓瑟兮，令海若舞馮夷。」李白陪族叔刑部侍郎曄及中書賈舍人至遊洞庭：「日落長沙秋色遠，不知何處弔湘君。」湘君，亦湘水女神，指堯女娥皇、女英二妃。史記秦始皇本紀：「上問博士曰：『湘君何神？』博士對曰：『聞之，堯女，舜之妻，而葬此。』」

〔四〕水妃：指舜之二妃，舜死，二妃哭之，竹盡斑，妃死，爲湘水之神，故曰水妃，張華博物志卷一〇：「舜死，二妃淚下，染竹成斑。妃死，爲湘水神，故曰湘妃竹。」

〔五〕「咋者」以下三句：詩意謂嶺海有殺戮事，詔命我盡護安南兵民，布陽春而除戰亂。其事驂鸞録和周必大神道碑均無記載。

〔六〕王事靡盬：公事無窮無盡。詩經小雅北山：「王事靡盬，憂我父母。」

〔七〕九歌淒悲：九歌乃屈原作於放逐沅湘之時，「懷憂苦毒，愁思沸鬱」故具格調淒悲。

湘江洲尾快風挂帆

船頭雪浪吼奔雷，十丈高帆滿意開。我自只憑忠信力，風應不爲世情來。兒童屢惜峰巒過，將士猶教鼓笛催㈠。明日祝融天柱去〔一〕，更煩先捲亂雲堆。

【校記】

㈠鼓笛催：叢書堂本、詩淵第二册第一五〇七頁同，活字本、董鈔本「笛」字處空格。富校：

「『笛』黄刻本、宋詩鈔作『角』。」

【題解】

本詩作於乾道九年（一一七三）二月三日至六日，時正赴桂帥途中，遇湘江，過快風，乃挂帆，賦詩記感。驂鸞録：「三日，始汎湘江，自此至六日，早暮行，倦則少休，不復問地名。」

【箋注】

〔一〕祝融、天柱：衡山之峰名。元和郡縣圖志卷二九江南道衡州衡山縣：「南嶽記曰：『衡山者，朱陽之靈臺，太虚之寶洞。』『赤帝館其嶺，祝融託其陽。』」新定九域志卷六潭州：「南岳衡山，祝融峰。」「天柱峰，爲衡山七十二峰之一，見讀史方輿紀要卷七五「湖廣一」。

泊湘江魚口灘

知時社燕語檣竿〔一〕，游子奔波自鮮歡。趁客賣魚雙槳急㊀，隔林沽酒小旗寒。瀟湘渾似日南落，嶽麓已從天外看。薄暮灘前收百丈，卧聞三老報平安〔二〕。

【校記】

㊀雙槳：原作「雙漿」，漿字誤。富校：「『漿』黄刻本、宋詩鈔作『槳』，是。」按活字本、叢書堂本、董鈔本均作「雙槳」，今據改。

【題解】本詩作於乾道九年（一一七三）二月，時正赴桂帥任途中，泊舟湘江魚口灘，賦詩志感。

【箋注】

〔一〕杜燕語檣竿：自杜甫發潭州「岸花飛送客，檣燕語留人」詩中化出。

〔二〕三老：舵工。杜甫撥悶：「長年三老遥憐汝，捩柁開頭捷有神。」杜詩詳注卷一四引蔡注：「峽中以篙師爲長年，舵工爲三老。」

謁南嶽

湘中固多山，夾岸萬馬屯。坡陀無敢高，似遜喬嶽尊。曉投望雲亭，衆丘拱牆藩。濃嵐忽飄蕩，積翠浮雲端。天柱已峻極，祝融更高寒。紫蓋鬱當中，岡勢洶崩奔。峙爲赤帝峰，下直宫壖垣。角樓捧雙闕，圓方模九閽。炎符撫中興，南正實司天。草木薰協氣，山林莫神姦。妥靈有備物，龍卷鸞旗軒。走忝桂林伯，與神俱南轅。上謁禮亦宜，爲國憂元元。心空禍福相，古井寒無瀾。杯珓不用擲〔一〕，但願歸田園。相傳壁畫好，拂拭塵埃昏。弓刀立壯士，劍珮班靈官。後宫行樂處，窈窕千雲鬟。錦地舞月晝，珠櫳侍春閑。武氏筆已絶〔二〕，梗概猶清妍。後宫壁畫武洞清筆，極禁纇富貴之趣。紹興二十年火後，爲雨所敗，後人摹舊蹟更畫，猶有彷彿。旋車闔廟去，頗厭山市喧。勝果招客遊，徑排集賢關。梵庋絢雜組，衡嶽藏經皆錦絲竹簾護之，孟蜀時捨，簾乃其户部侍郎彬所造。錫杖鏘古鐶。開山善果尊者所遺。避雨勝業閣，在嶽祠之南。晚晴留凭欄。石廩暎岣嶁，望眼增孱顔。上封眇孤絶，南臺半雲煙。碧岫有靈藥，朱陵巢洞仙。晚晴乃盡見諸峰。病倦懶幽討，山僧鐫我頑。松樛唐季枝，柏踞隋初根。奇事不勝紀，重遊當細論。廟路三十里，夾岸大松五季時馬氏所植。勝業寺柏不見根，偃於地，出八榦，龍蟠占數畝，世所未之見，傳爲隋時物。

【題解】　本詩作於乾道九年（一一七三）二月，石湖於二月九日謁南嶽廟，驂鸞録詳述其見聞，云：「九日，上謁南嶽廟。四阿各有角樓，兩廡土偶仗衛，皆取則帝所。正殿獨一神座，監廟與禮直官日上香火。後殿乃與后並處，湖南馬氏所植古松滿庭。殿後東西北三廊壁畫，後宫武洞清所作。紹興二十五年，火發殿上，燒後廊，壁本不圮，官時不覆護。爲風雨所壞，帥司亟遣衆工模搨。新廟成，用模本更畫，雖不復武氏筆法，然位置意象，十存七八。自宴樂、優戲、琴弈、圖書、弋釣、紉織，下至搗練、汲井，凡宫中四時行樂作務，粲然畢陳。良工運思苦心，有如此者。朵殿又畫嬪御上直、奩香篝衣之事，尤爲精妍。廟吏常鐍後宫門，非命官盛服，毋得入。前廊及中門所畫文武官班、旌旗戈甲之屬，則常筆也。衡嶽寺在門西集賢峰下，有善果尊者鐵錫存焉。孟氏有蜀，特來施此寺藏經。其簾衮，則蜀人户部侍郎歐陽彬所施，織文妙絶。勝業寺在廟前，登御書閣以望嶽。晚晴，衆山雲盡捲，石廩、紫蓋、岣嶁諸峰畢見，惟祝融在雲氣中。嶽廟正值紫蓋峰下一小山。曰赤帝峰。南臺寺在瑞應峰上，登山之最近者。勝業寺有隋柏，盤踞於地，幾一畝，甚怪奇。柳子厚般舟和尚碑，子厚自書，亦有楷法。余病寒，不能風雨中登山，遂還。十日，行舟數里，即再見南嶽峰崛敦可尊而仰。帶江别有小山一重，山民幽居，點綴□上，桃李花方發，望之如臨皋道中。盧仝詩『湘江兩岸花木深』，至此方有句中意。」李吉甫元和郡縣圖志卷二九江南道衡州：「衡山，南嶽也。一名岣嶁山，在縣西三十里。南嶽記曰：『衡山者，朱陽之靈臺，太虚之寶洞。』又云：『赤帝館其嶺，祝融託其陽，以其宿當翼、軫，度應機，衡，故爲名。』」「衡嶽廟，在縣西三十里。南嶽記曰：『南宫四面皆絶，人獸莫至，周迴天險，無得履者。』漢武帝移於江北置廟，隋文帝復移於今所。」

【箋注】

〔一〕杯珓：占卜吉凶之用具，韓愈謁衡嶽廟遂宿嶽寺題門樓：「手持杯珓導我擲，云此最吉餘難同。」程大昌演繁露：「後世問卜於神，有器名杯珓者，以兩蚌殼投空擲地，觀其俯仰，以斷休咎。自有此制後，後人不專用蛤殼矣。或以竹，或以木略，斲削使如蛤形，而中分爲二，有仰有俯，故亦名杯珓。杯者，言蛤殼中空，可以受盛，其狀如杯也。珓者，本合爲教，言神所告教現於此之俯仰也。後人見其質之爲木也，則書以爲校字，義山雜纂曰：『殢神擲校是也。』校，亦音珓也，今野廟之荒凉無資者，止破厚竹根爲之，俗書竹下安教者是也。至唐韻效部所收，則爲珓，其説曰：『珓者，杯珓也，以玉爲之。』説文、玉篇皆無珓字也。案，許氏説文作於後漢，顧野王玉篇作於梁世，孫愐加字則在上元間，而廣韻之成則在天寶十載，然則自漢至梁皆未有此珓字，知必出於後世意撰也。千禄書凡名俗字者，皆此類也。至其謂以玉爲之，决非真玉，玉雖堅，不可颺擲，兼野廟之巫，未必力能用玉也。當是擇蚌殼瑩白者爲之，而人因附玉以爲之名。凡今珠璣玭琺字，雖從玉，其實蚌屬也。夫惟珓、校、筊既無明據，又無理致，皆所未安，予故獨取宗懍之説也。懍之荆楚歲時記曰：『秋社擬教於神，以占來歲豐儉其字，無所附並，乃獨書爲教，猶言神所告，於颺擲乎見之也。』此説最爲明逕也。又歲時記注文曰：『教以桐爲之，形如小蛤，言教，教令也。』其擲法則以半俯半仰者爲吉也。』此其所以爲教也。」

〔二〕武氏：即武洞清，宋代畫家，武岳之子，長沙人。善畫佛道人物。郭若虛圖畫見聞志卷三：「武洞清，工畫佛道人物，特爲精妙。有雜功德、十一曜、二十八宿、十二真人等像傳於世。」米芾畫史：「武岳學吴有古意。子洞清元作佛像羅漢，善戰掣筆，作髭髮尤工。天人畫壁，髪彩生動。然絹素畫以粉點睛，久皆先落，使人惜之。南岳後殿壁，天下奇筆。」宣和畫譜卷四：「武洞清，長沙人也。工畫人物，最長於天神、道釋等像。布置落墨，廣狹大小，横斜曲直，莫不合度，而坐作進退，向背俛仰，皆有思致。尤得人物名分，尊嚴之體，獲譽於一時。至有市鄽人以刊石著洞清姓名而求售者，然其它畫則未聞，傳於世者亦少，獨十一曜具在。今御府所藏二十有一：太陽像二、太陰像二、金星像二、木星像一、水星像二、火星像一、土星像二、羅睺像一、計都像一、水仙像一、智積菩薩像一、侍香金童像一、散花玉女像一、藥王像一、詩女對吟圖二。」湯垕畫鑑：「武岳長沙人，工畫人物，尤長於天神、星象，用筆純熟。其子洞清，能世其學，過父遠甚。凡世間星象、天神、藥王等像，傳流甚多，神妙不俗，大抵與武宗元相上下，而神采勝之。」

兩蟲

鷓鴣憂兄行不得〔一〕，杜宇勸客不如歸〔二〕。天涯羈思難繪畫，惟有兩蟲相發揮。

【題解】

本詩作於乾道九年（一一七三）春，時正赴桂帥途中。本詩編於謁南嶽與衡陽道中兩詩之間，當即作於衡陽附近，蓋因鷓鴣與杜宇兩鳥而興羈旅之思。兩蟲，即兩鳥。鳥可謂「蟲」，古代有「禽爲羽蟲」之說，見大戴禮曾子天圓。說文敘：「六曰鳥蟲書。」段玉裁注：「此曰鳥蟲書，謂其或像鳥，或像蟲。鳥亦稱爲羽蟲也。」

【箋注】

〔一〕「鷓鴣」句：鷓鴣鳴聲如「行不得也哥哥」，鄧剡鷓鴣詞開端和結尾均有「行不得也哥哥」句。其來已久。

〔二〕「杜宇」句：杜鵑鳴聲似「不如歸去」，梅堯臣杜鵑：「不如歸去語，亦自古來傳。」

衡陽道中二絶

桑下蕪菁晚，高花出短籬。茅簷少春事，惟記浴蠶時〔一〕。

黑羖鑽籬破，花猪突户開。空山竹瓦屋，猶有燕飛來。

【題解】

本詩作於乾道九年（一一七三）二月，時在赴桂帥任途中，經衡陽道中，賦詩記其所見景物。驂鸞録：「（二月）十一日，早暮行湘中。十二日，到衡州。」

【箋注】

〔一〕浴蠶：育蠶選種的一種方法，即將蠶種浸於鹽水，或以野菜花、韭花、白豆花製成的液體中，汰弱留强，進行選種。農政全書卷三一「蠶桑總論」引蠶書：「蠶爲龍精，月直大火，則浴其蠶種。」又引尚書大傳：「大昕之朝，夫人浴種於川。」唐詩紀事卷三九陳潤東都所居寒食下作：「浴蠶看社日，改火待清明。」

衡州石鼓書院

古磴浮滄渚，新黌鎖碧蘿。要津山獨立，巨壑水同波。俎豆彌文肅，衣冠盛事多。地靈鍾傑俊，寧但拾儒科。

【題解】 本詩作於乾道九年（一一七三）二月。范成大驂鸞録：「十三日、十四日，泊衡州，謁石鼓書院，實州治也。始諸郡未命教時，天下有書院四，徂徠、金山、嶽麓、石鼓，山名也。州北行，岡隴將盡，忽山右一峰，特起如大磯，浸江中，蒸水自邵陽來，繞其左，瀟湘自桂林、零陵來，繞其右，而皆會於合江亭之前，併爲一水以東去。石鼓雄踞要會，大略如春秋霸王，號令諸侯勤王，蒸湘如兄弟國奔命來會，禀命載書，乃同軌以朝宗，蓋其形勝如此。合江亭見韓文公詩，今名緑淨閣，亦取文公詩中『緑淨不可唾』之句。退之貶潮陽時，蓋自此横絶取路，以入廣東，故衡陽之南，皆無詩焉。西廊外，石磴緣山，謂之西溪，有窪尊及唐李吉甫、齊映諸人題刻。書院之前，有諸葛武侯新廟，家兄至先爲常平使者時所立。」

合江亭 并序

合江亭即石鼓書院，今爲衡州學宫。一峰特立，踞兩水之會，湘水自右，蒸水自左，俱至亭下，合爲一江而東。有感而賦。韓文公所謂「渌净不可唾」〔一〕者，即此處。今有渌净閣〔二〕。

石鼓鬱嵯峨，截然踞滄洲。有如古盟主，勤王會諸侯。蒸湘伯叔國，禀命會葵丘〔一〕。敢不承載書，戮力朝宗周。混爲同軌去，崩奔不敢留〔三〕。宜哉百谷王，博大無與儔。氈毳昔亂華，車馬隔中州。未聞齊晉動，包茅費誅求〔二〕。威文亦弘規〔三〕，尚取童子羞。安知千載後，但泣新亭囚。我題石鼓詩，願言續春秋。

【校記】

〔一〕渌净不可唾：富校：「『渌』黄刻本作『緑』，是。」按，活字本、叢書堂本、董鈔本均作「渌」。

〔二〕渌净閣：富校：「『渌』黄刻本作『緑』，是。」按，活字本、叢書堂本、董鈔本均作「渌」。

〔三〕崩奔：叢書堂本、詩淵第五册第三一三一頁作「駿奔」。

【題解】

本詩作於乾道九年（一一七三）二月。合江亭，參見上詩題解。李吉甫元和郡縣圖志卷二九江南道衡州衡陽縣：「縣城東傍湘江，北背蒸水。」「湘水，西南自永州祁陽界入。蒸水，自臨蒸縣北東注於湘，謂之蒸口。」序云：「韓文公所謂『渌浄不可唾』者，即此處。」韓詩原題爲題合江亭寄刺史鄒君：「紅亭枕湘江，蒸水會其左。瞰臨眇空闊，緑浄不可唾。」

【箋注】

〔一〕「蒸湘」二句：蒸，指蒸水；湘，指湘水。會葵丘，左傳僖公九年：「秋，齊侯盟諸侯于葵丘。」兩句意謂蒸湘二水會合於衡州，猶如古代諸侯國會合於葵丘。參見上詩「題解」引驂鸞録。

〔二〕「未聞」二句：包茅，古代祭祀用以濾酒的束綑的菁茅草。尚書禹貢：「包匭菁茅。」左傳僖公四年：「爾貢包茅不入，王祭不供，無以縮酒。」兩句意謂未聞齊侯、晉侯有貢獻，而祭祀時有過度之需索。

〔三〕「威文」句：威，指齊威王，他修明法制，選賢任能，國力日强，稱雄於諸侯。文，指晉文公，文治武功卓著，開創晉國霸業。故石湖稱他們二人「有弘規」。

沈家店道傍棣棠花

乍晴芳草競懷新，誰種幽花隔路塵？緑地縷金羅結帶，爲誰開放可憐春？

【題解】本詩作於乾道九年（一一七三）二月，時在赴桂帥任途中，過沈家店見道傍棣棠花，有感而作本詩。棣棠花，廣群芳譜卷四三：「棣棠花若金黄，一葉一蘂，生甚延蔓，春深與薔薇同開，可助一色。」引花鏡云：「藤本叢生，葉如荼蘼，多尖而小，邊如鋸齒，三月開，花圓如小毬。」

邵陽口路麤惡，積雨餘濘難行

平生春夢境，俛仰撫八極。湖南天盡頭，夢亦未常識。豈知多病身，今乃著脚歷。山泉澄不清，崖土壘而赤〔一〕。坳堂滑勝油，累塊硬逾石。貪夫一回顧，壯士三歎息。不知清淑氣，果復曾鬱積。我豈鄙夷之，短詠聊一劇。

【題解】本詩作於乾道九年（一一七三）二月。范成大驂鸞録：「（二月）十六日、十七日，行衡、永間。路中皆小丘阜，道徑粗惡，非堅墢即亂石，砌處又泥淖，雖好晴旬餘，猶未乾。跬步防躓，吏卒呻吟相聞。大抵湘中率不治道，又逆旅漿家皆不設圊溷，行客苦之。自吴至桂三千里，除水行外，餘舟車所通，皆夷坦無大山。惟此有黄羆嶺極高峻，回複半日，方度，與括之馮公，歙之五嶺相若。宿大營。」邵陽，縣名。王存元豐九域志卷六荆湖南路邵州縣四：邵陽。

【箋注】

〔一〕璺：器皿之裂紋，方言卷六：「器破而未離謂之璺。」本詩指崖土坼裂。

馬鞍驛飯罷縱步

食飽倦興馬，散策步前岡。意行踏芳草，蕭艾蓊生香。春事甚寂寥，山桃帶松篁。游蜂入菜花，此豈堪蜜房？今年蠶出遲，柘葉分寸長。好晴纔數日，歲事未渠央。

【題解】

本詩作於乾道九年（一一七三）二月，時在赴桂帥任途中。

黄罷嶺

薄宦每違己〔一〕，兹行遂登危。峻阪盪胸立，恍若對鏡窺。傳呼半空響，濛濛上煙霏。木末見前騶，可望不可追。躋攀百千盤，有頃身及之。白雲亘攬擷〔二〕，但覺沾人衣。高木傲燒痕，葱蘢茁新荑。春禽斷不到，惟有蜀魄啼〔三〕。謂非人所寰，居然見鋤犂。山農如木客，上下翾以飛。寧知有康莊，生死安嶮巇。室屋了無處，恐尚橧巢栖。安得拔汝出，王路方清夷。

【校記】

㊀ 薄宦：原作「薄遊」，富校：「『遊』黄刻本、宋詩鈔作『宦』。」按，活字本、董鈔本均作「薄宦」。叢書堂本、詩淵第三册第二二八〇頁作「薄宦」，當爲「宦」之誤寫。今據活字本、董鈔本、黄刻本、宋詩鈔改。

【題解】

本詩作於乾道九年（一一七三）二月十六七日，時在赴桂帥途中，經黄羆嶺賦本詩紀行。黄羆嶺，在衡州、永州之間，驂鸞録：「自吴至桂三千里，除水行外，餘舟車所通，皆夷坦無大山，惟此有黄羆嶺極高峻，回複半日，方度。」永樂大典卷一一九八〇引元一統志：「黄羆嶺，去永州祁陽縣北三十里，岩壑深邃，舊傳有羆居之，故名。」孔凡禮范成大年譜乾道九年譜文云：「二月十六、十七日，過黄羆嶺，嶺極高峻。有詩及山農困苦生活之狀。」附注云：「山農生活，實與獸類相同，成大深刻同情。結尾『安得』二句，表達改善山農生活環境之願望，亦即此詩之主旨。」

【箋注】

〔一〕叵：不可，俗語。張相詩詞曲語辭匯釋卷二「耐（二）」：「又有叵耐一辭，叵爲不可之切音，耐即奈也。」

〔二〕蜀魄啼：杜鵑啼鳴。文選左思蜀都賦：「鳥生杜宇之魄。」劉淵林注：「蜀記：昔有人姓杜名宇，王蜀，號曰望帝。宇死，俗説云，宇化爲子規。蜀人聞子規鳴，皆曰望帝也。」

衡永之間，山路艱澀，薄晚吏卒鬨云：「漸近祁陽，路已平夷。」皆有津津之色

朝登赤土嶺，暮入黄泥谷。春江弄花月，歸夢恍在目。覺來行路難，杜宇叫高木。凹中泥没踝，凸處石齧足。坐輿我尚病，想見肩輿僕。衡陽復祁陽，可暫不可宿。晚來出前岡，路坦亭堠促。將士走相賀，喜色如膏沐。人生本無悶，逆境要先熟。不從憂患來，安識平爲福。夷塗不常遇，歷險始知足。

【題解】本詩作於乾道九年（一一七三）二月，時在赴桂帥任途中。行於衡陽、永州之間，山路艱澀，感而賦詩。驂鸞録：「十八日，宿永州祁陽縣，始有夷途，役夫至相賀。」祁陽，縣名，屬永州。元豐九域志卷六荆湖南路永州，縣三：零陵、祁陽、東安。

書浯溪中興碑後 并序

乾道癸巳春三月，余自西掖出守桂林，九日渡湘江，游浯溪，摩挲中興石刻洎唐元和至今遊客所題。竊謂四詩各有定體，頌者，美盛德之形容，以其成功告於神明者也，商周魯之遺篇可以概見。今元子乃以魯史筆法，婉辭含譏，蓋之而章，後來詞人復發明呈露之。則夫磨崖之碑，乃一罪案，何頌之有？竊以爲未安，題五十六字，刻之石傍，與來者共商略之。此詩之出，必有相詬病者，謂不合題破次山碑，此亦習俗固陋，不能越拘攣之見耳。余義正詞直，不暇卹也。

三頌遺音和者希，丰容寧有刺譏辭？絶憐元子春秋法〔一〕，都寓唐家清廟詩〔二〕。歌詠當諧琴搏拊，策書自管璧瑕疵。紛紛健筆剛題破，從此磨崖不是碑。

【題解】

本詩作於乾道九年（一一七三）二月。范成大驂鸞録：「十九日，發祁陽里，渡浯溪。浯溪者，進山石磵也，噴薄有聲，流出江中，上有浯溪橋，臨江石崖數壁，纔高尋丈，中興頌在最大一壁。碑之上，餘石無幾，所謂石崖天齊者，説者謂或是天然整齊之義。碑傍巖石，皆唐以來名士題名，無間隙。外有小邱曰峿臺，小亭曰㾔亭，與溪而三，是爲三吾，皆元子之撰也。別有一臺，祠次山與顔魯公。橋上僧舍，即漫郎宅，黄魯直書其榜曰浯溪禪寺。又書法堂字，皆崎側不用工。又有陶定書中宫寺榜，寺既不葺，諸榜皆委棄壁下。竊計次山卜隱時，偶見江濱有此叢石，流泉帶之，遂定居。景物不出數畝，湘流至崖下，尤沈碧，助成勝致焉。打碑賣者一民家，自言爲次山後，擅其利。過浯溪，皆荒山，岡阪複重。宿東青驛。始余讀中興頌。又聞諸搢紳先生之論，以爲元子之文，有春秋法，謂如天子幸蜀，太子即位於靈武，書法甚嚴。又如古者盛德大業，必見於歌頌，若今歌頌大業，非老於文學，其誰宜爲？則不及盛德。又如『二聖重歡』之語，皆微詞見意。夫元子之文，固不爲無微意矣，而後來各人，貪作議論，復從旁發明呈露之。魯直詩至謂：『撫軍監國太子事，何乃趣取大物爲。』又云：『臣結舂陵二三策，臣甫杜鵑再拜詩，安知臣忠痛至骨，後來但賞瓊琚詞。』魯直既倡此論，繼作者靡然從之，不復問歌頌中興，但以詆罵肅宗爲談柄。至張安國極矣，曰：『樓前下馬作奇祟，中興之功不當罪。』豈有臣子方頌中興，而傍人遽暴其君之罪，於禮安乎？夫頌者，美盛德之形容，以成功告於神明者也，別無他意，非若風雅之有變也。商周魯三詩，可以概見。今元子乃以筆削之法寓之聲詩，婉詞含譏，蓋之而章，使真有意邪？固已非是，諸公譟其旁又如此，則中興之碑，乃一罪案，何頌之有？觀魯直『二三策』與『痛至骨』之語，則誠謂元子有譏焉。余以爲是非善惡，自有史册；歌頌之體，不當含譏。譬如上壽父母之前，捧觴善頌而已。若父母有闕遺，非奉觴時可及。磨崖頌大業，豈非奉觴時邪？元子既不能無誤，而諸人又從旁詆訶之不恕，何異執兵以詬人之父母於其子孫爲壽之時者乎！烏得爲事體之正。余不佞，題五十六字於溪上，如欲正君臣父子之大綱，與夫頌詩形容之本旨，亦不暇爲元子及諸詞人地也。詩既出，零陵人大以爲妄，謂余不合點破渠鄉曲古蹟。有閩人施一靈者，通判州事，助之譟，獨教授王阮南卿是余言，則併指南卿以爲黨云。」「頌者，美盛德之形容，以其成功告於神明者也。」語出詩大序，孔穎達毛詩正義曰：「（詩序）訓頌爲容，解頌名也，以其成功告於神明，解頌體也。」序云「癸巳春三月」，即乾道九年三月。然驂鸞録記石湖游浯溪爲「（二月）十九日」，當從驂鸞録。

【箋注】

〔一〕「絶憐」句：元結用春秋筆法寫中興頌。曾季貍艇齋詩話：「山谷中興頌詩：『臣結春秋二三策。』所謂『春秋二三策』者，言元結頌用春秋之法，其首云：『天寶十四年，安禄山陷洛陽，明年陷長安，天子幸蜀，太子即位於靈武。』以上四句即春秋書法也。」瞿佑歸田詩話卷上：「元次山作大唐中興頌，抑揚其詞以示意，磨崖顯刻於浯溪上。後來黄魯直、張文潛皆作大篇以發揚之，謂肅宗擅立，功不贖罪。繼其作者皆一律。識者謂此碑乃唐一罪案爾，非頌也。」

〔二〕「都寓」句：意謂元結將歌頌唐家盛德之情都寓於中興頌裏。石湖將中興頌比之清廟詩。清廟，詩經周頌第一篇，是祭祀祖先、歌頌祖先文德的詩篇。鄭玄箋：「清廟者，祭有清明之德者之宫也，謂祭文王也。天德清明，文王象焉，故祭之而歌此詩也。廟之言貌也，死者精神不可得而見，但以生時之居，立宫室，象貌爲之耳。」

愚溪在零陵城對岸，渡江即至。溪甚狹，一石澗耳，蓋衆山之水，流出湘中

一水彎環羅帶闊，千古零陵擅風月。取名如許安得愚〔一〕，因病成妍却奇絶。至今鏡浄不可唾，猶恐先生遺翰墨。澤及溪流不庇身，付與後來商巧拙。我欲扁舟窮石澗，春漲未生寒瀨咽。紛紅駭緑四山空〔二〕，惟有風篁韻騷屑。清溪東去客西征，鈷鉧潭邊聊駐節〔三〕。何時隨汝下瀟湘〔四〕？歸路三千櫓伊軋。鈷鉧，熨斗也，潭形似之。

【題解】

本詩作於乾道九年（一一七三）二月。范成大驂鸞録：「（二月）二十日，行群山間，有青石如雕鎪者，叢卧道傍，蓋入零陵界焉。晚宿永州，泊光華館。郡治在山坡上，山骨多奇石，登新堂及萬石亭，皆柳子厚之舊。新堂之後，群石滿地，或卧或立，沼水浸，碧荷亂生石間。萬石堂在高陂，乃無一石，恐非其故處。然前望衆山，回合如海，登覽甚富。子城脚有蒼石崖，圍一小亭，又有瀟湘樓，下臨瀟水，不葺。二十二日，渡瀟水，即至愚溪，亦一澗泉，瀉出江中。官路循溪而上，碧流淙潺，石瀨淺澀，不可杭，春漲時或可。所謂『舟行若窮，忽又無際』者，必是汎一葉舟耳。溪上愚亭以祠子厚，路傍有鈷鉧潭，鈷鉧，熨斗也，潭狀似之。其地如大小石渠、石澗之類，詢之，皆蕪没

篁竹中，無能的知其處者。」零陵城，永州零陵縣城，李吉甫元和郡縣圖志卷二九「江南道永州」：「零陵縣，本漢泉陵縣地，隋平陳改爲零陵縣。」

【箋注】

〔一〕「取名」句：柳宗元愚溪詩序：「甯武子『邦無道則愚』，智而爲愚者也。顏子『終日不違如愚』，睿而爲愚者也。皆不得爲真愚。今予遭有道，而違於理，悖於事，故凡爲愚者莫我若也。夫然，則天下莫能争是溪，予得專而名焉。」石湖意謂柳宗元取溪名「愚」而實智。

〔二〕紛紅駭緑：語出柳宗元袁家渴記：「每風自四山而下，振動大木，掩苒衆草，紛紅駭緑，蓊葧香氣，衝濤旋瀨，退貯谿谷，摇颺葳蕤，與時推移。」

〔三〕鈷鉧潭：在永州零陵城西，柳宗元有鈷鉧潭記。

〔四〕「何時」句：愚溪之水東流入瀟水，柳宗元愚溪詩序：「灌水之陽有溪焉（即愚溪），東流入於瀟水。」

宿清湘城外田家

驅馬力猶彊，奏牀身始疲〔一〕。浮浮雲拂帳，滈滈水鳴籬〔二〕。未熟燈前夢，閑尋道上詩。湘中多夜雨，客枕最先知。

【題解】

本詩作於乾道九年(一一七三)二月,范成大驂鸞録:「(二月)二十四日,宿全州,泊清湘館。」清湘城,即清湘縣城。王存元豐九域志卷六荆湖路全州縣二:清湘。

【箋注】

〔一〕奏牀:上牀之意。參石湖詩集卷一不寐「奏牀不得眠」注。

〔二〕潏潏:史記司馬相如傳引子虚賦「潏潏淈淈,湁潗鼎沸」,索隱云:「潏、淈、湁、潗,郭璞云:皆水微轉細涌貌。潏淈音决骨。」

宿深溪驛,去廣右界只一程

北户書頻到〔一〕,南雲雁不飛。試評騎馬路,何似釣魚磯〔二〕?擊柝黄茅店,篝燈白竹扉。故園桑柘煖,亦有稻粱肥。

【題解】

本詩作於乾道九年(一一七三)二月。范成大驂鸞録:「(二月)二十三日,行山間,宿深溪,桂之門接牙隊,例至於此。」

【箋注】

〔一〕北户：爾雅釋地：「觚竹、北户、西王母、日下，謂之四荒。」本古國名，後借指南方邊遠地區。

〔二〕「試評」二句：石湖此聯，南宋人多有效仿，如南宋末真山民隱懷：「泉石定非騎馬路，功名不上釣魚舟。」王鎡湖山即景次尹緑波：「緑柳影分騎馬路，赤楓葉落釣魚舟。」戴表元霪雨溪漲抵郭可畏：「盡漫騎馬路，祗有釣魚船。」釣魚磯，山谷外集詩注卷七雜詩「子陵何慕釣魚磯」，注云：「後漢嚴光傳：光字子陵，與光武同遊學。及光武即位，變姓名，隱身不見。帝令以物色求之。後齊國上言，有一男子，披羊裘，釣澤中。帝疑其光，乃備安車聘之，三反而後至。竟不屈。」

石湖居士詩集卷十四

晚春二首 以下桂林作，舊在乙稿。

静極聞檐珮，慵來愛枕幃。隙虹飛永晝，簾影碎斜暉。燕踏花枝語，蜂縈柳絮歸。輕颸宜白紵，時節近清微。

好事憐春老，無愁耐日長。爐煙驚扇影，酒面舞花光。照水雲容嬾，移牀竹意涼。更煩紅槿帽，促拍打山香〔一〕。

【題解】

本詩作於乾道九年（一一七三）三月十日以後。題下注：「以下桂林作，舊在乙稿。」按石湖於乾道九年三月十日入桂林城接任，驂鸞録：「三月十日，入城，交府事。」

【箋注】

〔一〕「更煩」二句：南卓羯鼓録：「汝陽王璡，寧王長子也。……常戴砑絹帽打曲，上自摘紅槿花一朵置於帽上笪處……奏舞山香一曲，而花不墜落。」

紅荳蔻花

緑葉焦心展，紅苞竹籜披。貫珠垂寶珞，剪綵倒鸞枝。且入花欄品，休論藥裹宜〔一〕。南方草木狀〔二〕，爲爾首題詩。

【題解】

本詩作於乾道九年（一一七三）春末，時在桂帥任上。見紅荳蔻花開，喜作本詩。紅荳蔻花，范成大桂海虞衡志志花：「紅豆蔻花，叢生，葉瘦如碧蘆，春末發。初開花，先抽一幹，有大籜包之。籜解花見，一穗數十蘂，淡紅，鮮妍如桃杏花色。蘂重則下垂，如蒲萄，又如火齊纓絡，及剪綵鸞枝之狀。此花無實，不與草豆蔻同種。」可與本詩前四句對讀。蘇頌圖經本草：「今嶺南諸州及黔蜀皆有之。内郡雖有而不堪入藥。春生莖，葉如薑苗而大，高一二尺許，花紅紫，色如山薑花。」

【箋注】

〔一〕「休論」句：石湖於桂海虞衡志之記載中，未提及此花可入藥，嵇含南方草木狀云：「舊説此花食之破氣消痰，進酒增倍。」

〔二〕南方草木狀：晉嵇含撰，三卷，今存，有百川學海、廣漢魏叢書、格致叢書等多種版本。該書記載南方許多珍貴花草、樹木。

偶　題

檐雨初乾團扇風，夕陽芳樹緑葱葱。蕉心榴萼俱無賴〔一〕，要與春衫相並紅。

【題解】

本詩作於乾道九年（一一七三）春末，時在桂帥任上。閑中見樹木葱鬱，芭蕉榴萼綻放，因偶題本詩。

【箋注】

〔一〕無賴：可愛，辛棄疾浣溪沙：「小桃無賴已撩人。」王瑛詩詞曲語辭例釋：「無賴，等於説可愛，可喜，與通常放刁撒潑義或指品德不端者不同，往往含有親暱意義。」

次韻郭季勇機宜雪觀席上留别

勝絶尊前萬事休，縱非吾土且登樓〔一〕。山迎雨脚俄飛過〔二〕，風約江聲欲倒流。野水漸堪添酒面，夕陽依舊滿簾鈎。憑闌從此遲歸鞅，能及中秋對月不？

【題解】本詩作於乾道九年（一一七三）中秋前。郭見義暫別，作留別詩，石湖次其韻作本詩。郭季勇，即郭見義，湖南衡山人，紹興二十四年進士，曾爲南安教授，見光緒江西通志卷一三三。時爲廣西經略司主管機宜文字，故稱「郭季勇機宜」。

【箋注】

〔一〕「縱非」句：王粲登樓賦：「雖信美而非吾土兮，曾何足以少留。」

〔二〕雨脚：雨滴，杜甫茅屋爲秋風所破歌「雨脚如麻未斷絶」，仇注云：「齊民要術：方言：種麻截雨脚。」

次韻許季韶通判雪觀席上

把酒臨風瑞露傾，瓊漿何用謁雲英〔一〕？捲簾雨脚銀絲挂，倚杖江頭緑漲生。嶺海一涼蘇暑病，山林千籟試秋聲。兹遊奇絶忘羈宦，慚愧煙中短棹横。

【題解】本詩作於乾道九年（一一七三）秋。許季韶，即許子紹，字季韶，和州歷陽人。紹興二十七年進士，見光緒和州志卷一四。曾任左藏庫、静江府通判。粤西文載卷五七：「（子紹）監左藏庫時，欲得太常丞，時相抑不用，乃出爲静江府通判。」臨桂縣志卷二一「金石志二」：「許子韶（當爲子紹）詩留別龍隱巖：『矯首初來北斗峰，直穿山腹作玲瓏。石間蜕骨痕猶在，淵底藏珠水更通。霖雨幾時巖墅去，卧龍底處草廬空。眼中要識真英物，寓迹何勞想下風。』淳熙改元重九日，歷陽許□□季韶題。」他在乾道九年赴静江府通判時，適范成大已到任，故李洪作送許季韶倅桂林有句：「桂林賴有詩書帥，好共驂鸞上玉堂。」

【箋注】

〔一〕「瓊漿」句：唐秀才裴航下第，途經藍橋驛，甚渴，有女雲英飲以水漿，甘如玉液。裴欲娶雲英爲妻，遂遍訪玉杵臼爲聘。婚後，夫妻相偕入山成仙，事見太平廣記卷五〇引裴鉶傳奇。

送周直夫教授歸永嘉

青燈相對話儒酸，老去羈遊自鮮歡。昨夜榕溪三寸雨〔一〕，今朝桂嶺十分寒。知心海内向來少，解手天涯良獨難。一笑不須論聚散，少焉吾亦跨歸鞍。

【題解】

本詩作於乾道九年（一一七三）。周直夫，即周去非，字直夫，永嘉人，隆興元年進士。陳振孫直齋書録解題卷八：「嶺外代答十卷，永嘉周去非（直夫）撰。去非，癸未進士，至郡倅。」臨桂縣志卷二一「金石志二」：「朱紱題名：金華朱紱、永嘉周去非（直夫）、豫章簡世傑（伯俊）、西洛王子曄（晦叔）、廣漢張杓（定叟）、定叟之甥甘奕（可大）東游，壬辰三月晦。」壬辰，乾道八年，時石湖尚未來桂。永嘉縣志卷二〇「選舉」：「隆興癸未，木待問榜：周去非，紹興倅。」周去非任靜江府教授，在石湖赴桂帥前。九年，周離任歸家，故石湖賦詩送之。據樓鑰祭周通判去非：「再仕嶠南，備歷崎嶇。」可知周去非兩度任職嶺南，故石湖於淳熙二年離桂帥赴蜀帥時，周去非能來送行。

【箋注】

〔一〕榕溪：指桂林。嵇含南方草木狀卷中：「榕樹南海桂林多植之。」

贈趙廉州

馬群雜沓草蒙茸，刮目權奇一洗空〔一〕。天末也煩行李到，歲寒聊得酒尊同。梅花夜夜湘南雨，榕葉年年海北風。少待佳晴看山去，玉篸高插翠雲叢。

【題解】

本詩作於乾道九年（一一七三）冬，時在桂帥任上，下屬趙廉州來晤，贈詩稱其才。詩云「歲寒」、「梅花」，知爲本年冬。趙廉州，姓名、生平未詳。廉州，屬靜江府。

【箋注】

〔一〕權奇：高超非凡。後漢書禮樂志二郊祀歌天馬：「志俶儻，精權奇。」王先謙補注：「權奇者，奇譎非常之意。」李白天馬歌：「嘶青雲，振緑髮，蘭筋權奇走滅没。」一洗空：語出杜甫丹青引：「一洗萬古凡馬空。」

去年過弋陽訪趙恂道通判，話西湖舊遊，因題小詩，近忽刻石，寄來謾録

紅塵寶馬碧湖船，一夢如今費十年。却照清溪尋緑鬢，但餘衰雪兩蕭然。

【題解】

本詩作於乾道十年（一一七四），時在廣右帥任上。十年前，石湖與趙恂道遊西湖。（從「紅塵寶馬碧湖船」句意看，此乃杭州之西湖，非桂林西湖。）去年（即乾道九年），石湖赴任路過弋陽，訪趙恂道通判，話舊遊，因題小詩。後趙將小詩刻石并寄桂，石湖因謾題本詩。石湖經弋陽縣，爲乾道九年正月二十五日，驂鸞録：「（癸巳年正月）二十五日，過弋陽縣。」未言訪趙。本詩當作於乾道十年。弋陽，縣名，屬信州，趙恂道爲信州通判。王存元豐九域志卷六江南東路信州，有弋陽縣。趙恂道，生平未詳。

送唐彦博宰安豐，兼寄呈淮西帥趙渭師郎中

唐子曒自鮮，水清石粼粼。繡腸五車書〔一〕，不鄙簿領塵。黟山與桂嶺，一笑二十春〔二〕。天涯會面難，歲晚情話真。五管無賢侯，但有嵐煙昏〔三〕。此豈功名場，往成清淮濱。北門詩書帥〔四〕，平生吾故人。問訊今何如，淩煙上星辰〔五〕。爲言落南客，病作寒螿呻。飄飄北歸夢，夜繞吴淞雲〔六〕。

【題解】

本詩作於乾道九年（一一七三）冬，時唐彦博赴安豐知縣任，石湖賦詩送之。唐彦博，生平里籍不詳，據石湖詩意，知其歷仕新安、桂林各地之簿尉、倅貳之職，本年始任安豐縣令，詩云「不鄙簿領塵」，可知。安豐，縣名，元和郡縣圖志佚文卷二：淮南道壽州安豐縣。王存元豐九域志卷五淮南西路壽州，有安豐縣。趙渭師，即趙磻老，字渭師，其先東平人，居吴江黎里。娶歐陽懋女，以懋待制恩補官。紹興三十年，任寶應縣主簿。乾道六年，以書記官隨范成大奉使金國。成大薦之，擢正言。乾道八年，以右通直郎知楚州，入爲太府寺丞。淳熙三年，以朝散郎直秘閣，兩浙轉運副使直敷文閣知臨安。四年，除秘閣修撰。五年，除權工部侍郎兼知臨安。十一月罷。著拙庵雜著三十卷、外集四卷，拙庵詞一卷。陳振孫直齋書録解題卷一八「拙庵雜著三十卷」：「工

部侍郎東平趙磻老渭師撰。門下侍郎野之侄。以婦翁歐陽懋待制澤入仕，從范石湖使金。虞丞相允文亦薦之，遂擢用知臨安。坐殿司招兵事，謫饒州。」潛説友咸淳臨安志卷四八「秩官六」：「（淳熙）三年丙申。三月初三日（李）椿罷兼。是日，趙磻老以朝散郎直秘閣兩浙運副使除直敷文閣知。因修垂拱殿除直徽猷閣。又，車駕幸學轉朝奉大夫。四年丁酉，五月十二日，磻老除秘閣修撰。五年戊戌，二月，除權工部侍郎兼知，十一月初七日磻老罷。」趙磻老於乾道九年時任淮西帥，壽安縣正在其轄區内，故送唐彦博赴任詩兼及趙磻老。吴廷燮南宋制撫年表卷上淮南西路引安徽金石略宋趙磻老廬州新學記：「乾道癸巳，磻老假守山陽歸，會兩淮復分帥，命行淮西，安撫合肥郡事，謁學。」後來，趙磻老定居於梨花村，即今江蘇蘇州梨里鎮。

【箋注】

〔一〕繡腸五車書：繡腸，即繡腑，比喻才華出衆。李白冬日于龍門送從弟令問之淮南覲省序：「（令問）常醉目吾曰：『兄心肝五藏，皆錦繡耶？不然，何開口成文，揮翰霧散。』」五車書，形容讀書多，學識淵博。莊子天下：「惠施多方，其書五車。」

〔二〕「黟山」二句：黟山，指徽州，唐彦博曾任新安簿尉。桂嶺，指桂林，唐彦博曾任桂林府簿尉。「二十春」，自乾道九年上推二十年，可知唐約在紹興二十四年始任新安簿尉。

〔三〕「五管」三句：五管，指嶺南五管。唐永徽以後，以廣、桂、容、邕、安南府，隸廣府都督統領，置五府節度使，稱嶺南五管，見舊唐書地理志四。石湖句，語出韓愈劉生詩：「五管歷徧無賢侯」。

〔四〕北門：唐宋學士院在禁中北門，後用爲學士院的代稱。「北門詩書帥」即指趙磻老。

〔五〕凌煙：即凌煙閣，爲表彰功臣而建之高閣。劉肅大唐新語褒錫載貞觀十七年，太宗圖畫太原倡義等二十四人於凌煙閣，並親爲之贊，褚遂良爲題閣，閻立本作畫。

〔六〕吴淞：吴淞江，發源於今蘇州吴江太湖，此石湖借指家鄉。

燕堂後盧橘一株，冬前先開極香㈠

盧橘花殘細細飛，滿枝晴日鬧蜂兒。霜餘有此香無奈，合與稱題賦小詩。

【校記】

㈠燕堂：原作「燕臺」，誤。富校：「『臺』黄刻本作『堂』，是。按本卷有燕堂書事詩可證。」活字本目録、正文，叢書堂本目録、正文，董鈔本均作「燕堂」，今據改。

【題解】

本詩作於乾道九年（一一七三）秋，見盧橘開花，賦小詩以稱道之。

乾道癸巳臘後二日，桂林大雪尺餘，郡人云前此未省見也。郭季勇機宜賦古風爲賀，次其韻

憶昔北征秋遇雪，穹廬苦寒不堪説。飛花如席暗燕然，把酒悲歌度佳節〔一〕。胡兒館客類西河，鐍户不容浮蟻泄〔二〕。當時已分餐氈苸〔三〕，寧復夢遊炎嶺熱。忽梅花行萬里，又與故山輕話别。天公恐我愁瘴霧，十日號風吹石裂。同雲乃肯度嚴關〔四〕，一夜玉峰高巀嵲。老榕蓊密最先縞，穉竹枵虚時一折。須知桂海接蓬瀛，滿目三山白銀闕〔五〕。不管樓高翠袖單，但嫌酒淺金杯凸。東郭先生履雖敝〔六〕，詩情却鬬冰壺潔〔七〕。歸撚凍髭搜好句，山館青燈對明滅。爲憐叶氣到黄茅，何止森森松柏悦。豐年作守會飽煖，羈宦思歸自愁絶。豈無菊徑樂琴書，亦有秫田供麴糵。東岡雪後一犂春，誰在陂頭憶調燮〔八〕？

【題解】

本詩作於乾道九年（一一七三）十二月，時在桂林帥任上。桂林下大雪，郭見義賦古風爲賀，乃次韻和之。乾道癸巳，即乾道九年。

【箋注】

〔一〕「憶昔」四句：石湖於乾道六年使金，燕賓館詩提及燕地九月下雪。詩序云：「西望諸山皆縞，云初六日大雪。」詩云：「苦寒不似東籬下，雪滿西山把菊重。」飛花如席，語出李白北風行：「燕山雪花大如席。」

〔二〕浮蟻：指酒，曹植七啓：「盛以翠樽，酌以雕觴，浮蟻鼎沸，酷烈馨香。」

〔三〕餐氈葈：用蘇武故事，漢書蘇武傳：「乃幽武置大窖中，絶不飲食。天雨雪，武卧嚙雪與旃毛并咽之，數日不死。」葈，草也。漢書中山靖王傳：「今群臣并有葭葈之親，鴻毛之重。」注：「葭，蘆也。葈者，其筩中白皮至薄者也。」

〔四〕同雲：詩經小雅信南山：「上天同雲，雨雪雰雰。」朱熹集傳：「同雲，雲一色也。將雪之候如此。」

〔五〕「須知」二句：蓬瀛：三神山中的蓬萊和瀛洲。史記秦始皇本紀：「齊人徐市等上書，言海中有三神山，名曰蓬萊、方丈、瀛洲，仙人居之。」

〔六〕「東郭」句：東郭先生，漢武帝時齊方士，家貧，履有上無下，行走雪中，足盡踐地，見史記滑稽列傳。李白贈宣城趙太守悦：「自笑東郭履，側慚狐白温。」

〔七〕「詩情」句：自王昌齡芙蓉樓送辛漸「一片冰心在玉壺」句中化出。

〔八〕調燮：調和元氣，諧理陰陽，此謂宰相之職。王安石和王徽之登高齋：「風豪雨横費調燮，坐使髮背爲黄台。」

次韻陳仲思經屬西峰觀雪

仙人灘江遊〔一〕，剪水馮夷宫〔二〕。賓友來鄒枚〔三〕，寒轡摇冬瓏〔四〕。起望天南陲，玉沙滿長風。越人來省識，把酒酹層空。從來嶠南北，人謂將無同。那知梁園霰〔五〕，飛入瑞露中〔六〕。幕府有清士，尋僧上西峰。六花信娟巧，未及五字工。我亦滌冰硯，課虚貴新功。莫嗤兩臞儒，毫端尚清豐。

【題解】

本詩作於乾道九年（一一七三）冬，幕府陳符作西峰觀雪詩，石湖乃次韻和之。陳符，字仲思，長沙人。張孝祥于湖居士文集卷五有詩題爲「陳仲思以太夫人高年，奉祠便養，卜居城東。茅屋數間，澹如也。移花種竹，山林丘壑之勝，湘州所無。食不足而樂有餘，謂古之隱君子若仲思者非耶？乾道戊子六月，某同張欽夫過焉，裴回彌日，既莫而忘去，欽夫欲專壑買鄰。欽夫有詩，某次韻」，知陳符爲長沙人，乾道四年奉祠在家。「經屬」，時陳符參幕，爲經略使府屬官，參預謀畫，經管鹽事、邊事，張栻詩送陳仲思參佐廣右幕府（南軒先生文集卷五）云：「煮海何多説，安邊更預謀。政應勤婉畫，不用賦離憂。」

【箋注】

〔一〕灕江：即灕水，元豐九域志卷九廣南西路桂州，有灕水。

〔二〕馮夷：河神，莊子秋水：「於是焉河伯欣然自喜，以天下之美爲盡在己。」釋文：「河伯，姓馮名夷，一名冰夷，一名馮遲。」

〔三〕鄒枚：漢代鄒陽和枚乘，皆以文辯知名。高適酬龐十兵曹：「懷賢想鄒枚，登高思荆棘。」石湖假此以稱譽陳符。

〔四〕「寒轡」句：自李賀高軒過「金環壓轡摇玲瓏」句化出，「玲瓏」兩字，李賀集宣城本、蒙古本即作「冬瓏」。石湖句扣「轡」、「摇」、「冬瓏」字面。

〔五〕梁園：本指西漢梁孝王所建的东苑，見史記梁孝王世家，此泛指皇家園林。

〔六〕瑞露：蘇軾小圃五詠地黄：「融爲寒食餳，嚥作瑞露珍。」王十朋注：「纂異記：田璆、鄧韶，逢二書生，謂曰：我有瑞露之酒，釀於百花之中。」

喜雪示桂人

臘雪同雲嶺外稀，南人北客盡冬衣。從今老杜詩猶信，梅花飛時雪也飛〔一〕。

【題解】

本詩作於乾道九年（一一七三）冬，時在桂林帥任上。

【箋注】

〔一〕「從今」二句：杜甫寄楊五桂林：「梅花萬里外，雪片一冬深。」石湖詩意自此化出。

寄題商華叔心遠堂，用卷中韻

示我新詩卷，知君遯俗情。安流視巫峽，灰劫笑昆明〔一〕。徼外夜絃語，甕頭春蟻生〔二〕。藍橋即仙窟，何況有雲英〔三〕！

【題解】

本詩作於乾道九年（一一七三），時在桂林帥任上。商華叔寄示新詩卷，石湖乃用其卷中韻作本詩。

【箋注】

〔一〕「灰劫」句：灰劫，即劫灰，劫後餘灰。三輔黃圖卷四：「武帝初穿池（昆明池），得黑土，帝問東方朔，東方朔曰：『西域胡人知。』乃問胡人，胡人曰：『劫燒之餘灰也。』」

〔二〕「甕頭」句：庾信蒲州刺史中山公許乞酒一車未送：「秋菓幾回落，春蟻未曾開。」春蟻，指春日酒甕上所開浮蟻。

〔三〕「藍橋」二句：見本卷次韻許季韶通判觀雪席上注〔一〕。

送郭季勇同年歸衡山

天壤郭有道，文獻今在兹〔一〕。啄啄家鷄群㊀，見子野鶴姿。塵籠萬里心，擇食中夜飢。拙宦避捷徑〔二〕，瘴風吹鬢絲。平生杏園友〔三〕，把酒天南陲。何敢吏朱游㊁〔四〕，但喜見紫芝〔五〕。問君今何適？舊圃餘荒畦。提攜漢陰甕，歲晚俱忘機〔六〕。勿開衡山雲，恐驚隱淪棲。定肯從君遊，歲晚攀桂枝。我亦理吳榜，春湘緑蘋齊。風蒲爲誰落，之子同襟期。丁寧祝融峰，將迎兩枯藜。一望五千里，共洗蠻煙悲。

【校記】

㊀啄啄：原作「啄喙」，富校：「黄刻本作『啄』，是。」按，叢書堂本、董鈔本、詩淵第六册第四四〇一頁均作「啄啄」，今據改。

㊁朱游：原作「朱浮」，誤。詩淵作「游」，沈注云：「此用漢書朱雲語，雲字游，誤作『浮』。」今據詩

淵、沈欽韓説改。

【題解】

本詩作於乾道九年(一一七三),時任桂林帥。郭見義歸衡山,賦詩送行。

【箋注】

〔一〕「天壤」二句:郭有道,即郭泰(一二七—一六九),字林宗,太原界休人。博通經典,居家教授生徒。與河南尹李膺友善。嘗舉有道,不就。卒,蔡邕爲書碑,曰:「吾爲碑銘多矣,皆有慚德,唯郭有道無愧色耳。」事見後漢書卷九八郭太傳。「文獻」,即指後漢書。

〔二〕避捷徑:指避開終南捷徑。劉肅大唐新語卷一〇「隱逸」:「盧藏用始隱於終南山中,中宗朝累居要職。有道士司馬承禎者,睿宗迎至京,將還,藏用指終南山謂之曰:『此中大有佳處,何必在遠。』承禎徐答曰:『以僕所觀,乃仕宦捷徑耳。』藏用有慚色。」

〔三〕杏園友:杏園,在今陝西西安大雁塔南,唐時爲新進士遊宴之地。劉滄及第後宴曲江:「及第新春選勝遊,杏園初宴曲江頭。」石湖與郭見義同爲紹興二十四年進士,故稱「杏園友」。

〔四〕「何敢」句:此用漢代朱雲典。朱雲,字游,因折檻上諫,得直臣名。薛宣爲丞相,欲留朱雲,雲曰:「小生乃欲相吏邪?」事見漢書朱雲傳。

〔五〕「但喜」句:紫芝,即唐元德秀(六九六—七五四),字紫芝,魯山人。德秀師古道,性介潔質樸,名重當世,房琯見德秀,曰:「見紫芝眉宇,使人名利之心盡矣。」(語見李華三賢論)

〔六〕「提攜」二句：莊子天地：「子貢南遊於楚，反於晉，過漢陰，見一丈人方將爲圃畦，鑿隧而入井，抱甕而出灌，搰搰然用力甚多而見功寡。子貢曰：『有械於此，一日浸百畦，用力甚寡而見功多，夫子不欲乎？』」石湖詩意由此生發。

甲午歲朝寓桂林，記去年是日泊桐江，謁嚴子陵祠，迤邐度嶺，感懷賦詩

去年曉纜解江皋，也把屠蘇泛濁醪〔一〕。一席飽風漁浦闊，千山封雪釣臺高〔二〕。將軍老矣嗚孤劍，客子歸哉詠大刀〔三〕。早晚扁舟尋舊路，柁樓吹笛破雲濤。

【題解】

本詩作於淳熙元年（一一七四）元日，時在桂帥任上，記去年元日泊桐廬江，感懷賦成本詩。甲午，即淳熙元年。去年爲乾道九年，癸巳歲，驂鸞録：「癸巳歲正月一日，巳午間至釣臺。率家人子登臺講元正禮。」參卷一三乾道己丑守括被召再過釣臺自和十年前小詩刻之柱間後五年自西掖帥桂林癸巳元日雪晴復過之再用舊韻三絶。

【箋注】

〔一〕屠蘇：宗懔荆楚歲時記：「（正月一日）長幼悉正衣冠，以次拜賀，進椒柏酒，飲桃湯，進屠

蘇酒。」

〔二〕「千山」句：自柳宗元江雪「千山鳥飛絶，萬徑人踪滅」化出。

〔三〕詠大刀：用漢代李陵故事。漢書李廣傳載，李陵兵敗降匈奴，漢遣任立政使匈奴，見李陵，即目視陵，數自循其刀環，握其足，陰諭陵可還歸漢。後代遂用刀環、大刀作爲還家的暗語。高適送劉評事充朔方判官賦得征馬嘶：「贈君從此去，何日大刀頭？」

癸水亭落成，示坐客長老之記曰：癸水繞東城，永不見刀兵。余作亭於水上，其詳具記中

天將福地鞏嚴城，形勝山川表裏明。舊説桂林無瘴氣〔一〕，今知灕水辟刀兵。雲深銅柱邊聲樂，月冷珠池海面平〔二〕。願挽江流接河漢，爲君直北洗欃槍〔三〕。

【題解】

本詩作於淳熙元年（一一七四）。范成大帥桂，疏浚灕水，築亭於八桂堂前，名之曰癸水亭，自作記，並賦詩記其事。范成大桂海虞衡志雜志：「癸水，桂林有古記，父老傳誦之，略曰：『癸水繞東城，永不見刀兵。』癸水，灕江也。」周去非嶺外代答卷一：「灕江自癸方來，直抵静江府城東北角，遂并城東而南。古記云：『賴有癸水繞東城，永不見刀兵。』又有石記云：『……昔於城東北

角，溝灕水繞城而西，復南，東合於灕。』厥後居民壅之，溝遂廢。范石湖帥桂，乃浚斯溝，漣漪如帶，於溝口伏波巖之下，八桂堂之前，創爲危亭，名以癸水。」王象之輿地紀勝卷一〇三「静江府」：「癸水，灕江也，桂林有古記，父老傳之，略曰：『（略）』灕水自海陽行二百里，由癸方至城下，傳聞自始安爲郡以來，四封之外，數更大寇，獨城下未嘗受兵，父老以爲樂郊福地。」據范詩小序，知原有癸水亭記，今已不存。孔凡禮范成大年譜淳熙元年譜文：「癸水亭落成，賦詩抒發愛國壯懷。」附注：「第五、六句，寫邊境無事，民族關係和好。最後二句，抒發恢復中原壯志。」孔凡禮范成大佚著輯存録癸水亭記，將古記中之『癸水繞東城，永不見刀兵』當作范成大之佚文，實非。

【箋注】

〔一〕「舊説」句：范成大桂海虞衡志雜志：「瘴，二廣惟桂林無之。」

〔二〕海面平：喻邊境平安。李賀上之回「地無驚煙海千里」，王琦解：「謂海外千里之遠，無烽火之警也。」

〔三〕「願挽」二句：糅合運用杜甫、李白詩意，杜甫洗兵馬：「安得壯士挽天河，净洗甲兵常不用。」李白永王東巡歌：「爲君談笑静胡沙。」欃槍，彗星的别名，爾雅釋天：「彗星爲欃槍。」

緩帶軒獨坐

午日烘開荳蔻苞，檐塵飛動雀争巢。蒙蒙困眼無安處，閒送爐煙到竹梢。

【題解】本詩作於淳熙元年（一一七四），時在桂林帥任上。綬帶軒，府衙内居處，閑坐無事，作本詩寫眼前景。

食罷書字

甲子霖涔雨，東南濕蟄風。荔枝梅子緑，荳蔻杏花紅。捫腹蠻茶快，扶頭老酒中〔一〕。荒隅經歲客，土俗漸相通。蠻茶出修仁，大治頭風。老酒，數年酒，南人珍之。

【題解】本詩作於淳熙元年（一一七四）春，時在桂帥任上。

【箋注】

〔一〕「扶頭」句：老酒，酒名，桂海虞衡志志酒：「老酒，以麥麴釀酒，密封藏之可數年，土人家尤貴重，每歲臘中，家家造鮓，使可以卒歲計。有貴客，則設老酒、冬鮓以示勤。婚娶以老酒爲厚禮。」周去非嶺外代答卷六：「諸郡富民，多醖老酒，可經十年。其色深沉赤黑，而味不壞。」中，中酒，酒酣。漢書樊噲傳：「項羽既饗將士，中酒。」注引張晏曰：「酒酣也。」顔師古曰：「飲酒之中也，不醉不醒，故謂之中。」

次韻平江韓子師侍郎見寄三首

自古四愁湘水深〔一〕，誰將城郭啓山林。有情碧嶂團欒繞，無數朱樓縹緲臨。蚺鼓揭天驚客坐〔二〕，象鍪航海厭蠻琛〔三〕。三千客路長安遠，故舊書來直萬金〔四〕。南人以蚺蛇皮作腰鼓，響徹異常；交趾以象革爲兜鍪，皆異事。

靈泉杖屨浙江頭，經濟長懷尚典州。堂上讀書朝氣爽〔五〕，臺前呼月海光浮。交情尺素勤雙鯉，筆力枯松挽萬牛。已把三章翻樂府，爲君擊節變蠻謳。子師新作小築於浙江，號靈泉，讀書堂、呼月臺皆其處也。

前年衝雪過雙溪〔六〕，風帽泥韉騎吹隨。爛醉依前逢錦瑟，好音惟是欠黃鸝〔七〕。功名未試玉璜玦〔八〕，離別頻傾金屈卮。疇昔北征煩吉夢，南征合有夢歸時。頃年北使時，朝野多妄傳被留不歸，子師家中人忽夢予歸，翌日過界報到，故末句及之。鶯鶯，子師家善歌者，前年過婺，券滿已去。

【題解】本詩作於淳熙元年（一一七四）春末。本詩前食罷書字有「荳蔻杏花紅」，本詩後宜齋雨中有「秀麥一番冷」，可知本詩當作於春末。「韓子師」，即韓彥古，字子師，韓世忠子。宋史無傳，宋史韓世忠傳：「子彥直、彥質、彥古，皆以才見用。彥古，户部尚書。」宋詩紀事卷五六：「彥古字子師，延安人，蘄王世忠之子。淳熙中，知平江府，終敷文閣待制，户部尚書。」咸淳臨安志卷四七：「（乾道七年辛卯）韓彥古是月十九日以右朝請郎試大理少卿，時暫兼知，二十六日除秘閣修撰知，三月八日，彥古改右司郎中。」范成大吳郡志卷一一「牧守題名」：「韓彥古，朝奉大夫，秘閣修撰。淳熙元年七月到，當年九月二十六日，丁母蘄國夫人周氏憂，解官持服。」「韓彥古，起復朝奉大夫，充秘閣修撰，淳熙二年正月到。六月，除敷文閣待制，八月罷。」彥古之爲人，有異説，陳亮極稱譽之，送韓子師侍郎序：「秘閣修撰韓公知婺之明年，以『恣行酷政，民冤無告』劾去。去之日，百姓遮府門願留者，頃刻合數千人，手持牒以告攝郡事，攝郡事振手止之，輒直前不顧，則受其牒，不敢以聞。明日出府，相與擁車下，道中至不可頓足，則冒禁行城上，纍纍不絕，拜且泣下，至有鎖其喉自誓于公之前者。里巷小兒數十百輩羅馬前，且泣下。君爲之抆淚，告以君命決不應留，輒柴其關如不聞。日且暮，度不可止，則奪刺史車置道旁，以民間小輿舁至梵嚴精舍，燃火風雪中圍守之。其挾舟走行闕告丞相、御史者，蓋千數百人而未止。又明日，回泊通波亭，乘間欲以舟去，百姓又相與擁之不置。溪流亦復堰斷不可通。鄉士大夫懼螻蟻之微，不足以回天聽，委曲諭之，且却且前，久乃曰：『願公徐行，天子且有詔矣。』公首肯之，道稍開，公疾馳徑去，後來者咎其徒之不合舍去，責誚怒罵，不啻仇敵。嗚呼，大官，所尊也；民，所信也。所尊之劾如彼，而所信之情如此，吾亦不知公之政何如也，將從智者而問之。」范成大此詩亦盛贊其才：「經濟長懷尚典州。」然周密癸辛雜志前集「韓彦古」條云：「韓彦古字子師，詭譎任數，處性不常。尹京日，范仲西叔爲諫議大夫，皐陵眷之厚，大用有日矣。范素惡韓，將奏黜之，語頗泄，韓窘甚，思所以中之。范門清峻，無間可入，乃以白玉小合滿貯大北珠，緘封於大合中。厚賂鈐下老兵，使因間通之。范大怒，叱使持去。所愛亦在傍，怪其奩大而輕，曰：『此何物也！』試啓觀之，則見玉合，益怪之，方復取視，玉滑而珠圓，分迸四出，失手墮地。合既破碎，益不可收拾。范見而益怒，自起捽妾之冠，而氣中仆地竟不起。其無狀至此。李仁甫亦惡其爲人，弗與交，請謁嘗瞰其亡。一日知其出，往見之，則實未嘗出也。既見，韓延入書屋而請曰：『平日欲一攀屈而不能，今幸見臨，姑解衣盤礴可也。』仁甫辭再三，不獲，遂爲强留。室有二廚，貯書，牙籤黄袱，扃護甚嚴。仁甫問：『此爲何書？』答曰：『先人在軍中日，得於北方。蓋本朝野史，編年成書者。』是時仁甫方修長編，既成，有詔臨安給筆札，就其家繕録以進。而卷帙浩博，未見端緒，彦古常欲略觀不可得。仁甫聞其言窘甚，亟欲得見之。則曰：『家所秘藏，將即進呈，不可他示也。』李益窘，再四致禱。乃曰：『且爲某飲酒，續當以呈。』李於是爲盡量，每杯行輒請。至酒罷，笑謂仁甫曰：『前言戲之耳，此即公所著長編也。已爲用佳紙作副本裝治，就以奉納，便可進御矣。』李視之，信然。蓋陰戒書吏傳録，每一板酬千錢。吏畏其威，利其賞，輒先録送韓所，故李未成帙而韓已得全書矣。仁甫雖憤媿不平，而亦幸蒙其成，竟用以進。其怙富玩世，狡獪每若此。」陳亮素以志存經濟、才氣超邁聞於當世，而婺州又爲其家鄉，他與范成大皆爲韓彦古同時人，則陳、范之言當可信從。

【箋注】

〔一〕「自古」句：語出張衡四愁詩：「我所思兮在桂林，欲往從之湘水深。」時石湖正在桂林任職，運化前人詩意，極爲貼切。

〔二〕蚺鼓：南人用蚺蛇之皮蒙鼓，聲響極遠，周去非嶺外代答卷七「腰鼓」條云：「静江腰鼓，最有聲腔。出於臨桂縣職田鄉，其土特宜，鄉人作窑燒腔。鼓面鐵圈，出於古縣，其地産佳鐵，鐵工善鍛，故圈勁而不褊。其皮以大羊之革，南多大羊，故多皮。或用蚺蛇皮鞔之，合樂之際，聲響特遠，一、二面鼓，已若十面矣。」范成大桂海虞衡志志器「花腔腰鼓」條：「出臨桂職田鄉。其土特宜鼓腔，村人專作窑燒之。油畫紅花紋以爲飾。」

〔三〕象鍪：大理人用象皮製作甲胄，非常堅固。范成大桂海虞衡志志器「蠻甲」條云：「惟大理國最工。甲胄皆用象皮。胸背各一大片，如龜殼，堅厚與鐵等。又聯綴小皮片，爲披膊、護項之屬，製如中國鐵甲，葉皆朱之。兜鍪及甲身内外，悉朱地間黄黑漆，作百花蟲獸之文，如世所用犀毗，器極工妙。又以小白貝纍纍絡甲縫及裝兜鍪，疑猶傳古具胄朱綅遺制云。」

〔四〕「故舊」句：自杜甫春望「烽火連三月，家書抵萬金」脱化而來。

〔五〕朝氣爽：世説新語簡傲：「王子猷作桓車騎參軍，桓謂王曰：『卿在府久，比相當料理。』初不答，直高視，以手版拄頤，云：『西山朝來，致有爽氣。』」

〔六〕雙溪：水名，在浙江婺州城南，附注云「前年過婺」，知雙溪即在婺州。浙江通志卷一七山川九引名勝志：「雙溪在城南（金華城南），一曰東港，一曰南港。」李清照武陵春：「聞説雙溪春尚好，也擬泛輕舟。只恐雙溪舴艋舟，載不動、許多愁。」

〔七〕「好音」句：語出杜甫蜀相：「映階碧草自春色，隔葉黄鸝空好音。」

〔八〕「功名」句：用吕尚磻溪垂釣事。竹書紀年沈約注：「文王至於磻溪之水，吕尚釣於涯，王下趨拜曰：『望公七年，乃今見光景於斯。』尚立變名答曰：『望釣得玉璜。』」唐方干贈浙東王大夫：「已見玉璜曾上釣，何愁金鼎不和羹。」即用此典。

宜齋雨中

秀麥一番冷〔一〕，送梅三日霖。緑肥新荔子〔二〕，紅浥舊蕉心〔三〕。映竹千絲舞，垂檐一線斟。終朝盤膝坐，卑濕恐相侵。

【題解】

本詩作於淳熙元年（一一七四）春末。時在桂林帥任上。

【箋注】

〔一〕秀麥：麥吐穗，史記宋微子世家：「麥秀漸漸兮，禾黍油油。」

〔二〕「緑肥」句：荔子，即荔枝。范成大桂海虞衡志志果：「荔枝，自湖南界入桂林，才百餘里便有之，亦未甚多。昭平出櫺核，臨賀出緑色者尤勝。自此而南，諸郡皆有之，悉不宜乾。」

〔三〕「紅浥」句：紅蕉花，又名「美人蕉」，廣西各地多有之。范成大桂海虞衡志志花：「紅蕉花，葉瘦類蘆箬。中心抽條，條端發花。葉數層，日拆一二葉。色正紅，如榴花荔子，其端各有一點鮮緑，尤可愛。春夏開，至歲寒猶芳。」

次韻許季韶通判水鄉席上

青山緑浦竹間明，彷彿苕溪好處行〔一〕。解愠風來如故舊，催詩雨作要將迎〔二〕。休兵幕府烏鳶樂，熟稻邊城鼓笛聲。摹寫箇中須綵筆，句成仍挾水雲清。

【題解】

本詩作於淳熙元年（一一七四）秋，時在桂帥任上。許子紹通判作水鄉席上，石湖次韻作本詩。

【箋注】

〔一〕苕溪：李吉甫元和郡縣圖志卷二五江南道一湖州烏程縣：「霅溪水，一名大溪水，一名苕溪水，西南自長城、安吉兩縣東北流，至州南與餘不溪水、苧溪水合，又流入於太湖。」

〔二〕催詩雨：杜甫陪諸貴公子丈八溝攜妓納涼晚際遇雨：「片雲頭上黑，應是雨催詩。」

水鄉酌别但能之主管，能之將過石康

南郭河橋市井喧，緑荷香處有江天。一簾梅雨爐煙外，三疊陽關燭淚前〔一〕。馬耳西風君並海，船頭北渚我歸田。後期只恐參商似，且醉金槽四十絃〔二〕。

【題解】

本詩作於淳熙元年（一一七四）夏，「緑荷香處有江天」，可知。但能之，即但中庸，字能之，湖北齊安人。曾在廣右任職，知潯州，嶺南監司。臨桂縣志卷二一金石志二：「劉焞題名：『眉山劉焞（文潛）載酒，齊安但中庸（能之）、晉安韓璧（廷玉）、延平張士佺（子真）、臨賀楊炤（叔戒）、宜春潘修（文叔）共飲彈丸新巖，下舟龍隱。賓主既醉，逮闇乃歸。淳熙庚子六月。』」陸游老學庵筆記卷七：「姓但者，音若檀。近歲有嶺南監司曰但中庸是也。一日，朝士同觀報狀，見嶺南郡守以不法被劾，朝旨令但中庸根勘。」張栻送但能之守潯州（南軒先生文集卷五）：「循吏古猶少，嶺民今未蘇。丁寧煩詔旨，推擇得吾徒。根本誰深念？詩書計不迂。惟應敦此意，豈但應時須！」楊萬里淳熙薦士録贊其人品格云：「有學有文，操守堅正。持節布憲，風采甚厲。」石康，縣名，屬廉州。王存元豐九域志卷九廣南路廉州，屬縣二：石康。

【箋注】

〔一〕三疊陽關：郭茂倩樂府詩集卷八〇録王維送元二使安西詩，題作渭城曲，録入近代曲録，曰：「渭城一名陽關，王維之所作也。本送人使安西詩，後遂被于歌……渭城、陽關之名，蓋因辭云。」蘇軾仇池筆記卷上：「舊傳陽關三疊，今歌者每句再疊而已，若通一首，又是四疊，皆非是。每句三唱以應三疊，則叢然無復節奏。有文勛者，得古本陽關，每句皆再唱，而第一句不疊，乃知唐本三疊如此。」陸游閬中作：「三疊淒涼渭城曲。」

〔二〕金槽四十絃：十位女子彈奏琵琶。金槽，李賀秦王飲酒：「金槽琵琶夜棖棖。」吴正子注引談實録：「中官白秀貞得琵琶槽，有金縷紅紋，以獻楊貴妃。」王琦解：「金槽，以金飾琵琶之槽也。」蘇軾約公擇飲是日大風：「琵琶一抹四十絃。」潘若沖郡閣雅談：「高從誨好彈胡琴。天成中，王仁裕使荆渚，從誨出十妓彈胡琴，仁裕有詩曰：『紅粧齊抱紫檀槽，一抹朱絃四十條。』」

六月十五日夜汎西湖，風月温麗

暮檥金龜潭，追隨今夕涼。波紋挾月影，摇蕩舞船窗。夜久四山高，松桂黯以蒼。長煙界巖腹，浮空餘劍鋩。棹夫三弄笛，跳魚翻素光。我亦醉夢驚，解纓濯滄浪〔一〕。多情芙蕖風，嫋嫋吹鬢霜。會心有奇賞，天涯此何方？清潤不立塵，空明滿生香。過清難久留，俛俯墮渺茫。

【題解】本詩作於淳熙元年（一一七四）六月。桂林有西湖，在城西三里。永樂大典卷二二六三引桂林郡志：「西湖在桂城西三里，西山之下，環寖隱山六洞。闊七百餘畝。在唐，名其源爲蒙泉，其流爲蒙溪。見隱山六洞記。湖久廢，宋乾道間經略張維築斗門復舊觀。淳熙間，經略張栻以爲放生池。」宋鮑同西湖記：「桂林西湖，今經略使徽猷張公所復也。」「作斗門以閘之，未幾，水遂盈衍澶漫，若潭若池。橫徑將數十畝，望之蒼茫皎澈，千峰影落，霽色秋清，景物輝煌，轉盼若新。」范成大桂海虞衡志志岩洞：「隱山六洞，皆在西湖中，隱山之上。」「荷花時，有泛舟故事，勝賞甲於東南。」

【箋注】

〔一〕解纓濯滄浪：屈原漁父：「滄浪之水清兮，可以濯我纓。」

燕堂書事

歲稔齋鈴閴〔一〕，年深屋壁摧〔二〕。狸争雷瓦過〔三〕，螘化雨窗來。盡日風常籟，無時地不梅。耳邊情話少，笑口若爲開〔四〕？

【題解】

本詩作於淳熙元年（一一七四）秋，時在桂帥任上。

【箋注】

〔一〕閴：閴静，没有聲音。洪邁夷堅志丁志「路當可」條：「吾以鬼見困，從其家求閴静處，將具奏於天。」

〔二〕屋塈摧：房屋塗泥已損壞。尚書梓材：「若作室家，既勤垣墉，惟其塗塈茨。」注：「馬融曰：塈，堊色。」

〔三〕「貍争」句：雷瓦，雷通擂，敲擊。樂府詩集卷二鉅鹿公主歌辭：「官家出遊雷大鼓。」全句謂貍在屋上争，敲擊瓦片發出聲響。

〔四〕「笑口」句：杜牧九日齊山登高：「塵世難逢開口笑。」蘇軾出城送客不及步至溪上二首其二：「春來六十日，笑口幾回開。」

酒邊二絶

團扇香中嫋嫋風，斷腸聲裹看羞紅〔一〕。不須過處催乾盞，聽徹歌頭盞自空。

日長繡倦酒紅潮，閒束羅巾理六幺〔二〕。新様築毬花十八〔三〕，丁寧小玉慢吹簫〔四〕。

【題解】

本詩作於淳熙元年(一一七四)，時在桂帥任上。

【箋注】

〔一〕斷腸聲裏：黄庭堅題陽關圖：「斷腸聲裏無形影，畫出無聲亦斷腸。」

〔二〕六幺：唐曲名，蔡寬夫詩話：「緑腰，本名録要，後訛爲此名，今又謂之六么，然六么自白樂天時，已若此云，不知何義也。」程大昌演繁露卷一二：「段安節琵琶録云：貞元中，康昆侖善琵琶，彈一曲新翻羽調緑腰，注云：緑腰，即録要也。本自樂工進曲，上令録出要者，乃以爲名，誤言緑腰也。據此即録要已訛爲緑腰，而白樂天集有聽緑腰詩，注云，即六么也。」

〔三〕「新樣」句：張邦基墨莊漫録卷四：「王禹玉丞相寄程公闢詩云：『舞急錦腰迎十八，酒酣玉帳照東西。』樂府六么曲有花十八，古有玉東西杯，其對甚新也。」吴聿觀林詩話評云：「鮑照云：『傷禽惡弦驚，倦客惡離聲。』『斷腸聲裏無形影，畫出無聲亦斷腸』，蓋以此也。」

〔四〕「丁寧」句：丁寧，樂器名，王建宫詞：「小管丁寧側調愁。」左傳宣公四年：「著于丁寧。」杜預注：「丁寧，鉦也。」小玉，本侍女名，借指女藝人。白居易長恨歌：「轉教小玉報雙成。」李賀江樓曲：「小玉開屏見山色。」唐人多以「小玉」爲侍女之稱。

枕上作

繞枕蚊相聒，翻缸鼠自忙。早衰秋夢亂，不寢曉更長㈠。賦擬騷人屈，吟成病客莊。安心無可覓〔一〕，隨處且爲鄉〔二〕。

【校記】

㈠不寢：叢書堂本、詩淵第二册第一三四〇頁作「不寐」。

【題解】

本詩作於淳熙元年（一一七四）秋，時在桂帥任上。夜不寐，因於枕上作本詩，發人生之感歎。

【箋注】

〔一〕「安心」句：景德傳燈録卷三：「光（慧可）曰：『我心未寧，乞師與安。』師（達磨）曰：『將心來與汝安。』曰：『覓心了不可得。』師曰：『我與汝安心竟。』」

〔二〕「隨處」句：此句連貫上句，實用蘇軾詞意，定風波（常羨人間琢玉郎）：「却道，此心安處是吾鄉。」

思歸再用枕上韻

老覺觸事懶，病添歸計忙。行年心已化〔一〕，疇昔意空長。五柳栗里宅〔二〕，百花錦城莊〔三〕。何時去檢校，一棹水雲鄉。

【題解】

本詩作於淳熙元年（一一七四），時在桂帥任上，因病而生歸思，用枕上作韻賦本詩。

【箋注】

〔一〕行年心已化：用莊子文意。莊子寓言：「曾子再仕而心再化。」疏：「所謂再化，以悲樂易心，爲不及養親故也。」

〔二〕五柳栗里宅：指陶潛之宅。晉書陶潛傳：「嘗著五柳先生傳以自況，曰：『先生不知何許人，不詳姓字，宅邊有五柳樹，因以爲號焉。』」栗里，地名，陶潛居住地，白居易訪陶公潛舊宅：「柴桑古村落，栗里舊山川。」

〔三〕百花錦城莊：錦城，成都；百花，即百花潭，杜甫所居之處，在成都西。杜甫懷錦水居止：「萬里橋南宅，百花潭北莊。」

李正之提點行至郴，用予忙字韻寄，和答

天涯逢我病，秋晚送君忙。感概交情厚，留連别恨長。賓筵猶雪觀，客路已雲莊。摇落郴江路〔一〕，應須憶醉鄉〔二〕。

【題解】

本詩作於淳熙元年（一一七四）七月以後。李正之，即李大正，字正之，建安人。紹興三十一年，任遂昌尉，見揮麈餘話卷一。乾道八年十二月二十六日，以右宣教郎除江淮荆浙福建廣南路提點坑冶鑄錢公事，見宋會要輯稿職官四三。淳熙元年七月，李大正至廣西巡檢，會見范成大，同遊壺天觀，並題名。臨桂縣志卷二二金石志三：「范成大題名：經略安撫使范成大新作壺天觀，提點刑獄鄭丙落其成，轉運判官趙善政、提點坑冶鑄錢李大正同集。淳熙改元，七月十日。」李大正離桂林後，作詩寄給石湖，石湖又和而答之。本詩必作於七月以後。李大正於淳熙十一年任潼川府路提點刑獄，十二年又改爲利州路提刑，十三年猶在任。十一年冬，辛棄疾賦滿江紅送李正之提刑入蜀，即爲李大正赴利州路提刑而作。

【箋注】

〔一〕郴江路：郴江，即郴水，王存元豐九域志卷六荆湖南路郴州，治郴縣，境内有郴水。

〔二〕醉鄉：醉中之境界。新唐書王績傳：「著醉鄉記，以次劉伶酒德頌。」李煜烏夜啼：「醉鄉路穩宜頻到，此外不堪行。」

曉出北郊

偪仄深巷中，葱蘢緑陰交。山家不早起，閉户如藏逃。濃露蜕蟬咽，小風飢燕高。新渠厘涓流，壞陂方怒號。遐町病瘠土，不肯昏作勞〔一〕。滅裂復滅裂，晚秧如牛毛。空餘朝氣白，浮浮濕弓刀。官稱勸農使，臨風首頻搔〔二〕。

【題解】

本詩作於淳熙元年（一一七四）夏，時爲桂帥兼勸農使，出北郊，見晚秧如牛毛，作本詩以抒憫農之感。

【箋注】

〔一〕昏作勞：尚書盤庚上：「乃不畏戎毒于遠邇，惰農自安，不昏作勞，不服田畝，越其罔有黍稷。」正義曰：「不强於作勞，則黍稷無所獲。」「昏，强。」引孫炎曰：「昏，夙夜之強也。」

〔二〕「官稱」二句：宋會要輯稿職官四二：「勸農使，掌勸課農桑之事。」北宋時，勸農使先由轉運使兼任，後改由提點刑獄官兼，亦可由諸州知州兼任，高承事物紀原卷六「勸農」條：「至景德三年二月，詔諸路轉運、開封知府、諸知州、少卿監以上，並兼勸農使，其餘知州軍、通判並兼勸農事。」從范詩看，他知靜江府，亦兼勸農使。

甘雨應祈三絶

晚稻成苞未肯肥，鵯鳩啼曉雨來時。黄紬被冷初眠覺，先向芭蕉葉上知。

數日雖蒙霢霂霑〔一〕，浥塵終恨太廉纖〔二〕。今朝健起巡檐看，恰似廬山看水簾。

高田一雨免飛埃，上水綱船亦可催。説與東江津吏道〔三〕：打量今晚漲痕來。

【題解】

本詩作於淳熙元年（一一七四），時在桂帥任上，喜雨來，感賦本詩。

【箋注】

〔一〕霢霂：小雨。詩經小雅信南山：「益之以霢霂。」

〔二〕廉纖：多形容小雨，蘇軾雪夜獨宿柏仙庵「晚雨纖纖變玉霙」，施注：「韓退之詩：廉纖微雨不能晴。」

〔三〕東江：指桂林東江。津吏：管理渡口、橋樑等的官吏。清梁章鉅稱謂録卷二二津吏條：「楊萬里至洪澤詩：『急呼津吏催開閘，津吏叉手不敢答。』案：即閘官也。」

與鄭少融、趙養民二使者訪古訾家洲，歸憩松關。二君欲助力興廢，戲書此付長老善良，以當疏頭

飄飄竹雨潤輕裘，嫋嫋松風繫小舟。安得從容興廢手，越人重上訾家洲。

【題解】

本詩作於淳熙元年（一一七四），時爲桂帥，與提刑鄭丙、轉運判官趙善政訪古訾家洲，賦本詩紀遊。鄭少融，即鄭丙，字少融，祖籍安陸，後移家福州長樂縣。紹興十五年，擢進士第，歷仕建州州學教授、太學録、國子監主簿。隆興元年，遷監察御史。二年，出爲提點荆湖北路刑獄。乾道六年入對，除尚書禮部員外郎。淳熙元年，爲静江府提點刑獄，四年召爲吏部郎中，累遷秘書監、中書舍人、禮部侍郎、吏部尚書、知紹興府等，事見周必大吏部尚書鄭公丙神道碑，宋史卷三九四有傳。岳珂桯史卷一二「鄭少融遷除」條云：「孝宗在位久，益明習國家事，厲精政本，頗垂意骨鯁，以彊本朝。淳熙六年，鄭少融丙初拜西掖，首疏官冗賞濫，力指時政之失。且謂卿監丞簿，事簡官備，館職史官，至二十員，學官書局，各以十數，監司郡守，疊授三政，參議祠廟，歸正添差，養老將校，充滿外路。東宫徹章，館閣進書，雜流厮役，例霑賞典，曰隨龍，曰應奉。開河修堰，併場蠲賦，無時推恩，他司錢物，漕乞移用，尉不捕賊，詭奏有功，張大虚聲，横被醲賞。累數百言，上覽而壯

之。奎札付中書曰：『賞功遷職，不以濫予，鄭丙言是也。給舍遇書讀，宜隨事以聞。』於是廷臣始側目。既而少融益亹亹論事，敢於劘上，上亦忻然納之，無忤。八年，遂兼夕拜東宮春坊。陳龜年女嫁巨室裴良珣，裴死于酒，兄良顯訴陳女利其富，死有冤事，下天府，語連龜年，尹不敢治，詔送大理，左右有爲之地者。詔漕司先審責良顯：『不實，反坐。』狀始得行。少融駁奏曰：『願少存國法，爲子孫萬世計。』竟如初詔。韓子師以曾覿援，有起廢意，少融極口詆之曰：『是人仰累聖德。』後大臣或指二言之切爲賣直。上不聽，諭少融曰：『朕自喜給舍得人。』亟遷吏書以矯其讒。時王謙仲藺丞宗正，進對曰：『今日不欺陛下，惟鄭丙，惜其愛莫助之耳。』上喜，亦遷監察御史。謙仲尤擊搏，不畏彊禦，馴致大用，奬直厲斷，蓋隱然有亨阿、封即墨之風焉。至今士夫間，猶能誦其獨立敢爲之實也。少融繼守數郡，治微尚嚴云。」趙養民，即趙善政，時任廣西轉運判官，張栻祭趙養民運使文（南軒先生文集卷四四）稱善政「民瘼旁咨」、「邦財益阜」。古訾家洲，在灕水中，唐裴行立立亭於其上，柳宗元作桂州裴中丞作訾家洲亭記：「桂州多靈山，發地峭豎，林立四野。署之左曰灕水，水之中曰訾氏之洲。」

淳熙甲午桂林鹿鳴燕，輒賦小詩，少見勸駕之意

維南吾國最多儒，聳看招招赴隴書〔一〕。竹實秋風辭穴鳳〔二〕，桃花春浪脱淵魚。

月宫移種新栽桂，江水朝宗舊鑿渠。況有狀頭坊井上，明年應表第三閭。郡人曹鄴及第詩云〔三〕：「我到月宫收得種，爲君移向故園栽。」今歲用故事植桂正夏、進德二堂之下〔四〕，又復朝宗古渠，以應文章應舉之讖。趙觀文、王世則亦郡人〔五〕，皆魁天下，故詩中悉及之。

【題解】

本詩作於淳熙元年（一一七四）九月，時在桂帥任上。静江府設鹿鳴燕，石湖賦詩以勸駕，亦具見培植人材之意矣。按謝啓昆粤西金石略卷九鹿鳴宴勸駕詩：「淳熙元年秋九月，桂林鹿鳴宴，太守范成大賦詩以勸駕云。」孫星衍、邢澍寰宇訪碑記卷九：「桂林鹿鳴燕詩，范成大撰，行書，淳熙元年九月。」淳熙甲午，即淳熙元年。鹿鳴燕，即鹿鳴宴，宋時殿試文武兩榜狀元唱名後，開設宴席，同年人俱團拜，稱鹿鳴宴。吴自牧夢粱録卷三「士人赴殿試唱名」條云：「……就豐豫樓開鹿鳴宴，同年人俱赴，團拜於樓下。文武狀元注授畢，各歸鄉里。本州則立狀元坊額牌所居之側，以爲榮耀。州縣亦皆迎迓，設宴慶賀。」本詩題云「桂林鹿鳴燕」，即爲州縣長官迎迓時所設之宴。本詩有石刻，陸增祥八瓊室金石補正卷一〇四跋云：「右范成大鹿鳴燕詩，在臨桂伏波巖。」謝啓昆粤西金石略卷九、寰宇訪碑記卷九亦有著録。

【箋注】

〔一〕隴書：隴坻之書，舊唐書德宗紀論：「加以天才秀茂，文思雕華。灑翰金鑾，無愧淮南之作，屬辭鉛槧，何慙隴坻之書。」

〔二〕「竹實」句：竹實秋風，點時令。穴鳳，山海經：「丹穴之山，有鳥狀如鷄，五彩而文，名曰鳳凰。」北史文苑傳序：「潘、陸、張、左，擅侈麗之才，飾羽儀於鳳穴。」李商隱擬意詩：「夫向羊車覓，男從鳳穴求。」

〔三〕郡人曹鄴及第詩：曹鄴，唐代詩人，字鄴之，桂州陽朔（今廣西桂林）人。唐大中四年中進士，歷仕太常博士、主客員外郎、祠部郎中、洋州刺史等。工於詩，與鄭谷、李洞、劉駕等人交游唱和。明人有曹祠部集二卷，全唐詩編其詩二卷。「及第詩」，原題爲寄陽朔友人。陸增祥八瓊室金石補正卷一〇四録范成大鹿鳴詩石刻，陸氏跋云：「曹鄴，唐人，官祠部，嘗讀書於龍頭山下。」

〔四〕正夏：正夏堂，范成大立，陸耀遹金石續編卷九：「杜易題榜：正夏堂。八分書，徑尺許，睢陽杜易書；吴郡范成大立，八分書，徑寸許。」

〔五〕王世則：陸增祥八瓊室金石補正卷一〇四録范成大鹿鳴詩，陸氏跋云：「王世則以太平興國八年魁天下。湖南通志載爲長沙人，與此不符。」

逍遥樓席上贈張邦達教授，張癸未省闈門生也。同年進士俱會樓上者七人

疇昔金門看選賢〔一〕，一星終矣半英躔。誰憐蠻府清池句，不著南山捷徑鞭〔二〕。

作者七人茅瘴地，肅霜九月菊殘天。浮生聚散如風雨，同倚東樓豈偶然。

【題解】

本詩作於淳熙元年（一一七四）九月。逍遥樓，臨桂縣志卷二六勝迹志二：「逍遥樓，在城東角上，軒楹重疊，俯視山川。唐顔真卿書逍遥樓三大字於石。」張邦達教授，静江府教授，生平未詳。癸未，隆興元年。此年，范成大爲試官，故稱張邦達爲門生。宋會要輯稿選舉二〇「試官」：「壽皇聖帝隆興元年正月九日，命翰林學士承旨、知制誥洪遵知貢舉，試兵部侍郎周葵、試中書舍人張震同知貢舉。……監太平惠民和劑局范成大等點檢試卷。」

【箋注】

〔一〕「疇昔」句：金門，金馬門之省稱。漢書揚雄傳解嘲：「與群賢同行，歷金門、上玉堂有日矣。」石湖昔日爲試官，選拔群賢，故云。

〔二〕「不著」句：用「終南捷徑」典。劉肅大唐新語卷一〇：「盧藏用始隱於終南山中，中宗朝屢居要職。有道士司馬承禎者，睿宗迎至京，將還，藏用指終南山謂之曰：『此中大有佳處，何必在遠！』承禎徐答曰：『以僕所觀，乃仕宦之捷徑耳。』藏用有慚色。」

畫工李友直爲余作冰天、桂海二圖㊀，冰天畫使北虜渡黄河時，桂海畫游佛子巖道中也。戲題

許國無功浪著鞭，天教飽識漢山川。酒邊蠻舞花低帽，夢裏胡笳雪没韉〔一〕。收拾桑榆身老矣，追隨萍梗意茫然。明朝重上歸田奏，更放岷江萬里船〔二〕。

【校記】

㊀李友直：富校：「『李』黄刻本、宋詩鈔作『季』。」活字本、叢書堂本、董鈔本均作「李友直」。

【題解】

本詩作於淳熙元年（一一七四）八月以後，時在桂帥任上。八月，遊佛子巖，後畫工李友直爲之畫桂海圖，描繪石湖遊佛子巖道中，因戲題本詩。佛子巖，原名中隱巖，亦名鍾隱巖。范成大桂海虞衡志志巖洞：「佛子巖，亦名鍾隱巖。去城十里，號最遠。一山峷起莽蒼中，山腰有上、中、下三洞。下洞最廣。中洞明敞，高百許丈。上洞差窄。一小寺就洞中結架，因石屋爲堂室。」明張鳴鳳桂勝：「中隱，一作鍾隱。土人曰佛子巖，以宋乾道間建有福緣寺爲僧祖華所居，故名。」石湖遊中隱巖（即佛子巖），在本年八月十八日，有題名在中隱巖。「畫工李友直」，畫史無載，孔凡禮范成大年譜引圖繪寶鑑補遺，謂有「李友直」。

【箋注】

〔四七〕〔三〕「許國」四句：題冰天圖，言其使北事。

〔三〕「收拾」四句：題桂海圖，言其帥桂心事。

耳鳴戲題

歷歷從何起，泠泠與耳謀。人言衰相現〔一〕，我以妄心求。遠磬山房夜，寒蜩隴樹秋。圓通無別法，但自此根修〔二〕。

【題解】

本詩作於淳熙元年（一一七四），時在桂帥任上。

【箋注】

〔一〕「人言」句：衰相，佛家語，大明三藏法數卷一六：「天大五衰相：一，衣服垢穢；二，頭上華萎；三，腋下汗流；四，身體臭穢；五，不樂本座。天小五衰相：一，樂聲不起；二，身光忽滅；三，浴水著身；四，著境不捨；五，眼目數瞬。」石湖借用此語，指身體衰老之相。

〔二〕「圓通」三句：圓通，融會貫通。劉勰文心雕龍論説：「故其義貴圓通。」佛家也講圓通，楞嚴經卷六：「十三者，六根圓通，明照無二。」根，佛家稱感覺器官爲根，人之六種感官，稱六根。六根可以互通，楞嚴經卷四：「由是六根可以互通。」「此根」，即指耳。

復作耳鳴二首

至音起寂透希夷㊀〔一〕，珍重幽田爲發揮〔二〕。妙用何關新卷葉〔三〕，圓通自有倒聞機。夢中鼓響生千偈，覺後舂聲失百非〔四〕。寄語爵陰呑賊道〔五〕，玉牀安穩坐朱衣。

東極空歌下始青，西方寶網奏韶英。不須路入兜玄國〔六〕，自有音聞室筏城〔七〕。牛蟻誰知牀下鬬，鶏蠅任向夢中鳴。如今却笑難陀種，無耳何勞强聽聲〔八〕。

【校記】

㊀ 起寂：原作「豈寂」，富校：「『豈』黄刻本作『起』，是。」按活字本、叢書堂本、董鈔本均作「起寂」，今據改。

【題解】

參見上首「題解」。

【箋注】

〔一〕希夷：無聲曰希，無色曰夷。老子：「視之不見名曰夷，聽之不聞名曰希。」柳宗元愚溪詩序：「超鴻蒙，混希夷，寂寥而莫我知也。」

〔二〕幽田：耳神之名，參見卷一不寐注。

〔三〕「妙用」句：楞嚴經卷四：「耳體如新卷葉，浮根四塵，流逸奔聲。」

〔四〕「夢中」二句：楞嚴經卷四：「我正夢時，惑此春音，將爲鼓響。」石湖詩即由此化出。

〔五〕「寄語」句：爵，通「雀」。周武帝無上秘要卷五身神品：「七魄：第一尸狗，第二伏矢，第三雀陰，第四呑賊。……」杜光庭道德真經廣聖義卷一一：「營魄抱一，能無離乎？」注：「制魄之道，常以月三日、十三日、二十三日，存心中赤氣，變化而呼三魄之名……又以月朔、月望、月晦之日，存鼻端白氣，變化而呼七魄之名：尸狗、伏矢、雀陰、呑賊，除穢臭。……此太上營護虚魄度世長生之道也。」

〔六〕「不須」句：沈欽韓注：「玄怪録：薛君冑覺兩耳中有車馬聲，因隤然思寢。纔至席，遂有小車，朱輪青蓋，駕赤犢，出耳中，各高二三寸，車有二童，絳幘青帔，亦長二三寸，而謂君冑曰：『吾自兜玄國來，向聞長嘯月下，甚清激，私心奉慕，願接清論。』君冑大駭曰：『君適出吾耳，何謂兜玄國來？』二童子曰：『兜玄國在吾耳中，君耳安能處我！』一童因傾耳示，君冑覗之，乃別有天地，花卉繁茂，甍棟連接，清泉縈繞，巖岫杳冥。因捫耳投之，已至一都會。

問之，二童已在其側，謂君冑曰：『既至此，盍從我謁蒙玄真伯！』真伯授君冑爲主籙大夫，即有黄帔三四人，引至一曹署，其中文簿，多所不識。因暇登樓遠望，忽有歸思，賦詩示二童子。童子怒曰：『吾以君性質沖寂，引至吾國，鄙俗餘態，果乃未去。』遂疾逐君冑，如陷落地，仰視，乃自童子耳中落，已在舊處，童子亦不復見。問諸鄰人，云失君冑已七八年矣。」

〔七〕「自有」句：室筏城，即室羅筏城。楞嚴經卷三：「如我乞食室羅筏城，在祇陀林，則無有我，此聲必來阿難耳處。」大唐西域記卷六室羅伐悉底國，季羨林注：「室羅伐悉底是梵文，舊譯舍衛、室羅筏、舍婆提。」

〔八〕「如今」二句：沈欽韓注：「又跋難陀龍，無耳而聽，難陀龍也。翻譯名義：難陀，此云歡喜。段成式酉陽雜俎云：龍無耳。」

碧虚席上得趙養民運使寄詩，約今晚可歸，次韻迓之

偶攜尊酒上孱顏，忽憶行人瘴霧間。便好來分蒼石坐，已教不鎖翠雲關。

【題解】

本詩作於淳熙元年（一一七四），時在桂帥任上。碧虚亭席上，得趙養民運使寄詩，知其今晚

可歸，因次其韻迓之。原倡已佚。

寒夜

萬象閴無語，一蛩吟獨譁。肅肅月浸樹，滿庭穠李花。風從月中來，吹我兩鬢華。北斗聲迴環，南斗亦横斜。人生幾良夜，吾行久天涯。離居隔江漢，何由寄疏麻〔一〕。

【題解】

本詩作於淳熙元年（一一七四）秋，時在桂帥任上。寒夜忽念自己遠遊他鄉，思友人，爲賦本詩。

【箋注】

〔一〕「何由」句：疏麻，傳説中的神麻，古人折以贈别。楚辭屈原九歌大司命：「折疏麻兮瑶華，將以遺兮離居。」唐駱賓王夏日遊德州贈高四：「儻憶幽叢桂，猶冀折疏麻。」

甲午除夜，猶在桂林，念致一弟使虜，今夕當宿燕山會同館，兄弟南北萬里，感悵成詩

把酒新年一笑非，鶺鴒原上巧相違〔一〕。墨濃雲瘴我猶住，席大雪花君未歸。萬

里關山燈自照，五更風雨夢如飛。別離南北人誰免，似此別離人亦稀。

【題解】

本詩作於淳熙元年（一一七四）除夕，時猶在桂林帥任上。知致一弟使虜，今夜當宿燕山會同館，念兄弟南北分離相隔萬里，有感而作本詩。致一弟，即范成績，本年使金賀正旦節，宋史孝宗紀：「（淳熙元年十月）壬戌，遣蔡洸使金賀正旦。」無范成績名，孔凡禮范成大年譜淳熙元年譜文：「十月壬戌，遣蔡洸使金賀正旦，弟成績隨行。」附注云：「以時計之，成績當隨蔡洸使金也。」「成績與洸同行，或有親戚因素。」成大於今年十月，已得知成都府之任命，周必大神道碑：「淳熙元年十月，除敷文閣待制、四川制置使、知成都府。」然本年尚未動身，故云：「猶在桂林。」

【箋注】

〔一〕鶺鴒原上：語出詩經小雅常棣：「脊令原上，兄弟急難。」脊令，即鶺鴒，鳥名，如鶡雀，常在水邊覓食。

乙未元日用前韻書懷，今年五十矣

浮生四十九俱非〔一〕，樓上行藏與願違。縱有百年今過半，別無三策但當歸〔二〕。

定中久已安心竟〔三〕，飽外何須食肉飛〔四〕。若使一丘并一壑，還鄉曲調儘依稀。儘乃俗字〔五〕。

【題解】

本詩作於淳熙二年(一一七五)元日，時仍在桂林帥任上。因當年五十，作詩書懷。乙未，即淳熙二年。瀛奎律髓彙評卷一六方回評：「石湖靖康丙午生。乾道己丑年四十四，充泛使入燕。淳熙甲午、乙未帥桂林，時被命帥蜀，年五十。」查慎行評：「五、六恬退語，卻氣概飛揚。」紀昀評：「純作宋調，語自清圓。雖不免于薄，而勝吕居仁、曾茶山輩多矣。」

【箋注】

〔一〕四十九俱非：淮南子原道：「故蘧伯玉年五十，而有四十九年非。」

〔二〕三策：董仲舒舉賢良對策中提出「天人感應」、「大一統」、「罷黜百家，表彰六經」的主張，世稱三策，用爲典故。

〔三〕「定中」句：定，入定。安心竟，用達摩師語，見本卷枕上作「安心」句注。

〔四〕食肉飛：語出後漢書班超傳：「相者指曰：『生燕頷虎頸，飛而食肉，此萬里侯相也。』」

〔五〕儘乃俗字：胡朴安俗語典：「左傳文十四年：『公子商人，盡其家貸於公。』……按，盡，即忍切，即俗云儘著之儘。儘字，惟見字彙，前此未收也。白居易詩『世上争先從盡汝』，亦用盡字，而自注云：『上聲。』宋間有用儘者，若陸游詩『儘將醉帽插幽香』之類。」

再用前韻 時被命帥蜀

休論今昨總皆非，世味誠甘與我違。蜀道雖如履平地，杜鵑終勸不如歸。三冬自苦坐毛穎，一夢微官陪蟗飛〔一〕。夜久南枝翻倦鵲，茫茫月白衆星稀〔二〕。

【題解】

本詩作於淳熙二年（一一七五）正月，再用前韻，即用甲午除夜猶在桂林念致一弟使虜今夕當宿燕山會同館兄弟南北萬里感悵成詩之韻。時在桂帥任上。再次接除蜀帥詔命，因賦本詩以抒懷。周必大神道碑：「淳熙元年十月，除敷文閣待制、四川制置使、知成都府。……會復置宣撫使，以命樞臣，改公成都路制置使。未幾，復宣撫司，公復專四路之寄。」范成大桂海虞衡志序：「居二年，余心安焉，承詔徙鎮全蜀，亟上疏，固謝不能。留再閱月，辭勿獲命，乃與桂民別。」吴儆有賀范至能自廣帥鎮蜀啓（竹洲集卷五），時吴儆正在邕州。續資治通鑑卷一四四：「（淳熙元年十二月）以資政殿學士、知荆南府沈夏加大學士，爲四川宣撫使。新四川制置使范成大，改管内制置使。」

【箋注】

〔一〕蟗：白蟻的别稱。爾雅釋蟲：「蟗，飛螘。」

〔二〕「夜久」二句：用曹操短歌行詩意：「月明星稀，烏鵲南飛，繞樹三匝，何枝可依。」

與同僚遊棲霞，洞極深遠，中有數路，相傳有通九疑者。燭將盡乃還，飲碧虛上，陳仲思用一華君韻賦詩，即席和之

竹杖芒鞋俗網疎，每逢絶勝更踟躕。但隨岐路東西去〔一〕，莫計光陰大小餘。彷彿桃源猶舞鳳，辛勤李白謾騎魚〔二〕。今朝真作遊仙夢，不似騷人賦子虛〔三〕。

【題解】

本詩作於淳熙二年（一一七五）正月，時離任桂帥將發，與同僚游棲霞洞，酌别於碧虛亭，陳仲思賦詩，石湖即席和之。臨桂縣志卷二一金石志二：「范至能題名：『范至能赴成都，率祝元將、王仲顯、游子明、林行甫、周直夫、諸葛叔時酌别碧虛。淳熙乙未二十八日。』」棲霞，洞名，在七星山上。范成大桂海虞衡志志巖洞：「棲霞洞，在七星山。七星山者，七峰位置如北斗。又一小峰在旁，曰輔星。石洞在山半腹。入石門，下行百餘級，得平地，可坐數十人。」

【箋注】

〔一〕岐路：棲霞洞内多岐路。范成大桂海虞衡志志巖洞：「棲霞洞……進里餘，所見益奇。又

行食頃，則多岐。遊者恐迷途，不敢進。」

〔二〕「辛勤」句：李白騎魚，用李白騎鯨魚故事。杜甫送孔巢父謝病歸遊江東兼呈李白：「南尋禹穴見李白，道甫問信今何如。」一本作：「若逢李白騎鯨魚，道甫問信今何如。」又，棲霞洞，宋人易名爲「仙李洞」，張鳴鳳桂勝：「棲霞，相傳名起自唐，宋改爲仙李巖。」嘉慶廣西通志卷九四記載建炎己酉八月，故相李公（士羕）書棲霞洞，刻於洞門之外，後六年，經略安撫使李彌易名「仙李」。故石湖詩及李白。

〔三〕子虛：子虛賦，司馬相如作。

施元光在崑山，病中遠寄長句，次韻答之

四海飄蓬客舍邊，幾多雲水與風煙。絶無膂力驅長轡，空有孤忠誓大川。參井忽隨征馬上〔一〕，斗牛應挂故山前〔二〕。親交情話知何許，詩到天涯喜欲顛！

【題解】

本詩作於淳熙二年（一一七五），時已有帥蜀之命，然尚在桂林帥任上。施元光在崑山，病中遠寄詩來，石湖次韻答之。施元光，見卷八送施元光赴江西幕府「題解」。

【箋注】

〔一〕「參井」句：參井，是蜀的分野，晉書天文志上：「觜、參，魏，益州。」李白蜀道難：「捫參歷井仰脅息，以手撫膺坐長嘆。」石湖即將入蜀，故云「忽隨征馬上」。

〔二〕「斗牛」句：斗牛的分野在吴越。晉書天文志上：「斗、牽牛、須女，吴、越、揚州。」石湖念及家鄉，故云「應挂故山前」。

次韻趙養民碧虚坐上

已將山色染眉黛，更挽江波添酒罍。珍重江山勸人醉，笑人驅馬惺惺迴。

【題解】

本詩作於淳熙二年（一一七五）正月，時將離桂赴蜀帥任，趙養民作碧虚席上詩以送别，石湖次其韻答之。

贛州明府楊同年輓歌詞二首

拱璧温無纇，深蘭遠自芳。清班孤玉筍〔一〕，薄宦老銅章〔二〕。傳業麒麟子，承家鴻雁行。門闌自簪笏，吾獨憾堂堂。

憶昔龍門化，曾容雁塔陪〔三〕。逡巡九閏過，迢遞一書來。未報錯刀贈〔四〕，驚傳丹旐迴。辰陽隔江渚〔五〕，空此楚詞哀。

【題解】

本詩作於淳熙元年（一一七四），時在桂林帥任上，接楊同年訃告，作輓歌悼念之。因編於本卷末，姑繫於淳熙元年。楊同年，名未詳，疑是楊思濟，同於紹興二十四年登第。

【箋注】

〔一〕玉笋：喻才學之士，新唐書李宗閔傳：「俄復爲中書舍人，典貢舉，所取多知名士，若唐冲、薛庠、袁都等，世謂之玉笋。」

〔二〕銅章：後漢書蔡邕列傳下「墨綬長吏，職典理人」，注引漢官儀曰「秩六百石，銅章墨綬」也。

〔三〕「憶昔」二句：龍門，指同登進士第。後漢書李膺傳載，東漢末，李膺提倡名聲節操，不與宦官爲伍，士大夫非常宗仰他，「有被其容接者，名爲登龍門」。李白與韓荆州書：「一登龍門，聲價十倍。」「雁塔陪」，唐代士子考中進士後，同於雁塔題名，王定保唐摭言卷三：「進士題名，自神龍之後，過關宴後，率皆期集於慈恩塔下題名。」石湖用此典表示與楊同年曾同時中進士。

〔四〕「未報」句：錯刀，即金錯刀，張衡四愁詩：「美人贈我金錯刀，何以報之英瓊瑶。」

〔五〕辰陽：即辰州辰溪縣。元和郡縣圖志卷三〇江南道六辰州：「辰溪縣，本漢辰陵縣，屬武陵郡，後改曰辰陽，以在辰水之陽爲名。離騷云『朝發枉渚，夕宿辰陽』，是也。」

石湖居士詩集卷十五

初發桂林，有出嶺之喜，但病餘便覺登頓，至靈川疲甚，自歎羸軀乃無一可，偶陸融州有使來，書此寄之

桂林獨宜人，無瘴古所傳〔一〕。北客守炎官，恃此以泰然。堂高愜宴坐，訟簡容佳眠。不計身落南，璿柄三回天〔二〕。今朝遂出嶺，歡呼繫行纏。罝兔脱豐草，池魚躍清淵。那知多病身，久静翻懷安。長風蕩籃輿，簾箔飄以翾。靈泉路喫蹶〔三〕，僕夫告頳肩。我亦頭岑岑，中若磨蟻旋〔四〕。走投破驛宿，强飯不下咽。兹事未渠央，萬里蜀道難〔五〕。十年故倦遊〔六〕，况乃成華巔。蠶老當作繭，不繭夫何言！

【題解】 本詩作於淳熙二年（一一七五）正月，時離桂林，赴蜀帥任。初發桂林，有出嶺之喜，因賦本詩。靈川，縣名，屬桂州，王存元豐九域志卷九廣南西路桂州：「靈川，州東北五十二里。」陸融

州，未詳。

【箋注】

〔一〕「桂林」二句：范成大桂海虞衡志序：「始余自紫薇垣出帥廣右，姻親故人張飲松江，皆以炎荒風土爲戚。余取唐人詩，考桂林之地，少陵謂之宜人，樂天謂之無瘴，退之至以湘南江山勝於驂鸞仙去，則宦遊之適，寧有逾於此者乎？既以解親友，而遂行。乾道九年三月，既至郡，則風氣清淑，果如所聞。」杜甫寄楊五桂州譚：「五嶺皆炎熱，宜人獨桂林。」白居易送嚴大夫赴桂林：「桂林無瘴氣，柏署有清風。」

〔二〕璿柄：北斗七星的斗柄。　三回天：指居桂林前後三年。

〔三〕靈泉：指龍惠泉，參後靈泉詩。

〔四〕磨蟻：晉書天文志上：「天旁轉如推磨而左行，日月右行，隨天左轉……譬之於蟻行磨石之上，磨左旋而蟻右去，磨疾而蟻遲，故不得不隨磨以左迴焉。」

〔五〕萬里蜀道難：黄震黄氏日鈔卷六七録范成大自廣帥蜀謝表：「去國八千里，憾青天蜀道之難；提封六十州，豈白面書生之事！」

〔六〕十年故倦遊：此爲約數，以紹興三十二年（一一六二）赴行在任京官計，則已十三年。

甘棠驛

萬里三年醉嶺梅，東風刮地馬頭迴。心勞政拙無遺愛，慚向甘棠驛裏來〔一〕。

【題解】

本詩作於淳熙二年（一一七五），時自桂林赴蜀帥途中。甘棠驛，在靈川縣南二十里。

【箋注】

〔一〕「心勞」二句：石湖巧借地名，扣合甘棠故事，表明自己在桂林慚無政績。當然這是自謙之語。甘棠，詩經召南篇名，周武王時，召伯出行南國，曾決獄於甘棠樹下，後人思其德，因作甘棠詩。毛詩序：「美召伯也。召伯之教，明於南國。」後用以稱頌有德政的地方官。劉禹錫衢州徐員外使君遺以縞紵兼竹書箱因成一篇用答佳貺：「聞道天台有遺愛，人將琪樹比甘棠。」

靈泉

驛後有龍惠泉

泉螭無語笑經過〔一〕，欲拊鰲鰥奈拙何〔二〕！孤奉明恩雖出嶺，歡顔終少汗顔多。

【題解】本詩作於淳熙二年(一一七五)正月,時自桂林赴蜀帥任途中。甘棠驛後有龍惠泉,因賦本詩紀之。

【箋注】

〔一〕泉竇:石刻龍形之泉眼嘴。

〔二〕煢鰥:煢,同煢,小爾雅廣義:「凡無妻無夫通謂之寡,寡夫曰煢。」鰥,書堯典:「有鰥在下曰虞舜。」孔穎達疏:「王制云:老而無妻曰鰥。舜於時年未三十而謂之鰥者……鰥者無妻之名,不拘老少。」

嚴關

或謂之炎關,桂人守險處。朔雪多不入關,關内外風氣迴殊,人以爲南北之限也。

回看瘴嶺已無憂,尚有嚴關限北州。裹飯長歌關外去,車如飛電馬如流〔一〕。

【題解】本詩作於淳熙二年(一一七五),自桂林赴蜀帥任途中。嚴關,在桂林興安縣,王存元豐九域志卷九廣南西路桂州:「興安,州東北一百五十里。」沈欽韓范石湖詩集注卷中:「紀要:嚴關在桂林府興安縣西南十七里，桂郡之咽喉也。」

【箋注】

〔一〕「車如」句：後漢書馬皇后傳：「前過濯龍門上，見外家問起居者，車如流水，馬如游龍。」本句由此化出。

施進之追路出嚴關，且寫予真，戲題其上

喚渡牂牁瘴水濱〔一〕，嚴關關外又逢春。神仙富貴俱何在，且作全家出嶺人。

【題解】

本詩作於淳熙二年（一一七五），自桂林赴蜀帥任途中。

【箋注】

〔一〕牂牁：郡名，又作「牂柯」，漢置，隋置牂州，大業三年改牂牁郡，唐永徽後廢。李吉甫元和郡縣圖志卷三〇江南道六：「夷州，本徼外蠻夷之地，自漢至梁陳，並屬牂柯郡。」「都上縣，本漢牂柯郡地，隋大業十二年招慰所置。」「綏陽縣，本漢牂柯郡地，隋大業十二年巴郡丞梁粲招慰所置。」「費州，本古徼外蠻夷地，漢武帝元鼎六年通西南夷，置牂柯郡。隋文帝於此置涪川縣，屬黔州，煬帝改爲黔安郡。貞觀四年，分思州涪川、扶陽縣置費州。」太平寰宇記卷

一二三牂州，記及隋置，大業三年改爲牂牁郡，唐永徽初廢。牂牁轄地，約在今廣西北境，雲南東境，貴州一帶。宋已無此郡，石湖蓋借用漢代郡名代指其出桂林後行經之地。施進之，即施元光，參見本書卷八送施元光赴江西幕府「題解」。施進之能畫，工寫真，畫史無載。

興安乳洞有上中下三巖，妙絶南州，率同僚餞别者二十一人遊之

山水敦夙好，煙霞痼奇懷。向聞乳洞勝，出嶺更徘徊。雪林縞萬李，東風知我來。華裾繡高原，故人紛後陪。繫馬玉溪橋，嵌根豁崔嵬。蕩蕩碧瑶宫，冰泉漱牆隈。芝田溉石液，深畦龍所開。匄我一掬慳〔一〕，頮此炎州埃〔二〕。仍呼輪袍舞〔三〕，醉倒瑞露杯〔四〕。但恐驚山靈，腰鼓轟春雷。薪翁雜餉婦，圜視歡以咍。兹巖何時鑿，閲世幾劫灰？始有此客狂，後會真悠哉！南遊冠平生，已去首猶回。歲月可無紀？三洞俱磨崖。會有好事者，摩挲讀蒼苔。

【題解】本詩作於淳熙二年（一一七五）二月，自桂林赴蜀帥任途中。全詩記述同僚送别於興安時之

盛況。興安乳洞，王存新定九域志卷九桂州：「乳洞，垂乳萬數，其色湛然。」范成大桂海虞衡志志巖洞：「餘外邑巖洞尚多，不可皆到。興安石乳洞最奇。予罷郡時過之，上、中、下亦三洞。」祝穆方輿勝覽：「上、中、下三洞，有泉凝碧，自洞中沿石壁流出。……秉炬入，石乳玲瓏，有五色石横亘其上，如飛霞，有淺水，揭歷可行，山中亦多石果，好事者名其下洞曰噴雪，中曰駐雲，上曰飛霞，此洞與棲霞相甲乙。」石湖與同僚餞别者二十一人遊之。此爲紀實，盛況空前，亦見石湖在桂帥任深得人心。按，考詩集所記之送行者，計：陳思、陳席珍、李静翁、周去非、鄭鄖、祝元將、王光祖、游次公、施進之等人。

【箋注】

〔一〕一掬慳：韓愈題炭谷湫祠堂：「巨靈高其捧，保此一掬慳。」蘇軾南都妙峰亭：「均爲拳石小，配此一掬慳。」一掬，又作一匊，詩經小雅采緑：「終朝采緑，不盈一匊。」毛传：「兩手曰匊。」

〔二〕頮：洗臉。尚書顧命：「甲子，王乃洮頮水。」釋文：「音悔，説文作沬，云古文作頮。」馬融云：頮，頮面也。」

〔三〕輪袍舞：依鬱輪袍曲而起舞的舞蹈名。傳説王維詣公主，獨奏新曲，聲調哀切，公主詢之，答曰：「號鬱輪袍。」又出懷中詩卷，公主覽後，奇之。公主召試官至第，遣宫婢傳教。維遂中舉。事見鄭還古郁輪袍傳。

〔四〕瑞露：范成大桂海虞衡志志酒：「瑞露，帥司公廚酒也。經撫廳前有井清洌，汲以釀，遂有名。今南庫中自出一泉。近年只用庫井酒，仍佳。」

鏵嘴

在興安縣五里所㈠，秦史禄所作也㈡。迎海陽水，壘石爲壇，前鋭如鏵，衝水分南北，下爲湘、灕二江，功用奇偉，余交代李德遠嘗修之。

導江自海陽〔一〕，至縣迺瀰迤。狂瀾既奔傾，中流遇鏵嘴。分爲兩道開，南灕北湘水。至今舟楫利，楚粤徑萬里。人謀敓天造〔二〕，史禄所經始。無謂秦無人，虎鼠用否耳。紫藤纏老蒼，白石溜清泚。是聞可作社㈢，牲酒百世祀。修廢者誰歟？配以臨川李〔三〕。

【校記】

㈠興安縣：富校：「『縣』下脱『北』字，宋史河渠志謂『在興安縣北』。」

㈡史禄：原作「史録」，誤。富校：「『禄』誤作『録』。宋史河渠志『初乃秦史禄所鑿』。」活字本、叢書堂本、董鈔本均作「史禄」，今據改。

㈢是聞：富校：「『聞』黄刻本、宋詩鈔作『間』，是。」詩淵第三册第二○四七頁作「是間」。然活字本、叢書堂本、董鈔本均作「是聞」。

【題解】

本詩作於淳熙二年（一一七五）二月，至興安，賦鏵嘴詩，贊揚李浩修復靈渠之功績。鏵嘴，在靈渠，爲重要水利工程。歐陽忞輿地廣記：「咸通九年，刺史魚孟威以石爲鏵隄，亘四十里。」宋史河渠志七：「廣西水，靈渠源即灕水，在桂州興安縣之北，經縣郭而南。其初乃秦史禄所鑿，以下兵於南越者。至漢，歸義侯嚴出零陵灕水，即此渠也。馬伏波南征之師，饟道亦出於此。唐寶曆初，觀察使李渤立斗門以通漕舟。宋初，計使邊詡始修之。嘉祐四年，提刑李師中領河渠事重闢，發近縣夫千四百人，作三十四日，乃成。」顧祖禹讀史方輿紀要卷一〇七：「咸通九年，刺史魚孟威以石爲鏵隄，亘四十里，植大木爲斗門，至十八重，乃通舟楫。」范成大對鏵嘴、靈渠有詳細描寫，黄震黄氏日鈔卷六七引桂林虞衡志云：「靈渠，在桂州興安縣。湘水北下湖南又融江，牂牁下流也，南下廣西。二水遠不相謀。史禄於沙磕中壘石作鏵嘴，派湘之流而注之融，激行六十里，置斗門三十六，舟入一斗，則復閘一斗，使水積漸進，故能循崖而上，建瓴而下。治水巧妙，無如靈渠者。」今本桂海虞衡志無此條。李德遠，即李浩（一一二六——一一七六），字德遠，紹興十二年進士，歷仕襄陽府觀察推官、太常寺主簿、光禄寺丞、恭王府直講、司農少卿、大理卿、知靜江府兼廣西安撫，「浩至郡，舊有靈渠通漕運及灌溉，歲久不治，命疏而通之，民賴其利。」召回除吏部侍郎，夔路帥，淳熙三年九月卒。事見宋史卷三八八本傳。「余交代李德遠」，指李浩爲石湖上一任桂帥，范成大驂鸞録：「（閏正月）十八日至袁州，桂林帥前大理寺丞李浩德遠先在此相候，欲講交承禮，爲留三日。」

【箋注】

〔一〕「導江」句：黄震黄氏日鈔卷六七引桂海虞衡志：「湘、灕二水，皆出靈川之海陽。」海陽，當作陽海，山名，太平寰宇記卷一六二桂州興安縣：「陽海山，在縣城北一百七十里，屬興安縣。」酈道元水經注、輿地廣記卷三六、輿地紀勝卷一〇三均作「陽海山」。石湖記「海陽」，非是。

〔二〕敚：説文：「敚，彊取也。」周書：『敚攘矯虔。』」段玉裁注：「此是爭敚正字。後人假奪爲敚，奪行而敚廢矣。」

〔三〕臨川李：指李浩德遠。宋史李浩傳：「其先居建昌，遷臨川。」

大通界首驛

愚悃無華敢自欺，寸誠珍重吏民知。東風重倚庭前樹，送别人情似到時。

【題解】

本詩作於淳熙二年（一一七五）二月，時自桂林赴蜀帥任途中。大通，鎮名，王存元豐九域志卷七梓州路廣安軍新明縣，有大通鎮。

陳仲思、陳席珍、李静翁、周直夫、鄭夢授追路過大通，相送至羅江分袂，留詩爲别

相送不忍别，更行一程路。情知不可留[一]，猶勝輕别去。二陳拱連璧，僊李瑚璉具，周子雋拔俗，鄭子秀風度。嗟我與五君，曩如栖鳥聚。偶投一林宿，飄摇共風雨[二]。明發各飛散，後會渺何處？栖鳥固無情，我輩豈漫與？班荆一炊頃[三]，聽此昆弟語。把酒不能觴，有淚若兒女[四]。脩程各著鞭，慷慨中夜舞。功名在公等，臞儒老農圃。

【題解】

本詩作於淳熙二年（一一七五）二月。陳仲思，即陳符，見卷一四次韻陳仲思經屬西峰觀雪「題解」。陳席珍、李静翁，乃幕府中人，生平未詳。周直夫，即周去非，見卷一四送周直夫教授歸永嘉。周去非歸永嘉後不久，又至桂林任職，故能送石湖赴蜀帥任。鄭夢授，即鄭郥，字夢授，建安人。淳熙初，任静江府司法參軍。范成大祭遺骸文：「（范成大）謹遣左迪功郎臨桂縣令陳舜韶、左迪功郎司法參軍鄭郥以清酌庶羞之奠，祭於新塚諸君之靈。」楊萬里淳熙薦士録（誠齋集卷一一三）：「鄭郥，持身甚廉，愛民甚力，嘗知南雄州保昌縣，殊有治行。太守虐政，一切更之。民

情翕然去思。」厲鶚宋詩紀事卷五九引陝西通志載鄭郿游洋州崇法院詩之張縯跋語：「建安先生得句法於石湖范公，早以文章名世。」羅江，縣名，在綿州，王存元豐九域志卷七成都府路綿州有羅江縣，因羅江而得名。陳符等五人追路相送，至羅江（已入成都府界）分袂，石湖賦詩留別。

【箋注】

〔一〕情知：明知。駱賓王艷情代郭氏答盧照鄰：「情知唾井終無理，情知覆水也難收。」

〔二〕「嗟我」四句：以棲鳥暮投林，喻己與友人同舟共濟。晁無端宿濟州西門外旅館：「寒林殘日欲棲鳥。」

〔三〕班荆：左傳襄公二十六年：「楚伍參與蔡太師子朝友，其子伍舉與聲子相善……伍舉奔鄭，將遂奔晉。聲子將如晉，遇之於鄭郊，班荆相與食，而言復故。」杜預注：「班，布也。布荆坐地，共議歸楚，事朋友世親。」陶淵明飲酒之十五：「班荆坐松下，數斟已復醉。」

〔四〕「有淚」句：自王勃杜少府之任蜀川「無爲在岐路，兒女共霑巾」句中化出。

懷桂林所思亭

篸山奇絶送歸時，曾榜新亭號所思。桂水祇今湘水外，他年空有四愁詩〔一〕。

【題解】

本詩作於淳熙二年（一一七五）自桂林赴蜀帥任途中。所思亭，臨桂縣志卷二六勝迹志二：「所思亭，宋范成大建。」

【箋注】

〔一〕四愁詩：東漢張衡有四愁詩，其二云：「我所思兮在桂林。欲往從之湘水深，側身南望涕霑襟。美人贈我金琅玕，何以報之雙玉盤。路遠莫致倚惆悵，何爲懷憂心煩傷。」

羅江

嶺北初程分外貪，驚心猶自怯晴嵐。如何花木湘江上，也有黄茅似嶺南。

【題解】

本詩作於淳熙二年（一一七五），時自桂林赴蜀帥任途中。路經羅江，作本詩。沈欽韓范石湖詩集注引紀要：「羅水在全州西五里，出州西羅氏山，經州南入於湘水。」又引齊召南水道提綱：「全州城北有羅江。」

初入湖湘懷南州諸官

今晨入湖南，甘土絳以紫。厥壤既殊異，風氣當稱此。回思始安城，舊籍贅楚尾。實惟荆州隸，零陵之南鄙〔一〕。時雪度嚴關，物色號清美。儻以土宜觀〔二〕，尚非清湘比。何況引而南，焦茅數千里〔三〕。向我作牧時，客過不停軌。憧憧走官下，既至輒咎悔。書來無别語，但説瘴鄉鬼。我今幸北轅，又念衆君子。懷哉千金軀，博此五斗米。作詩諷方來，南遊可以已。車輪倘無角〔四〕，吾詩亦金柅〔五〕。

【題解】

本詩作於淳熙二年（一一七五）二月，離桂林赴蜀帥任，途經全州，出廣西界，初入湖湘，懷念桂林諸友，因賦本詩。

【箋注】

〔一〕「回思」四句：詠桂林之歷史治革。始安城，即桂林城。元和郡縣圖志卷三七嶺南道桂林：「今州即零陵郡之始安縣也，吴歸命侯甘露元年，於此置始安郡，屬荆州。晉屬廣州。梁天監六年，立桂州於蒼梧、鬱林之境，因桂江以爲名，大同六年移於今理。」元豐九域志卷九廣南路，桂林，始安郡，静江軍節度，治臨桂。

〔二〕土宜：周禮地官大司徒：「以土宜之法，辨十有二土之名物。」孔詒讓正義：「即辨各土人民鳥獸草木之法也。」

〔三〕焦茅：王嘉拾遺記前漢下：「（背明之國）有焦茅，高五丈，燃之成灰，以水灌之，復成茅也，謂之靈茅。」

〔四〕車輪倘無角：陸龜蒙古意：「願得雙車輪，一夜生四角。」石湖反其意而用之。

〔五〕金柅：制止車輪轉動之具。周易姤：「繫于金柅，貞吉。」疏：「馬云：柅者，在車之下，所以止輪令不動者也。」

清湘縣郊外雜花盛開，有懷石湖

午行清湘縣，妍煖春事嘉。柴荆鬧桃李，冥冥一川花。故園豈少此？愈此百倍加。我寧不念歸，顧作失木鴉。百年北窗涼，安用天一涯。君恩重喬嶽，敢計征路賒。鄉心與官身，鑿枘方聱牙。橘柚走珍貢，何如繫匏瓜〔一〕？明當復露奏，天日臨幽遐。儻許清江使㊀，曳尾還污邪〔二〕。

【校記】

㊀清江：富校：「『江』黄刻本、宋詩鈔作『河』。」

【題解】本詩作於淳熙二年（一一七五）二月，自桂赴蜀帥任，至清湘縣，見城外雜花盛開，感發興會，寫本詩以懷念石湖。清湘縣，屬全州，元豐九域志卷六荆湖南路：全州，治清湘縣。

【箋注】

〔一〕繫匏瓜：語出論語陽貨：「吾豈匏瓜也哉，焉能繫而不食？」比喻人伏處一隅未出仕。孫逖和左衛武倉曹衛中對雨創韻贈右衛李騎曹：「道合宜連茹，時清豈繫匏。」

〔二〕「曳尾」句：莊子秋水：「莊子釣于濮水，楚王使二人往先焉，曰：『願以境内累矣！』莊子持竿不顧，曰：『吾聞楚有神龜，死已三千歲矣，王巾笥而藏之廟堂之上。此龜者，寧其死爲留骨而貴乎？寧其生而曳尾於塗中乎？』二大夫曰：『寧生而曳尾塗中。』莊子曰：『往矣！吾將曳尾於塗中。』」石湖用此典，抒全身養性之情思。

珠　塘　未至清湘二十里

林茂鳥烏急，坡長驢馱鳴。坐輿猶足痺，負笈想肩赬。廢廟藤遮合，危橋竹織成。路傍行役苦，隨處有柴荆〔一〕。

【題解】

本詩作於淳熙二年（一一七五）二月，時離桂林赴蜀帥任途中，見珠塘之風物，賦本詩以紀之。

【箋注】

〔一〕柴荆：江文通從征虜始安王道中：「仰願光威遠，歲晏返柴荆。」

題湘山大施堂 山中祖師號無量壽，真身塔在焉。

重倚春林淚竹枝，南遊風物鬢成絲。難尋桂嶺千峰夢，更了湘山一段奇。來去別無心外法，行藏休問塔中師。若論大施門前事，竿木逢場且賦詩〔一〕。

【題解】

本詩作於淳熙二年（一一七五）二月，自桂林赴蜀帥途中。湘山，在清湘縣西二里，王存元豐九域志卷六荆湖南路全州清湘縣，有湘山。

【箋注】

〔一〕竿木逢場：逢趕場日，有竿木演出。竿木，雜技，演員在竿木上表演各種驚險動作。唐崔令欽教坊記：「上於天津橋南設帳殿，酺三日。教坊一小兒，筋斗絶倫。乃衣以繒綵，梳流，雜於内妓中。少頃，緣長竿上，倒立，尋復去手。久之，垂手抱竿，翻身而下。樂人等皆捨所執，宛轉於地，大呼萬歲。百官拜慶。中使宣旨云：『此技尤難，近方教成。』」（此爲佚文，據淵鑑類函卷一八七補）石湖所記乃爲村野之演竿木者。

清湘驛送祝賀州南歸

海内交情兩斷金〔一〕，離歌倡和倶吴音〔二〕。桃花如雨暮春酒〔三〕，竹箭有筠他日心。萬里書來蜀道易，四愁詩成湘水深。田園將蕪各早計〔四〕，一棹五湖能見尋？

【題解】

本詩作於淳熙二年（一一七五）暮春。祝賀州，即祝大任，字元將。范成大碧虚題名（粵西金石志卷九）：「范至能赴成都，率祝元將、王仲顯……酌别碧虚。淳熙乙未廿八日。」

【箋注】

〔一〕斷金：周易繫辭上：「二人同心，其利斷金。」

〔二〕「離歌」句：范成大與祝大任都是吴人，故詩歌唱和，倶用吴音。吴音，其聲清婉。范成大吴郡志卷二風俗：「吴音，清樂也，乃古之遺音。唐初古典漸闕，管弦之曲多訛失，與吴音轉遠。議者請求吴人使之傳習。（唐會要）貞觀中，有趙師者，善琴獨步，嘗云：『吴聲清婉，若長江廣流，綿綿徐游，國士之風。』今樂府有吴音子，世俗之樂耳。」辛棄疾清平樂：「醉裏吴音相媚好。」

〔三〕「桃花」句：自李賀將進酒「桃花亂落如紅雨」句中翻出，王琦彙解：「桃花亂落，正暮春景候。」石湖翻成此句，字字有着落，妙極。

〔四〕田園將蕪：語出陶淵明歸去來兮辭：「田園將蕪胡不歸。」

清湘驛送王柳州南歸二絶

南歸北去路茫茫，不是行人也斷腸。可惜湘江春夜月〔一〕，落花時節照離觴〔二〕。

我已兼程無脚力，君猶追路有襟期。從今月下共花下，誰復醉吟先和詩？

【題解】

本詩作於淳熙二年（一一七五）春。王柳州，即王光祖，字仲顯，清江人。范成大碧虛題名（粵西金石志卷九）：「范至能赴成都，率祝元將、王仲顯……酌別碧虛。淳熙乙未廿八日。」清江縣志（同治九年刊本）卷八人物志孝友：「王光祖，字仲顯。祖夷，建炎末知臨江軍，因家清江。光祖孝友坦易，喜讀書，居官廉勤，有志事功。改知衡陽縣，受知部使者，檄攝郡事。又辟守昭潭。丁內艱，廬墓，服闋，擢知瓊州。嘗病廣右鹽法不便。光宗即位，以光祖爲都提舉，兩路鹽法盡行，公私便之。卒於官。」王光祖時任柳州知州，已離任南歸，因稱「王柳州」。

【箋注】

〔一〕「可惜」句：自唐人張若虚春江花月夜詩套出。

〔二〕落花時節：語出杜甫江南逢李龜年：「正是江南好風景，落花時節又逢君。」石湖反其意而用之。

七里店口占

分手暮江寒，徘徊立馬看。尋常相見易，倍覺别離難〔一〕。

【題解】

本詩作於淳熙二年（一一七五）自桂林赴蜀帥任途中，承上兩首，當作於其後不久。口占，又稱「口號」，指不用起草，隨口吟成的詩篇，李白有口號詩，王琦注：「口號，即口占也。」

【箋注】

〔一〕「尋常」二句：曹丕燕歌行：「别日何易會日難。」李商隱無題推進一層，説：「相見時難别亦難。」石湖借用兩人詩意。

全守支耀卿飲餞七里，倅楊仲宣復攜具至深溪酌別，且乞余書，走筆作此，兼寄耀卿

店舍煙火寒，塵沙亭堠遠。嫣紅糝芸緑，春事亦已晚。年芳去踆踆，江水來衮衮。故人瀟湘逢，留落一笑莞。已張七里飲，更出深溪餞。草間艷紅粉，竹裏趣廚傳〔一〕。故意如許長，由來共鄉縣。愧我不能觴，負此離歌囀。別愁滿天末，不醉何由遣？却憶支使君，風前白波捲。

【題解】

本詩作於淳熙二年（一一七五）晚春。支耀祖，即支邦榮，字耀祖，宋會要輯稿選舉三四：「（乾道七年八月）十九日，詔知全州支邦榮除直秘閣。」廣西通志卷二〇：「支邦榮，孝宗時知全州。」據范詩知支邦榮於淳熙二年尚爲全守。又，景定建康志卷二五「安撫司」於淳熙中有參議官支邦榮。楊仲宣，生平不詳。

【箋注】

〔一〕「竹裏」句：自杜甫嚴公仲夏枉駕草堂兼攜酒饌得寒字「竹裏行廚洗玉盤」句翻出。行廚，出行時攜帶的酒食，葛洪神仙傳：「麻姑，入拜方平，方平爲之起立，坐定，立召行廚，皆金盤

玉杯。」

深溪鋪中二絶，追路寄呈元將、仲顯二使君

賀州歸去柳州還，分路千山與萬山。把酒故人都別盡，今朝真箇出陽關。

祇有南風捲路塵，斷無南客送車輪。故人合在瀟湘見，却向瀟湘別故人。

【題解】本詩作於淳熙二年（一一七五）春，自桂林赴蜀帥任途中，於全州清湘驛送別祝、王兩友，又作二絶，遣使追路寄呈之。

戲題愚溪

碧湍漱白石，沄沄復湯湯〔一〕。既爲人所愚，安用爾許忙？我昔曾經過，重來已三霜〔二〕。無事跰雙足，奔走寧非狂。溪流到江平，翻笑客路長。豈不有歲晚，乞身還故鄉。

【題解】本詩作於淳熙二年（一一七五）春，自桂林赴蜀帥任途中，至愚溪，戲題本詩。愚溪，見卷一〇

三愚溪在零陵城對岸渡江即至溪甚窄一石澗耳蓋衆山之水流出湘中「題解」。

【箋注】

〔一〕沄沄：董仲舒春秋繁露山川頌：「水則源泉混混沄沄，晝夜不竭。」湯湯：尚書堯典：「湯湯洪水方割，蕩蕩懷山襄陵，浩浩滔天。」孔傳：「湯湯，流貌。」詩經衛風氓：「淇水湯湯，漸車帷裳。」毛传：「湯湯，水盛貌。」

〔二〕「重來」句：石湖赴廣右帥任時路經愚溪，時爲乾道九年，今重來，前後相隔恰三年。

初泛瀟湘

六槳齊飛急下灘，碧琉璃上雪花翻。越來溪色清如此〔一〕，只欠磯頭一釣竿。

【題解】

本詩作於淳熙二年（一一七五）晚春。自桂林赴蜀帥任途中，有感而賦此小詩。

【箋注】

〔一〕越來溪：在蘇州。范成大吳郡志卷一八「川」：「越來溪，在横山下，與石湖連，相傳越兵入吳時由此來，故名。溪上有越城，雉堞宛然。」

湘口夜泊，南去零陵十里矣。營水來自營道，過零陵下，湘水自桂林之海陽至此，與營會合爲一江

我從清湘發源來，直送湘流入營水。故人亭前合江處，暮夜檣竿矗沙尾。却從湘口望湘南，城郭山川恍難紀。萬壑千巖詩不徧，惟有蒼苔痕屐齒。三年瘴霧亦奇絕，浮世登臨如此幾？湖南山色夾江來，無復瑶篸插天起。坡陀狠石蹲清漲〔一〕，澹蕩光風浮白芷。騷人魂散若爲招〔二〕，傷心極目春千里〔三〕。我亦江南轉蓬客，白鳥愁煙思故壘。遠遊雖好不如歸，一聲鶗鴂花如洗。

【題解】

本詩作於淳熙二年（一一七五）暮春，石湖自桂林赴蜀途中。營水、湘水於湘口合爲一江，沈注引齊召南水道提綱：「營水西自永安關來會，又東北經州城東北，又東北總名泥江，又北流至永州府治西南。又東北二十里至湘口入湘江。」酈道元水經注卷三八「湘水」：「湘水出零陵始安縣陽海山，東北過零陵縣東。」「營水，出營陽泠道縣南流山……營水又西逕營道縣，馮水注之。馮水又逕營道縣，而右會營水。」「營水又北流，注於湘水。」黃震黃氏日鈔卷六七：「去零陵十里爲湘口，有營水來自道州營道縣，湘水來自桂之海陽，至此合爲一江。」

【箋注】

〔一〕狠石：蘇軾甘露寺序：「寺有石如羊，相傳謂之狠石。云諸葛孔明坐其上，與孫仲謀論曹公也。」

〔二〕「騷人」句：騷人，指屈原，宋玉作招魂，王逸注：「招魂者，宋玉之所作也。……宋玉憐哀屈原……厥命將落，作招魂，欲以復其精神，延其年壽。」

〔三〕「傷心」句：語出宋玉招魂：「目極千里兮傷春心，魂兮歸來哀江南。」

南臺瑞應閣，用壁間張安國韻

衝雨上山頭，臨雲看山脚。松間一彈指，開此寶樓閣。草鞖方費錢，拂子不暇握。小偈出雷音〔一〕，千古驚猿鶴。

【題解】

本詩作於淳熙二年（一一七五）春，自桂林赴蜀帥任途中，遊南臺寺瑞應閣，賦本詩，用張孝祥南臺詩韻，張詩題於壁間。南臺，即南臺寺，湖南通志卷二三九謂此寺在岳廟之西。瑞應閣，在瑞應峰上。張安國，即張孝祥。瑞應閣壁間之詩，載於于湖先生文集卷五，題名南臺。

【箋注】

〔一〕雷音：佛家語，佛説法的聲音，其聲如雷，故云。維摩詰所説經佛國品第一：「演法無畏，猶獅子吼。其所講説，乃如雷震。」庾信陝州弘農郡五張寺經藏碑：「若夫法雲深藏，師子雷音。」

湘潭

暮雨檣竿縣一灣，長官立馬水雲間。風吹江沫浮浮去，誰在沙頭閉户閒？

【題解】

本詩作於淳熙二年（一一七五）春，自桂林赴蜀帥任途中，至湘潭縣，賦詩記其所見。湘潭，縣名，王存元豐九域志卷六荆湖南路潭州，縣十一，有湘潭。

泊長沙楚秀亭〔一〕

雨從湘西來，波動南楚門。不知春漲高，但怪江水渾。舟行風打頭〔二〕，陸行泥没鞍。且登裴公臺，半日心眼寬。

【校記】

㈠詩題：富校：「黄刻本作兩首，各四句，是。」活字本、叢書堂本、董鈔本、詩淵第五册第三四六八頁均合爲一首。

【題解】

本詩作於淳熙二年（一一七五），自桂林赴蜀帥任途中，舟泊長沙，登楚秀亭，有感而作本詩。長沙，縣名，王存元豐九域志卷六荆湖南路潭州，治長沙縣。嘉慶長沙縣志卷三〇「古跡」：「楚秀亭，通志：『在縣西北，唐乾符間裴休鎮長沙時建，一名裴公臺。』」張栻和吴伯承：「一葦湘可航，風濤逮春深。裴臺咫尺地，勇往復雨淫。」

【箋注】

〔一〕風打頭：即打頭風。白居易小舫：「黄柳影籠隨棹月，白蘋香起打頭風。」韻府群玉：「石尤風，打頭逆風也。」

題嶽麓道鄉臺

山外江水黄，江外滿城緑。城外杳無際，天低到平陸。長煙貫楚尾，遠勢帶吴蜀。故園東北望，遊子闌干曲。

【題解】本詩作於淳熙二年（一一七五）春，自桂林赴蜀帥任途中，遊嶽麓道鄉臺，賦詩寫景。湖南通志卷三三二謂道鄉臺在善化縣西嶽麓寺旁。宋鄒浩（字道鄉）適衡過潭時曾宿於此，後張栻築臺表之，朱熹刻石曰道鄉臺。

寄題潭帥王樞使佚老堂

孺子滄浪濯纓處，千載新堂來卜鄰。潦收無波徹底静，東湖之水堂中人。濛陽花譜勝洛下〔一〕，竹西藥闌來海瀕〔二〕。新篁緑沉桂丹渥，嶽立奇石蒼苔皴。賞心滿眼伴閉户，天風夜下扶車輪。胸中種蠡妙經濟〔三〕，鬢鬚白雪朱顔春。蒼生未佚身未老，斯堂未可忘斯民。四年西略可萬世，孤撑獨立扛千鈞〔四〕。匹馬皤皤恃天日，危言岌岌愁鬼神。浮生蚤休信不惡，持此欲去非吾聞。客遊瀟湘逢騎吹，知公已爲蒼生起〔五〕。公今少勞佚者多，湛輩乃可寒江蓑。王公自言：堂去東湖頃步，新得彭州牡丹，揚州芍藥、丹桂、貓頭竹，并徐氏五怪石，列堂下。

【題解】本詩作於淳熙二年（一一七五）春，自桂林赴蜀帥任途中，寄詩王炎，題詠其豫章之佚老堂。

潭帥王樞使，即王炎；樞使，爲樞密使之略稱。王炎，字公明，相州安陽人，宋史無傳。乾道四年試兵部侍郎，賜同進士出身，除端明殿學士，簽書樞密院事。五年二月，除參知政事，兼同知樞密院事。三月，爲四川宣撫使，仍舊參知政事。七年七月，授樞密使，依前四川宣撫使。八年九月，孝宗召赴都堂治事。九年正月，罷樞密使，以觀文殿學士提舉臨安府洞霄宫。淳熙元年十二月知潭州。宋宰輔編年録卷一七：「王炎，淳熙元年十二月，以觀文殿學士、大中大夫知潭州。二年五月，臣僚論蔣芾、王炎、張説欺君之罪，並詔落職居住。炎落觀文殿學士，袁州居住。」王炎卒於淳熙五年春。辛棄疾作於淳熙五年春之水調歌頭（我飲不須勸）詞序云：「時王公明樞密薨。」宋孝宗時別有一王炎，字晦叔，婺源人，乃詩人，有雙溪集，不能混淆。佚老堂，王炎居處堂名，在豫章東湖附近。周必大有寄題王公明豫章佚老堂詩（省齋文稿卷五），石湖詩云「東湖之水堂中人」，詩尾自注：「王公自言，堂去東湖頃步。」沈欽韓范石湖詩集注卷中以「王樞使」爲王剛中，誤。

【箋注】

〔一〕「濛陽」句：濛陽花譜，即陸游天彭牡丹譜。天彭，指四川彭州，元豐九域志卷七成都府路彭州，濛陽郡，縣四：濛陽。陸游天彭牡丹譜花品序：「牡丹在中州，洛陽爲第一。在蜀，天彭爲第一。」詩尾自注「新得彭州牡丹」，與本句相呼應。

〔二〕「竹西」句：竹西藥闌，指揚州芍藥。群芳譜卷四五「芍藥」：「處處有之，揚州爲上，謂得風土之正，猶牡丹以洛陽爲最也。」竹西，是揚州的代稱，杜牧題揚州禪智寺：「誰知竹西路，歌吹是揚州。」姜夔揚州慢：「淮左名都，竹西佳處。」石湖詩尾自注：「新得彭州牡丹，揚州芍藥。」

〔三〕「胸中」句：贊王炎之才華。種，文種，字會，春秋末楚之郢人，後定居越國，爲勾踐之謀臣，助范蠡爲勾踐打敗夫差，最後被勾踐賜死。事見越絶書。蠡，范蠡，字少伯，楚國宛人，輔助越王勾踐滅吴。後遊齊國，改名鴟夷子皮，以經商致富，號陶朱公。事見史記越王勾踐世家、貨殖傳。

〔四〕「四年」二句：頌王炎宣撫四川四年的業績。王炎在蜀四年，李心傳建炎以來朝野雜記乙集卷一六「紹興至淳熙四川宣撫司錢帛數」條：「（五年）七月己巳，王公明爲樞使入蜀，兩庫見在錢二百二十四萬緡……八年九月，王公明召，十月癸亥離司，兩庫見在錢六百八十九萬緡……」周必大玉堂雜記卷中：「乾道七年七月二十六日……是時參知政事王公明炎在蜀三年。屢求歸。」以此推算，王炎宣撫四川，始於乾道五年，至八年九月召，恰爲四載。吴廷燮南宋制撫年表卷下，乾道五年至八年，僅記制置使晁公武、張震，失載四川宣撫使王炎。王炎宣撫四川之業績，孔凡禮總括三點：其一，選擇人才；其二，移宣撫司治漢中；其三，重視撫存遠人，重視馬政。綜此，知炎時爲恢復籌畫也。（見范成大年譜淳熙二年譜文附注）

〔五〕「客遊」二句：稱道王炎起鎮長沙。宋宰輔編年録卷一七：「淳熙元年十二月，以觀文殿學士、大中大夫知潭州。」周必大此時亦有致王公明樞使函，自注「淳熙二年」，函中有「茲聞袞繡起鎮長沙」語，又謂：「相公此行，恐不止方面重寄，以相印而督師，固有次第。蓋天以大任屬我，則亦宜以天下之重自任。東山之興，當墮渺茫。向來佚老堂惡語，殆成詩讖矣。」（周益國文忠公全集書稿卷四）亦足與石湖詩相印證。沈欽韓范石湖詩集注卷中謂王樞使爲王剛中，佚老堂在鄱陽，蓋失考。

湘陰橋口市别游子明

馬首欲東舟欲西，洞庭橋口暮寒時。三年再别子輕去〔一〕，萬里獨行吾蚤衰。遥憶美人湘水夢〔二〕，側身西望劍門詩。老來不灑離亭淚，今日天涯老淚垂。

【題解】

本詩作於淳熙二年（一一七五）春，自桂林赴蜀帥任途中，游次公自桂林相送至此，已逾千里，石湖賦詩贈别。湘陰，縣名，屬潭州，王存元豐九域志卷六荆湖南路，潭州，縣十一，有湘陰。游子明，即游次公，參見卷一三過鄱陽湖次游子明韻「題解」。

【箋注】

〔一〕「三年」句：自本年向前推算，爲乾道九年，游子明隨石湖至桂林參幕，恰爲三載。

〔二〕美人：賢人，指游子明。詩經邶風簡兮：「云誰之思？西方美人。」曹植美女篇序：「美女者，以喻君子，言君子有美行，願得明君而事之，若不遇時，雖見徵求，終不屈也。」

竈渚

白魚出水卧銀刀，紫笋堆盤脱錦袍。捫腹將軍猶未快〔一〕，棹船西岸摘蔞蒿。

【題解】本詩作於淳熙二年（一一七五）春，自桂林赴蜀帥任途中，經竈渚，賦小詩紀事，可見石湖之生活情趣。

【箋注】

〔一〕捫腹：形容飽食後怡然自得的樣子。白居易飽食閒坐：「捫腹起盥漱，下階振衣裳。」蘇軾寓居定惠院之東雜花滿山有海棠一枝土人不知貴也：「先生食飽無一事，散步逍遥自捫腹。」

大波林

湖路荒寒又險艱，大千空水我居間。篙師晚始分南北，指點青青漢口山。

【題解】

本詩作於淳熙二年（一一七五）春，自桂林赴蜀帥任，路過大波林，寫詩紀行。

連日風作，洞庭不可渡，出赤沙湖

金沙堆前風未平，赤沙湖邊波不驚。客行但逐安穩去，三十六灣漲痕生。滄洲寒食春亦到，荻芽深碧蔞芽青。汨羅水飽動荆渚，嶽麓雨來昏洞庭。大荒無依飛鳥絶，天地惟有孤舟行。慷慨悲歌續楚些〔一〕，彷佛幽瑟迎湘靈〔二〕。黄昏慘淡艤極浦，雖有漁舍無人聲。冬湖落溜此暫住〔三〕，春潦怒長隨傭耕。吾生一葉寄萬里㊀，況復摇落浮滄溟。漁蠻尚自有常處㊁，羈官方汝尤飄零㊂。

【校記】

㊀ 萬里：「里」原作「木」，董鈔本作「里」，富校：「『木』宋詩鈔作『里』，是。」今據改。

㊁ 漁蠻：富校：「沈注云：『「漁」當作「魚」，東坡有魚蠻子詩。』」活字本、叢書堂本、董鈔本均作「漁蠻」，蓋兩者可通。

㊂ 羈官：富校：「『官』宋詩鈔作『宦』，是。」活字本、叢書堂本、董鈔本均作「羈官」，獨宋詩鈔作

「宦」，僅供參考。

【題解】本詩作於淳熙二年（一一七五）寒食，自桂林赴蜀帥任途中，因連日大風，洞庭不可渡，乃出赤沙湖，賦詩寫景抒情。赤沙湖，在華容縣南，又名赤亭湖。湖南通志卷二三：「赤沙湖在華容縣南，與洞庭湖接。」元和郡縣圖志卷二七江南道岳州華容縣：「赤亭湖，在華容縣南八十里。」元豐九域志卷六所載同。沈欽韓范石湖詩集注卷中：「按，此詩當在衡州程途之後，錯置於此。蓋赤沙湖在華容縣西南，與澧水相接，此下有安鄉縣、澧陽江等詩，是由赤沙湖入澧江，從澧州安鄉縣而至荆州府石首縣也。其路程如此。」沈氏按語可供參考。

【箋注】

〔一〕「慷慨」句：楚些，指楚辭招魂，因招魂句尾多用「些」字，故云。辛棄疾沁園春老子平生：「試高吟楚些，重與招魂。」

〔二〕「彷彿」句：楚辭遠遊：「使湘靈鼓瑟兮，令海若舞馮夷。」錢起省試湘靈鼓瑟：「善鼓雲和瑟，常聞帝子靈。」石湖變化運用而寫成本句。

〔三〕落濡：冬湖枯水，水落湖曲。濡，集韻：「濡，水曲。」

寄題贛江亭

陳季陵贛州書云：新作此亭泉，使李正之題其榜，要予詩。

二水之會新作亭〔一〕，主人文章子墨卿〔二〕。我記斯亭且不朽，千載當與文俱鳴。題榜誰歟漢使者，風流好事飾儒雅。平生兩君吾故人〔三〕，安得繫馬亭堦下？鼓旗西征上奔瀧，所思不見心難降。瞿塘縱有文鱗雙，愛莫致之章貢江。

【題解】

本詩作於淳熙二年（一一七五）春。知贛州陳天麟有書來，請爲新作贛江亭賦詩，因寄題之。「陳季陵贛州」，即陳天麟，時任贛州太守。嘉慶寧國府志卷二七：「陳天麟字季陵。……未幾，以國子正召，累官集英殿修撰，由饒州改知襄陽。修治樓堞，募忠義軍，浚古胥河，察城中奸細誅之。朝旨嘉奬，改知贛州。時茶商寇贛吉間，預爲守備，民恃以安。江西憲臣辛棄疾討賊，天麟給餉補軍，棄疾所俘獲送贛獄者，治其魁，餘黨並從末減。」宋會要輯稿職官七二：「淳熙二年三月二十九日，知贛州陳天麟除敷文閣待制，知平江府韓彥古除敷文閣待制，並寢罷成命。」辛棄疾賦滿江紅贛州席上呈太守陳季陵侍郎，這是後來的事。李正之，即李大正，見卷一四李正之提點行至郴用予忙字韻寄和答「題解」。

【箋注】

〔一〕二水之會：指章水和貢水會合而成贛水。王象之輿地紀勝卷三二江南西路：「贛州……隋平陳，罷南康郡，爲虔州。……自虔卒造變，議臣請改虔州爲贛州，取章、貢二水合流之義。」顧祖禹讀史方輿紀要卷八八江西贛州府：「贛水在府城北，其上源爲章、貢二水。」

〔二〕子墨卿：語出揚雄長楊賦序：「聊因筆墨之成文章，故藉翰林以爲主人，子墨爲客卿以風。」

〔三〕「平生」句：兩君，指陳天麟和李大正，兩人是石湖故友。

浯溪道中

江流去不定，山石來無窮。步步有勝處，水清石玲瓏。安得扁舟繫絶壁，卧聽漁童吹短笛。弄水看山到月明㊀，過盡行人不相識。

【校記】

㊀看山：活字本、叢書堂本、董鈔本作「青山」，詩淵第三册第二〇〇九頁作「清山」。

【題解】

本詩作於淳熙二年（一一七五）春，自桂林赴蜀帥任途中，至浯溪，賦古詩以紀行。浯溪，乾道九年赴桂帥任時曾經過，賦書浯溪中興碑後并序，驂鸞録：「十九日，發祁陽里，渡浯溪。浯溪者，進山石磵也。」

夜泊灣舟大風雨，未至衡州一百二十里

阿香攪客眠，夜半驅疾雷〔一〕。空水受奇響，如從船底來。嘈嘈雨窗鬧，軋軋風柁開。睡魔走辟易〔二〕，耳界愁喧豗。有頃飄驟過，灘聲獨鳴哀。燈婢燭囊衣，篙師理檣桅。煩擾到明發，村鷄亦喈喈。

【題解】

本詩作於淳熙二年（一一七五）春，自桂林赴蜀帥任途中，遇大風雨，泊舟灣曲，因作本作以紀實。

【箋注】

〔一〕「阿香」二句：搜神後記卷三：「義興人姓周，永和年中出都，乘馬，從兩人行。未至村，日暮，道邊有一新小草屋，見一女子出門望，年可十六七，姿容端正，衣服鮮潔。見周過，謂曰：『日已暮，前村尚遠，臨賀詎得至？』周便求寄宿，此女爲然火作食。向至一更，聞外有小兒唤『阿香』聲，女應曰：『諾。』尋云：『官唤汝推雷車。』女乃辭行，云：『今有官事，當去。』夜遂大雷雨。向曉女還。周既上馬，自異其處，返尋，看昨所宿處，止見一新塚，塚口有

馬跡及餘草，周甚驚惋。」蘇軾無錫道中賦水車：「喚取阿香推雷車」，即用此典。

〔二〕辟易：退避。史記項羽本紀：「項王瞋目而叱之，赤泉侯人馬俱驚，辟易數里。」

泊衡州

客裏仍哦對雨吟，夜來星月曉還陰。空江十日無春事，船到衡陽柳色深。

【題解】 本詩作於淳熙二年（一一七五）春，自桂林赴蜀帥任途中，至衡州泊舟，賦此小詩以紀行。衡州，元豐九域志卷六荆湖南路衡州，治衡陽縣。

步入衡山

應有人家住隔溪，緑陰亭午但聞鷄〔一〕。松根當路龍筋瘦，竹筍漫山鳳尾齊〔二〕。墨染深雲猶似瘴，絲來小雨不成泥。更無騎吹喧相逐，散誕閒身信馬蹄。

【題解】 本詩作於淳熙二年（一一七五）春，自桂林赴蜀帥任途中，遊衡山，剛步入山中，感其景色之美，賦成一律詩以紀之。

【箋注】

〔一〕亭午：正午，孫綽遊天台山賦：「爾乃羲和亭午，遊氣高褰。」文選李善注：「亭午，日中。」

〔二〕鳳尾：竹葉。楊巨源和令狐舍人酬峰上人題山欄孤竹：「范雲許訪西林寺，竹葉須和彩鳳看。」

重遊南嶽 焚香鎮南殿，過銓德觀，醮注生祠庭，觀道君玉符玉匕及八角玉印㈠，經方四寸許，文曰注生真君玉印。雨中登山，遊南臺、福嚴，至瑞應、擲鉢、天柱諸峰之上，寒甚病衰，不至上封而返。

捨舟得馬如馭氣，步入青松三十里。我從蠻嶺瘴煙來，不怕雨雲埋嶽趾。憶昔南征款廟庭，往來無恙神所祉。當時已有歸田願，帝臨此心如白水。煌煌南正館於東，手握八觚温玉璽〔一〕。駿奔灊霍左右輔〔二〕，好生不殺扶炎紀。崇禋竣事曉壇空，躋攀小試青鞋底。不知雲磴幾千丈，但見漫山白龍尾。石頭招我上南臺，瑞應闌干天半倚〔三〕。福嚴鐘聲過橋來，彷彿三生如夢裏。堂中尊者已先去，苔鎖巖扉何日啓？竹嫌磽确老逾瘦，松畏高寒蟠不起。瘵儒尚病怕深登，幽討未窮行且止。我評七十二高峰，鬱律穹窿少觀美。儼然可瞻不可玩，往往雄尊如負扆㈡〔四〕。乃知嶽鎮蓋深厚，不與他山争秀偉。區區獻狀眩兒童，乳洞淡巖真戲耳〔五〕！

【校記】

㈠玉匕：原作「王七」，富校：「『王七』黄刻本作『玉匕』，是。」叢書堂本、董鈔本亦作「玉匕」，今據改。

㈡雄尊：原作「雄争」，富校：「『争』黄刻本作『尊』，是。」活字本、叢書堂本、董鈔本均作「尊」，今據改。

【題解】

本詩作於淳熙二年（一一七五）春，自桂林赴蜀帥任途中，重遊南嶽以紀遊。南嶽，參見本書卷一三謁南嶽詩「題解」。南臺、福嚴，皆寺名。南臺寺，在瑞應峰上；福嚴寺，在擲鉢峰上。范成大驂鸞録：「南臺寺在瑞應峰上。登山之最近者。」

【箋注】

〔一〕八觚：漢書郊祀志：「八觚宣通泉八方。」服虔曰：「八觚，如今社壇也。」顔師古注：「觚，角也。」

〔二〕「駿奔」句：灊霍，灊山與霍山，灊山，漢書武帝紀：元封五年，登灊天柱山。霍山，爾雅釋山：「霍山爲南嶽。」郭注：「即天柱山。」

〔三〕瑞應闌干：指瑞應閣之闌干。瑞應閣在南臺寺中，瑞應峰因閣而名。

〔四〕雄尊：形容衡山之雄偉，范成大驂鸞録：「七日，宿衡山縣，西望嶽山，岧嶢半空，湘中山既皆岡阜，迤邐至嶽山，乃獨雄尊特起，若衆山遜其高寒者。」

〔五〕乳洞：石湖桂海虞衡志志巖洞：「興安石乳洞最奇，予罷郡時過之。上、中、下三洞。此洞與棲霞相甲乙，他洞不及也。」淡巖：黄庭堅有題淡山巖二首，任淵引陶岳零陵記云：「澹山巖，在永州西南，狀如覆盂，其地宜澹竹，故云澹山。中有巖，空闊可容數千人。東南角有缺處，仰望之如窗户，洞照甚明。」

四明人董嶧久居嶽市，乞詩

祝融峰下兩逢春〔一〕，雨宿風餐老病身。莫笑五湖萍梗客，海邊亦有未歸人。

【題解】

本詩作於淳熙二年（一一七五），時正赴蜀帥任途中，在南嶽，遇四明人董嶧乞詩，因賦本詩。董嶧，生平不詳。嶽市，范成大驂鸞録：「八日，入南嶽。半道，憩食。夾路古松三十里。至嶽市，宿衡嶽寺。嶽市者，環皆市區，江、浙、川、廣種貨之所聚，生人所須，無不有。」

【箋注】

〔一〕兩逢春：石湖赴桂林帥時路過南嶽，時在春天。今年自桂赴蜀帥路過南嶽，又逢春天，故云。

三月十五日華容湖尾看月出

雲銷澧陽風，月生岳陽水。誰推赤金盤，涌出白銀地？徘徊忽騰上，蹀蹀恐顛墜。稍高輪漸安，飛彩到篷背。晶晶浪皆舞，歷歷星欲避。兜羅世界網〔一〕，普現無邊際。官居束户庭，有眼如幻翳。向非行大荒，寧有此巨麗？乘除較得失，漂泊非左計。妻孥競讙譁，渠亦知許事！

【題解】

本詩作於淳熙二年（一一七五）三月十五日，自桂林赴蜀帥任途中，途經華容縣，見月光照湖水上，作本詩紀述之。華容湖，顧祖禹讀史方輿紀要卷七七：「縣河在岳州府華容縣城南，俗亦謂之華容湖。」

【箋注】

〔一〕「兜羅」句：兜羅，即兜羅綿，佛經中稱草木花絮爲兜羅綿。翻譯名義集卷七沙門服相篇：

「兜羅，此云細香。……或名妬羅綿。妬羅，樹名。綿從樹生，因而立稱，如柳絮也。亦翻楊華。」月光照水波上，普現白色花絮，如兜羅綿世界。

釣池口阻風，迷失港道

回風打船失西東，柁癡櫓弱無適從。三老號呼鐵纜墜〔一〕，招頭撾鼓驅魚龍。千篙撐折百丈斷，日暮稍與洪相通。推移尋尺力千里，時有黄帽來言功〔二〕。康莊大逵世不乏，乃獨蹇産濤波中。一官横起險易相，刹那憂喜隨兒童。漲湖連天遠目斷，且復加飯追萍蓬。蒲團坐煖看香篆，作止任滅如頑空。

【題解】

本詩作於淳熙二年（一一七五），自桂林赴蜀帥任途中。

【箋注】

〔一〕三老：杜甫撥悶：「長年三老遥憐汝，棙柁開頭捷有神。」仇兆鰲注：「蔡注：『峽中以篙師爲長年，舵工爲三老。』邵注：『三老，捩船者，長年，開頭者。』」宋陸游入蜀記卷五：「問何謂長年三老，云梢工是也。」

〔二〕黄帽：船工，因著黄帽而稱黄頭郎。史記鄧通傳：「鄧通……以濯船爲黄頭郎。」集解引漢書音義：「善濯船池中也。一説能持櫂行船也。」

鼎河口枕上作

漂泊離巢燕，彎跧負殼蝸。瘦嫌莞席硬〔一〕，老覺晝屏奢。報道帆當落，傳呼鼓已撾。且投人處宿，未到已聞蟇。

【題解】

本詩作於淳熙二年（一一七五）三月，時石湖在赴蜀帥任途中。鼎河口，澌水入沅水處，謂之鼎口。酈道元水經注卷三七：「沅水又東入龍陽縣，有澹水出漢壽縣西楊山，南流東折，逕其縣南，縣治索城，即索縣之故城也。……而是水又東歷諸湖，方南注沅，亦曰澌水也。水所入之處，謂之鼎口。」

【箋注】

〔一〕莞席：用莞製的蓆。莞，蒲草，詩經小雅斯干：「下莞上簟，乃安斯寢。」鄭箋：「莞，小蒲也。」爾雅釋草：「莞，苻蘺，其上蒚。」郭注：「今西方人呼蒲爲莞蒲，蒚謂其頭臺首也。今江東人謂之苻蘺。」

安鄉縣西晚泊

水闊烏烏倦，墟寒童僕飢。一灣村縣過，百折暮江遲。曉夢孤燈見，春陰病骨知〔一〕。簡書寧不畏，旅力奈先疲！

【題解】

本詩作於淳熙二年（一一七五）春，時正在赴蜀帥任中。安鄉縣，在澧州，李吉甫元和郡縣圖志闕卷逸文卷一山南道澧州：「安鄉縣，本漢孱陵縣地，屬武陵，後漢分置作唐縣。隋平陳，改置安鄉縣，屬澧州。」王存元豐九域志卷六荊湖北路澧州，縣四：安鄉。

【箋注】

〔一〕病骨：語出李賀示弟：「病骨猶能在，人間底事無。」

澧陽江

順流下沅江，溯流上澧浦。水深蘭芷寒，漂摇憚風雨。采采不盈掬，何由寄遠渚。洞庭浮天白，遐矚莽吴楚。有懷獨晤歎，櫓聲與人語。暮夜即維舟，蒼茫定何許？

【題解】本詩作於淳熙二年(一一七五)三月,時在赴蜀帥任途中。澧陽江,即澧水,經澧陽縣。李吉甫元和郡縣圖志闕卷逸文卷一山南道澧州:「澧陽縣,澧水,在縣南三十步。」王存元豐九域志卷六荆湖南路澧州:縣四:澧陽,有澧水;安鄉,有澧水。

澧浦

葦岸齊齊似碧城,江船罨岸逆風行。緑蘋白芷俱憔悴,惟有蔞蒿滿意生。

【題解】本詩作於淳熙二年(一一七五)三月赴蜀帥任途中。

澧江漁舍

安鄉、澧陽之間,自兵火後,瘡殘猶未復。

狡窟空來四十年,沿江猶自少炊煙㊀。茫茫曠土無人問,蘆荻春深緑滿川。

【校記】

㊀沿江:原作「沼江」,誤。按,活字本、叢書堂本、董鈔本均作「沿江」,沿,即「沿」字,康熙字典水

部「淞」字引正字通云：「淞，同沿，俗省。」詩淵第五册第三一〇一頁作「松江」，蓋因「淞」而誤寫爲「松」。今據活字本、叢書堂本、董鈔本改。

【題解】

本詩作於淳熙二年（一一七五）三月，時離桂林赴蜀帥任途中，至澧江，見兵火後瘡殘景象，有感而成此小詩。南宋紹興初，湖湘地區有僞齊劉豫及農民起義軍楊幺等盤踞，被岳飛等所剿滅，詩所云兵火蓋指此。

孫黄渡

自此登陸至公安，渡江過沙頭。

捨舟從陸更間關〔一〕，徑仄仍荒亦未乾。棘刺近人牢閉眼，泥塗兀馬緊扶鞍。茶山盜藪路程惡，麥壠人家懷抱寬。擔僕輿夫盡劬瘁，病翁那得更加餐。

【題解】

本詩作於淳熙二年（一一七五）三月，時在赴蜀帥任途中。孫黄渡，在公安縣南二里，沈欽韓注：「一統志：孫黄驛在荆州府公安縣西一里，孫黄渡在縣南二里。」公安，縣名，屬江陵府。王存元豐九域志卷六荆湖南路江陵府，縣八：公安，府南九十里。沙頭，王象之輿地紀勝卷六四：「江陵府，沙頭市，去城十五里。四方之商賈輻輳，舟車駢集，謂之沙頭市。」陸游入蜀記卷五：

「（九月）十六日……日入，泊沙市，自公安至此六十里。」劉禹錫荆州歌二首之二：「沙頭檣干上，始見春江闊。」陸游沙頭：「游子行逾遠，沙頭逢暮秋。」都指此地。

【箋注】

〔一〕間關：象聲詞，車輪轉動發出的聲音。詩經小雅車舝：「間關車之舝兮，思孌季女逝兮。」傳云：「間關，設舝也。」

潺陵

舟橫攸河水〔一〕，馬滑潺陵道。百里無鉏犁，閒田生春草。春草亦已瘦，棲棲晚花少。落日見行人，愁煙没孤鳥。老翁雪髯鬢，生長識群盜。歸來四十年，墟里迹如埽。莫訝土毛稀，須知人力槁。生聚何當復，兹事恐終老。人言古戰場，瘡痍猝難療。誰使到此極？天乎吾請禱！

【題解】本詩作於淳熙二年（一一七五），時在赴蜀帥任途中。潺陵，即孱陵，宋時爲鎮名。李吉甫元和郡縣圖志闕卷逸文卷一山南道江陵府：「公安縣，本漢孱陵縣地，左將軍劉備自襄陽來油口，城此而居之。」王存元豐九域志卷六荆湖南路江陵府：「公安，涔陽、孱陵二鎮。」

【箋注】

〔一〕攸河：古名油水，酈道元水經注卷三七油水：「油水自孱陵縣之東北，逕公安縣西，又北流注於大江。」元和郡縣圖志稱劉備來油口，即油水入江之口。王存元豐九域志卷六荆湖南路江陵府：公安，有大江、油水。

將至公安

前村後村啼杜宇，伴人憂煎與人語。雲寒日薄春一夢，地闊天低淚如雨。我馬虺隤我僕痡〔一〕，豈不懷歸畏簡書。公安縣前酒可沽，不如且聽提胡盧〔二〕。

【題解】

本詩作於淳熙二年（一一七五）三月，赴蜀帥任途中，將至公安縣，作詩描繪旅途之艱辛。公安，縣名，元豐九域志卷六荆湖北路江陵府，縣八：公安。黄震黄氏日鈔卷六七：「將至公安詩云：『我馬虺隤我僕痡，豈不懷歸畏簡書。』愚前年上孫江陰大閱詩有云：『悠悠旆旌馬蕭蕭。』有同官云：『詩無用經句者。』今石湖集中此類甚多，豈近世晚唐詩始不用經語耶！」

【箋注】

〔一〕「我馬」句：虺隤，疲病。詩經周南卷耳：「陟彼崔嵬，我馬虺隤。」痡，疲勞過度，卷耳：「我馬瘏矣，我僕痡矣。」

〔二〕提胡盧：即鵜鶘，歐陽修啼鳥：「獨有花上提壺蘆，勸我沽酒花前醉。」梅堯臣和永叔六篇啼鳥：「提胡蘆，提胡蘆，爾莫勸翁沽美酒，公多金錢賜醇酎，名聲壓時爲不朽。」

公安渡江

食罷雨方作，起行泥已深。伴愁多楚些，吟病獨吴音。莫怨馬蹄滑，須愁蠶事侵。梅黄時節是，未可決晴陰。

【題解】

本詩作於淳熙二年（一一七五）三月，赴蜀帥任途中，於公安渡江。

荆渚堤上

原田何莓莓〔一〕，野水亂平楚。大堤少人行，誰與藝稷黍？獨木且百歲，骩髒立水滸。當年識兵燼，見赦幾樵斧？摩挲欲問訊，恨汝不能語！薄暮有底忙？沙頭聽鳴櫓。

【題解】

本詩作於淳熙二年（一一七五）春，赴蜀帥任途中，過荆渚，作本詩描寫眼前浩淼景色。荆渚，在荆門附近。李白渡荆門送別：「渡遠荆門外，來從楚國遊。山隨平野盡，江入大荒流。」陸游以爲李白此詩便作於荆渚。陸游入蜀記卷五：「太白詩：『山隨平野盡，江入大荒流。』蓋荆渚所作也。」元豐九域志卷一〇荆湖路：「荆門軍，開寶五年即江陵府荆門鎮建軍，以長林、當陽二縣隸軍；熙寧六年廢軍，以二縣隸江陵府。」

【箋注】

〔一〕莓莓：虞信奉和趙王喜雨：「厥田終上上，原野自莓莓。」倪璠注：「左氏傳曰：『原田莓莓。』杜預曰：『若原田之草莓莓然。』言不惟田成沃壤，即荒郊之草，俱得生也。」

渚宫野步題芳草

草色沐新雨，緑潤如得意。披拂欲生煙，苒苒著巾袂。天涯各芳春，秦吴千萬里。故人攀桂枝，今夕念游子〔一〕。

【題解】本詩作於淳熙二年（一一七五）春，時正赴蜀帥任途中。渚宫，渚宫城，在江陵。李白荆門浮舟望蜀江：「江陵識遥火，應到渚宫城。」李吉甫元和郡縣圖志闕卷逸文卷一山南道江陵府江陵縣：「渚宫，楚别宫。左傳曰：『王在楚宫。』水經注云：『今城，楚船宫地也，春秋之渚宫。』」范成大吴船録卷下：「（八月）壬申・癸酉，泊沙頭，江陵帥辛棄疾幼安招遊渚宫。敗荷剩水，雖有野意，而故時樓觀，無一存者。後人作小堂，亦草草。舊對此有絳帳臺，今在營寨中，無復遺跡。」

【箋注】

〔一〕「故人」三句：意謂故人盼望游子歸來。盧思道從軍行：「庭前琪樹已堪攀，塞外征人殊未還。」石湖變化運用前人詩句，變琪樹爲桂樹，變征人爲遊子，以切合本詩意。

發荆州　自此登舟至夷陵

初上篷籠竹笮船〔一〕，始知身是劍南官！沙頭沽酒市樓暖，徑步買薪江墅寒。自古秦吴稱絶國，于今歸峽有名灘〔二〕。千山萬水垂垂老，只欠天西蜀道難〔三〕。

【題解】本詩作於淳熙二年（一一七五）春，時正在赴蜀帥任途中。發荆州，即自江陵沙頭市發舟。荆州，即宋代江陵府江陵縣。李吉甫元和郡縣圖志闕卷逸文卷一山南道江陵府：「唐武德四年平蕭銑，復爲荆州，七年，置大都督府。上元元年，改爲江陵府。」本詩用大行政區劃以指發舟地，實即發舟於江陵之沙頭市，自此換舟入峽。據陸游入蜀記，可知。夷陵，縣名。王存元豐九域志卷六荆湖南路峽州夷陵郡，縣四：夷陵。

【箋注】

〔一〕篷籠竹笮船：入峽專用之船。陸游入蜀記卷五：「（九月）十七日，日入後，還行李過嘉州趙青船，蓋入峽船也。」又：「二十日，倒檣干、立櫓床。蓋上峽惟用櫓及百丈，不復張帆矣。百丈以巨竹四破爲之，大如人臂。予所乘千六百斛舟，凡用櫓六枝，百丈兩車。」

〔二〕歸峽：歸州和峽州，李吉甫元和郡縣圖志闕卷逸文卷一山南路歸州：「魏武平荆州，以秭歸屬臨江郡。晉武平吴置建平郡，即今夔州巫山縣是也，秭歸縣仍隸焉。」王存元豐九域志卷六荆湖南路歸州，縣二：秭歸，巴東。李吉甫元和郡縣圖志闕卷逸文卷一山南路峽州，屬縣有夷陵縣，宜都縣，巴山縣。王存元豐九域志卷六荆湖南路峽州，治夷陵縣。兩州有達洞灘、東灘、新灘、黄牛灘等，「名豪三峽」，故詩云「有名灘」。

〔三〕「千山」二句：何光遠鑑誡録卷五「禪月吟」條云：「上人天復中自楚遊蜀，有上王蜀太祖陳情詩云：『一瓶一鉢垂垂老，萬水千山得得來。』……於是恩賜甚厚。」石湖句即從此化出。

虎牙灘 又名荆門十二碚，屬夷陵㈠。

傾崖溜雨色，慘淡水墨畫〔一〕。辛夷碎花懸㈡，瘣木老藤挂。翠莽楚甸窮，黄流蜀江下。一灘今始嘗，三峽此其亞。雨點鼓土摻〔二〕，雲騰挽夫跨。驚心度石林，破眼見村舍。牛眠草色裏，犬吠竹林罅。步頭可檥船〔三〕，安穩睡殘夜。

【校記】

㈠荆門十二碚：原作「金門十二倍」，活字本、叢書堂本、董鈔本均同。富校：「沈注云：『「金」當作「荆」，「倍」當作「碚」。』並引陸游入蜀記『過荆門十二碚』云云。」按，酈道元水經注卷三四：「歷荆門虎牙之門。」范成大吴船録卷下：「古語曰：荆門虎牙。」今據改。

㈡懸：原作「縣」，活字本、叢書堂本、董鈔本、詩淵第四册第二二九三頁均作「懸」，今據改。

【題解】

本詩作於淳熙二年（一一七五），時在赴蜀帥任途中。虎牙灘，即荆門十二碚。陸游入蜀記卷六：「（十月）六日，過荆門十二碚，皆高崖絶壁，嶄巖突兀，則峽中之險可知矣。過碚，望五龍及鷄籠山，嵯峨正如夏雲之奇峰。荆門者，當以險固得名。碚上有石穴，正方，高可通人，俗謂之『荆門』，則妄也。」范成大吴船録卷下：「古語曰：荆門虎牙，楚之西塞。夷陵即其地，自古以爲重鎮。」酈道元水經注卷三四：「江水又東，歷荆門、虎牙之門。荆門在南，上合下開，暗徹山南，有門像，虎牙在北，石壁色紅，間有白文，類牙形，并以物像受名。此二山，楚之西塞也。水勢急峻，故郭景純江賦曰：『虎牙桀豎以屹崒，荆門闕竦而盤薄，圓淵九迴以懸騰，湓流雷呴而電激者也。』」太平寰宇記卷一四七：「荆門山在縣西北五十里，袁山松宜都山川記云：『南崖有山名荆門，北崖有山名虎牙。』」

【箋注】

〔一〕慘淡水墨畫：意謂眼前的山水景色，像是經過精心構思的水墨山水畫。慘淡，杜甫丹青引贈曹將軍霸：「詔謂將軍拂絹素，意匠慘淡經營中。」

〔二〕摻：擊鼓，世説新語言語：「衡揚枹爲漁陽摻撾。」劉孝標注引典略：「（禰衡）乃著幝，畢，復擊鼓摻撾而去。」

〔三〕步頭：步通「埠」，步頭即埠頭，柳宗元永平鐵爐步志：「江之滸，凡舟麇而上下者曰『步』。」

峽州至喜亭

斷崖卧水口，連岡抱城樓。下有吴蜀客，檣竿立滄洲。雨後漲江急，黄濁如潮溝。時見出峽船〔一〕，鐃鼓噪中流。適從稠灘來，白狗連黄牛〔二〕。渦濆大如屋，九死争船頭。人鮓尚脱免〔二〕，虎牙不須憂。

【校記】

㊀出峽船：原作「山峽船」，富校：「『山』黄刻本作『出』，是。」活字本、叢書堂本、董鈔本、詩淵第五册第三一一四頁均作「出峽船」，今據改。

【題解】

本詩作於淳熙二年（一一七五），時正在赴蜀帥任途中。至喜亭，在峽州，太守朱慶基爲方便商旅、船夫休憩而建，歐陽修爲之作記。范成大吴船録卷下：「（八月）己巳，發平善壩，三十里，早食，時至峽州，登至喜亭，敝甚，不稱坡翁之記。」（按，至喜亭記乃歐陽修作，此處石湖誤記。）陸游入蜀記卷六：「（六日）晚至峽州，泊至喜亭下。……至喜亭記，歐陽公撰，黄魯直書。」歐陽修至喜亭記：「夷陵爲州，當峽口，江出峽，始漫爲平流。故舟人至此者，必瀝酒再拜相賀，以爲更生。尚書虞部郎中朱公（慶基）再治是州之三月，作至喜亭于江津，以爲舟者之停留也，且志夫天下之大險，至此而始平夷，以爲行人之喜幸。」

【箋注】

〔一〕白狗：白狗峽。范成大吴船録卷下：「八月戊辰朔，發歸州，兩岸大石連延，蹲踞相望，頑很之態，不可狀名。五里，入白狗峽，山特奇峭。」陸游入蜀記卷六：「十五日，舟人盡出所載，始能挽舟過灘。然須修治，遂易舟。離新灘，過白狗峽，泊舟興山口。」王象之輿地紀勝：「白狗峽在秭歸縣東二十里……又名鷄籠山。荆州記、水經注皆云秭歸白狗峽，蜀江水中，兩面如削，絶壁之際隱出白石，如狗形。」黄牛，黄牛峽。酈道元水經注卷三四「江水下」：「江水又東，逕黄牛山，下有灘，名曰黄牛灘。南岸重嶺疊起，最外高崖間有石，色如人負力牽牛，人黑牛黄，成就分明。既人跡所絶，莫能究焉。此巖既高，加以江湍紆迴，雖途經信宿，猶望見此物。」范成大吴船録卷下：「（白狗峽）八十里至黄牛峽，上有洺川廟，黄牛之神也。亦云助禹疏川者。廟背大峰，峻壁之上，有黄跡如牛，一黑跡如人牽之，云此其神也。……古語云：『朝發黄牛，暮宿黄牛，三朝三暮，黄牛如故。』言其山岧嶢，終日猶望見之。」陸游入蜀記卷六：「（十月）九日，晚次黄牛廟，山復高峻。……傳云，神佐夏禹治水有功，故食於此。……歐詩刻石廟中，又有張文忠一贊，其詞曰：『壯哉黄牛，有大神力，輦聚巨石，百千萬億。劍戟齒牙，磥硊江側，壅激波濤，險不可測。威脅舟人，駭怖失色，刲羊釃酒，千載廟食。』張公之意，似謂神聚石壅流以脅人求祭饗。使神之用心果如此，豈能巍然廟食千載乎？蓋過論也。」

〔二〕人鮓：即人鮓甕，范成大吴船録卷下：「九十里至歸州，未至州數里，曰吒灘，其險又過東奔，土人云黄魔神所爲也。連接城下大灘曰人鮓甕，很石横卧，據江十七八，從人船傾側，水入篷窗，危不濟。……壬戌，泊歸州，水驟退十許丈，沿岸灘石森然，人鮓甕石亦盡出。」陸游入蜀記卷六："十六日，到歸州……州前即人鮓甕，城中無尺寸平土，灘聲常如驟風雨至。"

初入峽山效孟東野 自此登陸至秭歸

峽山偪而峻，峽泉湍以碕。峽草如毵毛〔一〕，峽樹多樛枝。峽禽惟杜鵑，血吻日夜啼。峽馬類黄狗，不能長鳴嘶。峽曉虎跡多，峽暮人跡稀。峽路如登天，猿鶴不敢梯。僕夫負嵎哭，我亦呻吟悲。悲吟不成章，聊賡峽哀詩〔二〕。

【題解】　本詩作於淳熙二年（一一七五），時正在赴蜀帥任途中。孟東野，即唐代詩人孟郊。孟郊（七五一—八一四），字東野，湖州武康人。貞元十二年登進士第，十六年選任溧陽尉。元和元年，客長安，與韓愈、張籍等人唱和。是年冬，鄭餘慶辟其爲水陸轉運從事。四年，丁母憂離職。九年，鄭餘慶鎮興元府，復辟郊爲節度參謀，試大理評事。赴任途中，卒。工詩，以五言古詩爲主，多憤世嫉俗之語。今傳孟東野詩集十卷。"效孟東野"，即效其詩風。孟郊受中唐"尚奇"審美趨尚的影響，詩風也帶上奇的特色。韓愈評其詩"横空盤硬語，妥帖力排奡"（薦士）；"及其爲詩，劌目鉥心，刃迎縷解。鈎章棘句，掐擢胃腎。神施鬼設，間見層出"（貞曜先生墓誌銘）。宋費衮梁谿漫志卷七"孟東野詩"條則云："其詩高妙簡古，力追漢魏作者。"簡言之，孟郊詩風構思刻苦，詩境奇崛，造語峭拔，從而形成苦吟高古之風。石湖效學的正是這種詩風。詩中「峽山」、「峽泉」、「峽草」、「峽樹」、「峽禽」、「峽馬」、「峽曉」、「峽暮」、「峽路」等構句之法，亦效自孟郊峽哀詩。秭歸，縣名，李吉甫元和郡縣圖志闕卷逸文卷一山南道歸州：「秭歸縣，漢置秭歸縣，周武帝改秭歸爲長寧縣。隋開皇二年屬信州，大業中以信州爲巴東郡，又改長寧爲秭歸縣。唐置歸州，以縣爲治。」

【箋注】

〔一〕毨：毛整齊貌。尚書堯典：「厥民夷，鳥獸毛毨。」疏：「毨者，毛羽美悅之狀，故爲理也。」

〔二〕峽哀：孟郊詩篇名，是一首組詩，凡十章，反復表現三峽道途艱險危惡之情狀，極悲吟之能事。今摘引其第一章：「昔多相與笑，今誰相與哀。峽哀哭幽魂，噭噭風吹來。墮魂拍空月，出没難自裁。齏粉一閃間，春濤百丈雷。峽水聲不平，碧沱牽清洄。沙稜箭箭急，波齒斷斷開。呀彼無底吮，待此不測災。谷號相噴激，石怒急旋迴。古醉少復鄉，今縲多爲態。字孤徒髣髴，銜雪猶驚猜。薄俗少直腸，交結須橫財。黃金買相弔，幽泣無餘灌。我有古心意，爲君空摧頽。」

土門

污泥汩峻阪，狠石卧中路〔一〕。睥睨無敢前，趦趄屢却顧。長繩引籃輿，前輓後推去。吏士更叫號，作氣欲飛度。顛墜較分寸，商略營蹞步。須臾氣亦竭，一一汗如雨。

【題解】

本詩作於淳熙二年（一一七五），時赴蜀帥任途中。土門應在峽州。

【箋注】

〔一〕狠石：參本卷湘口夜泊詩注〔一〕。黄震黄氏日鈔卷六七：「狠石二字，三見此册，湘口夜泊詩云：『狠石蹲清漲。』土門詩云：『狠石卧中路。』……是石湖行川、湘間皆以狠名石。愚按皇甫湜狠石銘謂，秦皇發石驪山爲墳，礎有石屹立，人力莫施，故老相傳，遂以狠名此。語雖不經，而狠石之名，已有自來。京口甘露寺亦有狠石，乃傳爲三國孫、劉事，又展轉附會耶！」

桃花鋪

老蕨漫山鳳尾張，青楓直幹如攢槍。山深嵐重鼻酸楚，石惡淖深神慘傷。陰崖風生吹客急，草中枯株似人立。昳晡卓幕先下程〔一〕，將士黄昏始相及。

【題解】本詩作於淳熙二年（一一七五），時赴蜀帥任途中，已至峽州，道途艱險，賦本詩以紀之。桃花舖，沈欽韓范石湖詩集注卷中引名勝志云：「發夷陵之秭歸，出桃花舖，即上嶺。」可見桃花舖在夷陵與秭歸之間。

【箋注】

〔一〕「昳晡」句：昳晡，下午時分；晡，同「餔」。史記天官書：「食至日昳，爲稷；昳至餔，爲黍。」昳，午後日偏斜；餔，申時，下午三點至五點。卓幕，高幕。説文：「卓，高也。」下程，宋曹勛北狩見聞録：「徽廟北狩日……人行稍卻，則落後軍馬，從而剿除。至暮下程，即以車前轅內向，繞三面，匝如射帖。又斫枝梢，繚以爲鹿角，持兵備外，嚴於出入。」

覆盆舖

三登三降岡始斷，一步一休日欲斜。濁酒半瓶不得煖，覆盆有舖無漿家。

【題解】本詩作於淳熙二年（一一七五），時赴蜀帥任途中。覆盆舖，不詳。

小望州

峰頭高絶鄰，四瞰若窺井。小山萬蟻垤，大山拊其頂。叢霄一握近，罡風振衣冷。似聞天人語，笑我雪垂領。曩侍玉案香，委佩太清境。獨下赤城戲〔一〕，俯仰一枰頃。豈其厭晨華，嗅此腥腐鼎。揮手謝天人，伶俜愧孤影。來償蒲足債，尚欠界天嶺。老矣且勸遊，歸期行可請。

【題解】

本詩作於淳熙二年（一一七五），時赴蜀帥任途中。小望州，望州山，沈欽韓范石湖詩集注卷中：「小望州，一統志：望州山在宜昌府東湖縣西。」

【箋注】

〔一〕赤城：庾信奉答賜酒：「仙童下赤城，仙酒餉王平。」倪璠注引神仙傳：「茅蒙，字初成，乃於華山之中乘雲駕龍，向日昇天，歌曰：『神仙得者茅初成，駕龍上昇入泰清，時下玄洲戲赤城。』」

大望州

望州山頭天四低，東瞰夷陵西秭歸。峽江微茫細如帶，江外千峰青打圍。黃牛廟磯石如劈〔一〕，想看驚湍虎鬚白〔二〕。水行陸走俱險艱，安得如鳥有羽翼？

【題解】

本詩作於淳熙二年（一一七五），時赴成都帥任途中，大望州，參見上首「題解」。

【箋注】

〔一〕黄牛廟：參本卷峽州至喜亭詩注〔一〕。

〔二〕虎鬚：方輿勝覽卷五七：「虎鬚灘，在奉節縣。杜詩：瞿唐漫天虎鬚怒。」

一百八盤

疇昔辭桂林，自謂已出嶺。蜕蟬蠻煙中，恍若醉夢醒。今來峽山路，步步躡雲頂。仍聞蚯蚓瘴，顧與嶠南等。平生行路難，驚浪兀漂梗。迷塗兹益遠，鳥道非人境。老矣法當佚，懷哉跡可屏。拜手天東南，亟上歸田請。

【題解】本詩作於淳熙二年（一一七五），時正赴蜀帥任途中。一百八盤，巫山縣内山路，彎曲險危。黄庭堅新喻道中寄元明用觴字韵：「一百八盤攜手上，至今猶夢遶羊腸。」又，竹枝詞：「浮雲一百八盤縈。」任淵注：「山谷書萍鄉縣廳亦曰：『略江陵，上夔峽，過一百八盤，涉四十八渡。』」陸游入蜀記卷六：「（十月）二十四日，早，抵巫山，縣在峽中，亦壯縣也。市井勝歸、峽二郡，隔江南陵山極高大，有路如綫，盤屈至絶頂，謂之一百八盤。」

火墨坡下嶺

清晨入岑蔚，嵐重寒飀飀。忽聞黄鸝語，方悟麥始秋。旅食法當瘦，遠行人所愁。況復深山中，不與和氣游㊀。苦辛那敢憚，病悴良可憂。徒憂亦無益，聊作商聲謳。

【校記】

㊀和氣：叢書堂本、詩淵第三册第二一九八頁作「叶氣」。

【題解】本詩作於淳熙二年（一一七五），時赴成都帥任途中。火墨坡，不詳。

八場平聞猿

清猿泠泠鳴玉簫，三聲兩聲高樹梢㊀。子母聯拳傳枝去，忽作哀厲長鳴號。天寒林深山石惡，行人舉頭雙淚閣。雪澗琴心未足悲，須寫峽中腸斷時。琴曲有雪澗聞猿。

【校記】

㊀兩聲：原作「西聲」，誤。富校：「『西』黄刻本作『兩』，是。」活字本、叢書堂本、董鈔本、詩淵第四册第二八三五頁亦均作「兩聲」，今據改。

【題解】

本詩作於淳熙二年（一一七五），時赴成都帥任途中。八場平，不詳。從詩云「峽中」看，八場平與上首火墨坡當在峽州境内。

鑽天三里

非岡非嶺復非坡，黄鵠不度吾經過。妻孥下行啼且笑，聯手相攜如踏歌。風吹汗乾人力盡，屐齒與石方相磨。鑽天三里似千里，四十八盤將奈何〔一〕！

【題解】

本詩作於淳熙二年（一一七五），時赴蜀帥任途中。過鑽天三里，賦本詩紀行。黃震黃氏日鈔卷六七：「峽州道始艱，有一百八盤，有鑽天三里，有蛇倒退，有麻線堆，有胡孫愁，有判命坡。峽爲蜀外第一州，湖北之極處。」

【箋注】

〔一〕四十八盤：黃庭堅竹枝詞：「浮雲一百八盤縈。」任淵注：「山谷書萍鄉縣廳亦曰：『略江陵，上夔峽，過一百八盤，涉四十八渡。』」

蛇倒退

山前壁如削，山後崖復斷。繇吾達隴首，如海到彼岸。那知下嶺處，慄甚履冰戰。牽前帶相挽，縋後衣盡綻。健倒輒尋丈，徐行厘分寸。上疑緣竹竿，下劇滚金彈。豈惟蛇退舍，飛鳥望崖反。稍喜一徑平，猶有千石亂。仍逢新燒畬，約略似耕畔。心知人境近，顰末百憂散。山民茆數把，鬼質犢子健。腰鑱走迎客，再拜復三歎。謂「匪人所蹊，官來定何幹？儻爲飢火驅，平地豈無飯？意者官事迫，如馬就羈絆？」我乃不能答，付以一笑粲！

【題解】

本詩作於淳熙二年（一一七五），時赴蜀帥任途中，經蛇倒退，道途艱險，因賦本詩以紀行。參見鑽天三里「題解」。

大丫隘

峽行五程無聚落，馬頭今日逢耕鑿。麥苗疎瘦豆苗稀，椒葉尖新柘葉薄。家家婦女布纏頭，背負小兒領垂瘤〔一〕。山深生理却不乏，人有銀釵一雙插。

【題解】

本詩作於淳熙二年（一一七五），時赴蜀帥任途中。經大丫隘，作本詩紀所見山民景狀。

【箋注】

〔一〕領垂瘤：范成大吴船録卷下：「恭爲州乃在一大磐石上，盛夏無水土氣，毒熱如爐炭燔灼，山水皆有瘴，而水氣尤毒。人喜生癭，婦人尤多。」